比较文学与世界文学 研究丛书

主编 曹顺庆

二编 第 **8** 册

中国罗曼·罗兰接受诗学论

涂 慧 著

花木兰文化事业有限公司

国家图书馆出版品预行编目资料

中国罗曼·罗兰接受诗学论/涂慧 著 —— 初版 —— 新北市：花木兰文化事业有限公司，2023〔民112〕
目 4+224 面；19×26 公分
（比较文学与世界文学研究丛书 二编 第 8 册）
ISBN 978-626-344-319-8（精装）
1.CST：罗兰（Rolland, Romain, 1866-1944）2.CST：学术思想
3.CST：诗学 4.CST：比较研究
810.8   111022112

ISBN-978-626-344-319-8

比较文学与世界文学研究丛书
二编 第八册   ISBN：978-626-344-319-8

中国罗曼·罗兰接受诗学论

作　　者 涂 慧
主　　编 曹顺庆
企　　划 四川大学双一流学科暨比较文学研究基地
总 编 辑 杜洁祥
副总编辑 杨嘉乐
编辑主任 许郁翎
编　　辑 张雅淋、潘玟静　美术编辑 陈逸婷
出　　版 花木兰文化事业有限公司
发 行 人 高小娟
联络地址 台湾 235 新北市中和区中安街七二号十三楼
　　　　 电话：02-2923-1455 / 传真：02-2923-1452
网　　址 http://www.huamulan.tw 信箱 service@huamulans.com
印　　刷 普罗文化出版广告事业
初　　版 2023 年 3 月
定　　价 二编 28 册（精装）新台币 76,000 元　　　版权所有 请勿翻印

中国罗曼·罗兰接受诗学论

涂慧 著

作者简介

涂慧，文学博士，华中科技大学人文学院中文系副教授、硕士生导师，主要从事动物文学、比较诗学和中外文学关系研究；先后主持完成国家社科基金及省部级项目5项，出版《如何译介，怎样研究：中国古典词在英语世界》《19世纪法国文学》等3部著述，在《文学评论》《文学跨学科研究》《外国文学研究》《文艺理论研究》等重要报刊发表30多篇论文，曾获第十二届湖北文艺评论奖一等奖、武汉市第十八次社会科学优秀成果奖三等奖等多项奖励。

提　　要

本书主要从六个方面，考察20世纪法国著名作家罗曼·罗兰在中国多元化的接受图谱和地域性的变异诗学。

在问题方法上，中国罗曼·罗兰接受诗学问题具有比较典型的跨学科综合性特征，主要体现在问题由来、研究方法和研究意义等维度。

在译介诗学上，罗曼·罗兰在中国的译介出版呈现出鲜明的政治倾向性、历史阶段性和思想传播性特点，主要表现为从关注文学社会功用到回归文学本体诗学的世纪转变。罗曼·罗兰的汉译出版受到20世纪中国社会思潮和时代话语的直接影响与强力规训，具有比较典型的跨文化变异性和历史症候性。

在阐释诗学上，罗曼·罗兰思想在中国的阐释呈现出明显的阶段性、多元化和泛政治化趋势，主要表现为个人主义理念、英雄主义理念、人道主义理念以及和平主义思想四种不同维度。罗曼·罗兰思想在中国的认知阐释，受到20世纪中国社会思潮的直接影响和时代话语的强力规训，显示出强大的政治批评功能和明显的意识形态倾向，具有比较强烈的功利主义和实用主义色彩。

在认知诗学上，罗曼·罗兰在中国的认知解读具有鲜明的阶段性、丰富性和政治化倾向，主要表现为美学认知、社会阐释、政治解读、诗学分析四种维度。《约翰·克利斯朵夫》在中国的百年解读0，总体历经从美学冲击到社会阐释、从政治批判到诗学分析的认知演变。在跨文化交流语境中，《约翰·克利斯朵夫》在20世纪中国呈现出鲜明的社会政治性、历史阶段性和思想论争性。

在域外诗学上，域外罗曼·罗兰研究与中国罗曼·罗兰认知呈现出彼此交织、相互融汇的总体态势，表现出明显的交互对话倾向和国际变异特点。在20世纪中国百年罗兰接受史上，域外思想资源与中国本土思想传统彼此交织，整体呈现出从辅助次要到主导核心的性质嬗变、从多维复调到一维单声的态势转变。

在特点价值上，中国罗曼·罗兰接受诗学具有充分的多维度价值与多层面意义，呈现出鲜明的文化地域性和变异普遍性。

本书稿系湖北省社科基金一般项目(后期资助项目)"中国罗曼·罗兰接受诗学研究"（项目批号：HBSK2022YB492）成果

国家社科基金后期资助项目（一般项目）（项目批号：21FWWB022）

华中科技大学人文社会科学重大原创性成果培育项目（项目批号：2021WKFZZX021）阶段性成果

比较文学的中国路径

曹顺庆

自德国作家歌德提出"世界文学"观念以来，比较文学已经走过近二百年。比较文学研究也历经欧洲阶段、美洲阶段而至亚洲阶段，并在每一阶段都形成了独具特色学科理论体系、研究方法、研究范围及研究对象。中国比较文学研究面对东西文明之间不断加深的交流和碰撞现况，立足中国之本，辩证吸纳四方之学，而有了如今欣欣向荣之景象，这套丛书可以说是应运而生。本丛书尝试以开放性、包容性分批出版中国比较文学学者研究成果，以观中国比较文学学术脉络、学术理念、学术话语、学术目标之概貌。

一、百年比较文学争讼之端——比较文学的定义

什么是比较文学？常识告诉我们：比较文学就是文学比较。然而当今中国比较文学教学实际情况却并非完全如此。长期以来，中国学术界对"什么是比较文学？"却一直说不清，道不明。这一最基本的问题，几乎成为学术界纠缠不清、莫衷一是的陷阱，存在着各种不同的看法。其中一些看法严重误导了广大学生！如果不辨析这些严重误导了广大学生的观点，是不负责任、问心有愧的。恰如《文心雕龙·序志》说"岂好辩哉，不得已也"，因此我不得不辩。

其中一个极为容易误导学生的说法，就是"比较文学不是文学比较"。目前，一些教科书郑重其事地指出：比较文学不是文学比较。认为把"比较"与"文学"联系在一起，很容易被人们理解为用比较的方法进行文学研究的意思。并进一步强调，比较文学并不等于文学比较，并非任何运用比较方法来进行的比较研究都是比较文学。这种误导学生的说法几乎成为一个定论，

一个基本常识，其实，这个看法是不完全准确的。

让我们来看看一些具体例证，请注意，我列举的例证，对事不对人，因而不提及具体的人名与书名，请大家理解。在 Y 教授主编的教材中，专门设有一节以"比较文学不是文学比较"为题的内容，其中指出"比较文学界面临的最大的困惑就是把'比较文学'误读为'文学比较'"，在高等院校进行比较文学课程教学时需要重点强调"比较文学不是文学比较"。W 教授主编的教材也称"比较文学不是文学的比较"，因为"不是所有用比较的方法来研究文学现象的都是比较文学"。L 教授在其所著教材专门谈到"比较文学不等于文学比较"，因为，"比较"已经远远超出了一般方法论的意义，而具有了跨国家与民族、跨学科的学科性质，认为将比较文学等同于文学比较是以偏概全的。"J 教授在其主编的教材中指出，"比较文学并不等于文学比较"，并以美国学派雷马克的比较文学定义为根据，论证比较文学的"比较"是有前提的，只有在地域观念上跨越打通国家的界限，在学科领域上跨越打通文学与其他学科的界限，进行的比较研究才是比较文学。在 W 教授主编的教材中，作者认为，"若把比较文学精神看作比较精神的话，就是犯了望文生义的错误，一百余年来，比较文学这个名称是名不副实的。"

从列举的以上教材我们可以看出，首先，它们在当下都仍然坚持"比较文学不是文学比较"这一并不完全符合整个比较文学学科发展事实的观点。如果认为一百余年来，比较文学这个名称是名不副实的，所有的比较文学都不是文学比较，那是大错特错！其次，值得注意的是，这些教材在相关叙述中各自的侧重点还并不相同，存在着不同程度、不同方面的分歧。这样一来，错误的观点下多样的谬误解释，加剧了学习者对比较文学学科性质的错误把握，使得学习者对比较文学的理解愈发困惑，十分不利于比较文学方法论的学习、也不利于比较文学学科的传承和发展。当今中国比较文学教材之所以普遍出现以上强作解释，不完全准确的教科书观点，根本原因还是没有仔细研究比较文学学科不同阶段之史实，甚至是根本不清楚比较文学不同阶段的学科史实的体现。

实际上，早期的比较文学"名"与"实"的确不相符合，这主要是指法国学派的学科理论，但是并不包括以后的美国学派及中国学派的学科理论，如果把所有阶段的学科理论一锅煮，是不妥当的。下面，我们就从比较文学学科发展的史实来论证这个问题。"比较文学不是文学比较""comparative literature is not literary comparison"，只是法国学派提出的比较文学口号，只是法国学派一派的主张，而不是整个比较文学学科的基本特征。我们不能够把这个阶段性的比较文学口号扩大化，甚至让其突破时空，用于描述比较文学所有的阶段和学派，更不能够使其"放之四海而皆准"。

法国学派提出"比较文学不是文学比较"，这个"比较"（comparison）是他们坚决反对的！为什么呢，因为他们要的不是文学"比较"（literary comparison），而是文学"关系"（literary relationship），具体而言，他们主张比较文学是实证的国际文学关系，是不同国家文学的影响关系，influences of different literatures，而不是文学比较。

法国学派为什么要反对"比较"（comparison），这与比较文学第一次危机密切相关。比较文学刚刚在欧洲兴起时，难免泥沙俱下，乱比的情形不断出现，暴露了多种隐患和弊端，于是，其合法性遭到了学者们的质疑：究竟比较文学的科学性何在？意大利著名美学大师克罗齐认为，"比较"（comparison）是各个学科都可以应用的方法，所以，"比较"不能成为独立学科的基石。学术界对于比较文学公然的质疑与挑战，引起了欧洲比较文学学者的震撼，到底比较文学如何"比较"才能够避免"乱比"？如何才是科学的比较？

难能可贵的是，法国学者对于比较文学学科的科学性进行了深刻的的反思和探索，并提出了具体的应对的方法：法国学派采取壮士断臂的方式，砍掉"比较"（comparison），提出比较文学不是文学比较（comparative literature is not literary comparison），或者说砍掉了没有影响关系的平行比较，总结出了只注重文学关系（literary relationship）的影响（influences）研究方法论。法国学派的创建者之一基亚指出，比较文学并不是比较。比较不过是一门名字没取好的学科所运用的一种方法……企图对它的性质下一个严格的定义可能是徒劳的。基亚认为：比较文学不是平行比较，而仅仅是文学关系史。以"文学关系"为比较文学研究的正宗。为什么法国学派要反对比较？或者说为什么法国学派要提出"比较文学不是文学比较"，因为法国学派认为"比较"（comparison）实际上是乱比的根源，或者说"比较"是没有可比性的。正如巴登斯佩哲指出："仅仅对两个不同的对象同时看上一眼就作比较，仅仅靠记忆和印象的拼凑，靠一些主观臆想把可能游移不定的东西扯在一起来找点类似点，这样的比较决不可能产生论证的明晰性"。所以必须抛弃"比较"。只承认基于科学的历史实证主义之上的文学影响关系研究（based on scientificity and positivism and literary influences.）。法国学派的代表学者卡雷指出：比较文学是实证性的关系研究："比较文学是文学史的一个分支：它研究拜伦与普希金、歌德与卡莱尔、瓦尔特·司各特与维尼之间，在属于一种以上文学背景的不同作品、不同构思以及不同作家的生平之间所曾存在过的跨国度的精神交往与实际联系。"正因为法国学者善于独辟蹊径，敢于提出"比较文学不是文学比较"，甚至完全抛弃比较（comparison），以防止"乱比"，才形成了一套建立在"科学"实证性为基础的、以影响关系为特征的"不比较"的比较文学学科理论体系，这终于挡住了克罗齐等人对比较文学"乱比"的批判，形成了以"科学"实证为特征的文学影响关系研究，确立了法国学派的学科理论和一整套方法论体系。当然，法国学派悍然砍掉比较研究，又不放弃"比较文学"这个名称，于是不可避免地出现了比较文学名不副实的尴尬现象，出现了打着比较文学名号，而又不比较的法国学派学科理论，这才是问题的关键。

当然，法国学派提出"比较文学不是文学比较"，只注重实证关系而不注重文学比较和文学审美，必然会引起比较文学的危机。这一危机终于由美国著名比较文学家韦勒克（René Wellek）在 1958 年国际比较文学协会第二次大会上明确揭示出来了。在这届年会上，韦勒克作了题为《比较文学的危机》的挑战性发言，对"不比较"的法国学派进行了猛烈批判，宣告了倡导平行比较和注重文学审美的比较文学美国学派的诞生。韦勒克作了题为《比较文学的危机》的挑战性发言，对当时一统天下的法国学派进行了猛烈批判，宣告了比较文学美国学派的诞生。韦勒克说："我认为，内容和方法之间的人为界线，渊源和影响的机械主义概念，以及尽管是十分慷慨的但仍属文化民族主义的动机，是比较文学研究中持久危机的症状。"韦勒克指出："比较也不能仅仅局限在历史上的事实联系中，正如最近语言学家的经验向文学研究者表明的那样，比较的价值既存在于事实联系的影响研究中，也存在于毫无历史关系的语言现象或类型的平等对比中。"很明显，韦勒克提出了比较文学就是要比较（comparison），就是要恢复巴登斯佩哲所讽刺和抛弃的"找点类似点"的平行比较研究。美国著名比较文学家雷马克（Henry Remak）在他的著名论文《比较文学的定义与功用》中深刻地分析了法国学派为什么放弃"比较"（comparison）的原因和本质。他分析说："法国比较文学否定'纯粹'的比较（comparison），它忠实于十九世纪实证主义学术研究的传统，即实证主义所坚持并热切期望的文学研究的'科学性'。按照这种观点，纯粹的类比不会得出任何结论，尤其是不能得出有更大意义的、系统的、概括性的结论。……既然值得尊重的科学必须致力于因果关系的探索，而比较文学必须具有科学性，因此，比较文学应该研究因果关系，即影响、交流、变更等。"雷马克进一步尖锐地指出，"比较文学"不是"影响文学"。只讲影响不要比较的"比较文学"，当然是名不副实的。显然，法国学派抛弃了"比较"（comparison），但是仍然带着一顶"比较文学"的帽子，才造成了比较文学"名"与"实"不相符合，造成比较文学不比较的尴尬，这才是问题的关键。

美国学派最大的贡献，是恢复了被法国学派所抛弃的比较文学应有的本义——"比较"（The American school went back to the original sense of comparative literature ——"comparison"），美国学派提出了标志其学派学科理论体系的平行比较和跨学科比较："比较文学是一国文学与另一国或多国文学的比较，是文学与人类其他表现领域的比较。"显然，自从美国学派倡导比较文学应当比较（comparison）以后，比较文学就不再有名与实不相符合的问题了，我们就不应当再继续笼统地说"比较文学不是文学比较"了，不应当再以"比较文学不是文学比较"来误导学生！更不可以说"一百余年来，比较文学这个名称是名不副实的。"不能够将雷马克的观点也强行解释为"比较文学不是比较"。因为在美国学派看来，比较文学就是要比较（comparison）。比较文学就是要恢复被巴登斯佩哲所讽刺和抛弃的"找点类似点"的平行比较研究。因为平行研究的可比性，正是类同性。正如韦勒克所说，"比较的价值既存在于事实联系的影响研究中，也存在于毫无历史关系的语言现象或类型的平等对比中。"恢复平行比较研究、跨学科研究，形成了以"找点类似点"的平行研究和跨学科研究为特征的比较文学美国学派学科理论和方法论体系。美国学派的学科理论以"类型学"、"比较诗学"、"跨学科比较"为主，并拓展原属于影响研究的"主题学"、"文类学"等领域，大大扩展比较文学研究领域。

二、比较文学的三个阶段

下面，我们从比较文学的三个学科理论阶段，进一步剖析比较文学不同阶段的学科理论特征。现代意义上的比较文学学科发展以"跨越"与"沟通"为目标，形成了类似"层叠"式、"涟漪"式的发展模式，经历了三个重要的学科理论阶段，即：

一、欧洲阶段,比较文学的成形期;二、美洲阶段,比较文学的转型期;三、亚洲阶段,比较文学的拓展期。我们将比较文学三个阶段的发展称之为"涟漪式"结构,实际上是揭示了比较文学学科理论的继承与创新的辩证关系:比较文学学科理论的发展,不是以新的理论否定和取代先前的理论,而是层叠式、累进式地形成"涟漪"式的包容性发展模式,逐步积累推进。比较文学学科理论发展呈现为层叠式、"涟漪"式、包容式的发展模式。我们把这个模式描绘如下:

法国学派主张比较文学是国际文学关系,是不同国家文学的影响关系。形成学科理论第一圈层:比较文学——影响研究;美国学派主张恢复平行比较,形成学科理论第二圈层:比较文学——影响研究+平行研究+跨学科研究;中国学派提出跨文明研究和变异研究,形成学科理论第三圈层:比较文学——影响研究+平行研究+跨学科研究+跨文明研究+变异研究。这三个圈层并不互相排斥和否定,而是继承和包容。我们将比较文学三个阶段的发展称之为层叠式、"涟漪"式、包容式结构,实际上是揭示了比较文学学科理论的继承与创新的辩证关系。

法国学派提出,可比性的第一个立足点是同源性,由关系构成的同源性。同源性主要是针对影响关系研究而言的。法国学派将同源性视作可比性的核心,认为影响研究的可比性是同源性。所谓同源性,指的是通过对不同国家、不同民族和不同语言的文学的文学关系研究,寻求一种有事实联系的同源关系,这种影响的同源关系可以通过直接、具体的材料得以证实。同源性往往建立在一条可追溯关系的三点一线的"影响路线"之上,这条路线由发送者、接受者和传递者三部分构成。如果没有相同的源流,也就不可能有影响关系,也就谈不上可比性,这就是"同源性"。以渊源学、流传学和媒介学作为研究的中心,依靠具体的事实材料在国别文学之间寻求主题、题材、文体、原型、思想渊源等方面的同源影响关系。注重事实性的关联和渊源性的影响,并采用严谨的实证方法,重视对史料的搜集和求证,具有重要的学术价值与学术意义,仍然具有广阔的研究前景。渊源学的例子:杨宪益,《西方十四行诗的渊源》。

比较文学学科理论的第二阶段在美洲,第二阶段是比较文学学科理论的转型期。从 20 世纪 60 年代以来,比较文学研究的主要阵地逐渐从法国转向美国,平行研究的可比性是什么?是类同性。类同性是指是没有文学影响关系的不同国家文学所表现出的相似和契合之处。以类同性为基本立足点的平行研究与影响研究一样都是超出国界的文学研究，但它不涉及影响关系研究的放送、流传、媒介等问题。平行研究强调不同国家的作家、作品、文学现象的类同比较，比较结果是总结出于文学作品的美学价值及文学发展具有规律性的东西。其比较必须具有可比性，这个可比性就是类同性。研究文学中类同的：风格、结构、内容、形式、流派、情节、技巧、手法、情调、形象、主题、文类、文学思潮、文学理论、文学规律。例如钱钟书《通感》认为，中国诗文有一种描写手法，古代批评家和修辞学家似乎都没有拈出。宋祁《玉楼春》词有句名句："红杏枝头春意闹。"这与西方的通感描写手法可以比较。

比较文学的又一次危机：比较文学的死亡

九十年代，欧美学者提出，比较文学作为一门学科已经死亡！最早是英国学者苏珊·巴斯奈特 1993 年她在《比较文学》一书中提出了比较文学的死亡论，认为比较文学作为一门学科，在某种意义上已经死亡。尔后，美国学者斯皮瓦克写了一部比较文学专著，书名就叫《一个学科的死亡》。为什么比较文学会死亡，斯皮瓦克的书中并没有明确回答！为什么西方学者会提出比较文学死亡论？全世界比较文学界都十分困惑。我们认为，20 世纪 90 年代以来，欧美比较文学继"理论热"之后，又出现了大规模的"文化转向"。脱离了比较文学的基本立场。首先是不比较，即不讲比较文学的可比性问题。西方比较文学研究充斥大量的 Culture Studies（文化研究），已经不考虑比较的合理性，不考虑比较文学的可比性问题。第二是不文学，即不关心文学问题。西方学者热衷于文化研究，关注的已经不是文学性，而是精神分析、政治、性别、阶级、结构等等。最根本的原因，是比较文学学科长期囿于西方中心论，有意无意地回避东西方不同文明文学的比较问题，基本上忽略了学科理论的新生长点，比较文学学科理论缺乏创新，严重忽略了比较文学的差异性和变异性。

要克服比较文学的又一次危机，就必须打破西方中心论，克服比较文学学科理论一味求同的比较文学学科理论模式，提出适应当今全球化比较文学研究的新话语。中国学派，正是在此次危机中，提出了比较文学变异学研究，总结出了新的学科理论话语和一套新的方法论。

中国大陆第一部比较文学概论性著作是卢康华、孙景尧所著《比较文学导论》，该书指出："什么是比较文学？现在我们可以借用我国学者季羡林先生的解释来回答了：'顾名思义，比较文学就是把不同国家的文学拿出来比较，这可以说是狭义的比较文学。广义的比较文学是把文学同其他学科来比较，包括人文科学和社会科学'。"[1]这个定义可以说是美国雷马克定义的翻版。不过，该书又接着指出："我们认为最精炼易记的还是我国学者钱钟书先生的说法：'比较文学作为一门专门学科，则专指跨越国界和语言界限的文学比较'。更具体地说，就是把不同国家不同语言的文学现象放在一起进行比较，研究他们在文艺理论、文学思潮，具体作家、作品之间的互相影响。"[2]这个定义似乎更接近法国学派的定义，没有强调平行比较与跨学科比较。紧接该书之后的教材是陈挺的《比较文学简编》，该书仍旧以"广义"与"狭义"来解释比较文学的定义，指出："我们认为，通常说的比较文学是狭义的，即指超越国家、民族和语言界限的文学研究……广义的比较文学还可以包括文学与其他艺术（音乐、绘画等）与其他意识形态（历史、哲学、政治、宗教等）之间的相互关系的研究。"[3]中国比较文学早期对于比较文学的定义中凸显了很强的不确定性。

由乐黛云主编，高等教育出版社 1988 年的《中西比较文学教程》，则对比较文学定义有了较为深入的认识，该书在详细考查了中外不同的定义之后，该书指出："比较文学不应受到语言、民族、国家、学科等限制，而要走向一种开放性，力图寻求世界文学发展的共同规律。"[4]"世界文学"概念的纳入极大拓宽了比较文学的内涵，为"跨文化"定义特征的提出做好了铺垫。

随着时间的推移，学界的认识逐步深化。1997 年，陈惇、孙景尧、谢天振主编的《比较文学》提出了自己的定义："把比较文学看作跨民族、跨语言、跨文化、跨学科的文学研究，更符合比较文学的实质，更能反映现阶段人们对于比较文学的认识。"[5]2000 年北京师范大学出版社出版了《比较文学概论》修订本，提出："什么是比较文学呢？比较文学是一种开放式的文学研究，它具有宏观的视野和国际的角度，以跨民族、跨语言、跨文化、跨学科界限的各种文学关系为研究对象，在理论和方法上，具有比较的自觉意识和兼容并包的特色。"[6]这是我们目前所看到的国内较有特色的一个定义。

---

1 卢康华、孙景尧著《比较文学导论》，黑龙江人民出版社 1984，第 15 页。
2 卢康华、孙景尧著《比较文学导论》，黑龙江人民出版社 1984 年版。
3 陈挺《比较文学简编》，华东师范大学出版社 1986 年版。
4 乐黛云主编《中西比较文学教程》，高等教育出版社 1988 年版。
5 陈惇、孙景尧、谢天振主编《比较文学》，高等教育出版社 1997 年版。
6 陈惇、刘象愚《比较文学概论》，北京师范大学出版社 2000 年版。

具有代表性的比较文学定义是 2002 年出版的杨乃乔主编的《比较文学概论》一书，该书的定义如下："比较文学是以跨民族、跨语言、跨文化与跨学科为比较视域而展开的研究，在学科的成立上以研究主体的比较视域为安身立命的本体，因此强调研究主体的定位，同时比较文学把学科的研究客体定位于民族文学之间与文学及其他学科之间的三种关系：材料事实关系、美学价值关系与学科交叉关系，并在开放与多元的文学研究中追寻体系化的汇通。"[7]方汉文则认为："比较文学作为文学研究的一个分支学科，它以理解不同文化体系和不同学科间的同一性和差异性的辩证思维为主导，对那些跨越了民族、语言、文化体系和学科界限的文学现象进行比较研究，以寻求人类文学发生和发展的相似性和规律性。"[8]由此而引申出的"跨文化"成为中国比较文学学者对于比较文学定义所做出的历史性贡献。

我在《比较文学教程》中对比较文学定义表述如下："比较文学是以世界性眼光和胸怀来从事不同国家、不同文明和不同学科之间的跨越式文学比较研究。它主要研究各种跨越中文学的同源性、变异性、类同性、异质性和互补性，以影响研究、变异研究、平行研究、跨学科研究、总体文学研究为基本方法论，其目的在于以世界性眼光来总结文学规律和文学特性，加强世界文学的相互了解与整合，推动世界文学的发展。"[9]在这一定义中，我再次重申"跨国""跨学科""跨文明"三大特征，以"变异性""异质性"突破东西文明之间的"第三堵墙"。

"首在审己，亦必知人"。中国比较文学学者在前人定义的不断论争中反观自身，立足中国经验、学术传统，以中国学者之言为比较文学的危机处境贡献学科转机之道。

三、两岸共建比较文学话语——比较文学中国学派

中国学者对于比较文学定义的不断明确也促成了"比较文学中国学派"的生发。得益于两岸几代学者的垦拓耕耘，这一议题成为近五十年来中国比较文学发展中竖起的最鲜明、最具争议性的一杆大旗，同时也是中国比较文学学科理论研究最有创新性，最亮丽的一道风景线。

---

7 杨乃乔主编《比较文学概论》，北京大学出版社 2002 年版。

8 方汉文《比较文学基本原理》，苏州大学出版社 2002 年版。

9 曹顺庆《比较文学教程》，高等教育出版社 2006 年版。

比较文学"中国学派"这一概念所蕴含的理论的自觉意识最早出现的时间大约是 20 世纪 70 年代。当时的台湾由于派出学生留洋学习，接触到大量的比较文学学术动态，率先掀起了中外文学比较的热潮。1971 年 7 月在台湾淡江大学召开的第一届"国际比较文学会议"上，朱立元、颜元叔、叶维廉、胡辉恒等学者在会议期间提出了比较文学的"中国学派"这一学术构想。同时，李达三、陈鹏翔（陈慧桦）、古添洪等致力于比较文学中国学派早期的理论催生。如 1976 年，古添洪、陈慧桦出版了台湾比较文学论文集《比较文学的垦拓在台湾》。编者在该书的序言中明确提出："我们不妨大胆宣言说，这援用西方文学理论与方法并加以考验、调整以用之于中国文学的研究，是比较文学中的中国派"[10]。这是关于比较文学中国学派较早的说明性文字，尽管其中提到的研究方法过于强调西方理论的普世性，而遭到美国和中国大陆比较文学学者的批评和否定；但这毕竟是第一次从定义和研究方法上对中国学派的本质进行了系统论述，具有开拓和启明的作用。后来，陈鹏翔又在台湾《中外文学》杂志上连续发表相关文章，对自己提出的观点作了进一步的阐释和补充。

在"中国学派"刚刚起步之际，美国学者李达三起到了启蒙、催生的作用。李达三于 60 年代来华在台湾任教，为中国比较文学培养了一批朝气蓬勃的生力军。1977 年 10 月，李达三在《中外文学》6 卷 5 期上发表了一篇宣言式的文章《比较文学中国学派》，宣告了比较文学的中国学派的建立，并认为比较文学中国学派旨在"与比较文学中早已定于一尊的西方思想模式分庭抗礼。由于这些观念是源自对中国文学及比较文学有兴趣的学者，我们就将含有这些观念的学者统称为比较文学的'中国'学派。"并指出中国学派的三个目标：1、在自己本国的文学中，无论是理论方面或实践方面，找出特具"民族性"的东西，加以发扬光大，以充实世界文学；2、推展非西方国家"地区性"的文学运动，同时认为西方文学仅是众多文学表达方式之一而已；3、做一个非西方国家的发言人，同时并不自诩能代表所有其他非西方的国家。李达三后来又撰文对比较文学研究状况进行了分析研究，积极推动中国学派的理论建设。[11]

继中国台湾学者垦拓之功，在 20 世纪 70 年代末复苏的大陆比较文学研

---

10 古添洪、陈慧桦《比较文学的垦拓在台湾》，台湾东大图书公司 1976 年版。
11 李达三《比较文学研究之新方向》，台湾联经事业出版公司 1978 年版。

究亦积极参与了"比较文学中国学派"的理论建设和学科建设。

季羡林先生 1982 年在《比较文学译文集》的序言中指出:"以我们东方文学基础之雄厚,历史之悠久,我们中国文学在其中更占有独特的地位,只要我们肯努力学习,认真钻研,比较文学中国学派必然能建立起来,而且日益发扬光大"[12]。1983 年 6 月,在天津召开的新中国第一次比较文学学术会议上,朱维之先生作了题为《比较文学中国学派的回顾与展望》的报告,在报告中他旗帜鲜明地说:"比较文学中国学派的形成(不是建立)已经有了长远的源流,前人已经做出了很多成绩,颇具特色,而且兼有法、美、苏学派的特点。因此,中国学派绝不是欧美学派的尾巴或补充"[13]。1984 年,卢康华、孙景尧在《比较文学导论》中对如何建立比较文学中国学派提出了自己的看法,认为应当以马克思主义作为自己的理论基础,以我国的优秀传统与民族特色为立足点与出发点,汲取古今中外一切有用的营养,去努力发展中国的比较文学研究。同年在《中国比较文学》创刊号上,朱维之、方重、唐弢、杨周翰等人认为中国的比较文学研究应该保持不同于西方的民族特点和独立风貌。1985 年,黄宝生发表《建立比较文学的中国学派:读〈中国比较文学〉创刊号》,认为《中国比较文学》创刊号上多篇讨论比较文学中国学派的论文标志着大陆对比较文学中国学派的探讨进入了实际操作阶段。[14]1988 年,远浩一提出"比较文学是跨文化的文学研究"(载《中国比较文学》1988 年第 3期)。这是对比较文学中国学派在理论特征和方法论体系上的一次前瞻。同年,杨周翰先生发表题为"比较文学:界定'中国学派',危机与前提"(载《中国比较文学通讯》1988 年第 2 期),认为东方文学之间的比较研究应当成为"中国学派"的特色。这不仅打破比较文学中的欧洲中心论,而且也是东方比较学者责无旁贷的任务。此外,国内少数民族文学的比较研究,也应该成为"中国学派"的一个组成部分。所以,杨先生认为比较文学中的大量问题和学派问题并不矛盾,相反有助于理论的讨论。1990 年,远浩一发表"关于'中国学派'"(载《中国比较文学》1990 年第 1 期),进一步推进了"中国学派"的研究。此后直到 20 世纪 90 年代末,中国学者就比较文学中国学派的建立、理论与方法以及相应的学科理论等诸多问题进行了积极而富有成效的探讨。

---

12 张隆溪《比较文学译文集》,北京大学出版社 1984 年版。
13 朱维之《比较文学论文集》,南开大学出版社 1984 年版。
14 参见《世界文学》1985 年第 5 期。

刘介民、远浩一、孙景尧、谢天振、陈淳、刘象愚、杜卫等人都对这些问题付出过不少努力。《暨南学报》1991 年第 3 期发表了一组笔谈，大家就这个问题提出了意见，认为必须打破比较文学研究中长期存在的法美研究模式，建立比较文学中国学派的任务已经迫在眉睫。王富仁在《学术月刊》1991 年第 4 期上发表"论比较文学的中国学派问题"，论述中国学派兴起的必然性。而后，以谢天振等学者为代表的比较文学研究界展开了对"X+Y"模式的批判。比较文学在大陆复兴之后，一些研究者采取了"X+Y"式的比附研究的模式，在发现了"惊人的相似"之后便万事大吉，而不注意中西巨大的文化差异性，成为了浅度的比附性研究。这种情况的出现，不仅是中国学者对比较文学的理解上出了问题，也是由于法美学派研究理论中长期存在的研究模式的影响，一些学者并没有深思中国与西方文学背后巨大的文明差异性，因而形成"X+Y"的研究模式，这更促使一些学者思考比较文学中国学派的问题。

经过学者们的共同努力，比较文学中国学派一些初步的特征和方法论体系逐渐凸显出来。1995 年，我在《中国比较文学》第 1 期上发表《比较义学中国学派基本理论特征及其方法论体系初探》一文，对比较文学在中国复兴十余年来的发展成果作了总结，并在此基础上总结出中国学派的理论特征和方法论体系，对比较文学中国学派作了全方位的阐述。继该文之后，我又发表了《跨越第三堵'墙'创建比较文学中国学派理论体系》等系列论文，论述了以跨文化研究为核心的"中国学派"的基本理论特征及其方法论体系。这些学术论文发表之后在国内外比较文学界引起了较大的反响。台湾著名比较文学学者古添洪认为该文"体大思精，可谓已综合了台湾与大陆两地比较文学中国学派的策略与指归，实可作为'中国学派'在大陆再出发与实践的蓝图"[15]。

在我撰文提出比较文学中国学派的基本特征及方法论体系之后，关于中国学派的论争热潮日益高涨。反对者如前国际比较文学学会会长佛克马（Douwe Fokkema）1987 年在中国比较文学学会第二届学术讨论会上就从所谓的国际观点出发对比较文学中国学派的合法性提出了质疑，并坚定地反对建立比较文学中国学派。来自国际的观点并没有让中国学者失去建立比较文学中国学派的热忱。很快中国学者智量先生就在《文艺理论研究》1988 年第

---

15 古添洪《中国学派与台湾比较文学界的当前走向》，参见黄维梁编《中国比较文学理论的垦拓》167 页，北京大学出版社 1998 年版。

1 期上发表题为《比较文学在中国》一文，文中援引中国比较文学研究取得的成就，为中国学派辩护，认为中国比较文学研究成绩和特色显著，尤其在研究方法上足以与比较文学研究历史上的其他学派相提并论，建立中国学派只会是一个有益的举动。1991 年，孙景尧先生在《文学评论》第 2 期上发表《为"中国学派"一辩》，孙先生认为佛克马所谓的国际主义观点实质上是"欧洲中心主义"的观点，而"中国学派"的提出，正是为了清除东西方文学与比较文学学科史中形成的"欧洲中心主义"。在 1993 年美国印第安纳大学举行的全美比较文学会议上，李达三仍然坚定地认为建立中国学派是有益的。二十年之后，佛克马教授修正了自己的看法，在 2007 年 4 月的"跨文明对话——国际学术研讨会（成都）"上，佛克马教授公开表示欣赏建立比较文学中国学派的想法[16]。即使学派争议一派繁荣景象，但最终仍旧需要落点于学术创见与成果之上。

比较文学变异学便是中国学派的一个重要理论创获。2005 年，我正式在《比较文学学》[17]中提出比较文学变异学，提出比较文学研究应该从"求同"思维中走出来，从"变异"的角度出发，拓宽比较文学的研究。通过前述的法、美学派学科理论的梳理，我们也可以发现前期比较文学学科是缺乏"变异性"研究的。我便从建构中国比较文学学科理论话语体系入手，立足《周易》的"变异"思想，建构起"比较文学变异学"新话语，力图以中国学者的视角为全世界比较文学学科理论提供一个新视角、新方法和新理论。

比较文学变异学的提出根植于中国哲学的深层内涵，如《周易》之"易之三名"所构建的"变易、简易、不易"三位一体的思辨意蕴与意义生成系统。具体而言，"变易"乃四时更替、五行运转、气象畅通、生生不息；"不易"乃天上地下、君南臣北、纲举目张、尊卑有位；"简易"则是乾以易知、坤以简能、易则易知、简则易从。显然，在这个意义结构系统中，变易强调"变"，不易强调"不变"，简易强调变与不变之间的基本关联。万物有所变，有所不变，且变与不变之间存在简单易从之规律，这是一种思辨式的变异模式，这种变异思维的理论特征就是：天人合一、物我不分、对立转化、整体关联。这是中国古代哲学最重要的认识论，也是与西方哲学所不同的"变异"思想。

---

16 见《比较文学报》2007 年 5 月 30 日，总第 43 期。
17 曹顺庆《比较文学学》，四川大学出版社 2005 年版。

由哲学思想衍生于学科理论，比较文学变异学是"指对不同国家、不同文明的文学现象在影响交流中呈现出的变异状态的研究，以及对不同国家、不同文明的文学相互阐发中出现的变异状态的研究。通过研究文学现象在影响交流以及相互阐发中呈现的变异，探究比较文学变异的规律。"[18]变异学理论的重点在求"异"的可比性，研究范围包含跨国变异研究、跨语际变异研究、跨文化变异研究、跨文明变异研究、文学的他国化研究等方面。比较文学变异学所发现的文化创新规律、文学创新路径是基于中国所特有的术语、概念和言说体系之上探索出的"中国话语"，作为比较文学第三阶段中国学派的代表性理论已经受到了国际学界的广泛关注与高度评价，中国学术话语产生了世界性影响。

四、国际视野中的中国比较文学

文明之墙让中国比较文学学者所提出的标识性概念获得国际视野的接纳、理解、认同以及运用，经历了跨语言、跨文化、跨文明的多重关卡，国际视野下的中国比较文学书写亦经历了一个从"遍寻无迹""只言片语"而"专篇专论"，从最初的"话语乌托邦"至"阶段性贡献"的过程。

二十世纪六十年代以来港台学者致力于从课程教学、学术平台、人才培养，国内外学术合作等方面巩固比较文学这一新兴学科的建立基石，如淡江文理学院英文系开设的"比较文学"（1966），香港大学开设的"中西文学关系"（1966）等课程；台湾大学外文系主编出版之《中外文学》月刊、淡江大学出版之《淡江评论》季刊等比较文学研究专刊；后又有台湾比较文学学会（1973 年）、香港比较文学学会（1978）的成立。在这一系列的学术环境构建下，学者前贤以"中国学派"为中国比较文学话语核心在国际比较文学学科理论、方法论中持续探讨，率先启声。例如李达三在 1980 年香港举办的东西方比较文学学术研讨会成果中选取了七篇代表性文章，以 *Chinese-Western Comparative Literature: Theory and Strategy* 为题集结出版，[19]并在其结语中附上那篇"中国学派"宣言文章以申明中国比较文学建立之必要。

学科开山之际，艰难险阻之巨难以想象，但从国际学者相关言论中可见西方对于中国比较文学学科的发展抱有的希望渺小。厄尔·迈纳（Earl Miner）

---

18 曹顺庆主编《比较文学概论》，高等教育出版社 2015 年版。

19 *Chinese-Western Comparative Literature：Theory & Strategy*,Chinese Univ Pr.1980-
6

在 1987 年发表的 *Some Theoretical and Methodological Topics for Comparative Literature* 一文中谈到当时西方的比较文学鲜有学者试图将非西方材料纳入西方的比较文学研究中。（until recently there has been little effort to incorporate non-Western evidence into Western com- parative study.）1992 年，斯坦福大学教授 David Palumbo-Liu 直接以《话语的乌托邦：论中国比较文学的不可能性》为题（*The Utopias of Discourse: On the Impossibility of Chinese Comparative Literature*）直言中国比较文学本质上是一项"乌托邦"工程。（My main goal will be to show how and why the task of Chinese comparative literature, particularly of pre-modern literature, is essentially a *utopian* project.）这些对于中国比较文学的诘难与质疑，今美国加州大学圣地亚哥分校文学系主任张英进教授在其1998 编著的 *China in a polycentric world: essays in Chinese comparative literature* 前言中也不得不承认中国比较文学研究在国际学术界中仍然处于边缘地位（The fact is, however, that Chinese comparative literature remained marginal in academia, even though it has developed closely with the rest of literary studies in the United Stated and even though China has gained increasing importance in the geopolitical world order over the past decades.）。[20] 但张英进教授也展望了下一个千年中国比较文学研究的蓝景。

新的千年新的气象，"世界文学""全球化"等概念的冲击下，让西方学者开始注意到东方，注意到中国。如普渡大学教授斯蒂文·托托西（Tötösy de Zepetnek, Steven）1999 年发长文 *From Comparative Literature Today Toward Comparative Cultural Studies* 阐明比较文学研究更应该注重文化的全球性、多元性、平等性而杜绝等级划分的参与。托托西教授注意到了在法德美所谓传统的比较文学研究重镇之外，例如中国、日本、巴西、阿根廷、墨西哥、西班牙、葡萄牙、意大利、希腊等地区，比较文学学科得到了出乎意料的发展（emerging and developing strongly）。在这篇文章中，托托西教授列举了世界各地比较文学研究成果的著作，其中中国地区便是北京大学乐黛云先生出版的代表作品。托托西教授精通多国语言，研究视野也常具跨越性，新世纪以来也致力于以跨越性的视野关注世界各地比较文学研究的动向。[21]

---

20 Moran T . Yingjin Zhang, Ed. China in a Polycentric World: Essays in Chinese Comparative Literature[J].现代中文文学学报,2000,4(1):161-165.

21 Tötösy de Zepetnek, Steven. "From Comparative Literature Today Toward Comparative Cultural Studies." CLCWeb: Comparative Literature and Culture 1.3 (1999):

以上这些国际上不同学者的声音一则质疑中国比较文学建设的可能性，一则观望着这一学科在非西方国家的复兴样态。争议的声音不仅在国际学界，国内学界对于这一新兴学科的全局框架中涉及的理论、方法以及学科本身的立足点，例如前文所说的比较文学的定义，中国学派等等都处于持久论辩的漩涡。我们也通晓如果一直处于争议的漩涡中，便会被漩涡所吞噬，只有将论辩化为成果，才能转漩涡为涟漪，一圈一圈向外辐射，国际学人也在等待中国学者自己的声音。

上海交通大学王宁教授作为中国比较文学学者的国际发声者自 20 世纪末至今已撰文百余篇，他直言，全球化给西方学者带来了学科死亡论，但是中国比较文学必将在这全球化语境中更为兴盛，中国的比较文学学者一定会对国际文学研究做出更大的贡献。新世纪以来中国学者也不断地将自身的学科思考成果呈现在世界之前。2000 年，北京大学周小仪教授发文（*Comparative Literature in China*）[22]率先从学科史角度构建了中国比较文学在两个时期（20 世纪 20 年代至 50 年代，70 年代至 90 年代）的发展概貌，此文关于中国比较文学的复兴崛起是源自中国文学现代性的产生这一观点对美国芝加哥大学教授苏源熙（Haun Saussy）影响较深。苏源熙在 2006 年的专著 *Comparative Literature in an Age of Globalization* 中对于中国比较文学的讨论篇幅极少，其中心便是重申比较文学与中国文学现代性的联系。这篇文章也被哈佛大学教授大卫·达姆罗什（David Damrosch）收录于《普林斯顿比较文学资料手册》（*The Princeton Sourcebook in Comparative Literature*，2009[23]）。类似的学科史介绍在英语世界与法语世界都接续出现，以上大致反映了中国学者对于中国比较文学研究的大概描述在西学界的接受情况。学科史的构架对于国际学术对中国比较文学发展脉络的把握很有必要，但是在此基础上的学科理论实践才是关系于中国比较文学学科国际性发展的根本方向。

我在 20 世纪 80 年代以来 40 余年间便一直思考比较文学研究的理论构建问题，从以西方理论阐释中国文学而造成的中国文艺理论"失语症"思考

---

22 Zhou, Xiaoyi and Q.S. Tong, "Comparative Literature in China", Comparative Literature and Comparative Cultural Studies, ed., Totosy de Zepetnek, West Lafayette, Indiana: Purdue University Press, 2003, 268-283.

23 Damrosch, David (EDT)*The Princeton Sourcebook in Comparative Literature*: Princeton University Press

属于中国比较文学自身的学科方法论，从跨异质文化中产生的"文学误读""文化过滤""文学他国化"提出"比较文学变异学"理论。历经 10 年的不断思考，2013 年，我的英文著作：*The Variation Theory of Comparative Literature*（《比较文学变异学》），由全球著名的出版社之一斯普林格（Springer）出版社出版，并在美国纽约、英国伦敦、德国海德堡出版同时发行。*The Variation Theory of Comparative Literature*（《比较文学变异学》）系统地梳理了比较文学法国学派与美国学派研究范式的特点及局限，首次以全球通用的英语语言提出了中国比较文学学科理论新话语："比较文学变异学"。这一新概念、新范畴和新表述，引导国际学术界展开了对变异学的专刊研究（如普渡大学创办刊物《比较文学与文化》2017 年 19 期）和讨论。

欧洲科学院院士、西班牙圣地亚哥联合大学让·莫内讲席教授、比较文学系教授塞萨尔·多明戈斯教授（Cesar Dominguez），及美国科学院院士、芝加哥大学比较文学教授苏源熙（Haun Saussy）等学者合著的比较文学专著（Introducing Comparative literature: New Trends and Applications[24]）高度评价了比较文学变异学。苏源熙引用了《比较文学变异学》（英文版）中的部分内容，阐明比较文学变异学是十分重要的成果。与比较文学法国学派和美国学派形成对比，曹顺庆教授倡导第三阶段理论，即，新奇的、科学的中国学派的模式，以及具有中国学派本身的研究方法的理论创新与中国学派"（《比较文学变异学》（英文版）第 43 页）。通过对"中西文化异质性的"跨文明研究"，曹顺庆教授的看法会更进一步的发展与进步（《比较文学变异学》（英文版）第 43 页），这对于中国文学理论的转化和西方文学理论的意义具有十分重要的价值。（"Another important contribution in the direction of an imparative comparative literature-at least as procedure-is Cao Shunqing's 2013 *The Variation Theory of Comparative Literature*. In contrast to the "French School" and "American School" of comparative Literature, Cao advocates a "third-phrase theory", namely, "a novel and scientific mode of the Chinese school," a "theoretical innovation and systematization of the Chinese school by relying on our *own* methods" (*Variation Theory* 43; emphasis added). From this etic beginning, his proposal moves forward emically by developing a "cross-civilizaional study on the heterogeneity between

---

24 Cesar Dominguez,Haun Saussy,Dario Villanueva Introducing Comparative literature: New Trends and Applications，Routledge,2015

Chinese and Western culture" (43), which results in both the foreignization of Chinese literary theories and the Signification of Western literary theories.）

　　法国索邦大学（Sorbonne University）比较文学系主任伯纳德·弗朗科（Bernard Franco）教授在他出版的专著（《比较文学：历史、范畴与方法》）*La littératurecomparée: Histoire, domaines, méthodes* 中以专节引述变异学理论，他认为曹顺庆教授提出了区别于影响研究与平行研究的"第三条路"，即"变异理论"，这对应于观点的转变，从"跨文化研究"到"跨文明研究"。变异理论基于不同文明的文学体系相互碰撞为形式的交流过程中以产生新的文学元素，曹顺庆将其定义为"研究不同国家的文学现象所经历的变化"。因此曹顺庆教授提出的变异学理论概述了一个新的方向，并展示了比较文学在不同语言和文化领域之间建立多种可能的桥梁。（Il évoque l'hypothèse d'une troisième voie, la « théorie de la variation », qui correspond à un déplacement du point de vue, de celui des « études interculturelles » vers celui des « études transcivilisationnelles . » Cao Shunqing la définit comme « l'étude des variations subies par des phénomènes littéraires issus de différents pays, avec ou sans contact factuel, en même temps que l'étude comparative de l'hétérogénéité et de la variabilité de différentes expressions littéraires dans le même domaine ».Cette hypothèse esquisse une nouvelle orientation et montre la multiplicité des passerelles possibles que la littérature comparée établit entre domaines linguistiques et culturels différents.）[25]。

　　美国哈佛大学（Harvard University）厄内斯特·伯恩鲍姆讲席教授、比较文学教授大卫·达姆罗什（David Damrosch）对该专著尤为关注。他认为《比较文学变异学》（英文版）以中国视角呈现了比较文学学科话语的全球传播的有益尝试。曹顺庆教授对变异的关注提供了较为适用的视角，一方面超越了亨廷顿式简单的文化冲突模式，另一方面也跨越了同质性的普遍化。[26]国际学界对于变异学理论的关注已经逐渐从其创新性价值探讨延伸至文学研究，例如斯蒂文·托托西近日在 *Cultura* 发表的（Peripheralities: "Minor" Literatures, Women's Literature, and Adrienne Orosz de Csicser's Novels）一文中便成功地将变异学理论运用于阿德里安·奥罗兹的小说研究中。

25　Bernard Franco La littérature comparée: Histoire, domaines, méthodes，Armand Colin 2016.

26　David Damrosch Comparing the Literatures,Literary Studies in a Global Age,Princeton University Press,2020.

国际学界对于比较文学变异学的认可也证实了变异学作为一种普遍性理论提出的初衷，其合法性与适用性将在不同文化的学者实践中巩固、拓展与深化。它不仅仅是跨文明研究的方法，而是一种具有超越影响研究和平行研究，超越西方视角或东方视角的宏大视野、一种建立在文化异质性和变异性基础之上的融汇创生、一种追求世界文学和总体问题最终理想的哲学关怀。

以如此篇幅展现中国比较文学之况，是因为中国比较文学研究本就是在各种危机论、唱衰论的压力下，各种质疑论、概念论中艰难前行，不探源溯流难以体察今日中国比较文学研究成果之不易。文明的多样性发展离不开文明之间的交流互鉴。最具"跨文明"特征的比较文学学科更需要文明之间成果的共享、共识、共析与共赏，这是我们致力于比较文学研究领域的学术理想。

千里之行，不积跬步无以至，江海之阔，不积细流无以成！如此宏大的一套比较文学研究丛书得承花木兰总编辑杜洁祥先生之宏志，以及该公司同仁之辛劳，中国比较文学学者之鼎力相助，才可顺利集结出版，在此我要衷心向诸君表达感谢！中国比较文学研究仍有一条长远之途需跋涉，期以系列丛书一展全貌，愿读者诸君敬赐高见！

曹顺庆

二零二一年十月二十三日于成都锦丽园

绪言　异质性对话：中国罗曼·罗兰接受诗学的问题缘由

　　在 20 世纪中法文学发展和交流互鉴中，现实主义文学巨匠罗曼·罗兰（Romain Rolland, 1866-1944）可谓是一个永远无法绕过的巨大丰碑，一个至今影响深远的思想缩影，一个变幻多姿多彩的变异表征，一个值得沉思反省的文化症候。罗曼·罗兰与中国批评界、中国知识界和中国文化发生碰撞与交融、译介和阐释、正读与误读，不仅仅是 20 世纪中国知识界和读者群主动的一厢情愿，是中国文化界和学术界美好的自我想象，更是基于罗曼·罗兰宏阔的文化视野、多样的文学创作和对中国文化的认知，基于跨文化、跨语际和跨文本实践的比较特性。20 世纪中国知识界主要以社会现实主义和工具理性主义眼光，在中国文化场域中译介、认知和阐释罗曼·罗兰，将其作为"借鉴的一个例子（正面的或反面的），或者作为关于人类社会的一般理论证明"[1]；而非以理想主义和浪漫主义态度，在欧洲文化和法国文学场域中理解和想象罗曼·罗兰，将其作为静止而浪漫的客观对象，或作为理论体系中的个案例证。

　　中国著名法国文学研究专家钱林森认为："不管外国作家以何种方式来切入中国文化，从何种角度来接纳中国哲学精神，不管他们出于什么样的需要，对中国文化加以美化或丑化，因而在世人面前展示出正和负的百态千姿的文化形象，但他们都无一例外地把中国文化、中国精神视为与自身文明相异、

1　[俄]亚·弗·卢金：《俄国熊看中国龙——17-20 世纪中国在俄罗斯的形象》，刘卓星等译，重庆：重庆出版社，2007 年，第 20 页。

魅力无穷的'他者'，都乐于把这个陌生相异的'他者'看作构建自家文化不可或缺的精神参照，看作是反观自身、回归自己的一面镜子"[2]。由此，作为他者镜像的罗曼·罗兰在中国的接受问题，呈现出比较典型的译介学与阐释学结合、传播学与变异学交叉、文学史与思想史融汇、跨学科与综合性并置的宏观特点；对中国知识界确立以中国新文化为主体的文化身份，展开以比较文学和跨文化实践为中心的文学创作，无疑有着不容忽视的启发作用和可资借鉴的理论资源。

一、跨语际传播：罗曼·罗兰的创作特色与中国接受阶段

作为 20 世纪法国批判现实主义文学的典型代表，诺贝尔文学奖得主罗曼·罗兰与法朗士（Anatole France, 1844-1924）、纪德（André Gide, 1869-1951）、莫里亚克（Francois Mauriac, 1885-1970）、马尔罗（André Malraux, 1901-1976）等作家一起，以再现真实、细节描写、塑造典型等方式，在创作中继承并发展着批判现实主义文学和法国文学传统。这恰如著名法国文学研究专家罗大冈所言，"罗曼·罗兰不但是 20 世纪法国的一个重要作家，也是当代西方有代表性的作家之一。法国文学是西方文学的重要组成部分。如果认为有必要比较系统地研究法国文学，势必不能忽视对罗曼·罗兰做比较系统的探讨"[3]。与此同时，受现代主义思潮的影响，罗曼·罗兰在创作上部分加强了自然主义的描绘和悲观主义的宣扬，在艺术上兼收并蓄别树一帜，大量借鉴心理描写、象征隐喻、时空错乱等现代主义文学手法，在很多方面呈现与众不同的艺术风格，形成具有独特辨识度和标志性的创作特色。大略说来，罗曼·罗兰的创作特色主要体现在人物塑造、艺术手法、文本结构、文学类型等不同维度。

首先，在人物塑造上，罗曼·罗兰着力塑造富有英雄气息的正面形象，尤其关注主人公的心灵成长和精神转变。换言之，罗兰笔下塑造的人物形象和英雄影像，诸如《约翰·克利斯朵夫》《贝多芬传》《托尔斯泰传》《米开朗基罗传》中的同名人物，不仅巧妙投射作家个人的人生旨趣和价值取向，而且潜在承载一个时代的风云变幻和话语思想，可以视为 19-20 世纪转折时期的时代心灵史和人物精神志。比较而论，这与 18-19 世纪的法国作家的人物创作有着比

---

2 钱林森：《前言》，汪介之、陈建华：《悠远的回响：俄罗斯作家与中国文化》，银川：宁夏人民文出版社，2002 年，第 15 页。

3 罗大冈：《向罗曼·罗兰告别（代序）》，罗大冈：《论罗曼·罗兰》，上海：上海文艺出版社，1979 年，第 3 页。

较明显的分野。相对而言，后者或偏好塑造颓废忧郁的青年形象，如《阿达拉》（*Adala*）中的夏克达斯、《情感教育》（*Sentimental Education*）中的弗雷德里克·莫罗；或喜欢描写希望幻灭的青年人物，如《红与黑》（*Red and Black*）中的小城青年于连·索黑尔；或热衷展现不择手段的野心家形象，如《高老头》（*Père Goriot*）中的外省青年欧也纳·德·拉斯蒂涅。正是基于这种艺术分野和创作认知，罗曼·罗兰虽然强烈嘲讽并批判主人公所处的社会环境和社会结构，但更为关注的是主人公内心世界的成长、历险和不断臻于完善。

其次，在艺术手法上，罗曼·罗兰在继承典型环境、典型人物、忠实再现等现实主义美学观念的同时，大量借鉴心理描写、象征、电影蒙太奇、新闻、报告文学等手法，使作品既具有人道主义精神的深厚传承，又拥有现代主义文学的诸多因素。这并非对现代主义艺术手法的简单服膺或盲从，而是服从并服务于罗兰文艺责任的弘扬和文学理念的表达。罗曼·罗兰既深切同情弱者，关注底层人民，重视从底层人民身上挖掘民族文化精神力量，又注目个性价值，宣扬超越国界、互爱和平的人道主义理想。作为一个关注历史现实、注重文学社会责任的作家，罗曼·罗兰重视文学的社会责任和伦理功能，认为文学不能脱离社会而遗世独立，而应密切介入现实而积极入世。按文学伦理学批评的基本观点，"任何创作与批评都必须承担道德责任。作家有创作和虚构的自由，批评家有批评和解释的自由，但是不能违背社会公认的道德准则，应该有益道德而不能有伤风化"[4]。换言之，罗曼·罗兰非常重视小说的道德教诲和社会教益，重视文本对读者精神力量的提升。

再次，在文本结构上，罗曼·罗兰善于借鉴音乐和诗歌元素，使小说具备音乐般的内在节奏和情感韵律，形成以音乐乐章为内在结构、以人物命运为文本主线、音乐乐章与人物命运彼此应和的音乐结构诗学。在《音乐在通史上的地位》一文中，罗曼·罗兰认为不同艺术门类之间有着内在的相同和交融："各种艺术之间并非像许多理论家所声称的那样壁全森严，经常有一种艺术在向另一种艺术开放门户，各种艺术都会蔓延，在别的艺术中得到高超的造诣。"[5]作为一种注重心理隐喻、关注符号意义、践行学科跨界的文学思潮，象征主义文学善于将文学文本与音乐乐章巧妙关联，将文本结构与乐章旋律内在并置，形

4　聂珍钊：《文学伦理学批评导论》，北京：北京大学出版社，2014年，第5页。

5　[法]罗曼·罗兰：《罗曼·罗兰文钞》，孙梁译，上海：上海译文出版社，1985年，第451页。

成独树一帜的"音乐诗学"（music poetics）。在长篇小说《约翰·克利斯多夫》原序中，罗曼·罗兰曾经写道："现在我们不以故事为程序，不以逻辑的、外在的因素为先后，而以艺术的、内在的因素为先后，以气氛与调性（来结合作品的原则。这样，整个作品就分为四册，相当于交响曲的四个乐章。"[6]作为一部享有盛誉的"史诗体小说"，《约翰·克利斯多夫》以钢琴家约翰·克利斯朵夫的个人命运和情感经历为线索，以艺术气氛和音乐调性为结构原则，将文学审美与音乐艺术有机结合，茨威格认为，"只有训练有素和熟悉交响曲的音乐家，才能深刻理解《约翰·克利斯朵夫》这部史诗般的作品，是依交响曲的结构写成的，是一部英雄交响曲。"[7]无独有偶，俄罗斯白银时代著名小说家安德烈·别雷（Андрей Белый, 1880-1934）亦深谙交响乐曲之特色与华美小说之精髓，成功创造出由《交响曲》（1901）、《复归》（1905）、《暴风雪之杯》（1907）和《北方交响曲》（1917）构成的"四部交响曲"系列音乐小说。

最后，在文学类型上，罗曼·罗兰在世界文学史上开创"长河小说"之先河。在 19 世纪法国文学史上，作家们求新求变，不断实验，善于打造体量庞大、气势磅礴的长篇小说，小说类型和体裁样式不断得到丰富实验与革新发展。雨果（Victor Hugo, 1802-1885）、巴尔扎克（Honoré de Balzac, 1799-1850）、左拉（Émile Zola, 1840-1902）等作家先后创作出各具特色、独树一帜的长篇小说，向世界文学史贡献出《悲惨世界》《人间喜剧》《卢贡—马卡尔家族》等经典名作。正是在善于构造鸿篇巨制的文学传统中，法国文学孕育出一种新的文学形式——"长河小说"（法语为 roman-fleuve，英语为 river novel）。学术界一般认为，长河小说作为一种文学类型的诞生与罗曼·罗兰有着密不可分的关系。在借鉴西方传统长篇小说创作经验的基础上，罗兰创造出被誉为"长河小说"奠基之作的《约翰·克利斯朵夫》。在 20 世纪法国文学史上，长河小说的发展愈加丰富多样，奔涌不息，涌现出普鲁斯特（Marcel Proust, 1871-1922）的《追忆逝水年华》和马丁·杜伽尔（Roger Martin du Gard, 1881-1958）的《蒂博一家》等世界名作，形成蔚为奇观的文学现象和影响深远的思想症候。其后，在某种程度上，20 世纪中国文学史上的"长河小说"，与罗曼·罗兰的

---

6 [法]罗曼·罗兰：《原序》，《约翰·克利斯多夫》，傅雷译，北京：人民文学出版社，1957 年，第 1 页。

7 [奥]斯蒂芬·茨威格：《罗曼·罗兰传》，云海译，北京：团结出版社，2003 年，第 164 页。

小说有着似有还无、秘而不宣的某种关联，诸如李劼人的《死水微澜》三部曲、张炜的三十九卷长篇小说《你在高原》。

　　大致而论，"长河小说"中的"长"主要指小说篇幅长，内容宏阔，卷帙浩繁，一般多为长篇小说，且为多卷本长篇小说；"河"则包含多层含义。第一，"河"指涉人物生命。《约翰·克利斯朵夫》主要描写一个人一生的生命之河，约翰·克利斯朵夫不同时期的生命形态尤如不同类型的河流，年幼时如小溪般欢乐，少年时如激流般鲁莽，青年时如大江大浪般滔天怒吼，中年时如大河般看似表面平静实则汹涌澎湃，晚年如大海般博大包容平和。第二，"河"指涉文本形态。小说应该突破传统框架，根据其内容来赋形，犹如奔腾不息的河流，因势利导，随势赋形，不拘一格。正如罗曼·罗兰在《约翰·克利斯朵夫》第七卷《户内》的《初版序》（1909年）中所言："显而易见，这最后几卷（《节场》与《户内》）跟全书其他的部分同样不是小说，我从来没有意思写一部小说。那末这作品究竟是什么呢？是一首诗吗？——你们何必要有一个名字呢？你们看到一个人，会问他是一部小说或一首诗吗？我就是创造了一个人。一个人的生命决不能受一种文学形式的限制。它有它本身的规则。每个生命的方式是自然界一种力的方式。有些人的生命像沉静的湖，有些像白云飘荡的一望无极的天空，有些像丰腴富饶的平原，有些像断断续续的山峰。我觉得约翰·克利斯朵夫的生命像一条河，我在本书的最初几页就说过的。"[8]第三，"河"指涉作品包容性。现代小说不局限于传统的小说规范，将音乐的内在特点、诗歌的抒情性、评论的犀利等根据需要纳入文本，打破法国文坛自福楼拜以来作者隐退的叙述规范，不追求结构的严密性、情节的戏剧性和小说的客观真实性，从而使小说成为综合型多元化的复合小说。正如瑞典皇家学院常务秘书佩尔·哈尔斯特龙（Per Halstrom）在评述马丁·杜伽尔的八卷本长篇小说《蒂博一家》时指出，长河小说"指的是一种相对地说不太注意结构的叙述方式，它像一条贯穿广阔田野的河流，蜿蜒而下，把途中所见一切都反映出来。这类小说的实质，无论就其主要方面还是细节方面，都在于反映的准确性而不在于各部分之间和谐的均衡；它没有固定的形式"[9]。

　　较之以往任何时期，20世纪世界文学发生了前所未有的巨大变革，形成

8　[法]罗曼·罗兰：《初版序》，《约翰·克利斯朵夫》，傅雷译，北京：人民文学出版社，1985年，第3页。

9　[瑞典]哈尔斯特龙：《授奖词》，吴岳添编选：《马丁·杜加尔研究》，北京：中国人民大学出版社，1992年，第357页。

传统现实主义文学或批判现实主义文学、以新型现实主义或革命浪漫主义为方法的无产阶级文学（社会主义文学）和非传统的、多流派的现代主义文学和实验主义文学（后现代主义文学）三足鼎立的文学态势[10]。欧美现实主义文学以实验革新的艺术特质、批判介入的思想内涵和融合多元的诗学形态，进入中国以传统现实主义为核心的文化场域，积极参与并深刻影响着20世纪中国文学的发展与嬗变。其中，罗曼·罗兰及其"长河小说"代表作《约翰·克利斯朵夫》，以鲜明的个人主义、人道主义、英雄主义思想内涵，深深嵌入20世纪中国文学发展史、翻译文学史、文化接受史和知识思想史。宏观而言，根据接受特点、传播方式和时代话语等因素的不同，罗曼·罗兰在中国的接受与传播包括三个相对独立的阶段，即民国时期（1920-1940年代）、新中国时期（1950-1970年代）和新时期（1980年代迄今）。首先，1920-1940年代，罗曼·罗兰在民国时期的接受经历从关注政论文章到注重小说戏剧的嬗变，呈现出注重接受主体性和历史时代性的整体特点，其中小说译介和作家评介是这一时期罗兰跨语际实践的主要内容。其次，1950-1970年代，罗曼·罗兰在新中国时期的接受经历从文学政治解析到意识形态批判的转换，呈现出注重作家的阶级特性和文本的政治表征的宏观特点，其中关于个人主义的讨论与批判是这一时期罗兰跨文化接受的重要论题。最后，1980年代迄今，罗曼·罗兰在新时期中国的接受经历从意识形态解读到文化诗学研究的转型，呈现出关注作家思想复杂性和文本诗学自律性的特点，其中关于《约翰·克利斯朵夫》的诗学解析是这一阶段罗兰汉译接受的重要表征。

就接受场域而言，罗曼·罗兰在中国的受众面极为广泛，"曾经有过一个时期，《约翰·克利斯朵夫》的中译本在我国某些地区，某些读者之间颇为流行，产生了比较广泛的影响。具体说，时间是抗日战争刚刚胜利时（即1946年——引者注）起，到全国解放的1949、1950年左右；地点是上海、北京等大城市。读者十之八九为小资产阶级知识分子，如中小学教师、大学年轻教师、大学生、高中生、公务员、记者、作家、演员，等等。这些人，相当于《约翰·克利斯朵夫》作者所说的'自由灵魂'，其中难免也包括〔……〕所谓的'民主个人主义者'"[11]。根据职业阶层和知识水准的差异，罗曼·

---

10 吴元迈：《绪论》，吴元迈主编：《20世纪外国文学史》，南京：译林出版社，2004年，第1页。

11 罗大冈：《〈约翰·克利斯朵夫〉在中国》，载罗大冈：《论罗曼·罗兰》，上海：上海文艺出版社，1979年，第177页。

罗兰的受众群体大致包括作家群体、学者群体、译者群体和普通读者等四个不同维度。作家群体主要以鲁迅、郭沫若、茅盾、周作人、巴金等为核心代表，其中既有徐志摩、萧军、李劼人等现代名家，也有路翎、周立波、田汉、艾青、柔石、梁宗岱等著名作家，还有王安忆、张炜等当代名家。这些作家或与罗曼·罗兰有过文学交流，或罗曼·罗兰有过见面交谈，或写过罗曼·罗兰文学评论，或受罗曼·罗兰明显影响，或对罗曼·罗兰心生敬意。学者群体主要以茅盾、胡风、李健吾、王元化、罗大冈等为代表；译者群体主要以敬隐渔、傅雷、许渊冲等为代表；普通读者则以年轻知识分子为主体，如在 1950 年代《读书月报》围绕"约翰·克利斯朵夫"的大讨论中涌现出来的普通读者郭襄、聪孙等。

二、主体性阐释：中国罗曼·罗兰的接受场域与关注热点

作为一位深受中国读者喜爱的著名作家，罗曼·罗兰以诺贝尔文学得主身份进入中国学人视野，在跨文化接受的百年历程中在中国知识界留下数次影响深远的论争。"罗曼·罗兰的一部分作品，早已被译成汉语，介绍到中国来。他的小说《约翰·克利斯朵夫》，在我国曾经引起较多读者的兴趣。它产生的影响在我国青年人之间，尤为广泛。〔……〕有些人特别欣赏他的个人奋斗精神。有些人赞扬他的艺术至上论，他们读了《约翰·克利斯朵夫》之后，往往不知不觉地自己也成了音乐爱好者。有些读者钦佩罗兰·罗兰强调'自由'，他们赞美他的'积极个人主义'和'人道主义'。"[12]

在 20 世纪最初三十多年的接受历程中，罗曼·罗兰主要是以思想家的身份，而非文学家的身份为中国评论界所关注，罗曼·罗兰最初更多的是作为一种精神的象征而为中国学人所景仰。在百年中国接受史中，有关罗兰的文字简直难以穷尽，然而，与他卓越的声誉与多如牛毛的文字形成对照的是，对包括《约翰·克利斯朵夫》在内的罗曼·罗兰作品的研究浮在表层，缺乏立足文本的有学术深度的研究。这一方面是因为，20 世纪中国政治格局的斗转星移、时代诗学的嬗变、文化思潮的涌动等外部因素，直接左右着罗曼·罗兰在中国的接受，使之呈现出明显的功利主义和强烈的实用主义色彩，而难以深入到文学文本的美学与思想层面。另一方面，在探讨文学文本过程中，中国评论家又

---

12 罗大冈：《向罗曼·罗兰告别（代序）》，罗大冈：《论罗曼·罗兰》，上海：上海文艺出版社，1979 年，第 2 页。

囿于茨威格的《罗曼·罗兰》，观点陈旧重复而难以推陈出新。其代表作《约翰·克利斯朵夫》直到 1940 年代才有了全译本，又马上面临中国权威评论家的质疑，1950-1970 年代，中国学界的学术旨趣已经偏离艺术鉴赏的范畴，对这部小说的解读进入政治思想领域的讨论，学术研究的目的更多的不是从学术出发，而是以政治思想和主流话语为指导，批判不符合其意识形态的思想，张扬此时期意识形态"话语霸权"。直至 1980 年代开始解放思想、拨乱反正，小说解读和阐释方式才逐渐从文学政治学范畴转向文学本体论范畴，关注小说文本的文学自律和诗学特点；然而，对这部小说美学意蕴的探讨在深度与广度上有待深入开掘。在理想失落、文学边缘的 1990 年代，中国评论界的重心在于西方理论与西方现代派文学，《约翰·克利斯朵夫》这部贯穿着理想而形式略显粗糙的大书，似乎已经无法符合现代读者的期待视野。

受政治意识、知识结构、时代话语和文化场域的影响制约，在不同历史阶段中国对罗曼·罗兰的译介传播、接受认知互有差别，各有侧重。民国时期中国知识界主要从跨文化视野和传播接受角度，关注罗曼·罗兰及其作品的主题思想，探讨个人主义、英雄主义和人道主义对中国社会历史和社会发展的积极作用。新中国时期中国知识界主要从文学政治学和文学阐释学角度，瞩目罗曼·罗兰及其作品的话语谱系，考察长河小说的结构特色和人道主义思想的社会价值。正因如此，罗曼·罗兰在中国的接受变异总体呈现出三种特色不同的接受范式，构成 20 世纪域外文学与中国文学互动交融的典型表征和个案缩影。其一是诗学阐释范式，即罗曼·罗兰及其作品在中国的接受阐释以文本审美、形象辨性、体裁解读、主题思想等文学自律性特质为主，意在关注作者和作品的艺术自足性和审美自洽性。其二是政治阐释范式，即罗曼·罗兰及其作品在中国的接受阐释以现实观照、思想观点、政治立场等文学政治性特质为主，意在关注作者和作品的意识形态性和思想政治性。其三是话语阐释范式，即罗曼·罗兰及其作品在中国的接受阐释以文化诗学、伦理学、译介学、思想史等话语性特质为主，意在关注作者和作品的文化特点和历史特征。三种接受范式之间并非截然不同，泾渭分明，互不关联，而是彼此互有冲突、关联、重叠，相互之间逸出、纠葛、断裂，伴随三者之间的视域融合、路径借鉴和观点碰撞，产生文学接受和文学阐释新的可能、方式和趋向。

就中外文学传播与理论接受而言，"19 世纪中叶以来，中国现代批评理论的孕育、建构和发展就与西方文学批评在中国的传播和影响交织在一起，尤其在当代中国，西方文论的一些关键词经过阐释和实践，已逐渐被改造和吸收为中国文学批评的一部分。"[13]以罗曼·罗兰为代表的 20 世纪法国现实主义文学，通过后殖民理论家爱德华·赛义德（Edward Said, 1935-2003）的"理论旅行"（traveling theory），以主体性接受、创造性变异、跨语际正解和跨文化误读等不同形式，进入 20 世纪中国文学和翻译文学之中。按赛义德的观点，理论或观念的跨文化旅行主要有四个不同阶段："首先，有一个起点，或类似起点的一个发轫环境，使观念得以生发或进入话语。第二，有一段得以穿行的距离，一个穿越各种文本压力的通道，使观念从前面的时空点移向后面的时空点，重新凸显出来。第三，有些条件，不妨称之为接纳条件或作为接纳不可避免之一部分的抵抗条件，正是这些条件才使被移植的理论或观念无论显得多么异样，也能得到引进或容忍。第四，完全（或部分）地被容纳（或吸收）的观念因其新时空中的新位置和新用法而受到一定程度的改造。"[14]

　　受到赛义德"理论旅行"和比较文学变异学的启发，通过考察罗曼·罗兰在中国的接受历程，我们既可以"小题大做"，经由罗曼·罗兰接受传播问题来把握跨文化中的变异阐释现象；又可以"以小见大"，揭示不同时代罗曼·罗兰在中国的接受特点及与之相关的时代背景与文化思潮；还可以"以实看虚"，透过中国罗曼·罗兰接受诗学的构成谱系和规律问题，推进比较文学译介学、比较文学变异学和比较文学阐释学的理论建构和实践案例，进一步探讨世界之中国和中国之世界等国际热点问题。需要补充并致歉的是，受文学史料、研究条件和个人能力等多重因素所限，本书基本不涉及中国台湾、香港和澳门地区的罗曼·罗兰接受诗学问题。

三、关键性术语：中国罗曼·罗兰的接受话语与概念界定

　　就学术范式和学科归属而言，作为一个兼具实践性和理论性的文学问题与文化症候，中国罗曼·罗兰接受诗学问题，既密切关联 20 世纪中法文学传播与思想交流等比较性问题，又内在关涉欧洲如何凝视中国与中国怎样认知欧洲等思想性问题，还天然涉及译介规律、传播特点、认知范式、阐释方法等理论性问题，具有典型的跨文化接受、跨语际实践和主体间性特点。因此，中

13　胡亚敏：《导言》，胡亚敏等：《概念的旅行——西方文论关键词与当代中国》，北京：中国社会科学出版社，2015 年，第 1 页。

14　[美]爱德华·W·赛义德：《理论旅行》，《赛义德自选集》，谢少波等译，北京：中国社会科学出版社，1999 年，第 138-139 页。

国罗曼·罗兰接受诗学问题，与"诗学""话语"等核心概念密不可分。

其一，中国罗曼·罗兰接受呈现天然的多样性和丰富性。就逻辑内涵而言，中国罗曼·罗兰接受诗学问题，涉及比较文学译介学、比较文学阐释学、比较文学变异学、比较文学语义学等多重学科，应大致包含问题方法、译介诗学、阐释诗学、认知诗学、域外诗学及特点价值等六个层面，分别对应方法论、本体论、比较论和功能论等逻辑范畴。其中，译介诗学、阐释诗学与认知诗学、域外诗学，彼此交叉融合，相互影响纠葛，是中国罗曼·罗兰接受诗学的主要构成。译介诗学从译介学角度呈现出罗曼·罗兰在中国接受的传播态势，阐释诗学从阐释学角度展现出罗曼·罗兰在中国接受的主体逻辑，认知诗学从思想史角度建构出罗曼·罗兰在中国接受的生成机制，域外诗学从渊源学角度还原出罗曼·罗兰在中国接受的外来资源。四者密切关联中国接受罗曼·罗兰的主体性、时代性和话语性，呈现出从个体阐释到系统阐释的世纪转型，在某种程度上构成交互性对话关系和跨文化交流表征。

其二，"诗学"内涵具有典型的模糊性和约定性。无论是亚里士多德的《诗学》，还是巴赫金的《陀思妥耶夫斯基小说诗学问题》，"诗学"（poetics/поэтика）作为西方文学理论史上的元概念和元术语，虽然广为人知且使用颇为频繁，但其内涵界定并未得到明晰界定与清楚辨析，表现出明显的模糊性、流动性和约定性倾向。总体说来，"诗学"的内涵主要包括宏观/广义、中观/中义和微观/狭义三个层次。首先，宏观诗学主要泛指关于文学、艺术和文化的发展演变、构成规律与时代特征等内容的人文理论学问，诸如巴赫金在复调小说（polyphonic novel）和对话哲学（dialogue philosophy）基础上提出的文化诗学（culture poetics）[15]，在拉伯雷小说和民间文化基础上提出的狂欢化诗学（carnival poetics）[16]，普罗普在民间故事类型学（typology of folktales）和比较

---

15 See Morson, Gary Saul & Caryl Emerson. *Mikhail Bakhtin: Creation of a Prosaics*. Stanford, California: Stanford UP, 1990; Booker M. Keith. *Joyce, Bakhtin, and the Literary Tradition: Toward a Comparative Cultural Poetics*. Ann Arbor: The University of Michigan Press, 1997; Bialostosky Don H.. *Mikhail Bakhtin: Rhetoric, Poetics, Dialogics, Rhetoricality*. Anderson, SC: Parlor Press, 2016; 亦可参阅程正民：《巴赫金的文化诗学》，北京：北京师范大学出版社，2001 年；程正民：《巴赫金的文化诗学研究》，北京：北京社会科学出版社，2017 年；程正民：《巴赫金的诗学》，北京：中国社会科学出版社，2019 年；诸如此类。

16 See Lachmann, Renate. *Bakhtin and Carnival: Culture as Counter-Culture*. Center for Humanistic Studies, College of Liberal Arts, University of Minnesota, 1987; Murav Harriet. *Holy Foolishness: Dostoevsky's Novels & the Poetics of Cultural Critique*.

神话学（comparative mythology）基础上提出的故事诗学（poetics of folktales）[17]。其次，中观诗学主要指涉研究文学艺术的构成谱系、发展规律和美学特点等内容的人文理论学问，按王先霈的理解和界定，"诗学，就是关于文学以至各种艺术的理论，就是关于在不断发展、变动中的文学性和艺术性的理论"[18]；诸如以双重悖反、心理分析和社会批判为代表的易卜生诗学（Ibsen's poetics）[19]，以幽默嘲讽的喜剧性、情节发展的静态性和自然隽永的抒情性为表征的契诃夫诗学（Chekhov's poetics）[20]，以自然观、情理观、语言观和想象观为表征的华兹华斯诗学（Wordsworth's poetics）[21]，以兴观群怨、物色移情、意境神思为代表的中国古代诗学（ancient Chinese poetics）[22]。最后，微观诗学主要指关于诗歌的创作

Stanford, California: Stanford UP, 1992; 亦可参阅夏忠宪：《巴赫金狂欢化诗学研究》，北京：北京师范大学出版社，2000 年；王建刚：《狂欢诗学：巴赫金文学思想研究》，上海：学林出版社，2001 年；等等。

17 See Shcheglov, Yu & A. Zholkovsky. *Poetics of Expressiveness: A Theory and Application.* Amsterdam & Philadelphia: John Benjamins Publishing Cmpany, 1987; 亦可参阅贾放：《普罗普的故事诗学》，北京：中国社会科学出版社，2019 年; [俄]弗·雅·普罗普：《故事形态学》，贾放译，北京：中华书局，2006 年；赵晓彬：《普罗普民俗学思想研究》，哈尔滨：黑龙江人民出版社，2007 年；凡此种种。

18 王先霈：《中国古代诗学十五讲》，北京：北京大学出版社，2007 年，第 2 页。

19 See Dwyer, Carrie Louise. *The Poetic Element in Ibsen's Prose Dramas.* University of Kentucky, 1922; James Mary Louise. *Ibsen's Poetic Theory and Practice in the Theatre.* Polytechnic of North London, 1981; Gerland Oliver. *A Freudian Poetics for Ibsen's Theatre: Repetition, Recollection, and Paradox.* E. Mellen Press, 1998; Moi Toril. *Henrik Ibsen and the Birth of Modernism: Art, Theater, Philosophy.* Oxford and New York: Oxford UP, 2006; 亦可参阅汪余礼：《易卜生戏剧诗学研究》，北京：人民文学出版社，2020 年；诸如此类。

20 See Chudakov, Aleksandr Pavlovich. *Chekhov's Poetics.* Translated by Edwina Jannie Cruise, Donald Dragt. Los Angeles: Ardis, 1983; Finke Michael C.. *Metapoesis: The Russian Tradition from Pushkin to Chekhov.* Durham and London: Duke University Press, 1995; Kirjanov Daria A.. *Chekhov and the Poetics of Memory.* New York: Peter, 2000; Lapushin Radislav. *"Dew on the Grass": The Poetics of Inbetweenness in Chekhov.* New York: Peter Lang, 2010; Golomb Harai. *A New Poetics of Chekhov's Plays: Presence Through Absence.* Sussex Academic Press, 2014; Apollonio Carol & Radislav Lapushin eds. *Chekhov's Letters: Biography, Context, Poetics.* New York and London: The Rowman & Littlefield Publishing Group, 2018; et al.

21 See Simpson, David. *Wordsworth, Commodification, and Social Concern: The Poetics of Modernity.* Cambridge: Cambridge UP, 2009; Bates Brian R. *Wordsworth's Poetic Collections, Supplementary Writing and Parodic Reception.* London and New York: Routledge, 2012; Ford Thomas H.. *Wordsworth and the Poetics of Air: Atmospheric Romanticism in a Time of Climate Change.* Cambridge: Cambridge UP, 2018; 亦可参阅苏文菁：《华兹华斯诗学》，北京：社会科学文献出版社，2000 年；等等。

22 参阅王先霈：《中国古代诗学十五讲》，北京：北京大学出版社，2007 年。

技巧、发展规律、主要特色的论诗学问和诗歌理论，诸如关注重音与重读、诗行与诗节、节奏与韵律的英语诗歌形式诗学（poetics of English verse rhythm）[23]，关注中国古典诗歌功利批评、风格批评、美学批评、流派批评和诗学批评的中国诗学批评（Chinese poetics criticism）[24]，关注 20 世纪现代格律诗中核心概念和理论范畴生成演变的现代格律诗学（modern metrical poetics）[25]。综合而言，本书稿主要在中观层面使用诗学概念，视诗学为研究文学艺术的构成谱系、发展规律和美学特点等内容的理论，系统查考和深入分析 20 世纪中国知识界接受罗曼·罗兰的诗学谱系，即译介诗学、阐释诗学、认知诗学、影响诗学等构成的诗学体系。由于中国罗曼·罗兰接受诗学问题涉及 20 世纪中国人文学术界的思想话语和文化知识界的文化重建，因此，本书稿部分兼及宏观层面的诗学概念。

其三，"话语"内涵具有明显的多重性和流动性。"话语"内涵的界定和形成，先后经历了索绪尔（Ferdinand de Saussure, 1857-1913）、福柯（Michel foucault, 1926-1984）、巴赫金（M. M. Bakhtin, 1895-1975）、哈贝马斯（Jügen Habermas, 1929-）、海登·怀特（Hayden White, 1928-2018）、诺曼·费尔克拉夫（Norman Fairclough）等人的论说和研究[26]。在著述《普通语言学教程》中，索绪尔开一代风气之先，提出不同于以往比较历史语言学的语言学体系。他把研究对象分区为"语言"（language）和"言语"（parole）两个层次，指出语言符号的"能指"（signifier）和"所指"（signified）特质，建立共时性研究和历时性研究。由于"言语"的任意性、历史性、地域性和社会性等特点，操作性不强，索绪尔对其并未给予重视。事实上，话语的衍生空间，尤其是借助话语进行社会批判和文化批判，正是从言语视域中发展而来的。经由福柯、巴赫金、哈贝马斯、海登·怀特等学者的创造性使用和持续性发展，"话语"最终得以逐渐形成。这正如话语研究学家费尔克拉夫所言："在比较窄的意义上使用话语一词，即用它来指称口头语言或书写语言的使用。在语言学家传统上使用'言语使用'、'言语'或'语言表现'进行写作的地方，我将使用'话语'一词。"[27]

---

23 参阅聂珍钊：《英语诗歌形式导论》，北京：中国社会科学出版社，2007 年。

24 参阅陈良运：《中国诗学批评史》，南昌：江西人民出版社，2007 年。

25 参阅刘涛：《百年汉诗形式的理论探求：20 世纪现代格律诗学研究》，北京：人民出版社，2013 年。

26 高玉：《论"话语"及其"话语研究"学术范式意义》，《学海》2006 年第 4 期。

27 [英]诺曼·费尔克拉夫：《话语与社会变迁》，殷晓蓉译，北京：华夏出版社，2003 年，第 58 页。

总体说来，目前学术界的研究多数将话语视为语言学和文化学范畴的概念[28]。具体说来，话语作为语言学范畴的概念又有两种不同含义：其一是将话语等同于语言（discourse as language），比如著名符号学家罗兰·巴特的在法兰西学院的演讲，就不对话语（discourse）和言语进行区分。而这一定义是目前社会科学中占据主导性地位的定义，现在的一个学术趋向是在话语的语言学定义中，纳入福柯的知识考古学的视角。其二是将话语等同于文本（discourse as text），这主要为语用学和修辞学等语言学科所采用[29]。除此之外，学术界还存在着另一种对话语更为宽泛和自由的认识和界定，即把非言语形式的体态、动作、感觉都视为话语[30]，比如著名符号学家让—克劳德·高概（Jean-Claude Coquet），视身体感觉为话语符号学的首要研究对象[31]。一般说来，"话语有时用来指口头对话的延伸部分，以便与书写文本相对照。更常见的是，话语之被用于语言学中，要么是涉及口头语言的延伸部分，要么是涉及书写语言的延伸部分。除了保持对高级结构属性的强调之外，这种意义上的话语还重视言语者和被言语者之间的相互作用，或者作者和读者之间的相互作用，因此也重视话语和书写的生产过程与解释过程，就像它也重视语言使用的情景背景一样。"[32]因此，"话语"不仅包含口头或书写文本的意义、语法结构、言说与其对象的相互关系，而且包含它的生产和解释的整个过程。

整体而论，中国罗曼·罗兰接受诗学的研究目的主要有三个维度。其一，从比较文学译介学角度，本书力图廓清罗曼·罗兰在中国的翻译史与研究史，对史料进行翔实细致的爬梳整理，为以后的研究者提供资料与目录索引。其二，从比较文学接受史角度，本书将深入察考罗曼·罗兰形象在民国期间的建构，揭示 20 世纪上半叶中国知识分子对罗兰思想的选择与疏离，并考察与之密切相关联的时代背景与诗学思潮。其三，从比较文学变异学角度，本书意在

28　Chalaby, Jean K. "Beyond the Prison-House of Language: Discourse as a Sociological Concept," *The British Journal of Sociology*. Vol. 47, No. 4 (Dec., 1996), p. 684.

29　Chalaby, Jean K. "Beyond the Prison-House of Language: Discourse as a Sociological Concept." *The British Journal of Sociology*. Vol. 47, No. 4 (Dec., 1996), pp. 684-88.

30　Purvis, Trevor, & Alan Hunt. "Discourse, Ideology, Discourse, Ideology, Discourse, Ideology……" *The British Journal of Sociology*. Vol. 44, No. 3, (Sep., 1993), pp. 473-99.

31　参阅[法]让—克劳德·高概：《话语符号学》，王东亮编译，北京：北京大学出版社，1997 年。

32　[英]诺曼·费尔克拉夫：《话语与社会变迁》，殷晓蓉译，北京：华夏出版社，2003 年，第 3 页。

细致考察《约翰·克利斯朵夫》在不同阶段的接受特点及相关原因，探析对最后一章《复旦》与约翰·克利斯朵夫人物形象产生悖论式解读的复杂因素，并总结罗曼·罗兰在中国的宏观接受特点。

总而言之，中国罗曼·罗兰接受诗学问题具有比较典型的跨学科综合性特征，主要体现在问题由来、研究方法和研究意义等维度。作为一位深受中国读者喜爱的著名作家，罗曼·罗兰在跨文化接受的百年历程中，在中国知识界留下数次影响深远的论争。受政治意识、知识结构、时代话语和文化场域的影响制约，在不同历史阶段中国对罗曼·罗兰的译介传播、接受认知互有差别，各有侧重。民国时期中国知识界主要从跨文化视野和传播接受角度，关注罗曼·罗兰及其作品的主题思想，探讨个人主义、英雄主义和人道主义对中国社会历史和社会发展的积极作用。新中国时期中国知识界则主要从文学政治学和文学变异学角度，瞩目罗曼·罗兰及其作品的话语谱系，考察长河小说的结构特色和人道主义思想的社会价值。由此，罗曼·罗兰在中国的接受变异问题，呈现出比较典型的译介学与阐释学结合、传播学与变异学交叉、文学史与思想史融汇、跨学科与综合性并置的宏观特点。

第一章　从发端到成熟：民国时期中国罗曼·罗兰的译介诗学

自 1919 年罗曼·罗兰的《精神独立宣言》译入中国以来，罗曼·罗兰的大部分作品都被翻译成中文，在译介的广度、深度、力度和译本的数量、质量、体量上均颇有成就，总体呈现出多元化、复译化、不均衡化等宏观特点。罗兰的重要作品普遍有多种译本，如戏剧《群狼》有四种译本，《丹东》有两种译本，《七月十四》有两种译本；他的名人传记更是炙手可热，一部《贝多芬传》先后有十七名译者迻译，解放前就有五种译本，改革开放后重译、编译多达十余种；长篇小说《约翰·克利斯朵夫》也先后有十多人尝试翻译，全译本共有八种译本（包括傅雷的初译本与重译本）。他的长篇小说、中篇小说、戏剧、回忆录、传记等都有译本，其书信也常见诸于解放前的报刊。即使在 20 世纪三四十年代中国风雨如磐、举步维艰的日子，长篇小说《约翰·克利斯朵夫》的出版工作仍持续进行，为中国青年读者如饥似渴地阅读。根据民国时期中国的社会态势和出版变迁，罗曼·罗兰作品在民国时期的译介出版大致包括三个不同时期，即 1920 年代的译介发端期，1930 年代的译介兴盛期，1940 年代的译介成熟期。三个阶段之间既有内在的逻辑联系又有不可忽视的区别。

一、1920 年代的政论文为主：罗曼·罗兰汉译传播的发端

罗曼·罗兰进入中国学人的视野，与 20 世纪初中国革故鼎新的"五四"新文化运动密切相关。就性质和诉求而言，这场新文化运动"是由一些深受西

方文化熏陶、具有现代文化意识的知识分子推动的文化启蒙运动, 它的历史诉求是以西方文化为参照, 对中国传统文化进行彻底的清算, 谋求中国文化的现代化。"[1]在 19-20 世纪转折之交, 中国学人急切地希望改造社会、推进中国现代化, 将目光投向了思潮纷涌、理念先进的西方文化, 介绍西方的思想文艺以革旧布新, 并敏锐地意识到对国人进行思想启蒙的重要性。

正是在国人将目光投向西方的背景下, 罗曼·罗兰以其诺贝尔文学奖得主的身份进入了中国学人的视野。在 1916 年 10 月 1 日《新青年》杂志的第 2 卷第 2 期上, 署名为"记者"(大抵是留法的中国学生)的作者在"通信"栏里向读者解释"诺贝尔"及诺贝尔文学奖金时, 提到了罗曼·罗兰是 1914 年诺贝尔文学奖的得主。不过, 罗曼·罗兰虽然是在 1914 年被评为诺贝尔文学奖获得者, 但由于他在第一次世界大战中坚决反对战争, 其一系列呼吁和平、反对战争的文章激怒了法国狂热支持战争的民族主义者。罗兰因此被扣上"叛国"的罪名, 法国政府也阻挠瑞典学院为他颁发诺贝尔文学奖, 瑞典学院考虑种种因素将颁奖典礼推迟了一年, 仍然坚持于 1915 年授予罗曼·罗兰诺贝尔文学奖。

引起中国学人对他产生更加浓厚兴趣的原因, 不仅在于他获得了诺贝尔文学奖, 更在于他在一战期间敢于冒天下之大不韪反对战争、主张和平。茅盾在悼念罗曼·罗兰逝世时, 就追忆了罗兰最初引起国人广泛关注的原因, "在第一次世界大战时, 罗曼·罗兰对于那些屠杀人类, 毁灭文明的战争的罪犯者的控诉, 曾是所有这一切正义呼声中之最响亮者"[2]。当罗兰在第一次世界大战期间发出独立的声音时, 罗兰就作为精神独立、高扬主体意识的标识为"睁眼看世界"的中国学人所注意了。

《新青年》7 卷 1 期发表《本志宣言》, 表明该杂志的思想态度和主要倾向, 主张会员应该承担此宣言的责任, 也即要求会员们的精神应与本宣言的主导思想保持一致。《本志宣言》声明说: "我们相信政治道德科学艺术宗教教育, 都应该以现在及将来社会生活进步的实际需要为中心。〔……〕我们理想的新时代新社会, 是诚实的, 进步的, 积极的, 自由的, 平等的, 创造的, 美的, 善的, 和平的, 相爱互助的,〔……〕我们相信人类道德的进步, 应该扩张到本能(即侵略性及占有心)以上的生活; 所以对于世界上各种民族, 都应

---

1 龚翰熊:《西方文学研究》, 福州: 福建人民出版社, 2005 年, 第 48 页。
2 茅盾:《拿出力量来》,《文学新刊》1945 年第 1 卷第 3 期。

该表示友爱互助的情谊。但是对于侵略主义占有主义的军阀财阀，不得不以敌意相待。我们主张的是民众运动社会改造，和过去及现在各派政党，绝对断绝关系。"[3]《本志宣言》表达了《新青年》主将们渴望建立和平、自由国度的社会理想，也反映他们渴望友爱互助、在进行社会改造时保持思想独立、党派独立，这与罗曼·罗兰的思想基本是如出一辙的。

　　所以，当罗曼·罗兰的《精神独立宣言》于 1919 年 6 月 29 日发表于法国的《人道报》后，短短五个月后就受到中国学人的关注，即刻被张嵩年从英文转译过来，发表于《新青年》7 卷 1 期上。在这篇宣言里，罗曼·罗兰号召欧洲的有志之士保持精神独立、维护和平、反对战争。罗曼·罗兰的这篇极富感染力的宣言，充满世界的眼光、平等的意识和人类的胸怀，强调要做精神的主人，必定引起五四热血青年的深深共鸣。

> 　　起！既知这样，那么我们便请把精神解脱了这些连累，脱离了这些卑辱的结合，祛除了这些隐秘的奴役。要知道精神是不为一切东西的奴仆的。为精神奴仆的就是我们。我们是除他以外，更不晓得别的主人。〔……〕我们尊敬的唯有真理，自由的真理，无边界，无限际，无种级族类之偏执。〔……〕我们是正在为人类而工作，只是我们所作非人类的那一分，乃人类的全体。我们不认得这民众，那民众，那种许多的民众。我们但认唯一民众——一而普遍——，就是那受苦、竞争，跌而复起，沿着浸泡在他们自己的汗血中，凹凸不平的路，永远相继不断的民众——就是合一切人类之民众，一切同是我们的弟兄。[4]

　　在这篇文白相间的宣言后面，译者还列出了在这份宣言后面签名的各国知名人士。这篇介绍性文章的重要性还在于，译者介绍了研究罗曼·罗兰的法文、英文、日文资料，为后来者研究罗曼·罗兰提供了可贵的参考文献资料。

　　然而，从 1916 年罗曼·罗兰进入中国学人视野到 1925 年这十年间，罗曼·罗兰的作品汉译工作几乎处于空白状态。除了《精神独立宣言》得到快速翻译，罗兰的其他作品没有一篇得到翻译。1920 年代，罗曼·罗兰作品的汉译主要涉及政论文、传记、小说和戏剧。政论文译有三篇：《致高普特曼书》（常惠译，1926 年）、《混乱之上》（金满城译，1926 年）《答诬我者书》（常惠

3　胡适：《本志宣言》，《新青年》1919 年第 7 卷第 1 期。

4　[法]罗曼·罗兰：《精神独立宣言》，张嵩年译，《新青年》1919 年第 7 卷第 1 期。

译，1926 年）。传记译有三本：《甘地小传》（谢颂羔、米星如译，1925 年）、《裴多汶传》（杨晦转译，1927 年）、《米勒》[5]（张定璜译，1927 年）。小说译本主要有三部：《若望·克利司朵夫》（敬隐渔节译，1926 年）、《彼得与露西》（李劼人译，1926 年）、《白利与露西》（叶灵凤译，1928 年）。戏剧译有两部：《爱与死之角逐》（夏莱蒂、徐培仁译，1928 年）与《爱与死》（梦茵译，1929 年）。其他两篇：《Beethoven 传序文》《若望·克利司朵夫向中国的弟兄们宣言》。其中，罗曼·罗兰作品的主要译者（包括作品与评论译介）有张嵩年、常惠、金满城、谢颂羔，米星如、杨晦、夏莱蒂、徐培仁、叶灵凤、梦茵、鲁迅、李劼人、成仿吾、敬隐渔、张定璜等。译作主要刊发在《创造周报》《小说月报》《莽原》《骆驼》《新青年》等报刊杂志上。出版社团有上海美以美全国书报部、上海北新书局、上海创造社、上海现代书局、上海开明书店、上海泰东图书局、上海商务印书馆。直至 1926 年罗兰的 60 周岁诞辰，中国才开始较集中地介绍罗兰的作品。从译者来看，彼时先后有 15 位译者参与翻译了罗曼·罗兰的作品，有五种期刊发表其译作，有七家出版社参与罗兰作品的出版。这些期刊与出版社集中于上海、北京两大新文化基地。从译者与罗兰作品被翻译的数量来看，罗兰在 1920 年代的中国知识界是受到相当重视的。通过对比分析，1920 年代左右的翻译者尤其关注罗兰的政论文，相关译文主要发表在《新青年》《莽原》上。

　　1926 年，适逢罗曼·罗兰 60 周岁诞辰，中国学界掀起译介接受罗曼·罗兰的第一个小高潮。1925 年，留学法国的中国留学生敬隐渔拜访了罗曼·罗兰，并将自己翻译的《阿 Q 正传》推荐给了罗曼·罗兰，罗曼·罗兰阅毕，十分赞赏鲁迅的这部小说，并将之推荐发表在法国杂志《欧罗巴》上。1926 年，敬隐渔提议鲁迅精印一本论罗兰的书，"为人类为艺术底爱，为友谊，为罗曼·罗兰对于中国的热忱，为我们祖国底体面，很有这一点表示"[6]。鲁迅接受了这个建议，1926 年，鲁迅在其主持的期刊《莽原》第 7-8 期上推出了"罗曼·罗兰专号"，其中有罗曼·罗兰的《致高普特曼书》（常惠译）和《答诬我者书》（常惠译）、《混乱之上》（金满城译）三篇政论文，张定璜的《读〈超战篇〉同〈先驱〉》和茨威格的《Romain Rolland》（张定璜译），日本评论家中泽临川与生田

5　参阅阿英编选：《中国新文学大系·史料索引》，上海：良友图书印刷公司，1981 年，第 511 页。笔者未见。另据杨人楩《译者序言》（载剌外格：《罗曼·罗兰》，杨人楩译），张定璜曾经翻译过《米勒》，刊登在《骆驼》杂志第一册上。

6　戈宝权：《〈阿 Q 正传〉在国外》，北京：人民文学出版社，1981 年，第 32、12-13 页。

长江的《罗曼·罗兰的真勇主义》（鲁迅译）和赵少侯的《罗曼·罗兰评传》三篇评论性文章，同时还附有"罗曼·罗兰的画像"和"罗曼·罗兰的著作表"。

罗曼·罗兰的政论文一如既往地获得足够重视，一方面是因为这些政论文篇幅短小，能够在较短时间内翻译出来，另一方面也反映了此时期中国学人对罗曼·罗兰关注的侧重点与热点所在。1920 年代，中国学人关注罗兰的重心在于他在一战中反对战争、主张人与人之间互爱互助的人道主义思想，在于他的言与行的高度一致及其体现出来的一种精神力量——精神自由、平等、博爱。这四篇被翻译的政论文都表达了罗曼·罗兰反对战争、拥护和平的思想，他呼吁以豪普特曼为代表的德国知识阶层、欧洲各国人民摈弃民族主义，维护世界和平、保护欧洲的艺术珍品，同时也凝聚着罗曼·罗兰保持精神独立、呼吁人类博爱的人格理想。罗兰在战争期间是以独立的姿态出现的，他不愿意站在战争双方的任一方说话，因而遭到法国民族主义者的攻讦，被迫居于中立国瑞士。很显然，译者们包括《莽原》的核心灵魂与主持人鲁迅看重的也正是罗兰政论文中正义的呼声与卓绝的自由精神。金满城在译作《混乱之上》中解释文章译名的理由时说："以事实而论——理由虽然不充分一点——当时的欧洲实在混乱极了。而罗兰能在这混乱之中，以濯流不染的精神，出来为人道伸正义；谓之为'混乱之上'之人，何尝不可呢？"[7]赞美之情是溢于言表。

接替《小说月报》编辑任务的郑振铎也于罗曼·罗兰 60 寿辰之际，推出了几篇罗兰的文学作品，包括：《若望·克里司朵夫向中国的弟兄们宣言》（17卷 1 号）；由敬隐渔节译的《若望·克里司朵夫》（17 卷 1-3 号），同时在 17 卷 1 号上附有罗曼·罗兰肖像、雕塑、住宅的照片、《若望·克里司朵夫向中国的弟兄们宣言》的罗兰手迹并附有译文；由李劼人翻译的小说《彼得与露西》刊登在 17 卷 6-7 号上。从译者李劼人附在《彼得与露西》后的"附言"可以看出他赞同罗兰的反战倾向，罗兰的反战文学受到中国翻译界的重视，"罗曼·罗兰的《若望·克利司朵夫》也经敬隐渔君译出了，听说他的贝多芬之生活一书，也有中文译本[8]；但是据我这山野之人看来，似乎他关于非战的作品，尚没有人译过，于是我就因陋就简的译出了他这部小书"[9]。

7　[法]罗曼·罗兰：《混乱之上》，金满城译，《莽原》1926 年第 7-8 期。

8　此处应该是指成仿吾翻译的《Beethoven 传序文》，发表在《创造周报》1923 年第 4 号上。

9　李劼人：《附言》，《彼得与露西》，《小说月报》1926 年第 17 卷第 6-7 号。

罗曼·罗兰在世界和中国的声望，他的伟大人格和独立思想吸引了人们，并促使译者翻译他的作品以进一步了解他的思想。自 1925 年始，罗兰的戏剧、小说、传记得到翻译家的重视，但是他最重要的作品《约翰·克利斯朵夫》全貌尚未呈现给中国读者，三大传记中的《米开朗基罗传》与《托尔斯泰传》都未得到翻译，表明中国翻译界并没有从文学性的角度关注罗曼·罗兰。以单行本出现的有以下几种。1925 年 1 月，上海的美以美全国书报部出版谢颂羔和米星如翻译的《甘地小传》，同年再版。1927 年，上海北新书局出版杨晦根据康斯坦茨·赫尔（B. Constance Hull）的英译本转译的《裴多汶传》。《爱与死的搏斗》这部戏剧在 1920 年代竟然有了两种译本。上海创造社于 1928 年出版夏莱蒂、徐培仁合译的《爱与死之角逐》，该书根据英译本转译，先后于 1937 年、1939 年被上海启明书局重版。另一个译本是梦茵翻译的《爱与死》，由上海泰东图书局于 1929 年 7 月出版，属"白露丛书之一"。小说《皮埃尔与露西》除了由李劼人翻译刊登在《小说月报》上外，上海现代书局还于 1928 年推出叶灵凤翻译的《白利与露西》，1931 年该书重版。

罗曼·罗兰进入中国最初的十多年里，其政论文最受关注，其次才是他的小说、戏剧与传记文学。罗曼·罗兰著名的三部名人传与《约翰·克利斯朵夫》都未得以全面翻译的情况下，竟然出现了非一流经典作品的两种译本。这一方面表明中国五四新文学运动最初的十多年里，翻译现状紊乱而没有系统规划，另一方面是因为受到译本与条件的限制。从英文转译是许多译者沟通罗曼·罗兰与中国的一条媒介通道。

二、1930 年代的全方位译介：罗曼·罗兰汉译传播的兴盛

1930 年代，罗曼·罗兰的小说、戏剧、传记、政论文等都得到全方位的翻译，罗曼·罗兰作品的汉译已颇具规模，呈现出方兴未艾、蔚为大观之势。

综合来看，罗曼·罗兰的传记作品在中国得到重视，一部《甘地传》就有 3 种译本。谢济则翻译的《甘地奋斗史》由上海卿云图书公司出版，该译本根据英译文转译过来。1930 年上海的商务印书馆又出版陈作梁翻译的《甘地》，该译本亦根据英译本转译，1933 年再版，1935 年 1 月 3 版。1937 年，米星如、谢颂羔翻译的《甘地奋斗史》由上海国光书店于 1937 年初版，1947 年再版。素享佳誉的三大名人传在 1930 年代都有了译本，而且译本还不止一个。《托尔斯泰传》有 2 种译本。1933 年 6 月，上海华通书局出版徐懋庸翻译的《托尔斯泰传》。三大

名人传记于后世影响最大的还是著名翻译家傅雷的译作。1935 年，傅雷翻译的《托尔斯泰传》由上海商务印书馆出版。1934 年，傅雷在法国翻译了《贝多芬传》，摘精要以《贝多芬评传》的篇名发表在 1934 年《国际译报》7 卷 1 期上。这部传记的单行本要到四十年代才能得以面世。另一部傅雷翻译的名人传《弥盖朗琪罗传》于 1935 年 9 月也由上海商务印书馆出版。傅雷还着手翻译罗曼·罗兰最享盛名的《约翰·克利斯朵夫》，第 1 卷由上海商务印书馆于 1937 年出版，属"世界文学名著"，书前冠有《译者献辞》。在此之前，静子与章质合译的《安戴耐蒂》（即《约翰·克利斯朵夫》中的第六卷《安多纳德》）由河北保定群玉山房于 1932 年 9 月出版，据英译本转译。精通法文的黎烈文翻译的《反抗》选自《约翰·克利斯朵夫》第 4 卷，该译文先发表在 1934 年 2 卷 3 期的《文学》上，后收入 1936 年黎烈文选译的《法国短篇小说集》，由上海商务印书馆出版。

　　其次是他发表的政论文，包括他与苏联高尔基的往来通信。1936 年适逢罗曼·罗兰 70 诞辰，《译文》《质文》《时事类编》等期刊纷纷发表文章介绍这位精神巨人的思想历程。他描述思想变化的文章《我走来的道路》与《七十年的回顾》等，都得到迅速翻译，反映了中国评论界对罗曼·罗兰思想走向的高度关注。这几篇译文成为中国评论界解读（误读）罗曼·罗兰思想、作品的重要依据，对罗曼·罗兰在中国的接受转型起到不可忽视的影响。他的戏剧《爱与死的搏斗》更是一稿多译[10]。在 1920 年代先是有了夏莱蒂、徐培仁合译、后有梦茵译本，在 1930 年代在又由辛予翻译、南京矛盾出版社于 1932 年 5 月出版，名为《爱与死底角逐》，列入"矛盾戏剧丛书"。著名翻译家李健吾也翻译了该剧，译名为《爱与死的搏斗》，由上海文化生活出版社于 1939 年出版。李璟、辛质合译罗兰另一部戏剧《孟德斯榜夫人》，由上海商务印书馆于 1930 年出版，属"世界文学名著"。翻译家贺之才在翻译罗曼·罗兰戏剧上用力最勤，由他翻译的革命戏剧《七月十四》先后于 1934、1935 年由上海商务印书馆，1935、1939 年由长沙商务印书馆出版。

　　1920 年代译著重版的有叶灵凤译的小说《白利与露西》，夏莱蒂与徐培仁合译的小说《爱与死之角逐》。与此同时，关注罗曼·罗兰的人群越来越庞大，有更多的杂志发表关于罗曼·罗兰的文字；从出版罗曼·罗兰著作单行本的地

---

10 《爱与死的搏斗》在中国面世以来共有五个不同版本，分别在 1928、1929、1932、1937、1939、1940、1943、1944、1946、1950、1951 年出版，更多详情请参阅文末《附录 1：罗曼·罗兰作品中译本目录》。

域来看，1920 年代，出版其单行本主要由上海一统天下；1930 年代，河北保定、南京、长沙、重庆等地也出现了一些印刷罗兰作品的出版机构，而其单行本数量达 13 种[11]之多。由此可见，罗曼·罗兰热在中国开始有升温之势。1930 年代翻译罗曼·罗兰小说与名人传记的名家傅雷与翻译戏剧作品的贺之才登上文坛，译作的高质量促进了作品的广泛流传。翻译的重心仍延续 1920 年代重视政论文的传统，并将视域扩大到文学作品。各地的商务印书馆与文化生活出版社，在传播罗兰作品过程中起着举足轻重的作用。从英文本转译仍是此时期翻译罗兰作品的重要途径，但从法文原文译出的比重大大增加。与前一个阶段相对零碎翻译不同，这时期的译本多以丛书形式出版，表明罗兰作品汉译具有了某种系统性。

　　1930 年代，罗曼·罗兰作品汉译成果体量庞大，体裁众多，译本丰富，成就斐然。具体说来，戏剧有《孟德斯榜夫人》《爱与死底角逐》（辛予译）、《爱与死的搏斗》（李健吾译）、《七月十四日》（贺之才译），政论文（评论）有《罗曼·罗兰与高尔基》《罗曼·罗兰的一封信》《朋友的死》《我走来的道路》《七十年的回顾》《贝多芬笔谈》《论个人主义和人道主义》《论布里兹》，小说有《安戴耐蒂》、《约翰·克利斯朵夫》第一册（傅译本）和《反抗》[12]（黎烈文译），传记有《贝多芬评传》（傅雷编译）、《甘地奋斗史》（谢译本）、《甘地》（陈译本）、《甘地奋斗史》（米译本）、《托尔斯泰传》（徐译本）、《托尔斯泰传》（傅译本）、《弥盖朗琪罗传》（傅译本）[13]。其中，罗曼·罗兰作品的主

---

11 1930 年代罗曼·罗兰著作单行汉译本主要包括：李琭、辛质合译：《孟德斯榜夫人》，上海：商务印书馆，1930 年；谢济则译：《甘地奋斗史》，上海：卿云图书公司，1930 年，译自英文本；静子、章质合译：《安戴耐蒂》，保定：群玉山房，1932年，据英译本转译；辛予译：《爱与死底角逐》，南京：南京矛盾出版社，1932 年；陈作梁译：《甘地》，上海：商务印书馆，1930 年，1933 年国难后第 1 版，1935 年1 月国难后第 2 版，据英译本转译；米星如、谢颂羔译：《甘地奋斗史》，上海：国光书店，1937 年；徐懋庸译：《托尔斯泰传》，上海：上海华通书局，1933 年；贺之才译：《七月十四日》，上海：商务印书馆，1934 年，1935 年；贺之才译：《七月十四日》，长沙：商务印书馆，1935 年，1939 年；傅雷译：《约翰·克利斯朵夫》，上海：商务印书馆，1937 年；傅雷译：《托尔斯泰传》，上海：商务印书馆，1935 年；傅雷译：《弥盖朗琪罗传》，上海：商务印书馆，1935 年；夏菜蒂、徐培仁合译：《爱与死之角逐》，上海：启明书局，1937 年，1939 年；李健吾译：《爱与死的搏斗》，上海：文化生活出版社，1939 年。

12 此处的《反抗》指《约翰·克利斯朵夫》第 4 卷《反抗》。

13 此处译者不同算作不同的作品；同一译者不同出版社为同一作品；单行本包括同一作品不同译者、1930 年代初版的作品。文体未作严格区分。

要译者有 37 位，如适夷、傅雷、沂民、世弥、陈占元、萧乾、铭五、亦光、魏蟠、辛予、夏莱蒂、李健吾、寒琪、黎烈文、高璘度、鹤逸、梁宗岱、何家槐、郭铁、杨芳洁、孙源、葛一虹、秦似、白桦、孟引、任钧、李琅、辛质、谢济则、静子、章质、徐懋庸、陈作梁、米星如、谢颂羔、贺之才、徐培仁。刊发译文的报刊杂志有 20 家，如《文艺新闻》《国际译报》《芒种》《译文》《质文》《真美善》《青年界》《黄钟》《文学月报》《涛声》《文艺月刊》《读书杂志》《朔望半月刊》《中华月报》《文学》《杂文》《东流》《申报周刊》《时事类编》《出版周刊》。出版译文的社团单位有 12 家，如上海永祥印书馆、上海文化生活出版社、上海商务印书馆、上海卿云图书公司、河北保定群玉山房、南京矛盾出版社、上海国光书店、上海华通书局、重庆商务印书馆、上海启明书局、上海文化生活出版社、长沙商务印书馆。

三、1940 年代的复译与再版：罗曼·罗兰汉译传播的成熟

从 1940 年代翻译界与出版界的情况来看，罗曼·罗兰的作品除了《迷人的灵魂》一书没有全译本，《格拉布勒尼翁》没有中译本外，其革命戏剧、信仰剧、三大传记与《约翰·克利斯朵夫》基本都得到翻译，有的甚至一稿多译，一版再版。众多知名翻译家投身其间，以文学交流和文化译介报国，重译、复译与再版屡屡发生，都已表明罗兰在中国的影响力。

《爱与死之搏斗》一书在 1920 年代已有夏莱蒂与徐培仁合译本、梦茵译本，1930 年代有李健吾译本，1944 年推出贺之才译本。1944 年，上海世界书局推出贺之才翻译的"罗曼·罗兰戏剧丛刊"，包括《爱与死之赌》《李柳丽》《群狼》《圣路易》《理智之胜利》《哀尔帝》《丹东》，其中大部分译著于 1947 年又由该社重印出版。在相当程度上，这应该表明罗曼·罗兰作品的译介工作已经步入有系统有计划出版的成熟阶段，也显示罗曼·罗兰在中国学界受重视的程度。罗曼·罗兰的大部分戏剧基本翻译完毕。

对后世影响深远的《约翰·克利斯朵夫》此时终于有全译本。1937 年傅雷翻译的《约翰·克利斯朵夫》第 1 卷由商务印书馆出版，1941 年第 2、3、4 卷由商务印书馆出版，其中第 2 卷冠有《译者弁言》。1940 年代，分别有长沙商务印书馆、上海骆驼书店出版这部小说。至此，评论家与一般读者得以一窥这部篇幅浩瀚小说的全貌，由此对其讨论也越来越多。然而，傅译本在"战时几乎绝迹，又未见再版"，钟宪民、齐蜀夫又从英文版转译这部小说的第 1、

2 卷，译本由重庆世界出版社出版。据柏园在《罗曼·罗兰在中国》[14]一文中所说，他曾在战争中翻译了《约翰·克利斯朵夫》第 4 卷，但未出版已胜利在即，而原稿也不知去向，因为有了从原文直接翻译的全本，就没有再翻译了。文章还提到钟敬文曾经辑译了一本罗兰的政治性散文，但没有印行。

《彼得与露西》先是由李劼人翻译，刊登在《小说月报》上，后又有叶灵凤翻译，在 1940 年代又出版了李劼人译本。《贝多芬传》最初有杨晦译本，1944 年桂林的明日出版社又推出贺之才翻译的《悲多汶传》和陈占元翻译的《裴多汶传》。1946 年，陈实翻译《造物主裴多汶》由广州人间书屋出版。1946 年，上海的骆驼书店出版傅雷重译的《贝多芬传》，1946 年 11 月再版，1947 年 4 月三版。1949 年 11 月，上海的生活·新书·新知三联书店初次出版该译著。至此，傅雷翻译的三大名人传记出齐，并以优美的译文逐渐取代其他译本。除贺之才翻译剧本《群狼》外，沈起予也翻译了该剧，1947 年由上海骆驼书店出版。李健吾的《爱与死的搏斗》从 1939 年到 1949 年十年的时间里共印刷了四次。翻译的踊跃正反映了中国读者对罗曼·罗兰作品的阅读热情。

与 1930 年代相比，罗曼·罗兰的文学作品被大量翻译，作为文学家的罗曼·罗兰受到文学界的重视。从翻译情况来看，罗曼·罗兰作品的翻译出版主要集中在上海、重庆、桂林、成都，可以明显地看出出版地的西移，这与中国处于抗战时期的时代背景密不可分——知识分子与文化阵地纷纷迁移西部。

四、译介的社会政治性：民国时期罗曼·罗兰汉译的特点

受译者素养、知识视野、历史任务、文化场域以及时代特点等主客观因素的影响制约，民国时期罗曼·罗兰汉译在出版载体、译介主体与译介话语等方面别具特色，呈现出社会政治性、历史时代性和文化启蒙性兼具的宏观特点。

其一，在罗兰作品的汉译史上，知名出版社和著名期刊在不同的历史时期，对罗曼·罗兰的作品传播起到重要的作用。换言之，传统纸质期刊和知名出版社团，以其强烈的社会责任、敏锐的文化感知和灵活的商业操作，构成罗曼·罗兰在 20 世纪上半期中国广为传播的主要载体与核心媒介。

首先是 1930 年代的商务印书馆。该社是彼时中国影响力最大的一家出版社，傅雷翻译的《约翰·克利斯朵夫》和《托尔斯泰传》《弥盖朗琪罗传》都

---

14 柏园：《罗曼·罗兰在中国》，《文艺知识连丛》1947 年第 1 卷第 1 期。

是由商务印书馆首先出版。该社还出版陈作梁翻译的《甘地》和贺之才翻译的《七月十四日》。解放前，对罗曼·罗兰作品介绍最为得力而功不可没的期刊，主要有《新青年》《小说月报》《莽原半月刊》《译文》《质文》等诸期刊杂志。这几家期刊杂志在民国期间是中国出版界拥有最多读者群的刊物。从地域来看，上海和北京是介绍罗曼·罗兰作品的重镇。其中，在1920年代，上海的北新书局、启明书局、现代书局、泰东图书局这几家书局在介绍罗曼·罗兰戏剧、小说与传记方面最为得力。1930年代的商务印书馆，1940年代的文化生活出版社、骆驼书店、世界书局，1950年代初期的平明出版社和后来的人民文学出版社，是出版罗曼·罗兰作品汉译本最为踊跃的几家出版社。1980-1990年代，在推出傅雷译文集的过程中，合肥安徽文艺出版社、北京三联书店、河南人民出版社、辽宁教育出版社等社团，进一步确定罗兰三部名人传与《约翰·克利斯朵夫》在中国广为人知的地位。罗曼·罗兰的作品在今天之所以影响广泛与这些出版社最初的努力分不开。

其次是1940年代的上海世界书局和上海骆驼书店。上海世界书局在出版罗兰戏剧方面功劳最大，贺之才翻译的七部戏剧都以"罗曼·罗兰戏剧丛刊"的丛书形式推出。傅雷翻译的《贝多芬传》由于已经有了其他译本而未被商务印书馆接纳出版，但骆驼书店洞察到傅译本的价值，适时推出，是该社出版的第一种译著。骆驼书店还看准《约翰·克利斯朵夫》潜在的庞大市场需求，在商务印书馆推出之后，也迅速出版该译著，满足当时读者对这部小说的渴求，成为该社影响最为广泛的译著。这三家出版社都独具慧眼，注重实效与系统性，侧重推出罗兰的小说、三大名人传与戏剧。这显然敏锐地捕捉到时代读者的需求，满足人们的渴求，使罗兰的作品得以系统完整地出版，从而产生广泛的影响。

其二，一批中外文俱佳的译者以其蓬勃激情和灵性译笔，极大推动了罗曼·罗兰作品的汉译传播。其中，敬隐渔、傅雷、贺之才等译者专注罗曼·罗兰作品翻译，功不可没。

敬隐渔是一名孤儿，曾在天主教堂习得法文和拉丁文。他发表在《小说月报》17卷1号（1926年）上的《蕾芒湖畔》叙述自己在精神分裂之后遇到了《若望·克利司朵夫》，甚为欣喜，立刻成为若望·克利司朵夫的好朋友。1923年发表在《创造日》第16、17、18、19期上的《罗曼·罗朗》[15]里谈到

---

15 贾植芳、陈思和主编：《中外文学关系史资料汇编（1898-1937）》，桂林：广西师范大学出版社，2004年，第951-954页。

他于 1923 年已着手翻译这部小说。1925 年，他留学法国期间拜访仰慕已久的罗曼·罗兰，由他译介的《阿 Q 正传》也因罗曼·罗兰的推荐，得以发表在法国杂志《欧罗巴》上。敬隐渔的翻译才能也得到罗曼·罗兰的欣赏。他将东西方的两大文学巨匠连接了起来，缔造了中法文学交流史上的一段佳话。1926 年，敬隐渔节译的《若望·克里司朵夫》发表在《小说月报》第 17 卷 1-3 号上。敬隐渔虽有首创之功，然其译作《约翰·克利斯朵夫》只完成一小部分，影响颇为有限——未见有对其译文的相关评价。倒是他的几篇评论文章颇有见地。

在很大程度上可以说，罗曼·罗兰的中国之旅，是乘着傅雷上乘译文之翼在中国开始翩然起航的。傅雷在罗曼·罗兰汉译史上最为功不可没，功绩足以彪炳史册。1928 年，年仅 20 岁的傅雷（1908-1966）拜别寡母，留学法国，像许多留法的中国青年一样，他们一到法国，就被罗兰高尚的人格所吸引，簇拥着他，渴望在他那里找到滋养心灵的灵丹妙药，留学法国的傅雷也不例外。1934 年 3 月 3 日，傅雷致函罗曼·罗兰，信中说自己丁苦闷中阅读夏多布里昂、卢梭等人的作品，但是这些作品让其神经更加脆弱。一天，他偶然读到《贝多芬传》，"不禁嚎啕大哭，如受圣洁之光照临，突然精神为之一振，如获新生之力"[16]。后来又读到另两部传记也感觉受益良多，于是决心翻译这三种传记，以"期对陷于苦恼中之年轻朋友有所助益，因此等青年在吾国亦为数不少也"[17]。

1931 年春，傅雷开始翻译《贝多芬传》，1932 年傅雷完成了译稿，应上海《国际译报》编者之嘱，节录精要，以《贝多芬评传》之名发表在该报 1934 年第 1 期上。但是出版社因为已经有了《贝多芬传》的译本[18]而不愿再出版新的版本，彼时傅雷尚是初出茅庐的学生。1942 年 2 月，由于《贝多芬传》初译稿绝版，他重译《贝多芬传》，并写《译者序》，以所撰《贝多芬的作品及其精神》一文附录。1934 年，傅雷翻译了罗曼·罗兰的另两部传记《托尔斯泰传》《米开朗琪罗传》，并准备交给上海商务印书馆出版。1934 年 6 月 30 日，《罗曼·罗兰致译者书》为所译《托尔斯泰传》的代序，全书于次年 11 月由商务印书馆出版。

---

16 金梅：《傅雷传》，长沙：湖南文艺出版社，1993 年，第 160 页。

17 金梅：《傅雷传》，长沙：湖南文艺出版社，1993 年，第 160 页。

18 此处应该是指杨晦从英译本转译过来的《裴多汶传》，该书于 1927 年在上海由北新书局出版。

抗日战争前后，中国很多地区的青年们都处于苦闷之中，一些文艺界知识分子早已深感文学对于青年的激励作用。1937-1941 年，商务印书馆适时推出傅雷所译的《约翰·克利斯朵夫》全译本。小说疾风暴雨般的力量，主人公毫不伪饰、绝对真诚而又不屈不挠的战斗力量，给予无数处于苦闷之中的青年读者以安慰！"在法西斯独裁统治之下，蒋管区人民失去了一切精神与物质自由；恐怖、屠杀、虚伪、欺诈、支配着一切。不甘堕落的知识分子，经验着难以忍耐的精神苦闷与物质生活的压迫，他们要求有一种足以冲破这沉浊气氛的力量，一种强大的生命力。而《约翰·克利斯朵夫》恰恰是给予了这样一种鼓舞的力量，一种大勇者得战斗精神，自然它立刻为精神饥渴的知识分子所热烈欢迎。"[19]如罗新璋所说，"傅译罗曼·罗兰，从西方文化中拿来一种可贵的异质：力的颂扬"[20]，傅雷翻译三大传记及后来的《约翰·克利斯朵夫》就是为了让处于苦闷彷徨的中国人民尤其是青年获得鼓舞，希望中国读者能够从这几部作品中吸取勇气与战斗的力量，傅雷翻译作品的动机与张嵩年翻译《精神独立宣言》时相比，已然发生了变化。这种潜藏的变化与时代思潮的变化、社会背景的变化及译者的意识形态密切相关。

其三，以思想启蒙、个性觉醒为核心的主流诗学和时代话语，深刻影响着译者对罗曼·罗曼作品的主体选择，制约着民众对罗曼·罗曼作品的认知接受。选择什么样的翻译对象，又为翻译文学树立什么样的形象，不仅取决于译者的意识形态，而且还取决于"当时译语文学里占支配地位的'诗学'"[21]。在特定历史时期，社会与文化都发生裂变并进行重组更新的转型期，对心系民众与祖国的知识分子来说，后者居于绝对支配的地位，这也决定了不同时期居于支配地位的"诗学"将影响译者的翻译动机与翻译对象。从中国几十年风云变幻的时代背景来看，占支配地位的"诗学"的确在发生变化，"五四"新文化运动突出强调人的觉醒，"启蒙"色彩更为浓厚；而到了 1930 年代左翼文学思潮逐渐在中国文坛占据主要地位，虽然左翼文学

---

19 力夫：《罗曼·罗兰的〈搏斗〉——从个人主义到集体主义的道路》，《大众文艺丛刊》1948 年第 4 期。

20 罗新璋：《傅译罗曼·罗兰之我见》，《傅雷谈翻译》，怒安编，沈阳：辽宁教育出版社，2005 年，第 218 页。

21 [美]勒菲弗尔：《翻译的策略：救生索、鼻子、把手、腿——从阿里斯托芬的吕西斯忒拉忒说起》，谢聪译，陈德鸿、张南峰编：《西方翻译理论精选》，香港：香港城市大学出版社，2000 年，第 177 页。

"无疑同样具有启蒙性质，只不过启蒙的目的不再是单纯地提高民众个人的思想文化素质方面，而是更看重它直接唤醒民众投身于当务之急的无产阶级革命斗争"[22]。文学对"人的觉醒"的"启蒙"作用逐渐让位于文学对中国知识青年的"激励"作用。

作为典型的忧国忧民的中国知识分子，张嵩年与傅雷身处中国变革的时代大潮中，其"意识形态"受到了时代思潮的影响。张嵩年翻译《精神独立宣言》的出发点与落脚点，在于"思想启蒙"，呼吁呐喊精神独立与平等；学以致用的傅雷深受中华民族几千年文化熏染，并非独居书斋不问世事，对自己的事业有着清醒的认识。他曾在信中向罗曼·罗兰请教"英雄主义"，罗曼·罗兰回信指出，真正伟大的英雄"必当为公众服务而成为伟大"。傅雷很快给大师复信，表示自己极为同意先生关于"英雄"的观点[23]。1930年代的中国最需要的是战斗的勇气，是号召青年不要沉沦下去，努力谋求中华民族的出路。傅雷在《贝多芬传》的译者序中说，"现在阴霾遮蔽了整个天空，我们比任何时都更需要精神的支持，比任何时都更需要坚忍、奋斗、敢于向神明挑战的大勇主义。"[24]傅雷翻译罗曼·罗兰作品的着眼点不在于"启蒙"而在于"激励"，激励鼓舞民众的战斗精神与勇气。傅雷的这一愿望无疑是得到了实现，作家王元化就曾表示自己深深地被英雄克利斯朵夫打动了[25]。罗新璋在追忆傅雷翻译罗兰作品时，也盛赞他在阴霾蔽空的抗日时期翻译《贝多芬传》与《约翰·克利斯朵夫》表现了他的爱国精神与民族气节，像普罗米修斯把火种盗给人类一样，为中华民族的苦难岁月出了一份力，高度评价了傅雷在汉译罗曼·罗兰作品史上的地位与价值。

概而言之，在译介诗学上，罗曼·罗兰作品在中国的译介传播呈现出鲜明的政治倾向性、历史阶段性和思想传播性特点，主要表现为从关注文学社会功用到回归文学本体诗学的世纪转变。根据社会发展态势、主流意识形态和译介阶段特征，民国时期罗曼·罗兰的汉译传播包括三个阶段：1920年代是罗曼·罗兰汉译出版的发端期，其政论文章和小说片段是译介焦点，作为政论家的罗兰及其个人主义思想是关注中心；1930年代是罗曼·罗兰汉译出版的兴盛期，

22 林伟民：《中国左翼文学思潮》，上海：华东师范大学出版社，2005年，第53页。
23 金梅：《傅雷传》，长沙：湖南文艺出版社，1993年，第165页。
24 傅雷：《傅雷全集》（第11卷），沈阳：辽宁教育出版社，2002年。
25 王元化：《关于约翰·克利斯朵夫》，《向着真实》，上海：上海文艺出版社，1982年，第128页。

其长篇小说是译介中心，作为思想家的罗兰及其和平主义思想是关注中心；1940 年代是罗曼·罗兰汉译出版的成熟期，其各类文学作品得到全面译介，文化出版阵地迁移西部，作为文学家的罗兰及其抗争精神是关注中心。由此，民国时期罗曼·罗兰的汉译出版呈现出鲜明的政治倾向性、历史阶段性和思想传播性，受到 20 世纪上半叶中国社会思潮和时代话语的直接影响与强力规训，具有比较典型的跨文化变异性和历史症候性。

第二章　从持续到复兴：1950 年代以降罗曼·罗兰的译介诗学

　　1950 年代以降，在相对宽松和回归正常的文化氛围中，罗曼·罗兰在中国的译介出版继续走向深入，表现出从持续到复兴的宏观态势，在译介对象、译介主体和译介功能方面具有不同于民国时期的诗学特点。"十七年"前后罗曼·罗兰汉译的持续，承载着重要的政治功用和文化作用；1980 年代以降罗曼·罗兰汉译的复兴，彰显出回归文学本体的时代诉求；由此，在 1950 年代以降的罗曼·罗兰汉译中，译介主体性和民族立场日益凸显。

一、"十七年"的政治功用：罗曼·罗兰汉译出版的持续

　　新中国成立之初，罗曼·罗兰仍然得到中国知识界的高度重视，其作品在建国初被大量翻译出版或重版。1950 年北京三联书店推出傅雷翻译的《约翰·克利斯朵夫》。然而，傅雷不满意自己的旧译，又重新将《约翰·克利斯朵夫》翻译了一遍。上海平明出版社于 1952-1953 年推出重译本，全书四册共 2342 页。其中第一册于 1952 年 9 月出版，1953 年 2 月和 3 月分别出版《约翰·克利斯朵夫》重译本第二、三册；同年 6 月出版重译本第四册。1957 年，北京的人民文学出版社也出版重译本四册，共 1704 页。

　　除《约翰·克利斯朵夫》在 1950 年代初重译重版外，重版的还有罗曼·

罗兰的戏剧《狼群》[1]和《爱与死的搏斗》[2]，重译的有齐放翻译的《七月十四》[3]和齐放、老笃译的《罗曼·罗兰革命剧选》[4]，由人民文学出版社出版。除了重版重译外，翻译界还尽力搜索罗兰其他未曾被翻译的作品，他的小说《搏斗》[5]、《格拉·布勒尼翁》[6]，音乐评传《现代音乐家评传》[7]，传记《亨德尔》[8]都是首次在五十年代出版。

罗曼·罗兰逝世十周年后，中国学界仍以各种方式纪念这位伟大的文学家。为纪念罗曼·罗兰逝世 10 周年，孙梁辑译《罗曼·罗兰文钞》（书简·论文·散文集），由新文艺出版社于 1957 年出版，书后附苏联批评家的论述，译本根据敞院出版公司（The Open Court Publishing Company）1916 年英文版译出。1958 年 3 月，由孙梁辑译的《罗曼·罗兰文钞（续编）》[9]（书简·论文合集）由新文艺出版社出版，译本据亨利·霍尔特公司（Henry Holt Company）1935 英文版译出。这两部译著是了解罗曼·罗兰的珍贵资料。至此，罗曼·罗兰的重要作品及书信集基本得到翻译，为批评者进行深入研究提供了条件。

1955 年，正是罗曼·罗兰逝世 10 周年纪念年，《译文》1 月号刊登了一系列关于罗曼·罗兰的文章：高尔基的《论罗曼·罗兰》（论文，戈宝权译），罗曼·罗兰的《我走向革命的道路》（散文，戈宝权译）、《我为谁写作？》（散文，陈西禾译）和《鼠笼》（散文，陈西禾译），以及罗兰夫人玛丽·罗曼·罗兰的《罗曼·罗兰和一个青年战士》（散文，陈西禾译）。该号期刊的封面是由黄永

1　[法]罗曼·罗兰：《狼群》，沈起予译，上海：三联书店，1950 年。1947 年，《狼群》一书曾由上海骆驼书店初版。

2　[法]罗曼·罗兰：《爱与死的搏斗》，李健吾译，上海：文化生活出版社，1950 年。

3　[法]罗曼·罗兰：《七月十四日》，齐放译，北京：作家出版社，1954 年；1930-1940 年代，各地商务印书馆曾多次印刷贺之才翻译的《七月十四》。

4　[法]罗曼·罗兰：《罗曼·罗兰革命剧选》，齐放、老笃译，北京：人民文学出版社，1958 年，其中包括《七月十四》《丹东》《狼群》三部剧作。

5　[法]罗曼·罗兰：《搏斗》（上），陈实，秋云译，广州：人间书屋出版社，1950 年；罗曼·罗兰：《搏斗》（下），陈实、秋云译，广州：人间书屋出版社，1951 年。该书是《迷人的灵魂》中的一卷。

6　[法]罗曼·罗兰：《格拉·布勒尼翁》，许渊冲译，北京：人民文学出版社，1958 年，1978 年。

7　[法]罗曼·罗兰：《现代音乐家评传》，白桦译，上海：上海群益出版社，1950 年。

8　[法]罗曼·罗兰：《亨德尔》（外国音乐家传记丛书），严文蔚译，北京：人民音乐出版社，1954-1963 年，印刷出版两次。该书据英文版译出。

9　[法]罗曼·罗兰：《罗曼·罗兰文钞》，孙梁译，上海：新文艺出版社，1957-1958 年；《罗曼·罗兰文钞》（续编），孙梁译，上海：新文艺出版社，1958 年。

玉作的罗曼·罗兰像，还有高尔基和罗曼·罗兰在高尔克村别墅的花园中散步时的照片（1935年7月），罗曼·罗兰夫妇在高尔克村与高尔基合影（1935年7月），罗曼·罗兰画像（法国格拉尼埃作）。《译文》11期还发表罗曼·罗兰的《真正人民的革命》一文。这些都说明《译文》杂志对罗曼·罗兰的重视，从《译文》刊登的这几篇译作来看，这本期刊展现给读者的是倾向于社会主义国家的罗曼·罗兰形象，罗曼·罗兰仍然受着中国人民的爱戴。

1961年，《世界文学》第4期发表罗曼·罗兰的《向过去告别》（吴达元译）、《向高尔基致敬》（金工译）两篇文章。《向过去告别》这篇在1930-1950年代被评论家屡屡提及的重要文献，终于在1961年得到翻译，有了完整中译本。罗曼·罗兰的《若望—雅克·卢梭》由研究罗曼·罗兰的专家罗大冈翻译，刊发在1962年9月号的《世界文学》上。受国内日益紧张的政治气候的影响，1958-1978年长达二十年间罗曼·罗兰的文学作品几乎没有一篇得到公开出版。

二、1980年代后的回归本体：罗曼·罗兰汉译出版的复兴

正如埃文·佐哈尔（Even Zohar）所指出的，翻译活动的蓬勃与否是由一些社会因素决定："当一个文学系统处于发展初期，或者意识到自己处于边缘地位或弱势地位，又或者出现了转捩点或危机或文学真空，翻译活动就会特别蓬勃。"[10]无论是五四时期还是文革结束之后，中国的翻译活动与历史机遇、现实需求须臾不分，呈现出欣欣向荣、特别繁盛之势。

1978年，中国迎来十一届三中全会，大会提出"实践是检验真理的唯一标准"，批判"两个凡是"的错误，提出要把党的工作重心从"以阶级斗争"为纲转移到"社会主义现代化建设"上来。在对"文革"期间的冤假错案进行"拨乱反正"的过程中，人们开始反思这场影响了无数人命运的"十年浩劫"。正是在集体性的反思与讨论中，人们的思想渐渐解冻，开始质疑意识形态与思想钳制对文学文化研究的控制。1978年5月1日，全国各地很多新华书店排起了长长的队伍购买重新印刷的外国古典文学名著，在这片外国文学干涸了很久的大地上，一代学人终于盼来了文学的甘泉。1978年，由罗大冈节译的《欣悦的灵魂》刊发在《世界文学》第2期上。同年，人民文学出版社

---

10 陈德鸿、张南峰编：《西方翻译理论精选》，香港：香港城市大学出版社，2000年，第189页。

重版许渊冲翻译的《格拉·布勒尼翁》，标志着罗兰作品春回中国大地。1981年，《外国文学》第 3 期发表迎晖重译的《彼埃尔和绿丝》。

事隔二十三年之后，1980 年人民文学出版社重印傅雷的《约翰·克利斯朵夫》，印数达 35 万册，1981 年收入外国文学名著丛书时，又印 4 万册，印数是解放初期的 10 倍[11]。人民文学出版社又于 1983 年、1987、1997 年重印傅译《约翰·克利斯朵夫》[12]。除人民文学出版社外，还有其他出版社重印这部小说，如安徽文艺出版社（1990，1992 年），敦煌文艺出版社（1994 年），内蒙古文化出版社（1996 年），河南人民出版社（1998 年），中国友谊出版社（2000 年），九州出版社（2001 年），天津社会科学院出版社（2006 年）。还有一些文集与全集收入《约翰·克利斯朵夫》：1998 年河南人民出版社推出《罗曼·罗兰名作集》、1989 年安徽文艺出版社推出《傅雷译文集》、2002 年辽宁教育出版社推出《傅雷全集》。

新时期不仅有傅雷译本，更有一批勇于挑战的翻译家重译了《约翰·克利斯朵夫》，其中影响较大的有许渊冲译本和韩沪麟译本。湖南人民出版社于 2000 年推出许渊冲译本，2005 年北京燕山出版社、2006 年中国戏剧出版社重印了许渊冲的译本。南京译林出版社于 2000 年推出韩沪麟译本，又于 2002 年重印。另外还有袁俊生、王秀华合译本[13]和樊成华等合译本[14]，而其他的改编本、缩写本、插图本也层出不穷，蔚为大观。不仅《约翰·克利斯朵夫》被大量重印，罗兰的其他作品也纷纷被翻译或重印。首次得到全译的有小说《母与子》，该书由罗大冈翻译，分别由人民文学出版社于 1980、1985 年推出上下册，后于 1990、1998 年由外国文学出版社重印。2001 年，延边人民出版社又推出李爱梅，程永然译的《母与子》，2002 年中国戏剧出版社也出版李、程二人的译本。此外，还有传记《米莱传》由吴达志译出（人民美术出版社，1985年），《卢梭传》由陆琪译出（华岳文艺出版社，1988 年），《亨德尔传》（安徽文艺出版社，2000 年）由汝峄、李红等译出。

11 于非之：《克利斯朵夫在中国的命运》，《外国文学季刊》1981 年第 2 期。
12 宋学智：《翻译文学经典的影响与接受》，上海：上海译文出版社，2006 年，第 110 页。
13 [法]罗曼·罗兰：《约翰·克里斯朵夫》，袁俊生、汪秀华译，天津：天津人民出版社，1999；北京：燕山出版社，2000 年。
14 [法]罗曼·罗兰：《约翰·克里斯朵夫》，樊成华等译，延吉：延边人民出版社，2001年；《约翰·克里斯朵夫》，樊成华译，北京：中国戏剧出版社，2002 年。

　　为了进一步了解罗曼·罗兰，新时期的研究者、译者也非常关注罗兰的回忆录、日记、读书笔记等。金铿然，骆雪涓合译的《罗曼·罗兰回忆录》于 1984 年由浙江文艺出版社出版，他们两人合译的《内心旅程：一个人道主义者的沉思》在 2004 年由上海远东出版社出版。另外，罗大冈翻译《罗曼·罗兰日记选页》（浙江文艺出版社，1991），钱林森编译《罗曼·罗兰自传》（江苏文艺出版社，2001）。金铿然和骆雪涓译《内心旅程：浮生一梦》（上海远东出版社，1997，据巴黎萨比诺·米歇尔编校 1959 年增订新版选译），陈原译《柏辽兹：19 世纪的音乐"鬼才"》（三联书店，1998），郑克鲁译《罗曼·罗兰读书随笔》（上海三联书店，1999），冷杉和代红译《罗曼·罗兰音乐散文集》（中国文联出版公司，1999），都是首次与读者见面。1992 年，苏联文学联刊第 1 期发表娄力翻译的《我和妻子在苏联旅行：1935 年 6 月至 7 月》（日记）。1995 年，中国社科院外文所周启超翻译的《莫斯科日记》由漓江出版社出版；同年，夏伯铭翻译的《莫斯科日记》由上海人民出版社出版。这些新出版的资料对了解罗兰思想与作品无疑具有非常重要的作用。

　　重版的有陈实与黄秋耘合译的《搏斗》（广东人民出版社，1980 年），梁宗岱译的《歌德与贝多芬》（人民音乐出版社，1981）。由于三大名人传记是教育部推荐中学生必读书目，此时期傅雷翻译的三大传记被大量重印，先后有三联书店、安徽文艺出版社、商务印书馆、河南人民出版社、译林出版社等全国各地十多家出版社陆续推出罗兰的三大传记，数量之多、印刷之频繁前所未有。罗大冈编选的重要资料《认识罗曼·罗兰》也由中国社会科学出版社于 1988 年出版。1950 年代由孙梁辑译的《罗曼·罗兰文钞》，于 1985 年由上海译文出版社出版，又于 2004 年由广西师范大学出版社重新印刷出版。

　　一代名家罗曼·罗兰崇高的地位似乎已经摇不可动，其箴言妙语一时也颇为热闹，先后有《罗曼·罗兰妙语录》《罗曼·罗兰如是说》《世界箴言宝库，罗曼·罗兰箴言集》《永不被生活俘虏：罗曼·罗兰如是说》《罗曼·罗兰的智慧：罗曼·罗兰语录》《罗曼·罗兰的智慧》等纷纷编辑出版。在争相翻译和出版罗兰作品的热潮中，其戏剧作品却无人问津，新时期没有一部戏剧得以重版。新时期译介出版工作不如民国期间全面，而将注意力主要集中在名人传记与小说的翻译出版上。这不仅是因为不同时代时尚与读者的爱好出现偏差，更深层的原因是，罗兰的戏剧作品的艺术含量和思想深度，在新时期都已无法满足读者的期待视野。

三、译介的系统性与主体性：建国后罗兰的汉译出版特点

罗曼·罗兰作品的汉译从 1919 年迄今已有百年历史。在波澜壮阔、波谲云诡的百年中，罗兰作品的出版经历两个明显的热潮，即 1930-1940 年代与 1980-1990 年代，表现出比较明显的译介系统性与主体性特征。

其一，罗曼·罗兰的作品汉译呈现比较明显的系统性和全面性特点。在 1930-1940 年代十多年的历史中，代表小说《约翰·克利斯朵夫》、三大名人传记、戏剧已经基本翻译完毕，且不止一个译本。1950 年代，傅雷重新翻译《约翰·克利斯朵夫》后，译文更加流畅优美，小说内在气韵的流动、人物顽强不屈的灵魂与魅人的性格、罗兰渗透其中的人道主义情怀与广泛的社会批判等等都使这部小说在读者心中产生深远影响。罗兰另一部诙谐睿智的小说《格拉·布勒尼翁》也被翻译家许渊冲独具慧眼地翻译，由人民文学出版社出版。经过十多年的闭关锁国，20 世纪八、九十年代，罗兰作品的翻译出版再度兴旺，一方面出现出版体裁窄化倾向——集中于长篇小说与三大名人传记，另一方面，这种出版的规模与数量之大前所未有。《约翰·克利斯朵夫》与三大名人传记是一版再版，不断印刷，同时又出现新的译本，不过这些译本的影响力仍难以与翻译大家傅雷的译本相互颉颃。此外，1980 年，人民文学出版社推出罗大冈翻译的、反映罗兰思想变化的《母与子》。至此，罗曼·罗兰重要的作品都得到汉译。

1950 年代的平明出版社在出版罗兰小说方面有独特贡献。傅雷重译本《约翰·克利斯朵夫》由 1950 年代的平明出版社出版后，重译本逐渐取代傅雷四十年代的首译本，影响力持续至今。另外此时期值得一提还有人民文学出版社和新文艺出版社，前者在出版罗兰中篇小说《格拉·布勒尼翁》上功不可没，后者出版孙梁编译的两本《罗曼·罗兰文钞》，是 1950 年代末至今研究者从事罗兰作品研究珍贵的资料。新时期具有首创之功的当推人民文学出版社，最先推出罗大冈翻译的《母与子》。1980-1990 年代，合肥安徽文艺出版社、北京三联书店、河南人民出版社、辽宁教育出版社这几家出版社推出傅雷译文集时，着重推出罗兰的《约翰·克利斯朵夫》和三大名人传记，为新时期的读者阅读罗兰作品提供了便利。

其二，罗曼·罗兰的作品汉译具有比较明晰的主体性和当代性倾向。罗曼·罗兰作品开始中国之旅，并赢得一大批中国读者群，是与各个阶段的汉译者勤苦努力密切相关的。留法学生是最初沟通罗曼·罗兰与中国的桥梁。敬隐

渔、傅雷、梁宗岱等留法青年学生都曾聚集在罗兰的周围。罗曼·罗兰的文字
热情、极富感染力与战斗力，对青年人尤其具有吸引力。1950 年代初，傅雷
先生抛弃本已十分精彩的译本，又不辞辛苦地重译《约翰·克利斯朵夫》。面
对这百万余字的巨著，这种兢兢业业、精益求精的精神真是令人敬佩。令人扼
腕的是，在四人帮的迫害下，输入火种的"普罗米修斯"傅雷在文革初期便惨
遭迫害，充满正气的一代翻译巨擘傅雷先生及夫人含恨自尽。傅雷之死无疑是
中国翻译界的绝大损失，所幸的是傅雷先生留下一笔弥足珍贵的翻译文学遗
产，拥有广大的读者。1940 年代鲜为人提及的重要译者，还有系统翻译罗曼·
罗兰八种戏剧的贺之才。

　　1950 年代，许渊冲、罗大冈先后翻译罗曼·罗兰另外两部重要作品，即
中篇小说《格拉·布勒尼翁》和长篇小说《母与子》。1950 年代，在罗曼·罗
兰大部分作品都得到迻译的情况下，许渊冲独具慧眼，通晓英文与法文，洞察
到《格拉·布勒尼翁》的艺术价值，将之挖掘出来翻译，1958 年由人民文学出
版社出版，共 246 页，据巴黎阿尔宾·米歇尔出版社（Albin Michel）1919 年
版译出。他敢于挑战傅雷译本，迎难而上，翻译了《约翰·克利斯朵夫》。1995
年，许渊冲在《外国语》（上海外国语大学学报）第 4 期上发表《为什么重译
〈约翰·克里斯朵夫〉》一文，表达自己希望能在傅译本基础上更加完善《约
翰·克利斯朵夫》的汉译，创造更高一级的美。罗大冈认为《母与子》的艺术
成就要高于《约翰·克利斯朵夫》，因此，他在文革期间着力翻译这部长篇小
说，具有填补该小说汉译空白的重要意义。新时期值得提及的还有孙梁（译有
《罗曼·罗兰文钞》）、郑克鲁（译有《罗曼·罗兰读书随笔》）、金铿然，洛雪
涓等人（译有《内心旅程：一个人道主义者的沉思》），其译作均是研究罗曼·
罗兰弥足珍贵的资料。

　　宏观而论，1950 年代以降，伴随政治理念、时代话语和文化场域的转换，
罗曼·罗兰的汉译传播大致包括前后两个时期。承续民国时期的译介态势，
1950-1980 年代是罗曼·罗兰汉译出版的持续期，其评传、散文和论文是译介
焦点，其作品出版呈现出复译重版趋势；1980 年迄今则是罗曼·罗兰汉译出
版的复兴期，其小说和名人传记是译介中心，其作品出版呈现出典型的复译、
改编、缩写等多种现象。由此，罗曼·罗兰在 20 世纪下半叶中国的译介出版，
呈现出比较明显的社会政治性和时代阶段性特征。

第三章　从认同到疏离：民国时期罗曼·罗兰思想的阐释诗学

作为 20 世纪法国现实主义文学巨匠，罗曼·罗兰在"五四运动"前后以诺贝尔文学奖得主的身份进入中国知识界的群体视野，迅速参与到 20 世纪中国社会历史的嬗变和文化思想的建构中。罗曼·罗兰在民国时期的接受阐释，就国际环境而言与其获得世界性名誉基本同步，就国内环境而论与弘扬启蒙理性的五四新文化运动须臾不分。这似乎也注定罗曼·罗兰在中国最初的旅行，必定呼应强烈的时代脉搏，映射诡谲的时代风云，带有浓厚的时代印记。根据民国期间的社会发展状况、中国知识界的阅读期待和跨文化的接受特点，罗曼·罗兰思想在民国时期的认知阐释大致可分 1920 年代、1930年代和 1940 年代三个特色鲜明的阶段。三个不同阶段之间既有一脉相承的一致性和前后关联的逻辑性，又有细微隐蔽的差异性和前后断裂的变异性。在罗曼·罗兰思想的跨语际实践和跨文化阐释中，文学批评显示出强大的政治批评功能和鲜明的意识形态倾向，呈现出明显的功利主义和强烈的实用主义色彩，社会思潮和时代话语则直接影响并规训着罗曼·罗兰思想在中国的阐释变迁。

一、1920 年代的思想启蒙：赞赏独立精神与认同和平思想并存

虽然 1916-1925 年的十年间，罗曼·罗兰的汉译作品寥寥无几，各大报刊

杂志相关评论介绍不到十篇[1]，但罗曼·罗兰伟大的英雄形象却在 1920 年代知识分子心目中扎根。中国学人首先认识的是作为思想家的罗曼·罗兰，而非作为文学家的罗曼·罗兰。从所刊发的文字、图片和出版的单行本[2]来看，罗曼·罗兰在二十年代中后期已受到相当关注，这与作家在"一战"中的反战姿态密切相关。他在一战中保持精神自由独立、高呼平等和平的英雄形象，迎合了中国五四运动高呼人的觉醒的时代精神。

　　1919 年，在译文《精神独立宣言》之后，张嵩年撰写篇幅很长的解说，这应是国内第一篇对罗兰进行详细介绍的文章。在文中，译者重点并非介绍罗曼·罗兰的作品，即便是声名卓著的《约翰·克利斯朵夫》和"名人三传"也仅仅大略提及，而是评论罗曼·罗兰的思想，欲借罗曼·罗兰思想及其行动为国人提供行为范式，以其文字里蕴含的独立、自主精神对国人进行启蒙教育。译者欣赏的是罗兰等人的独立精神与伟大品格："就在战时，就在那样发狂热的时际，他们也曾不失本色，不辞劳瘁，不避艰难，不畏强御的，为精神，为真理，为人类全体，很出过力。"[3]作者赞赏罗曼·罗兰从世界主义出发，为全欧洲和全人类说话，把诺贝尔奖金用于慈善事业，宣扬他作品中渗透的道德力量与思想倾向等等。这为中国学人塑造了一位精神自由独立、拥护正义真理、为人类服务的世界英雄形象。1926 年，陈西滢发表在《现代评论》上的《闲话》一文，更清楚表明罗兰在 1920 年代知识分子心中的地位："他是一个奋斗者，常常是孤独的奋斗者，而且他最初的四五十年还是一个无名于世的

1　参阅沈雁冰：《罗兰的近作》，《小说月报之海外文坛》1921 年第 12 期，第 1 页；沈雁冰：《罗兰的最近著作》，《小说月报之海外文坛》1921 年第 12 期，第 4 页；雁冰：《罗曼·罗兰的宗教观》，《少年中国》1921 年第 2 期；沈雁冰：《两本研究罗曼·罗兰的书》，《小说月报之海外文坛》1921 年第 12 期，第 7 页；[美]努斯鲍姆（A. Nusshaum）：《罗曼·罗兰评传》，孔常译，《小说月报》1921 年第 12 期，第 8 页；李璜：《论巴尔比斯与罗曼·罗兰的笔战》，《少年中国》1922 年第 3 期，第 10 页；[奥]刺外西：《罗曼·罗兰传》，沈泽民译述，《小说月报》1924 年 15 卷号外；杨人楩：《罗曼·罗兰》，《民铎杂志》1925 年第 6 期，第 3 页。

2　1920 年代出版的单行本至少有五种：罗曼·罗兰：《甘地小传》，谢颂羔、米星如译，美以美全国书报部，1925 年，同年该书再版；罗曼·罗兰：《裴多汶传》，杨晦转译，北新书局，1927 年；罗曼·罗兰：《爱与死之角逐》，夏莱蒂、徐培仁译，上海创造社，1928 年，上海启明书局，1937，1939 年；罗曼·罗兰：《白利与露西》，叶灵凤译，现代书局，1928/1931 年；罗曼·罗兰：《爱与死》，梦茵译，上海泰东图书局，1929 年。

3　张嵩年：《精神独立宣言》解说，《新青年》1919 年第 7 卷第 1 期。

奋斗者〔……〕他的信仰，是人类的同情，世界的和平，爱真理和公道，厌恶种种的卑劣和虚伪"[4]。作者在结尾总结说："是罗兰生平的事业吸引了国人的注意，他的精神成为一种灯塔，一种象征。"[5]然而，该文对《约翰·克利斯朵夫》只字未提，部分忽视或遮蔽了作家的文学成就。作为文学家的罗曼·罗兰在此时期大部分学人心中基本是缺席的。

　　1920 年代，拉近罗曼·罗兰与中国知识界距离的因素，还有他一以贯之的世界胸怀，对中国人民的友谊，对弱小民族的同情，为被压迫者呐喊等高尚行为。事实上，罗曼·罗兰从 1905 年起就以世界公民自居，希望"人类的心灵彼此能够息息相通"，希望东西方能够团结起来，一起探索"最高真理"[6]。他在谈论《约翰·克利斯朵夫》时说："我写这部小说是为了现行联合西方各大民族，然后再去努力把世界各大民族不分种族、不分血统地联合起来。所以在这以后，我把联合扩大到整个欧洲，继而又进一步扩大到了欧亚两洲"[7]。因此，1926 年，罗曼·罗兰的《若望·克利司朵夫向中国的弟兄们宣言》（《小说月报》17 卷 1 号）发表时，作者伟大的世界胸怀和人道情怀一时激励了无数中国学人。1945 年，在《永恒的纪念与景仰》（载《抗战文艺》）一文中，茅盾以亲历者身份深情追忆道："当《约翰·克利斯朵夫》第一次和广大的中国读者见面时，罗曼·罗兰在《约翰·克利斯朵夫向中国的兄弟们宣言》的寥寥数语中，给我们以多么大的鼓励。那时我们正在一九二七年大革命的前夜。正如鲁迅先生所说，从淤血堆中挖个窟窿透口空气的千千万万争民主求光明的青年们，看到罗曼·罗兰对我们号召：'我只知道世界上有两个民族，——一个上升，一个下降。一方面是忍耐，热烈，恒久，勇敢地趋向光明的人们，——一切光明：学问，美，人类的爱，公共的进化。另一方面是压迫的势力：黑暗，愚矇，懒惰，迷信和野蛮。我是附顺前者的。无论他们生长在什么地方，都是我的朋友，同盟，弟兄。'那时候我们就知道，在争民主求光明的斗争中我们不是孤独的，我们有了坚强的信心了。"[8]

4　西滢：《闲话》，《现代评论》1926 年第 3 期。

5　西滢：《闲话》，《现代评论》1926 年第 3 期。

6　[法]雅克·鲁斯：《罗曼·罗兰和东西方问题》，罗芃译，张隆溪选编：《比较文学译文集》，北京：北京大学出版社，1982 年，第 157 页。

7　[法]雅克·鲁斯：《罗曼·罗兰和东西方问题》，罗芃译，张隆溪选编：《比较文学译文集》，北京：北京大学出版社，1982 年，第 157 页。

8　茅盾：《永恒的纪念与景仰》，《抗战文艺》1945 年第 2-3 期。

虽然罗曼·罗兰早在 1915 年因《约翰·克利斯朵夫》获得诺贝尔文学奖，但是 1920 年代的中国知识界的关注重心并非在该小说，而是作家的精神和思想，竭力追捧和着力宣扬的是他的伟大人格与精神力量。这可以从最初介绍罗曼·罗兰的文字材料中得到佐证和彰显。继《精神独立宣言》被译介之后，《少年中国》第 2 卷 11 期（1920 年 5 月 15 日）发表了沈雁冰的《罗曼·罗兰的宗教观》，《少年中国》第 3 卷 10 期（1922 年）刊发了李璜的《论巴尔比斯与罗曼·罗兰的笔战》，《小说月报》也发表了一系列介绍作家生平的传记文章。这些文章着重介绍的都是罗曼·罗兰的思想与精神，对《约翰·克利斯朵夫》及其他作品只是稍带提及。在《罗曼·罗兰的宗教观》一文中，沈雁冰借罗曼·罗兰和托尔斯泰来发表自己的宗教主张，将罗曼·罗兰与享誉世界的托尔斯泰相提并论，并相媲美，肯定罗兰的博爱主义和世界主义思想。文学期刊《小说月报》拥有广大读者群，第 17 卷 6 号刊登马宗融的《罗曼·罗兰传略》一文。作者叙述罗兰生平时，仍然将重心落到对罗兰形象的介绍上，赞扬"罗曼·罗兰是一个爱和平的，忠于他的信仰的，总之仁勇刚毅的人"，"罗曼·罗兰衷心于人类全体，钟爱人类共有的文明，不忍使其因各民族间底误解而混坏，乃发大愿心：为人类底和平而工作"[9]。由此，一位博爱非攻、为人类和平奋斗的智者形象呼之欲出。

罗曼·罗兰坚决反对战争的思想与实际行动，是中国评论界关注他的重要原因。《少年中国》第 2 卷 4 期为法兰西专号，周无在《法兰西近世文学的趋势》一文中，从罗兰与战争之间的关系来介绍作家思想[10]。沈雁冰在《欧洲大战与文学》（1928）一文中，从战争与文学关系谈到罗兰小说《克莱郎鲍尔》（Clerambault），高度赞扬罗兰"把大战时代知识阶级昧心说谎，骗平民上战场的黑幕，彻底揭露了"[11]。张定璜在《读〈超战篇〉同〈先驱〉》（载《莽原》）一文，则深深折服于罗曼·罗兰在一战中冒天下之大不韪高呼反对战争的独立精神，高度赞扬他是刚毅的战士，是人类的先驱。1926 年，《莽原》半月刊的"罗曼·罗兰专号"刊登了鲁迅翻译、中泽临川与生田长江合著的《罗曼·罗兰的真勇主义》一文。文章精辟剖析了罗兰的思想内核"英雄主义"，可以帮助中国学人更好地理解罗兰的思想与《约翰·克利斯朵夫》，并对日后中国的

9　马宗融：《罗曼·罗兰传略》，《小说月报》第 17 卷 6 号。

10　周无：《法兰西近世文学的趋势》，《少年中国》1920 年第 2 卷第 4 期。

11　沈雁冰：《欧洲大战与文学》，上海：开明书店，1928 年，第 66 页。

评论家产生了一定的影响。该文认为："真的英雄主义，——这是罗兰的理想"，并深入分析英雄主义包含了两个方面的含义，"在认识上，这成为刚正的真实欲；在行为，则成为宣说战斗的福音的努力主义"[12]。也就是说，真正的英雄主义者是始终追求真实的人，是"在真实的底里看见'爱'"的，而且，这种爱不是抽象的观念与知识，而是可以实践的。罗兰重视忍苦之德，但同时赞美战斗之德。作者总结说，"他的英雄主义的中心，要而言之，即在真爱上的战斗。〔……〕神——生命——爱——为了爱的战斗。罗曼·罗兰的英雄主义，就尽在上面的一行里"[13]。从生命之战斗与基督之爱角度阐释罗曼·罗兰的英雄主义，无疑能深刻把握罗兰思想的真髓与他的气质。罗兰曾说："已经得了胜利的人，无论他是在观念或实力方面，我都不叫他做英雄。我所说的英雄，是那些由心力而伟大的人。〔……〕世界上只有一个英雄主义——便是了解生命，而且爱生命的人。"[14]很明显，罗兰强调真正的英雄是因为他有一颗伟大的心，他了解生命的全部，在饱尝生活之甘苦后仍然热切地爱着生命。将生活之痛苦体验化成爱之力，战斗之力，是罗兰对于生命的体认。作者立足于文本，将罗兰的核心思想——对于生命的理解阐释得非常透彻明了，这也足见译者鲁迅的眼光与学识！

1925 年，杨人梗发表在《民铎杂志》上的文章《罗曼·罗兰》，已经暗含着对罗曼·罗兰形象接受层面的转向：即从最初挖掘其精神力量中的自由、人格独立、博爱的启蒙因子，转向挖掘其精神中的战斗力量。1920 年代中后期中国革命形势发生变化，1925 年发生了震惊中外的"五卅"惨案，两年后，轰轰烈烈的大革命随着意外事件的发生迅速地失败。血腥的白色恐怖、革命阵营内的形形色色的人与各种各样的不纯动机，使中国的知识分子与青年陷入痛苦与迷茫之中。同时，在轰轰烈烈的五四运动的感染下，走出家庭的这批青年人并没有找到生活的出路，严峻的现实生活"很快就打碎了年轻人那种温情脉脉的人生探求和多愁善感。严峻的现实使人们不得不很快就舍弃天真的纯朴和自我的悲欢，无论是博爱的幻想、哲理的追求、朦胧的憧憬、狂暴的

---

12 [日]中泽临川、生田长江：《罗曼·罗兰的真勇主义》，鲁迅译，《莽原》1926 年，第 7-8 期。

13 [日]中泽临川、生田长江：《罗曼·罗兰的真勇主义》，鲁迅译，《莽原》1926 年，第 7-8 期。

14 [奥]刺外格：《罗曼·罗兰》，杨人梗译，上海：商务印书馆，1933 年，第 134-135 页。

呼喊〔……〕，都显得幼稚和空洞"[15]。于是，"这么一来，热狂的青年，便气馁了，灰心了，高尚受了玷辱，弄成卑恭易训的样子，勇气全然消灭，甚至因此颓废了"[16]。1920 年代初期，多情善感的维特在青年一代中风靡一时，但是二十年代中后期，敏锐的中国学人立刻发现柔弱的维特缺乏力量，"像茅盾那样敏感的作家，便察觉到维特的感性和缺乏干劲，已不再是值得赞扬的价值观"[17]。罗曼·罗兰饱含着生命活力的"英雄主义"立刻吸引了中国同仁，就是在这样的背景下，杨人楩翻译了茨威格的传记作品《罗曼·罗兰》。译者希望罗曼·罗兰充满力量的文字能够给中国青年带来一股活力，欲借精神强大而高尚的罗兰来指引青年走出颓丧的困境。作者指出，曾经为 1920 年代的青年作过指导的托尔斯泰、轰动一时的泰戈尔，已经不能再对青年们产生影响了，"我们要感到艺术家的伟大，而求生活之粮，不得不找副兴奋剂。于是，我便请了这位困苦中的英雄罗曼·罗兰，来安慰我们在困苦中努力的青年，来鼓励我们在沙漠中挣扎的青年。〔……〕他一生的苦力，给了我们不少的安慰；他一生的伟大，可以使我们奋兴振作"[18]。作者欲以罗兰辛勤努力、年近中年仍然默默无闻的困苦生活来激励处于苦闷之中的中国青年。

罗曼·罗兰在中国获得的崇高声誉与影响评论者批评意识的社会文化背景密切相连。罗曼·罗兰是在中国知识分子寻求思想启蒙、急切渴望引进新思想、新思潮的时代背景中开始中国之旅的，最初的知识分子关注的更多的是作为思想家的罗曼·罗兰，而非文学家的罗曼·罗兰；关注更多的是他身上凝聚的伟大的自由精神、平等与博爱意识，他在一战中独立的姿态，高呼反对战争的声音引起了评论界的极大兴趣。中国评论界通过再现罗兰的思想与行动建构了一位爱好和平、反对战争、同情拥护一切弱小民族的英雄形象，从国外引进的文学批评强化了罗兰的英雄主义思想，印刷业通过出版罗兰的翻译文学作品进一步扩大其影响力。罗兰在进入中国之初，便被中国评论界视为人类精神的灯塔、世界的良心，成为自由、平等、独立的象征，他在中国智识分子心中成为一个座标，一种象征，一座灯塔。如果说 1920 年代前后中国评论家倾心更多的是罗曼·罗兰对自由、和平、博爱的思想，欲以此种思想对国民进行

---

15 李泽厚：《中国现代思想史论》，天津：天津社会科学院出版社，2003 年，第 224 页。

16 杨人楩：《罗曼·罗兰》，《民铎杂志》1925 年第 3 期。

17 李欧梵：《中国现代作家的浪漫一代》，北京：新星出版社，2005 年，第 289 页。

18 杨人楩：《罗曼·罗兰》，《民铎杂志》1925 年第 3 期。

启蒙教育，那么到了 1920 年代中后期茨威格的《罗曼·罗兰》已经暗含着高扬罗曼·罗兰正视生活并且勇于战斗的激励精神。不管译者出于何种动机，罗曼·罗兰在中国的接受与中国的时代背景、社会思潮紧密相连，在此后的接受中可以更清楚地看出这种内在联系。

二、1930 年代的阐释悖反：高扬战斗精神与反思和平思想同在

1930 年代，虽然罗兰的戏剧、传记、小说都得了翻译，但是对它们的研究还非常不够，在 20 多篇关于罗曼·罗兰的评论文章中，没有一篇专门论述罗曼·罗兰戏剧、小说、传记的文章，对罗曼·罗兰文学作品的评论往往是在介绍罗曼·罗兰的思想时被顺带提及。相反，罗曼·罗兰的政论文《向过去告别》和《我走来的道路》引用频率却非常高[19]。于是，这造成罗曼·罗兰在中国的一种奇特接受现象：一方面是关于罗曼·罗兰其人其作的大量译介与翻译，另一方面则是对其文学作品评论的严重缺失。

究其原因，这主要是因为此时期中国评论界关注的是罗曼·罗兰的思想及其凝聚的人格力量，而相对忽视其作品中的审美因素与文学性。这既与中国急切地渴望寻求出路，关注思想而相对忽视文本的文学性有关，也是罗曼·罗兰的艺术观所决定的。罗曼·罗兰并不刻意追求艺术的外在形式，更看重的是艺术的内容和思想。罗兰不像福楼拜、莫泊桑等作家刻意雕琢精巧的艺术形式，其作品形式有一种内在的气韵与磅礴的力量，其奔腾不息的文本风格通过作品内容体现出来。因此，表面上看其作品没有技巧与情节，简单而粗糙，没有可资借鉴的艺术技巧，但实际上其作品质朴真纯、优美动人。其中，《约翰·克利斯朵夫》既有交响乐的热烈雄厚，又有抒情曲的和缓宁静，富于艺术魅力却难于模仿借鉴。

1930 年代的中国知识界一方面继续高扬杨人梗在 1920 年代末推崇的罗曼·罗兰本人及其作品中凝聚的战斗力量，学习其"不为一切暴力所折服"的奋斗精神；另一方面开始质疑罗曼·罗兰反对暴力的和平主义思想。这一局面的形成与中国的时代背景有关。1931 年，日本进军中国东北，中华民族面临着外敌的入侵，在中国的其他地区，炎黄子孙们正在彷徨中摸索中华民

---

19 比如曼华的文章《罗曼·罗兰》，马尾松发表在《清华周刊》上的《罗曼·罗兰的七十年》，戈宝权在《申报周刊》发表的《罗曼·罗兰的七十诞辰》等，都提到过这两篇文章。

族前进的道路。在这样的时代背景中，尤其需要青年们鼓足勇气、为中华民族开辟新的道路，特别是随着抗日战争的爆发，这种不畏艰险、勇于开辟道路的"克利斯朵夫"式的战斗精神与勇气更值得发扬，英雄主义受到追捧。同时，随着无产阶级革命文学运动的发展，中国左翼作家联盟的成立，马克思主义思潮在中国逐渐占据主导地位，文学逐渐成为宣传革命的手段。"'文学反映生活'的观念不见了，取而代之的是'武器论'和'阶级意识说'"[20]。于是，一些评论家从阶级论出发质疑罗兰"为人类工作"的博爱精神、人道主义理想。值得注意的是，虽然部分评论家对罗曼·罗兰的人道主义、反对暴力的博爱思想存在质疑，但是，三十年代的评论家仍然一致尊崇罗曼·罗兰追求真理、不断追求进步与正义的精神，罗曼·罗兰仍然是中国知识分子的精神导师。

1931 年，白桦发表《克利斯笃夫与悲多汶——罗曼·罗兰的新英雄主义》一文，从罗曼·罗兰著作中的人物克利斯笃夫与悲多汶来阐述罗曼·罗兰的新英雄主义，挖掘战斗精神，渴望为积弱的中华民族输入强悍的血液。"罗曼·罗兰的新英雄主义，一方面是刚正的真理欲，同时一方面是'战之福音'的努力主义。"[21]作者认为罗兰虽然强调忍苦主义，"这精神是非常近于基督教的"，但是他又赞美战斗，"立脚于尼采一流的力强的个人主义〔……〕他的一切的主张都是积极的，他对于徒使他人软弱的姑息之爱是绝对不悦的。"[22]作者进而总结说，"他的新英雄主义的核心，扼要言之，就是达到这真爱的战斗。"[23]该表述与中泽临川、生田长江合撰的《罗曼·罗兰的真勇主义》一文观点遥相呼应。二者最大的不同之处在于，白桦从中国现实社会出发，渴望以罗兰的战斗精神、新英雄主义精神来激励积弱的中华民族。作者高度赞扬罗兰的新英雄主义精神，强调他塑造的人物不仅正视生活的苦痛，而且拥有强大的爱的力量并且勇敢地战斗。这种勇于战斗的力量与勇气正是积贫积弱的中华民族需要的。背负着沉重的救国救民负担的智识分子孜孜追求的不单单是纯

---

20 林伟民：《中国左翼文学思潮》，上海：华东师范大学出版社，2005 年，第 127 页。
21 白桦：《克利斯笃夫与悲多汶——罗曼·罗兰的新英雄主义》，《黄钟》1931 年第 1 卷第 7 期。
22 白桦：《克利斯笃夫与悲多汶——罗曼·罗兰的新英雄主义》，《黄钟》1931 年第 1 卷第 7 期。
23 白桦：《克利斯笃夫与悲多汶——罗曼·罗兰的新英雄主义》，《黄钟》1931 年第 1 卷第 7 期。

文学的欣赏与借鉴，更重要的是，他们渴望引进介绍西方新思想、输入新血液以拯救整个民族。

1936 年是罗曼·罗兰 70 岁诞辰，苏联文艺界热烈祝贺他，纷纷撰文纪念，中国评论界也极为关注这一盛事。《作家》在 1 卷 1 号刊登黄源的《罗曼·罗兰七十诞辰》一文，作者给予罗兰高度评价，赞扬罗兰在一战爆发之际，大声疾呼反对战争，当新生社会主义国家诞生之时，他又勇于跟过去告别，拥护新生的苏联。"这位老勇士，正如他同国的文豪纪德一样，一生只是为了正义，人道，和平，自由，万人的幸福，向着光明的方面奔跑，如今他遥遥地望见远处的一点光明，便自然而然的趋向于这光明的所在，无所谓'转变'。我们在他所有的著作中，可看到他的这种伟大的人格，看到他那个透过纸面活跃着的心，他不仅是一个伟大的艺术家，也是个要求着言行一致的伟大的实行家。"[24]作者高度肯定了罗兰一生的伟大，认为罗兰趋向于光明的苏联之社会主义是"无所谓'转变'"的，作者正是在考察罗兰作品及其一生的思想与行动之后而得出结论的，然而这一观点很快被新的浪潮所湮没。1938 年，罗曼·罗兰的《爱与死的搏斗》再度在上海公演，上次公演是在宁波，在"九一八"事变的前夜，阿英说，这两次演出都与中国的苦难联系着。在《从〈爱与死的搏斗〉公演说到罗曼·罗兰与中国抗战》（1938 年）一文中，阿英赞颂罗曼·罗兰，将罗兰作品中的战斗精神与中国现实相联系，呼吁中国人民从《爱与死的搏斗》中学习罗曼·罗兰"不为一切的暴力折服"，要"为着世界和平，为着中华民族的解放，坚决奋斗到底的精神，来强化我们抗战的力量，以持久作战的精神，来摧毁日本法西斯到底！"[25]

罗曼·罗兰伟大的英雄形象正迎合了中华民族渴望"侠义之士"为之呐喊、呼吁的潜在心理，是面对着混乱的时局，知识分子与人民对英雄人物与英雄形象的潜在召唤。中国面临着深重的民族危难，国家的命运和人民的苦难召唤知识青年将自己的一腔热血投身于民族解放的事业之中，中国知识分子强调的重点已经不在于学习罗曼·罗兰"自由、平等、独立"的精神，而是要学习罗曼·罗兰"不为一切暴力折服"的奋斗精神，启蒙任务明显让位于民族救亡运动。

---

24 黄源：《罗曼·罗兰的七十诞辰》，《作家》1936 年第 1 卷 1 号刊。

25 阿英：《从〈爱与死的搏斗〉公演说到罗曼·罗兰与中国抗战》，《阿英文集》，北京：三联书店，1981 年，第 379 页。

但是，在 1930 年代的文坛还存在一丝异样的声音。1933 年，张白衣在
《朔望》半月刊上发表《巴比塞与罗曼·罗兰》[26]。这篇文章赞扬巴比塞是
能够不断地否认昨天的自己，由狭隘的爱国主义者转变为布尔斯维主义的宣
传者，将之与罗兰进行对比，指出罗兰是"绝对的和平主义者"，作者对托
尔斯泰的信徒罗曼·罗兰的无抵抗态度、绝对的和平主义观点是反对的，认
为在现实面前靠精神来解决问题是不可能的。1920 年代备受尊崇的反对战
争、反对暴力的人道主义者罗曼·罗兰在中国开始受到质疑了，这种质疑不
属于文学的范围，而属于思想领域的争鸣，这种变化与中国民族需要勇猛的
战斗精神、以暴制暴保卫国土免受外族侵犯相关联。同年，夏炎德在《读书
杂志》上发表《和平主义者罗曼·罗兰》[27]一文，质疑了罗曼·罗兰思想中
"不彻底"的地方，对罗曼·罗兰的思想进行辩证分析，从阶级的角度反思
其思想的局限性，但是仍然肯定了为三十年代的评论家所看重的罗兰的奋斗
精神。罗兰在三十年代的接受开始呈现多元复调之声，从二十年代的普遍赞
赏到三十年代的复调批评，暗含着中国时代主潮的涌动与转化。一方面是五
四呼唤自由、平等的声音在知识分子心中打下的印痕，另一方面是左翼文学
思潮在中国的影响扩大，从阶级论角度评论分析作家作品成为一部分评论家
的视角。正是在这种时代背景之下，夏炎德一方面对罗曼·罗兰的"怀柔"
和"不彻底"持贬抑态度，这种所谓的"不彻底"与"怀柔"指的是罗兰反
对暴力、博爱的人道主义思想；另一方面又赞扬罗兰热烈追求世界和平、独
立奋斗的精神。可以看出，作者的思维是存在一定程度的混乱的，从世界观
来说，呼吁世界和平、反对暴力的仁爱思想是值得发扬的，可是从中国严酷
的现实情况来看，罗兰的博爱与呼吁和平的声音又显得那么软弱无力，于是
造成了评论者话语的混乱，从日后的评论趋势可以看出，这种混乱状况与复
调话语会随着中国主流意识形态达到高度统一而归一。

此时期评论家除高扬罗兰的战斗精神，反思其和平思想，还极为关注罗兰
思想的走向，强调罗兰思想中的左倾态度。罗曼·罗兰于 1931 年在法国《欧
罗巴》杂志上发表《向过去告别》，又于 1936 年在 70 年诞辰的那天通过无线
电向世界人民发表《七十年的回顾》，罗兰通过这两篇文章总结了自己过去的
思想，表示出对苏联社会主义的支持与向往。1935 年，杂志《质文》第 4 号

---

26 张白衣：《巴比塞与罗曼·罗兰》，《朔望半月刊》1933 年第 8 期。

27 夏炎德：《和平主义者罗曼·罗兰》，《读书杂志》1933 年第 3 卷第 5 期。

发表了罗曼·罗兰纪念巴比塞的文章《朋友的死》和《我走来的道路》，1936年《质文》第 5、6 合刊为了纪念罗曼·罗兰七十诞辰，发表了魏蟠翻译的《七十年的回顾》和苏联评论家烈茄士作、邢桐华译的《艺术家罗曼·罗兰》。其中值得注意的文章有《我走来的路》、《七十年的回顾》和《艺术家罗曼·罗兰》。这三篇文章的发表，表示中国评论界已然意识到罗曼·罗兰思想的发展变化，并以《向过去告别》一文作为分水岭，开始将罗曼·罗兰的思想分成前后两个时期。

从苏联引进的关于罗曼·罗兰的评论也在一定程度上影响了中国评论界对罗曼·罗兰的看法。自从罗曼·罗兰于 1931 年与高尔基会面以来，中国评论界十分关注罗曼·罗兰与苏联的关系。1930 年代以来，中国评论界从苏联引进了大量关于罗曼·罗兰的评论与资料。1936 年，《译文》特地在新 1 卷第 2 期上刊发了"罗曼·罗兰七十诞辰纪念"特辑，包括 J. R. 布洛克作、黎烈文译的《法兰西与罗曼·罗兰的新遇合》；亚兰作、陈占元译的《论詹恩克里士多夫》；罗曼·罗兰作、陈占元译《论个人主义和人道主义——给格拉特柯夫和 I. 些尔文斯基的信》；罗曼·罗兰作、世弥译的《贝多芬的笔谈》；罗曼·罗兰作、陈占元译的《向高尔基致礼》这几篇文章，还附有罗曼·罗兰三幅照片，其中有罗曼·罗兰与高尔基的合影。同年，《时事类编》杂志 4 卷 9 期也在其文艺栏发表了四篇关于罗曼·罗兰的文章，包括报纸社论《祝罗曼·罗兰七十诞辰——苏联伟大的友人》（邢桐华译），高尔基的《寄罗曼·罗兰》（邢桐华译），德米托洛夫的《寄罗曼·罗兰》（邢桐华译），罗曼·罗兰的《文学者是追随者么？》（高璘度译）。前三篇都译自苏联的《文学新闻》，后一篇译自日本的《日本评论》。苏联文艺界的评论，成为彼时中国评论界阐释罗兰思想的一个风向标。

在苏联《文学新闻》社论《祝罗曼·罗兰七十诞辰——苏联伟大的友人》一文里，文章尊称罗曼·罗兰是"伟大的世界公民"，认为罗兰的思想转变在其前后两部小说中体现出来，他"从《姜·克里斯托夫》底拘束里解放出来，而在《迷了的灵魂》底最后一卷里，罗兰用了革命的非妥协性来反对精神底服从性"[28]。文章将罗曼·罗兰归于进步的革命文学家，认为是罗兰"正义的思想，真实地人道主义的思想，和对于人类之力的至深信仰，使罗兰走到了进步

---

[28] 参阅苏联《文学新闻》社论《祝罗曼·罗兰七十诞辰——苏联伟大的友人》，邢桐华译，《时事类编》1936 年第 4 卷第 9 期。

集团这方面来"[29]。这种将罗兰思想分为前后两个时期，将《约翰·克利斯朵夫》与《迷了的灵魂》作为两个阶段思想的代表，贬抑前者褒奖后者的态度影响了中国评论家。戈宝权在《申报周刊》发表《罗曼·罗兰的七十诞辰》[30]一文中就认为作《甘地》时，罗曼·罗兰的思想仍然跳不出人道主义及不抵抗主义的范围，直到《幻变了的灵魂》（即《迷人的灵魂》）一书才表现出这种转变。文章尤其强调罗曼·罗兰一生经历了许多的冲突与斗争，在晚年才发现了光明的前途，这是值得中国知识分子注意的。和 1920 年代的评论家一样，作者更多的是关注罗兰为正义而斗争的不屈不挠的精神。戈宝权以《向过去告别》一文作为罗曼·罗兰的思想分水岭，认为罗曼·罗兰的思想发生了转变，而黄源认为罗曼·罗兰一生都在向真理与光明进发，他趋向于苏联社会主义是一种自然的趋势，不存在"转变"。这种意见分歧在 1940 年代的文坛还将存在。

强调罗兰思想转变的文章，还有曼华的《罗曼·罗兰》和马尾松的《罗曼·罗兰的七十年》。前文发表于《华年》，肯定罗兰奋斗的一生，指出《向过去告别》是他"生命中最足纪念的文章"[31]。后文发表于《清华周刊》，高度赞扬罗兰的伟大人格，但是作者开始反思他的反战立场和毫不区分阶级地"为人类""爱人类"的立场，认为这是狭义的人道主义，是超阶级的[32]。不过，作者肯定了罗曼·罗兰新的发展道路，罗兰发表的论文集《苦斗的十五年》与《向过去告别》表明他与"小布尔的过去诀别，加入了新的队伍"，"他由怀疑主义而人道主义，最后才把握了正确的世界观为全人类的幸福而服役了"[33]。

罗曼·罗兰的《向过去告别》发表于 1931 年的《欧罗巴》杂志，1936 年时中国读者已然敏锐地察觉到他的思想变化。这既因为中国评论界密切关注苏联文艺界的动态，也反映了中国知识分子在自我追求道路上的迷茫与急于寻求优秀榜样作为指导的心理。罗兰的发展道路为知识分子提供了可资借鉴的榜样，而左翼知识分子则欲借罗兰的转变来引导处在摇摆不定的中国知识分子。

对比 1920 与 1930 年代罗曼·罗兰形象在中国的建构，可以大致发现四

---

29 参阅苏联《文学新闻》社论《祝罗曼·罗兰七十诞辰——苏联伟大的友人》，邢桐华译，《时事类编》1936 年第 4 卷第 9 期。

30 戈宝权：《罗曼·罗兰的七十诞辰》，《申报周刊》1936 年第 1 卷第 9 期。

31 曼华：《罗曼·罗兰》，《华年》1936 年第 5 卷第 6 期。

32 马尾松：《罗曼·罗兰的七十年》，《清华周刊》1936 年第 44 卷第 2 期。

33 罗大冈：《认识罗曼·罗兰》，北京：中国社会科学出版社，1988 年，第 147 页。

个重要差别。其一，关注焦点发生转移：随着中国时局的变化，知识分子由最初高扬罗曼·罗兰的自由独立的精神，转而号召中国人民学习其不为暴力屈服的战斗精神，从启蒙中华民族自由平等意识向启发中华民族战斗意识、救亡意识过渡。这种对罗曼·罗兰精神不同层面的追求与挖掘，与中国面临的时局变化有关。其二，评价态势发生嬗变：与 1920 年代众口同声地赞扬罗曼·罗兰不同，1930 年代已有一批学人从阶级论角度开始质疑罗曼·罗兰思想中的"消极"因素，反思其人道主义与和平主义思想的合理性。由于中国主流思潮在悄然发生变化，马克思主义思想已经生根发芽。以马克思主义的观点（尤其是从阶级论角度）审视罗曼·罗兰的和平主义与人道主义，便对其思想的合理性进行质疑。同时，中国面临着深重的民族危机，仅仅靠博爱与人道无济于事，中国需要的是切切实实的战斗革命。这样，罗曼·罗兰反对暴力、主张人类之博爱的思想，势必会被中国知识分子所疏离。他们推崇罗兰的英雄主义战斗精神，反对其和平主义与人道主义，而没有看到彼此之间的内在联系。对人和生命的关注是罗兰思想的出发点与归结点，由英雄主义而达到生命和谐是罗兰的思想内核，两者不可割裂。其三，媒介途径发生转向：1920 年代的评论界多从法国日本引进关于作家的评论，媒介途径主要是留法和留日学生，而三十年代中国文艺界更多关注苏联文艺界的动向，许多关于罗曼·罗兰的文字都是从苏联迻译、转译过来的。这是因为罗曼·罗兰在 20 世纪二十年代末、三十年代初思想上倾向于苏联，将苏联社会主义国家视为人类进步的方向，再加上他与高尔基之间有深厚友谊。这使得苏联视罗曼·罗兰为"苏联伟大的友人"，而探索"中国将走向何方"的部分中国知识分子关注苏联社会及文艺思想走向，受到苏联评论界的影响。其四，政治立场影响其作品评价：罗兰左倾的政治立场是中国评论界保持作家研究热的一个重要原因。中国评论界尤其注意罗曼·罗兰发表的《向过去告别》和《七十年的回顾》这几篇政论文，有人以之作为罗曼·罗兰前后期思想的分水岭，这种思想分期直接影响了 1940 年代中国评论界对罗曼·罗兰思想及对《约翰·克利斯朵夫》的评介，开始出现贬低《约翰·克利斯朵夫》而推崇《母与子》的评论倾向。1930 年代中后期，有的评论家认为罗兰的思想不存在"转变"，有的评论家开始将罗曼·罗兰的思想分成前后两个时期，认为罗曼·罗兰的思想存在着"转变"。

　　总之，从罗曼·罗兰进入中国知识界视野到 1930 年代，中国评论界关注的重点仍然是作为思想家、行动者的罗曼·罗兰，而非作为文学家和艺术家的罗曼·罗兰。罗曼·罗兰的思想行动与精神力量，是驱使民国时期中国知识界关注他的最主要原因。

三、1940 年代的批评转变：质疑英雄主义与挖掘民众思想并置

整体说来，对罗曼·罗兰思想的认知与阐释，1940 年代中国知识界既质疑其思想中的个人英雄主义，又不断挖掘其中的民众思想，呈现出个人性的贬抑与人民性的彰显的趋势。

对于罗曼·罗兰的评论，1940 年代中国知识界继续肯定罗曼·罗兰追求真理、自我批判的精神，赞扬罗曼·罗兰勇于"与过去告别"，成为社会主义战士。1944 年 12 月 30 日，罗曼·罗兰与世长辞。悲痛传至中国，郭沫若、茅盾、萧军等作家及知识分子纷纷撰文悼念。1945 年 1 月 20 日，《文学新报》1 卷 3 期发表了几篇悼念罗曼·罗兰的文章[34]，多是赞扬罗曼·罗兰的伟大人格、他的正义呼声、拥护十月革命政权、同情包括中国在内的弱小民族等等。1945 年 6 月，《抗战文艺》第 10 卷第 2、3 期发表了 6 篇文章悼念罗兰[35]。《悼念罗曼·罗兰》一文称罗兰为"伟大的人类爱的使徒"，是"法兰西民族的夸耀、欧罗巴的夸耀"，"全世界人类的夸耀"[36]，号召中华民族的同胞们要学习罗兰的战斗精神、将自己与人民大众紧密相连。

受"文艺大众化"口号的影响，四十年代的评论家强调作家要走向大众，要像罗曼·罗兰那样将根深深扎入泥土中，学习罗曼·罗兰勇于斩断过去走向新生。1945 年，闻家驷发表在《世界文艺季刊》第 1 卷第 2 期上的文章《罗曼·罗兰的思想、艺术和人格》着意将罗兰的思想与时代思潮"文艺大众化"相连接，认为："罗曼·罗兰的思想虽说渗透着罗曼·罗兰个人对周围各种事物的态度，但它仍然是大众化的，通俗化的，因为构成他的全部思想的一个主

---

34 这些文章分别是郭沫若的《宏大的轮船停泊到了安全的海港》，茅盾的《拿出力量来》，葛一虹的《敬悼罗曼·罗兰》，萧蔓若的《我们将会更战斗——悼罗曼·罗兰》（诗歌），戈宝权的《关于〈约翰·克利斯朵夫〉的二三事》，N. 雷柯娃的《关于〈约翰·克利斯朵夫〉》（朱笄译），以及松子的《略谈罗曼·罗兰的历史剧》。

35 这些文章分别是中华全国文艺界抗敌协会的《悼念罗曼·罗兰》、茅盾的《永恒的纪念与景仰》、萧军的《大勇者的精神》、阿拉贡的《罗曼·罗兰》（焦菊隐译）、焦菊隐的《从人道主义到反法西斯》以及孙源的《敬悼罗曼·罗兰》。

36 参阅中华全国文艺界抗敌协会：《悼念罗曼·罗兰》，《抗战文艺》1945 年第 10 卷第 2-3 期。该文章应出自郭沫若的手笔，后以《罗曼·罗兰悼辞》为题收录在郭沫若的《沸羹集》中。

题正好是他从一般人所熟悉周知的事物中，或者说是从人民大众的生活中提炼出来的一个问题，而这个问题，不但是人民大众所能了解的，并且是人民大众所急于要予以解决的。这个问题便是：我们应该改造我们的思想，改造我们的灵魂，换句话说，我们应该'死去再生'，从毁灭与死亡中去创造一个适合于历史规律和时代要求的新文化，新社会。"[37]

　　1940年代，中国评论界延续1930年代对罗曼·罗兰超阶级的和平主义和人道主义的批判立场，着眼于罗曼·罗兰道路的"转变"，将罗曼·罗兰思想分成前后两个时期。这一时期，对罗曼·罗兰"个人主义"的批判尤其引人注目。1940年代，仍然有评论者延续1920年代日本中泽临川与生田长江合撰的《罗曼·罗兰的真勇主义》、1930年代白桦的《克利斯笃夫与悲多汶——罗曼·罗兰的新英雄主义》对罗曼·罗兰的"英雄主义"的激赏，如萧军在悼念罗兰的文章《大勇者的精神》中赞叹罗兰的英雄主义，"世界上只有一种英雄主义啊！便是如实地认识这世界，爱它，并且改造它〔……〕这就是他底真'英雄主义'。'大勇主义'底真髓。"[38]但是，这种声音很快被新的主流观点所取代，文艺界权威批评家茅盾等人将个人主义与英雄主义等同，有的评论者干脆将它们并称为"个人英雄主义"[39]，均对之持否定态度。茅盾说这种英雄主义的理想也许是"美丽"的，但是在面对现实之时，却碰到了钉子。

　　1945年，茅盾发表《永恒的纪念与景仰》一文悼念罗曼·罗兰，认为在作《超乎混战之上》之时的"罗曼·罗兰的基本思想是个人主义，——或者也可称为新英雄主义"[40]。茅盾将个人主义与新英雄主义等同，含蓄地批评了这种个人主义——也就是批评了在1920-1930年代受到高度追捧的"新英雄主义"。茅盾还认为个人主义的罗曼·罗兰终于成为社会主义的战士，"怎样从一个个人主义者与和平主义者变成一个社会主义者，从一个资产阶级的人道主义者变成一个社会主义的人道主义者，罗曼·罗兰足足走了七十年的长途。光是这一点坚韧的求真理以及自我批判的精神已经值得我们万分景仰了。"[41]在《永恒的纪念与景仰》一文里，茅盾以《向过去告别》为界，将罗兰思想分

37　闻家驷：《罗曼·罗兰的思想、艺术和人格》，《世界文艺季刊》1945年第1卷第2期。

38　萧军：《大勇者的精神》，《抗战文艺》1945年第10卷第2-3期。

39　杨晦：《杨晦文学论集》，北京：北京大学出版社，1985年，第234页。

40　茅盾：《永恒的纪念与景仰》，《抗战文艺》1945年第10卷第2-3期。

41　茅盾：《永恒的纪念与景仰》，《抗战文艺》1945年第10卷第2-3期。

成两个时期，"如果前十年正是罗曼·罗兰所自称为罗曼·罗兰前期思想形成的阶段，而《约翰·克利斯朵夫》是其总结，那么，后十年便可说是罗曼·罗兰后期思想发展的阶段，而《动人的灵魂》的最后三卷便是他'摸索'而合于大道的宣言。"[42]作者进一步下结论说，"《约翰·克利斯朵夫》我们已经读过了，现在我们该读《动人的灵魂》了。"[43]

由此，我们不难归纳出茅盾该文的三点内容。第一，文章追溯罗曼·罗兰的一生，仍然高度赞扬了罗兰精神——自我批判的精神、执着追求真理的精神，在表达哀悼与纪念的同时，还希望中国学人能够从罗兰奋斗的一生中汲取勇气与力量。第二，突出罗兰为人民、为民众服务的思想。作者自觉地应用了马克思主义理论来分析罗兰的阶级属性，认为直到1931年发表《向过去告别》，他才由个人主义者变为社会主义战士，从资产阶级的人道主义者变成社会主义的人道主义者。第三，茅盾还以《向过去告别》作为罗兰思想的分水岭，从而质疑罗曼·罗兰前期代表作《约翰·克利斯朵夫》的价值与地位。他认为，大家应该将《约翰·克利斯朵夫》看山罗兰过去思想的产物，将《动人的灵魂》看作罗兰思想进步的作品，隐含着要将《约翰·克利斯朵夫》舍弃的潜在倾向。作为左翼文坛的主将，茅盾的评论极具权威，这篇文章也给中国评论界带来深远影响，随后产生了一系列的文章，围绕罗兰的"道路""转变"作文。

1946年，戈宝权在《文坛月报》1卷3期上发表文章《罗曼·罗兰的生活与思想之路》[44]。文章也认为，罗曼·罗兰终于告别了他写《精神独立宣言》时期的个人主义——这种个人主义仍然体现在《约翰·克利斯朵夫》《科拉布勒农》《超越混战以上》等小说与政论文中，直到他写作《向过去告别》，才"公开地宣言走进新的革命的阵营，成为一个社会主义的战士"[45]。作者高度赞扬了罗曼·罗兰自我更新、不断追求进步的勇气，"罗曼·罗兰多少年来是怎样不断地自我批判，不断地向前进步，假如我们说前期的罗曼·罗兰，还只是一个'克里斯朵夫'型的英雄人物，还只是一个深受了托尔斯泰影响的和平主义者及人道主义者，那么经过第一次欧战和大战后的'探索与彷徨的年代'，他终于最后'和过去告别'了，今儿成了一个社会主义者，反法西斯的战士和新人类事业的卫护者，而他最后以二十年的事业，更像王

---

42 茅盾：《永恒的纪念与景仰》，《抗战文艺》1945年第10卷第2-3期。

43 茅盾：《永恒的纪念与景仰》，《抗战文艺》1945年第10卷第2-3期。

44 戈宝权：《罗曼·罗兰的生活与思想之路》，《文坛月报》1946年第1卷第3期。

45 戈宝权：《罗曼·罗兰的生活与思想之路》，《文坛月报》1946年第1卷第3期。

冠似地冠盖了他的余生。"[46]与茅盾的观点一致，戈宝权含蓄否定了罗曼·罗兰早期保持精神独立、不附属于任何党派的个人主义，将《向过去告别》作为罗曼·罗兰思想的分水岭。他虽然否定了《约翰·克利斯朵夫》中的个人英雄主义，但是肯定《约翰·克利斯朵夫》对当时青年的启蒙作用。彼时评论家们似乎面临着两难的困境，从占主流地位的"诗学"，即马克思主义观点出发，他们批判作品中的个人主义，可是又觉得这种强调精神独立的个人主义对青年一代的确有着启蒙与激励作用。于是，在评论《约翰·克利斯朵夫》这部小说时，评论家们更多地采用两分法。评论家们不断地介绍罗曼·罗兰的"转变""道路"，其潜在意图就是希望中国的知识分子勇于抛弃过去的"我"，奔向新的自我。中国评论家采用一种集体性的评论话语——突出罗兰的"转变"、授予其"社会主义战士"的称号，从而将集体价值取向投射到罗兰身上，以此达到改造中国知识分子思想的目的，从而也在无形之中掩盖甚至消解了罗兰的思想。与戈宝权的观点相似，董每戡于 1946 年 5 月 1 日发表在《文潮月刊》第 1 卷第 1 期的《悼罗曼·罗兰》也认为罗兰反对暴力、超阶级的人道主义与和平主义的思想是不可取的。不过，作为一名戏剧工作者，董每戡对罗曼·罗兰"民众戏剧"的主张颇为欣赏，这与四十年代倡导的文艺大众化、文艺走向普通民众的文学思潮相关。

可见，在 1940 年代的话语语境中，在茅盾、戈宝权等评论家看来，"个人主义"是消极的思想，与"社会主义"相对立，应该被摈弃，罗曼·罗兰声称告别过去，就是告别了与"社会主义"对立的"个人主义"，将目光投向新生苏联的罗曼·罗兰也因此而成为一名社会主义战士。但实际上，此时期的中国评论界对罗曼·罗兰思想的阐释存在一定程度的跨文化误读。首先，不同文化语境中"个人主义"的内涵不同。个人主义作为西方核心价值观之一，推重个人主体和个人价值。西方文化背景下成长起来的罗曼·罗兰经受过法国大革命的洗礼，受到托尔斯泰人道主义思想与斯宾诺莎博爱思想的影响。对他而言，保持精神独立、思想自由是一种本真的生命状态，为民众服务则是他的生命追求。罗曼·罗兰的个人主义思想追求个人精神独立自由，勇敢追求真理和进步，故其个人主义思想与人道主义思想和英雄主义思想相互关联，这种个人主义与单为自己谋取私利的卑下的自利主义天壤之别。在《论个人主义和人道主义》等文中，罗兰始终自称为"个人主义者"，终生为民众孤身奋斗而绝没

---

46 戈宝权：《罗曼·罗兰的生活与思想之路》，《文坛月报》1946 年第 1 卷第 3 期。

有利己的私心。即便是在《与过去告别》一文中，也仍表示希望"以自由、明智、勇敢的个人主义为基础，建立起一个没有国界的国际主义思想堡垒。"[47]也即，罗兰并未放弃兼具理想主义和人道主义的个人主义思想，他始终坚持精神独立，思想自由，坚持自己的理想和信念。他放弃的是曾经保持党派中立的政治态度，而支持苏联社会主义；告别的是单纯强调精神独立，而不将个人奋斗融入民众的个人主义。罗兰的个人主义思想是发展的，变化的，但他并未全盘否定过去的个人主义思想。茅盾、戈宝权等中国评论家并未仔细辨析处于西方文化场域中的罗兰个人主义思想的细微内涵和发展变化，而做出罗兰从"一个个人主义者与和平主义者变成一个社会主义者"的论断，是值得仔细推敲和甄别的。罗曼·罗兰说，"真正的社会主义社会只是、或者只能是建立在个人自由的力量协作一致基础上的社会。[48]可见，罗兰思想中的个人主义与集体主义、社会主义并不矛盾，相反，充分发挥个人自由和个人价值正是社会主义社会的基础。所以，茅盾认为罗曼·罗兰将他奉为圭臬的保持精神独立的个人主义已然抛弃，甚至将之与社会主义对立是不准确的，与其说是抛弃，不如说罗兰将之丰富并扩展为走向民众、融入集体的个人主义。这种个人主义与人民的利益并不冲突，而是建立在为人民的基础之上，因此，这种"个人主义"与四十年代中国评论界、思想界所定义与理解的将个人利益置于集体利益之上的"个人主义"存在内涵上的差异。由于未能甄别个人主义话语在东西方语境中的差异，导致中国评论界对罗曼·罗兰的思想存在一定程度的误读。关于个人主义在中国的误读和罗曼·罗兰思想在中国的接受变异，详见第四章的分析。

倘若说 1920 年代中国知识界欣赏的是罗曼·罗兰反战的独立姿态与独立精神，1930 年代评论家着重挖掘的是作家一生的奋斗形象及其作品"不为暴力而折服"的精神力量与英雄主义战斗精神，那么 1940 年代评论家则质疑罗兰的个人主义与英雄主义，将注意力放到罗曼·罗兰的"转变"之上，着力挖掘的是罗曼·罗兰毅然与过去告别，斩断过去而走向新生的勇气，是罗曼·罗兰告别"个人主义"，将自己的根须埋入民众的黑土之中、不断追求真理与进步的战士形象。通过对罗曼·罗兰思想的阐释与形塑，中国评论界赞赏其道路

---

47 罗大冈编选：《认识罗曼·罗兰》，北京：中国社会科学出版社，1988 年，第 183 页。

48 [法]罗曼·罗兰：《向过去告别》，吴达元译，《世界文学》1961 年第 4 期。

的坚定转变，为中国知识分子与自己的过去告别、走向无产阶级队伍提供了示范的榜样。

从思想层面来看，1940 年代的中国知识界格外重视罗曼·罗兰《向过去告别》和《战斗十五年》等政论文，而事实上评论者由于尚未读到全译文而对之存在简单化理解，片面认为罗兰与过去思想决裂，断定罗兰思想发生质变。与 1930 年代相同的是，1940 年代的部分评论家继续质疑罗曼·罗兰的人道主义与和平主义思想；与 1930 年代不同的是，1940 年代的评论家开始质疑罗曼·罗兰的英雄主义，将英雄主义与个人主义思想等同，认为个人主义与英雄主义属于被罗曼·罗兰"告别"的过去的思想，并由此断定《约翰·克利斯朵夫》是作家过去思想的结晶，是中国知识界应该舍弃的。

四、思想阐释演变背后的规训：意识形态与诗学观念嬗变互动

从最初高扬罗曼·罗兰的独立精神、认同其平等和平思想到 1930 年代反思其和平主义与不抵抗主义，再到 1940 年代批评其个人主义思想、挖掘其民众思想，对罗曼·罗兰思想的接受和阐释，中国知识界呈现出选择与疏离、认同与拒斥、肯定与否定、正读与误读、彰显与边缘等诸种不同形态。思想阐释演变的背后，有着社会思潮与时代话语的直接影响与强力规训，有着意识形态与诗学观念的发展嬗变与彼此互动。

五四文化运动主张科学理性，提倡思想启蒙，张扬个性意识，呼唤主体觉醒。个人主义在初入中国之际，与高扬人的主体精神的人道主义密切相关。陈独秀在 1916 年在《新青年》1 卷 6 号上发表的《吾人之最后觉醒》和 1 卷 4 号上发表的《东西民族根本思想之差异》，周作人在第 5 卷 6 号上发表的《人的文学》等文章，均视人的自由平等意识为最重要的觉醒，拥护个人自由和权利幸福。"以西方的个人主义来取代中国传统的集体主义，就是陈独秀 1916 年开始倡导新文化运动的主题"[49]。虽然五四前后中国对个人主义的理解存在细微差别，但发展个体、尊重个人、主张意志自由是其核心涵义。正因如此，罗曼·罗兰在一战中逆于芸芸大众，反对人类残杀、主张博爱的独立精神与姿态，契合并呼应五四新文化运动的主题。作为自由、平等、独立精神的坚决拥护者，罗曼·罗兰成为人类优秀知识分子的代表，进而成为中国知识分子心目中的一座灯塔。

---

49 李泽厚：《中国现代思想史论》，天津：天津社会科学院出版社，2003 年，第 11 页。

1920 年代后期，中国五卅惨案、北伐战争的失败使知识分子反思艺术趣味，重新思考文学与时代、文学与政治的关系。民族国家的利益、人民大众的苦难，压倒个人寻求自由、追求个性解放的呼声："个人主义的淡出、社会主义的突起，成了'五四'文化高潮以后重要的思想文化现象"[50]。事实上，经由日本引进的西方个人主义概念在进入中国时经历本土化改造，个人主义观念与群体国家概念并不冲突。胡适在《非个人主义的新生活》指出，个人由社会上无数势力构成，"改造社会即是改造个人"[51]；陈独秀在《虚无的个人主义及任自然主义》一文中说，"攻击个人主义没有社会责任感，是一种虚无主义的概念"[52]。个人主义概念在最初的中国既包含发展个体个性的含义，又不排斥个体的社会责任意识。然而，随着中国社会境遇和时代主题的变化，个人主义的含义逐渐衍化。随着马克思主义思想的广泛传播，个人主义经由部分知识分子的阐释逐渐成为集体主义的对立面。1928 年，随着中国社会形势的变化，五四时期的"文学革命"出现了向"革命文学"转折的趋势。部分具有革命倾向的作家知识分子主张文学是变革社会、推进革命的工具。革命文学发展之迅速让国内许多知识分子惊讶不已，邱韵铎发现连唯美派刊物《金屋》也发表具有左翼倾向的文章时，感叹道："这样看来我们可以大言不惭地说，革命文学已经轰动了国内的全文坛，而且也可以跨进一步地说，全文坛都在努力'转向'了"[53]。左翼文学思潮逐渐占据文坛的主流，个人主义遭到质疑，被视为集体主义的对立面。"革命文学应当是反个人主义的文学，它的主人翁应当是群众，而不是个人；它的倾向应当是集体主义，而不是个人主义。"[54]五四运动以来对个性平等自由的呼声逐步被群体意识所取代。

在马克思主义学说中国传播过程中，中国知识界对阶级论情有独钟："尽管李大钊、陈独秀等人介绍马克思主义时，都要介绍剩余价值学说，但如果细看一下，便会发现，他们介绍的重点，真正极大地打动、影响、渗透到他们的心灵和头脑中，并直接决定或支配其实际行动的，更多是马克思主义的唯物史

---

50 王爱松：《个人主义与"五四"文学》，《南京大学学报》2001 年第 38 卷第 4 期。
51 胡适：《非个人主义的新生活》，《新潮》1920 年第 2 卷第 3 期。
52 刘禾：《跨语际实践：文学、民族文化与被译介的现代性》，宋伟杰等译，北京：三联书店，2002 年，第 135 页。
53 林伟民：《中国左翼文学思潮》，上海：华东师范大学出版社，2005 年，第 119 页。
54 蒋光慈：《关于革命文学》，《太阳月刊》1928 年第 2 期。

观。其中，又特别是阶级斗争学说"[55]。在文艺思想上，革命文学倡导者认为文学是有阶级性的，文艺离不开时代。阶级斗争学说则质疑以全人类为对象的博爱思想与人道主义精神，而以追求人性自由为基础的个人主义在中国特殊的语境中被过滤，简单定位为与无产阶级大众、与集体完全对立的思想。同时，面临着日本入侵，中国必须以实际行动抵抗外侮，英雄主义战斗精神得到弘扬，和平主义思想在残酷的战斗面前苍白无力。因此，在 1930 年代，罗曼·罗兰思想中的英雄主义因素被大力弘扬，而其人道主义思想与和平主义思想遭到张白衣、夏炎德等人的质疑。孙源在《敬悼罗曼·罗兰》中认为，作家是真正的和平主义者的前提在于，罗曼·罗兰反对帝国主义战争，支持正义的战争，并且他参与到战斗中来。从表面上看，虽然两者观点对立，但都主张以武力反对帝国主义的侵略，排斥"非暴力""不抵抗"思想，都紧密联系本国现实情况，对罗兰思想的拒斥与迎纳都建立在内在需求的基础上，而忽视了罗兰英雄主义精神与和平主义思想之间的紧密联系。

　　1930 年代，左翼文学思潮逐渐成为中国文坛的主流，与排斥个人主义相呼应的是，对集体主义与人民大众的召唤，知识分子如何与大众融为一体便成为一个值得研究的课题。文艺大众化是左翼文学运动的中心，三十年代初期，围绕着"文艺大众化"的主题，中国思想界展开了一系列的讨论，并且文艺大众化的主张并没有随着左联解散而烟消云散。如何将文艺与大众连接起来，文艺如何为大众服务的问题，仍然是时代主题之一。1942 年，《延安文艺座谈会上的讲话》提出要使文艺为工农兵服务，文艺工作者的世界观、立场与感情必须进行大转变；强调文艺的阶级性，否定超阶级的人性，"从而否定了 20 世纪中国文学诞生以来一直就存在着的以'人性论'为理论基础的'文学和人的关系'的文学潮流，而使以阶级论为理论基础的'文学和人的关系'的文学潮流获得独尊的地位"[56]。

　　时代诗学的嬗变必然作用于敏感而关注中国社会发展趋势的文学评论家，闻家驷便在《罗曼·罗兰的思想、艺术和人格》一文中将罗曼·罗兰的思想"大众化""通俗化"，而且将其作品的主题思想附会于时代诗学思潮，认为其作品的全部思想主题是"我们应该改造我们的思想，改造我们的

---

55 李泽厚：《中国现代思想史论》，天津：天津社会科学院出版社，2003 年，第 141 页。
56 于润琦主编：《百年中国文学史·中卷（1917-1949）》，成都：四川人民出版社，2002 年，第 515 页。

灵魂"，要"死去再生"！时代召唤的是勇于与过去告别、走向民众的知识分子，是要告别"小我"，走向无限广阔的"大我"的知识分子。彼时中国评论界并没有仔细辨别罗曼·罗兰的思想走向，在《向过去告别》尚未翻译的情况下，就断定罗曼·罗兰告别了个人主义，成为社会主义者。不过，对于中国知识分子来说，最重要的不是罗曼·罗兰是否真的成为一位坚定的社会主义战士，而是他勇于与过去告别，不断追求真理，追求进步的姿态，这种姿态能为中国知识分子转向提供示范。由此，不难理解评论家为何一致给罗曼·罗兰戴上"社会主义战士"的桂冠了。时代思潮直接影响了罗曼·罗兰形象在中国的变迁，在建构罗兰形象的过程中，中国评论家集体表达着自我的意识形态。中国知识分子对罗曼·罗兰的接受呈现出明显的功利主义和强烈的实用主义色彩。在罗兰思想阐释中，文学批评显示出强大的政治批评功能，强烈排斥与自我需要背离的思想。

总之，根据民国时期的社会状况、中国知识界的阅读期待和跨文化的接受特点，罗曼·罗兰思想在民国时期的认知阐释，主要经历了三个不同阶段的发展和演变。1920 年代，中国知识界赞赏罗曼·罗兰的独立精神，认同其平等和平思想；1930 年代，中国知识界高扬罗曼·罗兰的战斗精神，反思质疑其和平思想；1940 年代，中国知识界开始质疑罗曼·罗兰的个人英雄主义，挖掘其普罗大众思想。就宏观态势而言，三个不同阶段之间有一脉相承的一致性和前后关联的逻辑性，即人道主义关怀与和平主义诉求是罗曼·罗兰自始至终不变的思想内核，是作家自由独立、战斗精神和个人主义思想的底色和基础。三个不同阶段之间又有细微隐蔽的差异性和前后断裂的变异性，即罗曼·罗兰思想具有丰富性和多样性，自由独立、战斗精神和个人主义是作家思想的三个向度。就阐释特点而言，罗曼·罗兰思想在民国时期的认知阐释，受到 20 世纪上半期中国社会思潮和时代话语的直接影响与强力规训，显示出强大的政治批评功能和明显的意识形态倾向，呈现出强烈的功利主义和实用主义色彩。

第四章 从误读到否定：罗曼·罗兰 个人主义思想的变异诗学

　　罗曼·罗兰思想在中国百年的接受变异，主要围绕个人主义理念、英雄主义理念和人道主义理念而展开。其中，个人主义理念经历从有选择地肯定到全盘否定误读再到辩证肯定的嬗变；英雄主义理念经历从高扬肯定到质疑批判至全盘否定再到积极肯定的转换；人道主义理念经历从肯定到消极否定再到积极认同的转变。作为近代西方文化和文学的核心价值观之一，"个人主义"在文艺复兴和启蒙运动这两次思想解放运动中逐渐形成，在反对封建王权和宗教神权的两座大山中逐步衍生。经由法国大革命的洗礼，个人主义理念逐渐渗透到西方的政治、经济、文化、法律等西方社会生活的方方面面之中。作为一种立足于个人主体和个性价值的现代理念，个人主义在法国大革命之后的19世纪才真正成熟，成为一套具有新的历史逻辑和哲学基础的现代思想体系。罗曼·罗兰的思想具有明显的丰富性、多样性和复杂性，其中个人主义、英雄主义和人道主义是最核心、最重要、最复杂的思想维度。作为作家思想的核心构成要素之一，罗曼·罗兰的个人主义思想在中国经历了一个复杂多样的传播历程和认知阐释，出现了语义的丢失与增殖、内涵的缩小与扩展、思想的模糊与聚焦，表现出鲜明的历史性、变异性与论争性特征。

一、"重建人类社会道德"：罗兰个人主义思想的主要内涵与嬗变

　　总体说来，罗曼·罗兰的个人主义思想主要体现在一系列政论文和文学文本之中。其中，政论文主要有《精神独立宣言》《超乎混战之上》《论个人主义

和人道主义——致费多尔·格拉特科夫[1]和伊利亚·谢尔文斯基[2]的一封信》《与过去告别》《全景》《战斗的十五年》《我走来的路》，文学文本主要以《约翰·克利斯朵夫》等长篇小说为代表。罗曼·罗兰的个人主义思想是发展的，变化的，动态的。根据罗兰在《我走来的路》中追溯其思想变化的时间节点，大致可以以1928年前后为界限，将其分为前后两个阶段。

罗曼·罗兰前期个人主义思想主要包含以下三个层面。其一，罗兰追求个人的精神独立自由，思想清明，勇敢追求进步和真理，超越种族、民族、阶层等偏见，对各国一切人民都充满博爱精神。罗曼·罗兰的个人主义思想并不以个人利益为中心，而是超越狭隘的自我中心，其行动以为人类、为大众而努力奋斗为旨归。罗曼·罗兰的个人主义与人道主义和英雄主义是相关联在一起的。罗曼·罗兰的个人主义体现在其思想和行动两个方面。在思想上，这主要体现在《精神独立宣言》《超出混战》等政论文和文学作品中。《超出混战》写于一战爆发之后的1914年9月。在这篇文章中，作者明确反对战争，指出战争虚伪的谎言——每个国家都宣传他们是为了自由和人类的进步而战斗，罗兰强烈谴责发起战争的三大帝国主义，指责各国知识分子的领袖非但不阻止战争，反而火上浇油，美化战争，将仇恨的种子在欧洲播撒，他呼吁人们保持精神独立，以独立昂扬之精神驱散战争的乌云。"无论家庭或友人，无论祖国或任何心爱的事物都没权力控制我们的精神。精神就是光明。我们的职责是要使它昂扬，超出狂飙，拨散那凛凛然行将遮暗它的乌云。"[3]罗兰从一开始就知道，当战争被冠以各种冠冕堂皇的理由，当不同阵营的人们被卷入疯狂的战争，他的反战呼声必然会激起敌人的憎恨和围攻。但罗兰却没有料到攻击的猛烈程度，德国和法国的斗士们都对他展开猛烈攻击。《精神独立宣言》写于一

1　格拉特科夫（1883-1958），全名费多尔·瓦西里耶维奇·格拉特科夫（Фёдор Васильевич Гладков），20世纪俄罗斯著名作家、记者和教育家，社会主义现实主义文学的经典代表，两次斯大林奖金获得者，1920年起是俄罗斯共产党党员。他曾担任《新世界》杂志编委、高尔基文学院院长；著有长篇小说《水泥》（1925年）和《动力》（1932-1938年），中篇小说《宣誓》（1944年），自传性三部曲《童年的故事》（1949年，获1950年度斯大林奖金）、《自由人》（1950年，获1951年度斯大林奖金）和《荒乱年代》（1954）。

2　谢尔文斯基（1899-1968），全名伊利亚·利沃维奇·谢尔文斯基（Илья Львович Сельвинский），20世纪俄罗斯著名作家、诗人、戏剧家，构成主义文学流派的代表。

3　[法]罗曼·罗兰：《罗曼·罗兰文钞》，孙梁译，桂林：广西师范大学出版社，2004年，第30页。

战结束后的 1919 年春，于 1919 年 6 月 26 日发表于法国《人道报》上，在这篇宣言中，罗曼·罗兰号召战后全世界知识分子重建友爱的精神联盟，保持精神独立，不被任一政治的、社会的集团或阶层所奴役，拥护和平、崇敬真理，打破民族、国家和阶层的种种局限和偏狭，为受苦的人民高举精神自由博爱的火炬！这篇文章发表后，在罗兰的呼吁下，到 1919 年底，已有巴比塞、爱因斯坦、泰戈尔等 140 多人签名。

罗兰以自己的行动践行自己的理想。在一战期间，在欧洲众多知识分子被各国政党欺骗加入狂热的战争中时，罗曼·罗兰以睿智的眼光、清明的思想洞察帝国主义的虚伪和欺骗，明确反对战争、谴责发动这场罪恶战争的统治者应该承担责任。他在报刊上发表反战宣言，指责各国知识分子的领袖散布仇恨，煽风点火，助燃战争。他还给美国总统德罗·威尔逊写信，希望他能调和欧洲的矛盾，重新携手共建新的和平。他呼吁欧洲杰出知识分子、伟大的科学家们组织建立一种精神的最高法院，一种良心的裁判所，反对战争期间一切不正义的行为，做出公正的判决。由于罗兰的反战行为得罪了官方，官方宣布驱逐罗兰，他的文章也被禁止在法国发表。罗兰还受到来自德国和法国对手的疯狂攻击，对他的造谣中伤、诬陷、恐吓持续不断。被敌人构陷几至于无立锥之地时，他仍主动加入国际红十字会，成为首批加入的志愿者，甘当一名默默无闻的助手，"当其他作家和知识分子在各民族间的仇恨中火上浇油的时候，罗兰却努力从中协调，在条件可能的情况下，帮助无数遭受痛苦的人减轻痛苦"[4]。战争即将结束时，罗兰希望重建欧洲长久之和平，呼吁各国知识分子和科学家们重建精神联盟。罗曼·罗兰终生用实际行动诠释自己的理想。

其二，罗曼·罗兰将个人主义和自利主义明确区别开来，肯定前者而否定者。在罗曼·罗兰看来，真正的个人主义者不是自私自利的利己主义者，而是人道主义的信徒。真正的个人主义者拥有独立人格、自由思想和独立信仰，拥有可以为信仰而死的信念和勇气。

1931 年 2 月，针对苏联作家格拉特科夫（旧译革拉特柯夫、革拉特珂夫、格拉特柯夫——笔者注）与谢尔文斯基（旧译为些尔文斯基——笔者注）的疑问，罗曼·罗兰在答复信《论个人主义和人道主义》中区别了两种个人主义，该文发表于莫斯科的《苏联文学报》。在信中，罗兰仍声称自己是个人主义者，

---

4 [奥]斯蒂芬·茨威格：《罗曼·罗兰传》，云海译，北京：团结出版社，2003 年，第 247 页。

"对呵，我是个人主义者。对呵，我是一个信赖人道的人。而这个个人主义者，这个人道的信徒却为你们奋斗。"[5]在这篇文章里，罗曼·罗兰说自己是终其一生孤立地奋斗着，并且自己享受这种思想的自由，但是自己决没有利己的偏见。罗曼·罗兰区别了奋力的个人主义与卑下的自利主义，"别把那种说着，——'背我的信仰，毋宁死！'——的奋力的个人主义和那种只想喂饲它的肚腹，它的虚荣心，它的利益的卑下的自利主义混到一起。"[6]可见，罗曼·罗兰认为真正的个人主义者不以利己为原则，而是思想独立、为正义、为人类的进步而奋斗。罗兰奋力保卫的是一种自由的姿态、他将拥有自由的思想并且为人类奋斗的"使徒"称作"个人主义者"。在文章《论罗曼·罗兰及其〈约翰·克里斯朵夫〉》[7]中，苏联评论家和作家纳杰日达·莱可娃（Надежда Рыкова）[8]积极肯定罗兰个人主义的积极性和独立性："罗曼·罗兰的个人主义和资产阶级反动势力文学所宣传的掠夺者的个人主义毫无相同之处。"[9]无疑，这种奋力的"个人主义"在罗兰的笔下，是积极的、褒义的，是精神独立的标志。

其三，罗曼·罗兰前期个人主义思想还包括推重人的最高价值，重视文艺对民众的引领推动作用，引导民众走入进步之途，勇敢反抗反动势力和反动制度，为公众为真理而奋斗。

在《质文》杂志1935年第4期，亦光翻译了罗曼·罗兰的文章《我走来的路》。这封信是罗曼·罗兰对于苏联的文学青年的一个答复。在这封信里，

---

5 [法]罗曼·罗兰：《论个人主义和人道主义——给格拉特柯夫和 I. 些尔文斯基的信》，陈占元译，《译文》1935年新1卷第2期。

6 [法]罗曼·罗兰：《论个人主义和人道主义——给格拉特柯夫和 I. 些尔文斯基的信》，陈占元译，《译文》1935年新1卷第2期。

7 《论罗曼·罗兰及其〈约翰·克里斯朵夫〉》一文实际上是1937年亚·亚·斯米尔诺夫（А. А. Смирнов）编译出版的小说《约翰·克利斯朵夫》中的序言文章。参阅 Рыкова Н. Я., "Ромэн Роллан и его Жан-Кристоф"», в кн.: Роллан, Ромен. *Жан-Кристоф*. Пер. с фр. Под общ. ред. А.А. Смирнова. Вступ. статья Н. Рыковой. Т. 1. Л.: Гослитиздат, тип. "Печатный двор" им. А.М. Горького и тип. "Ленингр. Правда," 1937, С. 3-14.

8 莱可娃（1901-1996），又译莱柯娃，现通译为雷科娃，全名纳杰日达·雅努阿利耶夫娜·雷科娃（Надежда Януарьевна Рыкова），20世纪俄罗斯著名文学评论家、法语翻译家、散文家。1928年，她以评论家和文学评论家的身份，发表关于法国古典文学和现代文学的著作，内容涉及阿方斯·多德、马塞尔·普鲁斯特、罗曼·罗兰和阿纳托尔·法郎士。

9 [苏]莱可娃：《论罗曼·罗兰及其〈约翰·克里斯朵夫〉》，孙漳译，《文哨》1945年第1卷第1期。

罗曼·罗兰追述了自己生命发展的历程，自己的天性自儿童时代始，"便常是本质的生命力的飞扬"。罗曼·罗兰声称，青年时期的他是一个推重人的最高价值的个人主义者。作家指出，对于 19 世纪末叶的青年知识分子来说，"自由而广泛的强大的个人主义，实是人的最高价值也是人类的前卫。它的使命，是把群众的其他部分导入进步之途，也是对于反动势力的越权的反抗。即是对于制度，教会，以及大学教育，学院的虚伪的权威〔……〕等等所有阻碍进步的制度所给与的反抗"[10]。也就是说，对于 19 世纪的个人主义者来说，个人主义就是要实现人的最高价值，对于青年罗曼·罗兰来说，其使命在于引导民众步入进步之途，反抗一切反动势力和反动制度。罗兰自称自己的个人主义已超越了无政府主义的自我主义的范畴，他所信奉的"个人主义"是强调精神独立，是以公众服务为目的的。"从青年时代起，我便知道了为公众组织的尽力的作家的使命。即是尽力为民众的，由民众来形成的艺术及剧场。"[11]这里的艺术及剧场主要指罗曼·罗兰提出的"民众戏剧"理论，及以此为理论基础展开的戏剧创作和戏剧活动。

但是，在 1928 年前后，晚年的罗曼·罗兰开始反省青年时代所信奉的超越党派、保持超利害客观性的个人主义，认为个人主义不能停留在思想的象牙塔里，必须将思想与行动相结合，走向大众。1930 年代的罗曼·罗兰意识到独立行动而不将根须扎入民众之中的个人主义是软弱无力的。他决心与过去告别。

在《我走来的路》这封信中，罗曼·罗兰追溯到，在 1919 年，当他发表《精神独立宣言》号召知识分子保持精神独立，不被任何党派组织或团体所奴役利用时，他毫不费力地集合了数百名知识分子，但是当遭遇实际的业务和政治社会问题时，他们却胆怯了，"我便马上一个人也找不出来了"[12]。晚年的罗曼·罗兰深刻洞察西方知识分子的寄生性，享受特权的自我主义的知识分子一旦实践于实际的社会政治问题，便立刻卑怯起来。罗曼·罗兰深刻反省西方知识分子的软弱性和思想的局限性，到 1928 年左右决心与自己的过去告别。可见，虽然早期罗曼·罗兰的个人主义思想存在一定局限性，但与只强调个人利益，将个人利益与欲望凌驾于集体之上的唯利主义是有本质区别的。同时，他也反思否定了自己早期个人主义思想的超党派性，指出思想必须与行动与

---

10 [法]罗曼·罗兰：《我走来的路》，亦光译，《质文》1935 年第 4 期。
11 [法]罗曼·罗兰：《我走来的路》，亦光译，《质文》1935 年第 4 期。
12 [法]罗曼·罗兰：《我走来的路》，亦光译，《质文》1935 年第 4 期。

社会实践相结合，勇敢向过去告别，拥抱新生的进步势力。在当时，进步势力主要指新生的苏联的社会主义。

罗曼·罗兰与高尔基的友谊始于 1905 年。1905 年，在俄国第一次革命风暴中，高尔基遭到沙皇当局的迫害，罗曼·罗兰把刚出版的《约翰·克利斯朵夫》的第一卷《黎明》送给高尔基，向他致敬。之后，两人的书信交往长达 20 年，来往通信多达 50 多封。1926 年在罗曼·罗兰 60 岁诞辰之际，高尔基曾应法国杂志《欧罗巴》的邀请，为罗曼·罗兰写过一篇纪念文章。在这篇文章中，高尔基亲切称罗曼·罗兰是自己的朋友。1931 年 5 月，高尔基从意大利养病返回莫斯科，罗曼·罗兰为表达对高尔基的敬意，应苏联《文学报》的请求，撰写了《向高尔基致礼》（一译《向高尔基致敬》）一文。[13]该文由陈占元翻译，发表在《译文》1936 年新 1 卷第 2 期上。在这篇文章里，罗曼·罗兰明确指出脱离民众的个人主义的缺点："直至最近十五年，我们中间的优秀分子竟未能脱出个人主义的断头路。我们孤立的，仅凭我们本人的良心的指使以行事！这同时是我们的力量和我们的弱点。我们的独立和我们的无力都得自个人主义的。"[14]罗兰加深了对个人主义的理解与把握，认识到仅仅为民众还不够，还应该将自己的根深深扎入民众之中。罗兰说自己写作《在混乱之上》和《精神独立宣言》时所呼吁的个人主义已经脱离了大众，如果不将之移入"劳动的民众的'黑压压的大地'里面"，它是会"死的"。罗兰声称自己 30 多年来，都在寻找自己的民众，直到与高尔基的"根株相会合"。罗兰认为，自己过去的个人主义虽然不带一己之私利、凭着良心为人民奋斗，但是这是一种脱离民众的个人奋斗，他主张知识分子将自己的根扎入劳动人民的"黑土"之中。

1931 年 6 月 15 日，罗曼·罗兰在《欧罗巴》杂志上发表《向过去告别》一文。这篇文章写于《向高尔基致礼》之后，文章回顾了罗曼·罗兰在 1914 年到 1919 年间一战爆发期间，由于自己的反战立场和反战言论，而遭受种种责难、恐吓。他发现一战期间欧洲知识分子将他们曾经奉为圭臬的"自由、平等、博爱"思想抛在一旁，对此他失望不已，认为欧洲实际上是多么缺乏"自由思想的人"。在洞察欧洲知识分子伪善的真面目后，罗兰表示，不断地探索终于使自己站到苏联一边。文章最后说："一方面，我仍然希望以自由、明智、勇敢的个人主义为基础，建立起一个没有国界的国际主义思想堡垒。另一方

13 参见戈宝权：《高尔基和罗曼·罗兰》，《世界文学》1961 年第 6 期。
14 [法]罗曼·罗兰：《向高尔基致礼》，陈占元译，《译文》1936 年新 1 卷第 2 期。

面，指南针指着北方，欧洲的先锋和苏联的英雄革命者所奔向的目标是：重建人类社会和道德！"[15]可见，文章表达了他对新生社会主义国家苏联的期望，洋溢着罗曼·罗兰的世界主义理想与保持精神独立的气节。由此可见，罗兰的个人主义强调思想自由、精神独立、头脑清醒明智，勇于坚持自己的理想，甚至可以为自己的理想和信念而牺牲性命。罗兰的个人主义与英雄主义关联在一起，具有人道主义和理想主义色彩。在《向过去告别》这篇文章里，罗兰并没有放弃这一具有理想主义和人道主义的个人主义。他放弃的是"超乎混战之上"的姿态，声称自己已经是"混战之中"的人了；他告别的是一味强调精神独立而不将自己奋斗的根须埋入"黑土""民众"的个人主义，而主张将个人力量融入到民众之中，同时保持个人精神独立自由。可见，罗曼·罗兰个人主义思想的关键词是独立、自由、明智、勇敢。保持思想和精神的独立，不被任一党派或集团势力所裹挟，从而做出明智判断；勇敢摈弃过去的旧思想，大胆追求进步，拥抱世界的新生力量。罗曼·罗兰希望以自由、明智、勇敢的个人主义为基础，以为大众服务为底色，追求超越国界、阶级、种族的世界主义，渴求建立崭新而进步的人类社会和道德伦理。这使他必然对新生的社会主义抱有热切的期望，走向苏联是处于历史转折期、追求进步、向往光明的罗曼·罗兰注定的归宿。

二、"从巴黎走到莫斯科"：罗兰个人主义思想在中国的认知变异

　　民国期间，随着不同时期中国历史语境的变化，中国主要问题的演变，中国学界对罗曼·罗兰个人主义思想接受层面和接受态度亦不同。

　　其一，五四新文化运动时期，中国知识界主要推崇罗曼·罗兰个人主义思想中的独立和自由。五四新文化运动的主要使命就是要向旧传统、旧思想、旧礼教发难，将人从迷信和盲从的旧思想中解放出来，唤醒一代青年的思想，使之成为具备独立之思想、自由之精神的现代新人。此时期对罗曼·罗兰的接受层面也主要在于推重其个人主义思想中的独立和自由。

　　1921 年，署名为雁冰的作者在《少年中国》第 2 卷第 11 期上发表题为《罗曼·罗兰的宗教观》的文章，该期杂志为"宗教问题号"。作者引用《约

---

15 罗大冈编选：《认识罗曼·罗兰》，北京：中国社会科学出版社，1988 年，第 183 页。

翰·克利斯朵夫》第一卷来阐释罗曼·罗兰的真理观和宗教观，无论是宗教还是真理，都得自己用自由精神去寻觅，用理性去判断，"真理是欲人们用自由精神自去寻觅，不能学的"[16]。作者引用戏剧《吕丽里》，揭示罗曼·罗兰对于基督教的讽刺，批判教会煽动战争。全文引用罗曼·罗兰和托尔斯泰的观点来谈宗教，指出宗教遮蔽真理，反对人们盲目信仰宗教，不过，全文的主旨在于强调人必须具备自由之精神、独立之人格、理性之判断。

罗曼·罗兰在一战爆发后，持不同于欧洲大部分知识分子的立场。他明确反对战争，发表《超出混战》等一系列文章谴责帝国主义，呼吁人们保持独立精神，驱散战争的乌云，由此而得罪各个阶层各个民族的大批主战派。然而，罗曼·罗兰毫不畏惧，坚持自己反战的和平立场，呼吁人们打破民族、国家、种族、阶级的偏见，为世界一切受苦的人民奋斗。一战后，罗曼·罗兰又发表《精神独立宣言》号召西方知识分子保持精神独立，不被任何党派、集团利用或奴役。罗曼·罗兰在一战期间的独立精神、反战精神和人道主义情怀，深深打动中国学人。在罗曼·罗兰写完《精神独立宣言》之后的五个月，张嵩年迅速将它翻译成中文，刊发在《新青年》上。全文洋溢着罗兰对独立精神的推崇，对世界各民族人民的广博之爱。"要知道精神是不为一切东西的奴仆的。为精神奴仆的就是我们。我们是除他以外，更不晓得别的主人"[17]；"我们尊敬的唯有真理，自由的真理，无边界，无限际，无种级族类之偏执"[18]；"我们是正在为人类而工作，只是我们所作非人类的那一分，乃人类的全体。我们不认得这民众，那民众，那种许多的民众。我们但认唯一民众——一而普遍——，就是那受苦、竞争，跌而复起，沿着浸泡在他们自己的汗血中，凹凸不平的路，永远相继不断的民众——就是合一切人类之民众，一切同是我们的弟兄。"[19]

正是罗曼·罗兰先生在大战期间的这种独立自由之精神，吸引不少国内外学人，在民国初期也为时人津津乐道。1926 年 4 月，《晨报副刊》发表美国学者席尔士（L. N. Sers）题为《罗曼·罗兰》的演讲。他说"我对于研究罗曼罗兰发生兴味很早。当我作学生时，听说他大遭人反对，因为他反对欧战的原故。当时大多数人主张大战，只有他敢与大多数人反抗，独排众议，因此我特

---

16 雁冰：《罗曼·罗兰的宗教观》，《少年中国》1921 年第 2 卷第 11 期。

17 [法]罗曼·罗兰：《精神独立宣言》，张嵩年译，《新青年》1919 年第 7 卷第 1 期。

18 [法]罗曼·罗兰：《精神独立宣言》，张嵩年译，《新青年》1919 年第 7 卷第 1 期。

19 [法]罗曼·罗兰：《精神独立宣言》，张嵩年译，《新青年》1919 年第 7 卷第 1 期。

别留意他，设法得到他的著作。"[20]张定璜在《读〈超越篇〉同〈先驱〉》一文中，高度赞扬罗曼·罗兰在一战中力排众议反对战争的独立精神，赞赏他是战士，是人类的先驱[21]。可见，五四新文化运动时期，中国学界对罗曼·罗兰独立自由思想层面的开掘和弘扬，是与当时中国语境对"个性解放""个性独立""思想自由"的迫切需求密切相关的，而独立、自由正是罗曼·罗兰个人主义思想中两个重要的层面。

其二，1930-1940 年代之后，中国评论界更多强调罗曼·罗兰的"转变"，否定其个人主义思想。1930 年代，罗兰通过各种渠道发表《论个人主义和人道主义》、《向高尔基致敬》（1931 年）、《向过去告别》（1931 年）、《我走来的路》、《七十年的回顾》（1936 年）等文总结回顾自己的一生和最新的思想动向，这些文章被中国学界迅速翻译。而且，中国学界也非常关注苏联评论界的动向，苏联评论界有关罗曼·罗兰的众多评价也被引入中国。中国学人也很快对译文内容做出反应，对罗曼·罗兰的思想"转变"予以重点关注。

1936 年，《时事类编》第 4 卷第 9 期引进苏联评论界对罗兰的评价。在罗兰 70 岁诞辰之日，苏联的重要期刊《文学新闻》发表社论《祝罗曼·罗兰七十诞辰——苏联伟大的友人》。《时事类编》迅速翻译了该篇社论。这篇社论强调罗兰的转变，肯定其革命战斗精神，肯定其晚期作品《迷人的灵魂》："他用了艺术家底敏感，在欧洲底黄昏之中，预感到了新的世界底降生。"[22]文章认为，《迷人的灵魂》最后一卷内容显示罗兰用革命的非妥协性来反对精神的服从性，也就是说，罗兰从过去的和平主义和非暴力立场走向革命的立场，走到进步集团，认为他"已经从观念的超阶级精神的躯壳里解放出来，而穿上了世界革命底钢胄"[23]。社论从政治角度肯定《迷人的灵魂》，认为它超越了《约翰·克利斯朵夫》的狭窄，赞扬罗兰对于苏联社会主义的信仰，"最伟大的艺术家罗曼罗兰，未来底歌者罗曼·罗兰，向着全世界宣布了自己对于苏联的信仰"[24]。这篇社论对中国评论界的影响是明显的。它向中国评论界传递三个信

---

20 [美]L. N. Sers:《罗曼·罗兰》,《晨报副刊》1926 年 4 月。

21 张定璜:《读〈超越篇〉同〈先驱〉》,《莽原》1926 年第 7-8 期。

22 苏联《文学新闻》社论:《祝罗曼·罗兰七十诞辰——苏联伟大的友人》, 刑桐华译,《时事类编》1936 年第 4 卷第 9 期（1936 年 1 月 29 号）。

23 苏联《文学新闻》社论:《祝罗曼·罗兰七十诞辰——苏联伟大的友人》, 刑桐华译,《时事类编》1936 年第 4 卷第 9 期（1936 年 1 月 29 号）。

24 苏联《文学新闻》社论:《祝罗曼·罗兰七十诞辰——苏联伟大的友人》, 刑桐华译,《时事类编》1936 年第 4 卷第 9 期（1936 年 1 月 29 号）。

息：一、罗兰从过去的和平主义、非暴力立场转向革命立场；二、罗兰后期创作的长篇小说《迷人的灵魂》显示出的思想政治高度要高于《约翰·克利斯朵夫》；三是罗曼·罗兰支持苏联的马克思主义信仰。根据下文资料，很显然第二三点被中国学人进一步发挥，中国学人认为罗曼·罗兰已成为社会主义战士。同时，不少评论家认为，《约翰·克利斯朵夫》是罗曼·罗兰过去思想的产物，应该抛弃它而转读《迷人的灵魂》了。

1936 年，马尾松也著文《罗曼·罗兰的七十年》，他认为，罗兰告别小资产阶级队伍，加入布尔什维克，"从一九二〇到一九二七年间，如他在他的论文集《苦斗的十五年》序文中所自认地那样，是他的犹豫和摸索时期，到末了才和小布尔的过去诀别，加入了新的队伍。有名的《向过去告别》就是他明显地表示他的新的信条的重要文献了"[25]。"罗曼·罗兰的一生是值得我们注意的，在他的全生涯中划分了历史的路线与界标。他由怀疑主义而人道主义，最后才把握了正确的世界观为全人类的幸福而服役了。"[26]

同一年，戈宝权亦做出相似判断："1923 年，罗氏因受甘地的人格的感动，著成《甘地》一书。然这时候，罗曼·罗兰的思想尚跳不出人道主义及不抵抗主义的范围，直到了最后，方得到一个终极的解决，清醒了自己的眼目，而认明了前途。《幻变了的灵魂》一书，就表现出这种转变；《与过去告别》及《十五年来之苦斗》两种文集，更可算就是罗氏的自白，及加入新阵团的宣言。"[27]戈宝权认为罗兰最终告别人道主义和不抵抗主义，认明了革命的方向，《与过去告别》和《十五年来之苦斗》（又译《战斗的十五年》）是罗兰加入社会主义阵营的宣言，《迷人的灵魂》这部长篇小说体现了罗兰思想的转变。

1944 年罗兰去世，引起中国学界的无限哀痛和追思，中国学人以各种方式表达对这位伟大的思想家、社会活动家、文学家以崇高的敬意。不少学者、评论家著文追溯罗兰的一生，其中概述最全，观点最突出者之一，当属茅盾所著《永恒的纪念与景仰》一文。茅盾指出 1920-1927 年是罗曼·罗兰思想的摸索期和彷徨期，重新回到甘地主义和托尔斯泰的无抵抗主义，1928 年之后的罗兰，"终于突过云阵，'向过去告别'，'从巴黎走到了莫斯科'。精神的

---

25 马尾松：《罗曼·罗兰的七十年》，《清华周刊》1936 年第 44 卷第 2 期。

26 马尾松：《罗曼·罗兰的七十年》，《清华周刊》1936 年第 44 卷第 2 期。

27 戈宝权：《罗曼·罗兰的七十诞辰》，《申报周刊》1936 年第 1 卷第 9 期。

个人主义的罗曼·罗兰终于成为社会主义的战士”[28]。他特别重视《向过去告别》论文集，认为在该文集中，罗兰宣告了他对于社会主义的拥护，“《向过去告别》论文集出版于一九三一年，在这里他批判了自己过去的思想，宣告他的对于社会主义的拥护”[29]。

罗兰去世后，戈宝权亦发表专文讨论罗兰的生平及思想，戈宝权延续他十年前的观点，强调《与过去告别》是罗兰的一个重要文献，标志着罗兰的转变。“随着资本主义总危机的开始和法西斯主义威胁的日益增长，罗曼·罗兰更加看清了资本主义社会的腐朽性并已达到了垂死的阶段，而最后和他过去的思想告别。他在一九三一年所写的《和过去告别》（“Adieu au passé”）一文，可说是这个转变期的一个重要的文献；在这篇文字中，他批评了他过去的和平主义的幻想，并公开地宣言走进了新的革命的阵营，成为一个社会主义的战士。”[30]他认为，如果说早年的罗曼·罗兰还只是一个“克利斯朵夫”式的英雄人物，一个深受托尔斯泰影响的和平主义者和人道主义者，那么经历过一战后的罗曼·罗兰最终和过去告别，成为了一名社会主义者。[31]在戈宝权看来，罗兰的转变主要在于他变成一名社会主义者。

有意思的是，被 1930-1940 年代评论家反复引证、用以证明罗兰思想转向的《战斗十五年》和《向过去告别》两篇重要文献，在当时并没有中译本。1948年，邵荃麟在为《搏斗》（罗曼·罗兰《迷人的灵魂》中的一卷，由陈实与黄秋耘翻译）所做的序言中指出，“罗曼·罗兰后期的思想，在论文方面，表现在他《战斗十五年》和《与过去告别》一些集子里，可惜我们今天还没有完整的译本。”[32]50 年代，罗曼·罗兰的研究者孙梁收集并翻译罗兰的资料，在《罗曼·罗兰文钞》的序言《关于罗曼·罗兰——初版代序》（1957 年）里，他特别指出尚未找到《战斗十五年》与《向过去告别》的译本，他说，“而要明了罗兰思想的演变，后者显然是更重要的，希望不久能读到完整的译本。”[33]中国学人很可能依据苏联的评论，断定罗曼·罗兰在政治立场上和思想上发

28　茅盾：《永恒的纪念与景仰》，《抗战文艺》1945 年第 10 卷第 2-3 期。

29　茅盾：《永恒的纪念与景仰》，《抗战文艺》1945 年第 10 卷第 2-3 期。

30　戈宝权：《罗曼·罗兰的生活与思想之路》，《文坛月报》1946 年第 1 卷第 3 期。

31　戈宝权：《罗曼·罗兰的生活与思想之路》，《文坛月报》1946 年第 1 卷第 3 期。

32　力夫：《罗曼·罗兰的〈搏斗〉——从个人主义到集体主义的道路》，《大众文艺丛刊》1948 年 9 月第 4 辑。

33　孙梁：《关于罗曼·罗兰——初版代序》，《罗曼·罗兰文钞》，孙梁辑译，上海：上海译文出版社，1985 年，第 14 页。

生了根本转变，成为一名社会主义战士。直到 1961 年，《世界文学》第 4 期才刊发了《与过去告别》的译文。《与过去告别》（又译《向过去告别》，1931 年）这篇文章的核心内容是罗兰追溯自己在第一次世界大战中（1914-1919 年）的思想发展动态，罗兰追溯自己在一战中的反战立场和反战言论及因此而遭到敌对者攻击，回溯自己对欧洲知识分子的失望，以及他逐渐由保持政党中立转向支持俄国革命。在文末，罗兰说，"一方面，我仍然希望以自由、明智、勇敢的个人主义为基础，建立起一个没有国界的国际主义思想堡垒。另一方面，指南针指着北方，欧洲的先锋和苏联的英雄革命者所奔向的目标是：重建人类社会和道德！"[34]可见，罗兰并没有放弃一以贯之的个人主义思想，该思想以保持精神独立自由、具备清醒明智头脑、勇敢追求进步和理想为基础。同时，罗兰支持苏联的英雄革命者，支持他们重建人类社会和道德的伟大目标。所以，罗兰说，"由于暴力——马克思把它归结为经济唯物主义铁的法则——把世界分成两个阵营，并且逐日加深了横在国际资本主义巨人和无产劳动者联盟巨人之间的鸿沟，这种事态发展本身怎样必然引导我越过鸿沟，站到苏联一边。"[35]在这篇文章中，罗兰的确显示了自己思想的转变，由 1917 年对政党保持态度中立到站到苏联一边，显示他对社会主义事业的支持。

中国学人对罗曼·罗兰思想动向的密切关注和大力宣传，与中国知识分子亟需思想改造的历史语境密不可分。塑造罗兰"社会主义战士"形象有助于对中国知识分子起到示范作用。如前所述，在 1940 年代的历史语境中，个人主义已经发生内涵的变化，成为社会主义的对立面，与集体主义思想格格不入，是需要抛弃和改造的旧思想。所以，以茅盾为首的批评家着力建构一个告别个人主义思想而转变成社会主义者的罗曼·罗兰形象。茅盾在《永恒的纪念与景仰》一文中，认为从写作《约翰·克利斯朵夫》到写作《超越混战之上》时的罗兰，仍是个人主义者，"直到此时为止，罗曼·罗兰的基本思想是个人主义，——或者也可称为新英雄主义"[36]。1927 年之后，"个人主义的罗曼·罗兰终于成为社会主义的战士"[37]。茅盾认为，罗曼·罗兰最终从一个个人主

---

34 罗大冈编选：《认识罗曼·罗兰——罗曼·罗兰谈自己》，北京：中国社会科学出版社，1988 年，第 183 页。

35 罗大冈编选：《认识罗曼·罗兰——罗曼·罗兰谈自己》，北京：中国社会科学出版社，1988 年，第 183 页。

36 茅盾：《永恒的纪念与景仰》，《抗战文艺》1945 年第 10 卷第 2-3 期。

37 茅盾：《永恒的纪念与景仰》，《抗战文艺》1945 年第 10 卷第 2-3 期。

义者与和平主义者变成一个社会主义者，从一个资产阶级的人道主义者变成为一个社会主义的人道主义者，并景仰其不断追求真理与自我批判的精神。[38]

茅盾认为《约翰·克利斯朵夫》体现了罗兰早期的个人主义或新英雄主义思想，将个人主义与新英雄主义等同。在茅盾看来，早期的罗曼·罗兰将个人主义视为人的最高价值，强调人应保持精神上的独立，不附属任何民族或任何党派，保持超利害的客观性，这种个人主义并不现实，"这样的'理想'，也许是'美丽'的，不幸面对着现实之时，却碰了钉子"[39]。茅盾否定了罗兰早期的个人主义思想，认为这样的个人主义者不可能与人民的战士携手，将个人主义置于社会主义的对立面，最后他认为罗兰最终从个人主义者转变为社会主义者。的确，在 1940 年代的中国，个人主义话语已经逐渐被边缘化，失去了生存的土壤。

戈宝权亦持相似观点："《约翰·克利斯朵夫》这部著作，可说是罗曼·罗兰具现了个人英雄主义的一部最有力的作品，同时也是一部创造的个性对腐朽的资产阶级制度作反抗与奋斗的史诗。"[40]在他看来，"假如把约翰·克利斯朵夫和科拉布勒农这两个人物并列起来看，这可说是罗曼·罗兰早期的英雄个人主义思想的最有力的化身，这种思想虽然是带着抽象和空想的性质，但它在当时的一代青年的心中，的确是起过进步的与启蒙的伟大的作用。"[41]可见，两位评论家都认为《约翰·克利斯朵夫》体现了罗兰的个人英雄主义主义思想。这里的"个人"主要相对于"集体""社会"而言，指主人公约翰·克利斯朵夫没有将个人奋斗融入集体之中，他孤军奋战，追求个性自由、独立自主，追求精神的绝对自由。两位评论家都批评了《约翰·克利斯朵夫》所体现出的罗兰的个人主义思想，茅盾认为这种个人主义思想虽美好但不现实，戈宝权认为这种思想具有抽象和空想的性质。

两位评论家也都认为这部作品还体现了罗兰的英雄主义。茅盾认为，"克利斯朵夫是从窒息的毒害的僭妄的优秀阶级文化中钻出头来的英雄，——以创造战胜一切丑恶与危害的大智大勇的英雄"[42]。"大智"指约翰·克利斯朵夫目光清明，头脑清醒，富于艺术创造力；"大勇"指他勇敢批判揭露腐朽没

---

38 茅盾：《永恒的纪念与景仰》，《抗战文艺》1945 年第 10 卷第 2-3 期。

39 茅盾：《永恒的纪念与景仰》，《抗战文艺》1945 年第 10 卷第 2-3 期。

40 戈宝权：《罗曼·罗兰的生活与思想之路》，《文坛月报》1946 年第 1 卷第 3 期。

41 戈宝权：《罗曼·罗兰的生活与思想之路》，《文坛月报》1946 年第 1 卷第 3 期。

42 茅盾：《永恒的纪念与景仰》，《抗战文艺》1945 年第 10 卷第 2-3 期。

落的资产阶级文化。他们认为约翰·克利斯朵夫的英雄主义具有个人主义色彩,他孤军奋战,以一己之力对抗腐朽的资产阶级社会,茅盾称之为"新英雄主义",将之差别于中国传统文化中为弱小者打抱不平,忠肝义胆、义薄云天的传统英雄。戈宝权认为这种英雄主义对青年起到进步的和启蒙的伟大作用。可见,两位评论家都未完全否定约翰·克利斯朵夫身上体现的英雄主义。

1948 年,评论家邵荃麟对于约翰·克利斯朵夫和罗兰思想的评述更为明确,他明确指出约翰·克利斯朵夫是一个个人主义的战斗者,作者仍肯定了约翰·克利斯朵夫大勇者的战斗精神,但同时指出,他的战斗"如果不是和广大人民力量相结合,不是和社会实际斗争相结合,不是从个人主义中间挣脱开来而投身于集体主义的战斗,那末这战斗的胜利还是无望的。"[43]他认同茅盾的看法,认为罗曼·罗兰"他从一个唯心主义者成为一个社会主义者;从个人主义世界中挣扎出来,投向劳动大众的战斗阵营"[44]。他认为罗兰的后期思想体现在《战斗十五年》《与过去告别》论文集和长篇小说《迷人的灵魂》中。邵荃麟高度评论《迷人的灵魂》,认为这部书清算了资产阶级自由主义与个人主义,在《搏斗》这一卷中,"作者在这卷里替我们指出了知识分子与劳动大众结合的道路"[45]。作者强调,"这对我们是有重大意义的。"邵荃麟通过分析《迷人的灵魂》,认为这本书提出一个基本的命题:"个人主义必须彻底摧毁,自由主义破袄应该立刻脱掉,而且如何去摧毁呢?它明白地向我们指出两点:实践的行动,同劳动群众的结合。脱离群众,个人是无力的;没有行动,真理是虚伪的。"[46]邵荃麟也因此高度评价罗兰后期思想:"如果说《约翰·克利斯朵夫》曾经给予我们启示,那么罗曼·罗兰的后期思想将给予我们十倍更重要的。"[47]

可见,1940 年代的评论家仍肯定约翰·克利斯朵夫勇敢战斗的精神,但

---

43 力夫:《罗曼·罗兰的〈搏斗〉——从个人主义到集体主义的道路》,《大众文艺丛刊》1948 年 9 月第 4 辑。

44 力夫:《罗曼·罗兰的〈搏斗〉——从个人主义到集体主义的道路》,《大众文艺丛刊》1948 年 9 月第 4 辑。

45 力夫:《罗曼·罗兰的〈搏斗〉——从个人主义到集体主义的道路》,《大众文艺丛刊》1948 年 9 月第 4 辑。

46 力夫:《罗曼·罗兰的〈搏斗〉——从个人主义到集体主义的道路》,《大众文艺丛刊》1948 年 9 月第 4 辑。

47 力夫:《罗曼·罗兰的〈搏斗〉——从个人主义到集体主义的道路》,《大众文艺丛刊》1948 年 9 月第 4 辑。

认为他的孤军奋战是一种个人主义的战斗，这种战斗没有与人民力量结合，注定要失败。1940 年代评论界否定个人主义，主要在两个方面：一是否定个人主义高扬个性自由，不愿服从集体主义的种种约束；二是否认个人主义孤军奋战，不能将个人力量融入集体之中，必然会导致失败。个人主义与集体主义和社会主义不可调和，彼此对立。

针对评论界普遍认为罗兰思想发生"转变"，罗兰已从一个个人主义者转向一名社会主义者，舒芜发表不同观点。他在《罗曼·罗兰的'转变'》一文，就辨析了罗兰的个人主义与中国当时社会语境中的个人主义含义的差别。这篇文章收入在胡风主编的一本小册子《罗曼·罗兰》里，另外还收有冰菱（即路翎）的《认识罗曼罗兰》和胡风的《罗曼·罗兰断片》两篇文章和十篇罗曼·罗兰的译作，这几篇译作曾刊登在中国的各种期刊上。舒芜认为罗曼·罗兰既然毕生都在寻找民众，那他就不是一个个人主义者。"这是因为，个人主义，在它的现实的历史地形态上，都是把'个人'或'自我'肯定为绝对的超批判超逻辑的主体，由这主体而与一切的社会势力相抗，在任何冲突的场合中总把优胜归于这超批判超逻辑的一边。如果舍这主体而外，还有所追求，还要找寻别的存在来支持着主体，那便已根本破坏了个人主义的基本原则。而这里，罗兰的'个人主义'，却又正是以这种找寻为基础，正是要另找积极的民众来支持作为主体的'自我'或'个人'的。那么，无论怎样，不能说罗兰曾是一位个人主义者，不能说他的走向集体主义是'转变'"[48]。舒芜笔下的个人主义者是指以自我为最高原则和目的，个人与社会对抗，将个人利益置于一切其他利益之上的唯我主义。这也是 1940 年代中国语境中"个人主义"的基本内涵。舒芜说的"个人主义"正是罗兰在《论个人主义和人道主义》一信中所批判的、强调个体利益高于一切的"卑下的个人主义"。舒芜认为，罗兰终生都在寻找民众，他不是一个个人主义者，他走向集体主义不是一种"转变"。舒芜的见解独特而有说服力，罗兰从强调精神独立、为人民奋战到强调将奋斗者的根扎入泥土之中是一种认识的"深化"，但不是"转变"。但是，这种观点并没有引起普遍的共鸣，相反，五十年代，舒芜反而因为这篇文章受到抨击。1950 年，学者王元化在《重读〈约翰·克利斯朵夫〉》一文中发表相似看法，他说，"罗兰走过了不少迂回曲折的道路，才达到了终点。可是即使在早期罗兰的形象中，

---

48 舒芜：《罗曼·罗兰的"转变"》，胡风等：《罗曼·罗兰》，上海：新新出版社，1946 年，第 6 页。

我们也可以看出后期罗兰的萌芽。"[49]王元化认为罗兰前期思想是后期思想的基础，前后期思想存在一以贯之性，他默认舒芜的观点，罗兰前后期思想并不存在断然的"转变"。但是这一思想在 1950 年代受到猛烈抨击。

产生分歧的根本原因在于，东西方文化语境中"个人主义"话语内涵的差异以及中国评论界借异域他者来建构自身话语系统的内在需要。茅盾、戈宝权、邵荃麟笔下的个人主义突出强调的是与集体主义和社会主义相对立的个人主义，孤军奋战，没有与民众结合，不能将个人奋斗融入集体主义之中的个人主义。的确，终生都在寻找光明的罗曼·罗兰，不断跋涉着努力重建人类道德的罗曼·罗兰，最终趋向光明的社会主义是历史发展的必然结果，他也的确不是一个个人利益至上的卑下的个人主义者，但早年的罗兰渴望精神自由，是一个党派中立者，晚年的他明确支持苏联，的确是一种思想的变化。

罗兰个人主义的精神内核是发展个性自由、个体精神独立，这种精神与五四时期新文化运动精神契合，故在 1920 年代其独立自由之精神得到大力宣扬，中国学人着力打造的是罗兰"人类精神导师"的形象；在 1940 年代，罗兰的这种个人主义思想与当时中国主流话语强调集体主义和社会主义的政治文化语境不相契合，必然会被扬弃。因此，1930-1940 年代的学者不遗余力强调罗曼·罗兰的"转变"，打造"社会主义战士"的伟大形象。

其三，1950-1970 年代，中国学术界主要坚持个人主义就是反党反社会主义的基本认知。1957 年发动的反对资产阶级右派斗争，是新中国成立后约翰·克利斯朵夫被反复讨论的重要时代语境。新中国成立之后，思想家和文艺评论界开展反右斗争之际，《约翰·克利斯朵夫》仍然受到青年读者们的热烈追捧，那么新时期应该如何阅读这本书成了一件令人困惑的事情。早在 1930-1940 年代，就有评论者指出，《约翰·克利斯朵夫》是罗曼·罗兰早期思想的产物，该是读《迷人的灵魂》的时候了[50]。其潜在的逻辑是，既然《约翰·克利斯朵夫》是罗兰早期思想的结晶，那该作品蕴含的思想就是过时的，应该抛弃的了，其主人公约翰·克利斯朵夫自然也不应是中国青年学习的榜样。对理论界的这样一股潜流，著名文学评论家和文学理论家王元化在 1950 年发表题为《重读〈约翰·克利斯朵夫〉》的文章，重新再思考约翰·克利斯朵夫的价值。他这样发问："对于先

---

49 王元化：《〈约翰·克利斯朵夫〉在今天》，《王元化文学评论选》，长沙：湖南人民出版社，1983 年，第 148 页。

50 参阅戈宝权：《罗曼·罗兰的生活与思想之路》，《文坛月报》1946 年第 1 卷第 3 期；茅盾：《永恒的纪念与景仰》，《抗战文艺》1945 年第 10 卷第 2-3 期。

进的理论有了更明确更深刻的认识，掌握了马克思列宁主义的读者，今天怎样来看待《约翰·克利斯朵夫》呢？现在这部书的价值是否有了新的变化？"[51]王元化结合罗曼·罗兰的时代和他的思想分析《约翰·克利斯朵夫》，指出尽管有人指责《约翰·克利斯朵夫》常常有几十页的直接叙述，破坏了艺术的法则，但这也"不能损害这部伟大作品的一笔一划！"[52]虽然小说存在某些瑕疵之处，但"重要的是它的真诚、它的深厚的感情、它的火一般的现实感〔……〕永远和我们相通。"[53]作者认为，这部作品可能赶不上现在它的读者的社会意识的水准，但约翰·克利斯朵夫仍旧可以做青年的榜样[54]。然而，这股理性的声音很快淹没在历史喧嚣的洪流之中。

　　1950-1970 年代，中国学界围绕着约翰·克利斯朵夫展开广泛讨论。这场讨论以读者们自由讨论而始，以学术界文化界权威下定论而终，由肯定约翰·克利斯朵夫为主到完全彻底否定约翰·克利斯朵夫这个人物。讨论始终绕不开约翰·克利斯朵夫的"个人主义"，并对约翰·克利斯朵夫的个人主义最后给出定性判断，认为新中国成立后坚持约翰·克利斯朵夫的个人主义就是反社会主义。

　　1958 年，《读书月报》第一至三期开展关于"约翰·克利斯朵夫"的讨论。读者反响热烈，纷纷来稿，观点纷呈，有意见一致的地方，也有截然相反的看法。约翰·克利斯朵夫是一个个人主义者，这在当时几乎是一种共识。但读者对个人主义却有完全不同的理解。一派肯定约翰·克利斯朵夫的奋斗精神，认为他是高尚的个人主义者，与自私自利、自高自大的庸俗的个人主义不同。金惠真认为，约翰·克利斯朵夫是高尚的个人主义者，这种个人主义与通常我们理解的"好出风头，自由主义，自高自大"的个人主义内涵并不一样[55]。青岛的曼曼认为约翰·克利斯朵夫是高尚的个人主义者，"高尚的个人主义是建筑在集体主义的基础上的，高尚的个人主义者是以个人（不依靠外界力量）的努力奋斗达到个人在事业上的成就，以贡献于全人类，这种个人主义是为集体造福

51 王元化：《〈约翰·克利斯朵夫〉在今天》，《王元化文学评论选》，长沙：湖南人民出版社，1983 年，第 141 页。

52 王元化：《〈约翰·克利斯朵夫〉在今天》，《王元化文学评论选》，长沙：湖南人民出版社，1983 年，第 147 页。

53 王元化：《〈约翰·克利斯朵夫〉在今天》，《王元化文学评论选》，长沙：湖南人民出版社，1983 年，第 147 页。

54 王元化：《〈约翰·克利斯朵夫〉在今天》，《王元化文学评论选》，长沙：湖南人民出版社，1983 年，第 147 页。

55 金惠真：《高尚的个人主义者》，《读书月报》1958 年第 2 期。

的。而庸俗的个人主义则不然，它是以极恶劣、卑鄙的手段去获得个人在社会上的名誉、地位，满足腐化享受的私欲。这种个人主义对集体是有害无益的，因而是堕落的。"[56]

另一派观点认为个人主义者约翰·克利斯朵夫是一个利己主义者。罗大冈于1957年在《中国青年》第23期发表《约翰·克利斯朵夫这个人物》一文，批驳把个人主义分为"高尚"和"庸俗"两类的观点，提出以个人主义表现的内容和倾向，可以把它分为两类，一类是消极的个人主义，一类是积极的个人主义，"比较消极的，以个人享受为目的的猥琐卑怯的个人主义，和从个人角度看来似乎是积极的个人英雄主义。第二种个人主义企图充分发挥个人的才智，实现个人的野心雄图。完成个人事业，不论在文化上，政治上或商业上"[57]。在罗大冈看来，约翰·克利斯朵夫属于第二种个人主义者，他认为克利斯朵夫的反抗奋斗不过是攫取名利的手段，并指出他到了晚年，成名了，满足了，于是放弃了战斗。1958年，刘静在《读书月报》第2期上刊文，认同罗大冈观点，认为约翰·克利斯朵夫"反抗的结果是满足了个人主义的欲望，达到了个人主义的目的"[58]。一旦晚年的他功成名就，他就不再反抗。郑应杰亦持相似观点："从克利斯朵夫成名后反抗的消失，可以完全肯定，他的反抗并不是为了多数人，其实质是从个人英雄主义出发，为寻求个人在社会上的一席地位，出人头地。所以在他个人目的的满足之后就放弃了反抗。"[59]

在《读书月报》组织的这场讨论中，评论者对约翰·克利斯朵夫个人主义的批判主要集中在以下三点。

首先，评论者沿着1940年代茅盾等人的观点，继续批判约翰·克利斯朵夫孤军奋战，脱离了人民群众。北京大学张勇翔认为，约翰·克利斯朵夫"他不了解革命，不懂得工人阶级的力量，自信独自高举'自由灵魂'、'博爱'、'自我完成'的旗帜就能达到他理想的目的。因此，他以个人的反抗精神在那阴郁的世界中顽强地挣扎着，寻找真正地发挥天才的出路；但是他到处感到绝望。因为他没有到人民群众中去〔……〕"[60]如此观点部分显示出作者态度的游移。

---

56 曼曼：《克利斯朵夫是青年的榜样》，《读书月报》1958年第2期。

57 罗大冈：《约翰·克利斯朵夫这个人物》，《中国青年》1957年第23期。

58 刘静：《个人主义的反抗目的》，《读书月报》1958年第2期。

59 郑应杰：《论约翰·克利斯朵夫的生活、友谊、爱情》，《哈尔滨师范学院学报（社会科学版）》1961年第1期。

60 张勇翔：《克利斯朵夫的反抗及其他》，《读书月报》1958年第1期。

其次，评论者批判约翰·克利斯朵夫强调个人精神自由，与集体主义精神相悖，过分强调精神独立而脱离了实际斗争。有评论者认为个人主义强调精神自由，其实是知识分子在面对实际生活斗争时流于幻想的表现。"'精神自由''自我完成'，实际上是一种极端的个人主义。这种个人主义还是为知识分子所特有的。知识分子在实际斗争的面前常常要流于绝望和幻想，于是倾向于在精神生活上求得解脱。"[61]聪孙指出，个人主义是与集体主义相对立的一种思想，是过时的，应抛弃的思想。"以个人为中心的奋斗和对于抽象精神和生命力的歌颂，却是正好和集体主义相反的东西，是拉着历史车轮向后退的东西。"[62]

最后，评论者批判约翰·克利斯朵夫对社会主义和工人运动的错误态度。在《卷七：户内》这一卷中，原著有这么一段话："要是有人强迫他选择，他一定会站在工团主义方方面而反对社会主义以及主张建立一个政府的任何主义〔……〕"所以，有读者认为，"他（指约翰·克利斯朵夫——引者注）对社会主义和对工人运动作了不正确的结论，强调了个人的作用，蔑视革命的领袖和工人组织的力量〔……〕"[63]有人寻章摘句，认为写作《约翰·克利斯朵夫》时期的罗兰反对社会主义，后来他又支持苏联和社会主义，由此罗兰的立场突然转向。对此，王元化进行了颇为中肯的剖析。"有人说这是罗兰缴械投降式的突然转向，因为罗兰在《约翰·克利斯朵夫》中，曾经激烈的批评了'社会主义'，尤其对于那些'社会党员'简直采取了轻蔑的态度。"[64]王元化据此分析，认为《约翰·克利斯朵夫》中以罗苏为代表的"社会主义者"根本不能代表工人阶级，他们并不是真正的社会主义者，所以，王元化认为，"罗兰倘不无情的唾弃这种'社会主义'，就绝对不可能对于真正的社会主义发出欢呼。"[65]

1958 年，作家出版社编辑出版了邵荃麟、姚文元、冯至和罗大冈四位著名文学评论家的评论，以引导读者如何认识"约翰·克利斯朵夫"这个人物，

---

61 聪孙：《克利斯朵夫不是我们的榜样》，《读书月报》1958 年第 1 期。

62 聪孙：《克利斯朵夫不是我们的榜样》，《读书月报》1958 年第 1 期。

63 刘静：《个人主义的反抗目的》，《读书月报》1958 年第 2 期。

64 王元化：《〈约翰·克利斯朵夫〉在今天》，《王元化文学评论选》，长沙：湖南人民出版社，1983 年，第 152 页。

65 王元化：《〈约翰·克利斯朵夫〉在今天》，《王元化文学评论选》，长沙：湖南人民出版社，1983 年，第 152 页。

其观点和态度可以说代表主流学术界对约翰·克利斯朵夫的认识。邵荃麟认为,新时代的读者不应再追捧个人主义者约翰·克利斯朵夫了[66]。冯至认为,约翰·克利斯朵夫孤军奋斗的个人主义人生观与工人阶级奋斗的方向相违背,约翰·克利斯朵夫是属于过去的一个时代,已经不是青年们学习的榜样了[67]。罗大冈认为,《约翰·克利斯朵夫》在青年读者中发生恶劣的影响,他不赞同约翰·克利斯朵夫式的个人主义是一种高尚的个人主义,认为约翰·克利斯朵夫的个人主义基本性质仍是自私自利。姚文元在《如何认识约翰·克利斯朵夫这个人物》一文中,分别从四个方面揭示克利斯朵夫身上的个人英雄主义与无产阶级思想的敌对性和反动性:一是对马克思主义的厌恶和否定;二是对工人运动和工人阶级的恐惧、对抗和蔑视;三是以个人的天才创造为中心的艺术至上主义观点;四是对待生活、道德方面的主观唯心主义思想。他认为,"书中主人公的狂热的个人英雄主义,助长了某些青年知识分子当中的资产阶级个人主义倾向,甚至成为有的反党分子的思想根源之一。"[68]最后,作者得出结论,新中国的青年知识分子如果再以克利斯朵夫为榜样,就会走向同社会主义社会的对立。至此,中国学界彻底打倒了"约翰·克利斯朵夫",1950-1970年代几乎再无人为约翰·克利斯朵夫的个人主义进行辩驳。

个人主义在 1950-1970 年代逐渐成为完全消极的思想,成为社会主义的对立面。正如冯至所言,"可是在社会主义社会里,个人主义则成为一个可耻的名词。因为社会主义制度和资本主义制度正相反,它是为绝大多数的人民谋利益的,个人和社会的关系是基本上得到了解决——这并不是说二者中间已经没有矛盾。谁若是强调个人的意志,不顾集体的利害,这就等于与绝大多数的人民为敌,是不会获得人们的同情的。"[69]强调个人主义就是强调个人意志和个人利益,强调个人主义就是与集体为敌,与绝大多数人民为敌。直到思想解冻后的 1980-1990 年代,中国学术界和文化界才才逐渐驱散意识形态的迷雾,重新审视约翰·克利斯朵夫及其个人主义。

---

66 邵荃麟:《怎样认识"约翰·克利斯朵夫"》,作家出版社编辑部编:《怎样认识〈约翰·克利斯朵夫〉》,北京:作家出版社,1958 年,第 3 页。

67 冯至:《对于〈约翰·克里斯朵夫〉的一些意见》,《读书月报》1958 年第 5 期。

68 姚文元:《如何认识约翰·克利斯朵夫这个人物》,作家出版社编辑部编:《怎样认识〈约翰·克利斯朵夫〉》,北京:作家出版社,1958 年,第 4 页。

69 冯至:《略论欧洲资产阶级文学里的人道主义和个人主义》,《文艺报》1958 年第 11 期。

可见，个人主义在中国本土化过程中内涵逐渐发生衍化，中国批评界对个人主义话语的理解和态度亦发生着变化。五四时期评论界侧重其个性主义的内涵，1930-1940 年代个人主义则逐渐成为与集体主义相对的自我主义的代名词，到 1960-1970 年代个人主义更走向社会主义的对立面，坚持个人主义就意味着反党反社会主义。

三、"夷考其实至不然矣"：罗兰个人主义在中国接受变异的缘由

虽然在不同的西方民族和不同的时期，个人主义的内涵有所不同，但是，个人主义这个概念所凝聚的基本的内涵是确定的。《简明不列颠百科全书》中的"个人主义"条目这样定义其内涵："个人主义，一种政治和社会哲学，高度重视个人自由，广泛强调自我支配、自我控制、不受外来约束的个人或自我，〔……〕（一种哲学上的信仰，其本身就涉及到了一种价值体系、一种有关人性的理论、以及对某种宗教信仰、政治信念、社会经济体制等在内的一般态度和倾向。）个人主义的价值体系可以表述为以下三种主张：1. 一切价值均以人为中心，即一切价值都是由人体验着的，但不一定是由人创造的。2. 个人本身就是目的，具有最高价值，社会只是达到个人目的的手段。3. 一切个人在某种意义上说道义上是平等的。下述主张最好地表达了这种平等："任何人都不应当被当作另一个人获得幸福的工具。"[70]可见，个人主义强调人本身的价值，强调人与人的平等，强调人本身就是目的，主张人的自我控制和个人自由，正如康德所言："在整个宇宙中，人所希冀和所能控制的一切东西都能够单纯用作手段；只有人类，以及一切有理性的被造物，才是一个自在的目的。"[71]因此，个人主义强调个人本身才是一切社会实践的终极目的。这套价值观念具有十分浓郁的人本主义色彩，体现西方文化的人道主义精神，但这种价值观将个人凌驾于一切其他生命体之上，从而可能给社会发展和自然生态带来严重破坏。

当代西方著名哲学家卡尔·波普尔（Karl Raimund Popper, 1902-1994）在其名著《开放社会及其敌人》（1945 年）中进一步论证个人与群体，个人与个

---

70 参阅《个人主义》，《简明不列颠百科全书》第三卷，北京：中国大百科全书出版社，1986 年，第 406 页。

71 [德]康德：《实践理性批判》，关文运译，桂林：广西师范大学出版社，2002 年，第79-80 页。

人之间的关系，重申个人主义价值观的正当性。他指出，任何团体或社群都是由一个个具体个人组成的，所以任何团体都没有理由凌驾于个人之上，个人就是最高的价值，每个人应该自重，同时又必须尊重他人[72]。可见，个人主义不同于利己主义，个人主义不是要将他人作为手段来实现自我目的。个人主义作为西方核心价值观，进入西方各国法典，以保障个人价值作为最高目的。"在这种文明中，单个人的权利、自由、心理和精神的发展构成了所有社会限制和法律的最高目的。"[73]个人主义这个概念对清末民初的中国知识分子来说是舶来品，那它传入中国经历了怎样的理论旅行，如何实现本土化？遭遇了怎样的内涵变异？对于理解罗曼·罗兰的思想话语有着怎样的影响？著名后殖民批评家赛义德（Edward Said）对理论旅行的过程和变异有过详细的描述[74]。他认为，理论旅行须有一个发轫的环境和条件，理论话语得与新语境中的某些话语建立某种联结，才能得以引进。同时，理论话语在新的时空语境中，会产生某种程度的变异，这个新引进的理论话语不再是其原语境中的内涵，因为其产生的条件在新的语境中不复存在，必然会产生语义的变异。

"个人主义这个概念早先是被明治时代的日本知识分子创造出来，以翻译西方自由派和民族主义理论意义上的 individualism 的。"[75]个人主义这个概念自晚清从西方经日本传入中国后，内涵几经衍化。在《文化偏至论》（1907年）一文中，鲁迅认为"个人"的概念大概在1904年前后传入中国，其中出现比较明显的跨文化误读："个人一语，入中国未三四年。号称识时之士，多引以为大垢，苟被其谥，与民贼同，意者未遑深知明察，而迷误为害人利己之义也欤？夷考其实，至不然矣。而十九世纪末之重个人，则吊诡殊恒，尤不能与往者比论。试案尔时人性，莫不绝异其前，入于自识，趣于我执，刚愎主己，于庸俗无所顾忌。〔……〕盖自法朗西大革命以来，平等自由，为凡事首，继而普通教育及国民教育，无不基是以遍施。久浴文化，则渐悟人类之尊言；既知自我，则顿识个性之价值；加以往之习惯坠地，崇信荡摇，则其自觉之精

---

72 参见[英]卡尔·波普尔：《开放社会及其敌人》，陆衡等译，北京：中国社会科学出版社，1999年。

73 Arieli Yehoshua. *Individualism and Nationalism in American Ideology*. Cambridge: Harvard University Press, 1964, p.192.

74 [美]赛义德：《赛义德自选集》，谢少波等译，北京：中国社会科学出版社，1999年，第138-139页。

75 刘禾：《跨语际实践——文学、民族文化与被译介的现代性》，宋伟杰等译，北京：三联书店，2002年，第119页。

神，自一转而之极端之主我。且社会民主之倾向，势亦大张，凡个人者，即社会之一分子，夷隆实陷，是为指归，使天下人人归于一致，社会之内，荡无高卑。"[76]可见，"个人主义/个人"概念初入中国语境，便遭到跨文化误解，强调个人亦即将自己凌驾于他人之上，等同于"利己害人"。为了廓清个人主义在西方语境中的内涵，鲁迅追溯了 18 世纪以来西方重要思想家和哲学家有关个人主义的论述，包括卢梭、克尔凯郭尔、黑格尔、叔本华及易卜生等人的思想，指出西方精神的精髓就是法国大革命期间所推崇的个人平等、个性自由、个人的政治权利等。

　　虽然鲁迅先生廓清了个人主义在西方的基本内涵，但中国知识界关于个人主义的语义内涵，仍显得暧昧不清。在中国传统文化语境中，找不到语义完全对等的词汇进行翻译。民国早期，用来对译个人主义概念的词汇有"个人""自我""个位主义""小我""小己"等。中国传统文化中的"小我""小己"等概念，正是西方个人主义话语被接纳的中国土壤。但同时，"小我""小己"与"大我""大己"概念的对立，预示着知识界将会把个人主义与国家民族两相对立。民国初期，以《东方杂志》《新青年》《新潮》为代表的刊物曾刊发过几篇有关个人和个人主义的文章，如《东方杂志》的主编杜亚泉发表《个人之改革》（1914 年）一文，用儒家思想来解释个人主义，"孔子所谓学者为己，孟子所谓独善其身，亦此义也"[77]。这种阐释无疑与西方文化语境中的个人主义内涵殊异。为接纳外来文化语境中的理论，不得不从已有的文化语境中寻找可以与之对接、发生联结的思想，这是理论旅行得以发生的必备条件。但这也意味着个人主义一入中国，必然会发生内涵的变异。署名为家义的作者在 1916 年《东方杂志》第 2 期发表《个位主义》一文，认为西方现代学科的分类如心理学、社会学、伦理学等学科，是以个人的发展和自我的实现为目标设计的，理想的社会、国家和家庭应该为个人成长提供条件，而不应阻碍个人发展的意愿。总体说来，该文将个人置于国家民族的对立面予以考量。[78]西方文化语境中的个人主义，强调一切实践行为都必须以人为最高目的，国家的各项政策法令亦以个人本身为最高目的，个人与国家并不存在绝对的龃龉。总体来看，不同作者笔下的个人主义

76 鲁迅：《鲁迅全集》第 1 卷，北京：人民文学出版社，2005 年，第 51 页。
77 杜亚泉：《个人之改革》，《东方杂志》1914 年第 12 期。
78 参见刘禾：《跨语际实践——文学、民族文化与被译介的现代性》，宋伟杰等译，北京：三联书店，2008 年，第 121 页。

往往内涵不同，各自带着自己的理论资源和知识视域阐发个人主义内涵，而且借阐释个人主义达到阐述自己主张和观点的目的。正如著名德国社会学家卡尔·曼海姆所言："在大多数情况下，同样的词或同样的概念，当处境不同的人使用它时，就指很不相同的东西。"[79]整体来看，清末民初时期的个人主义内涵语义纷呈，意识形态色彩较弱。

新文化运动时期，启蒙思想家倡导个性解放，提倡用新道德反对旧道德，通过宣扬个性解放和思想自由来反对封建礼教和封建迷信。彼时彼刻，个人主义话语正好成为新文化运动倡导者的重要武器，用来反对传统观念和封建礼教。1916年，李大钊在《晨钟》上发表的《青春中华之创造》一文指出，只有敢于高扬自我的权利并致力于唤醒自我意识的思想者，才能承担创造新文化的任务。可见，此时期的个人主义话语包蕴反对中国传统及其经典之内涵。个人与传统形成二元对立的话语空间，但个人主义的另一个对立面民族国家、群体概念却并未视为个人主义的对立面。在五四时期，反帝国主义运动的背景下，民族国家不被视为个人的对立面。[80]

1918年6月，胡适在《新青年》第4卷第6号上发表《易卜生主义》一文。该文阐释了胡适所推崇的"易卜生主义"的三个层面，其中之一便是揭示个人与社会的矛盾对立，倡导独立思考、独立判断、特立独行的个人主义。同年，胡适创作独幕剧《终身大事》，用文学作品来阐释"易卜生主义"。该剧主要表现以田亚梅女士为代表的中国女性对于封建家庭和传统家族观念的反抗，批判封建礼教和宗法制社会观念，推崇个人反抗家庭，个人反抗传统观念的个人主义话语。

到20世纪初，当社会上开始形成一股自利的个人主义时，胡适又感到有必要对之前的理论进行纠偏。他在《非个人主义的新生活》一文中，将个人主义分为假的和真的两种个人主义："杜威博士在天津青年会讲演'真的与假的个人主义'，他说个人主义有两种：一、假的个人主义——就是为我主义（Egoism）。他的性质是自私自利：只顾自己的利益，不管群众的利益。二、真的个人主义——就是个性主义（Individuality）。他的特性有两种：一是独立思想，不肯把别人的耳朵当耳朵，不肯把别人的眼睛当眼睛，不肯把别人的脑

---

79 [德]卡尔·曼海姆：《意识形态与乌托邦》，北京：商务印书馆，2000年，第278页。
80 刘禾：《跨语际实践——文学、民族文化与被译介的现代性》，宋伟杰等译，北京：
   三联书店，2002年，第133页。

力当自己的脑力；二是个人对于自己思想信仰的结果要负完全责任，不怕权威，不怕监禁杀身，只认得真理，不认得个人的利害。"[81] 胡适认为，真正的个人主义是思想独立、信仰自由、追求真理，他将个人主义与唯我主义和利己主义区分开来。

五四时期，个人主义思想话语之所以影响广泛，是因为它成为解决中国问题的重要思想资源，"个人主义能够成为一时思潮，最终是为了用来对付那一代人心中的中国问题的。"[82] 虽然西方个人主义话语进入中国本土后，不同知识分子笔下的个人主义内涵已与最初的原意距离甚远，但中国学人对之予以本土化，成为解决当时中国问题的重要理论资源。在五四新文化运动时期，传统/社会成为个人主义的对立面，个人主义话语鼓励青年脱离传统的封建大家庭，成长为拥有新思想、独立人格的新人，"'五四'启蒙思想家在摧毁传统大我的同时，本意在于重构现代的大我：从全人类的世界主义到新的理想社会，从而塑造具有个人意识、担当改造世界责任的新人"[83]。在五四新文化运动时期，个人主义话语与人格独立、思想解放密切相连，成为激荡青年一代，鼓励青年人勇敢与旧家庭告别的重要思想武器，正如周扬回忆的，"回想当年，个人主义曾经和'个性解放'、'人格独立'等等的概念相联系，在我们反对封建压迫、争取自由的斗争中给予过我们鼓舞的力量"[84]。在中国传播旅行过程中，西方的个人主义在五四新文化运动时期，逐渐成为"人格独立自由""发展独立个性"的代名词，正如茅盾一度断言："人的发现，即发展个性，即个人主义，成为五四新文学运动的主要目标"[85]。这也正是罗曼·罗兰与中国学界两厢遇合的背景。罗曼·罗兰以《精神独立宣言》《超乎混战之上》为代表的政论文的核心思想，便是倡导人的精神独立、思想自由，他在大战期间反战的独立姿态，不随波逐流的独立精神，同情弱小民族的世界胸怀，都契合了五四新文化运动时期的个人主义思潮。罗曼·罗兰其言其行也因此成为1920 年代中国学人建构自己理论话语和阐述自己观点主张的绝佳资源。

---

81 胡适：《胡适全集》（第1 卷），合肥：安徽教育出版社，2003 年，第614 页。

82 杨国强：《新文化运动中的个人主义》（中），《探索与争鸣》2016 年第9 期。

83 王汎森：《从新民到新人：近代思想中的"自我"与"政治"》，王汎森编：《中国近代思想史的转型时代》，台北：联经出版事业股份有限公司，2007 年，第195 页。

84 周扬：《文艺战线上的一场大辩论》，《人民日报》1958 年2 月28 日。

85 茅盾：《关于"创作"》，《茅盾文艺杂论集》，上海：上海文艺出版社，1981 年，第298 页。

但是，个人主义思潮很快随着国内形势的变化开始退潮。1925 年，上海爆发震惊中外的"五卅惨案"，"帝国主义的英人，仗着他们在中国领土上占有的特权地位，把他们对待殖民地土人惯用的残杀手段，施之于上海租界内无抵抗的工人与学生们"[86]。从 1925 年的国民大革命开始，特别是 1931 年"九·一八事变"之后，民族灭亡的危机笼罩中国。这恰如中国近代思想家余家菊（1898-1976）所言："看看人家在我境土内如何竞争，看看人家是如何谋我，看看外人之在我国是如何骄横，看看侨胞之在外国是如何备受欺凌，看看外国不得不谋我的原因，看看我国其所以招人谋害的原因。"[87]五四新文化运动开启的思想启蒙开始让位于民族救亡，个人主义让位于国家主义，曾经为个人主义摇旗呐喊的郭沫若等人在变化的时局之下，开始反思个人主义，更新思想。郭沫若自述道："我的思想，我的生活，我的作风，在最近一两年内可以说是完全变了。我从前是尊重个性、景仰自由的人，但在最近一两年之内与水平线下的悲惨社会略略有所接触，觉得在大多数人完全不自主地失掉了自由、失掉了个性的时代，有少数的人要来主张个性、主张自由，总免不了有几分僭妄。"[88]创造社主要成员也由主张自我表现和个性解放的五四新文学转向革命文学，与太阳社成员一起大力倡导无产阶级革命文学，与其他左翼作家成立中国左翼作家联盟，要求文学适应国内革命形势的需要，面向工农大众进行文学创作。在声势浩大的左翼文学运动和"革命文学"的倡导之中，个人主义开始成为批判对象，郭沫若批判道，"个人主义的文艺老早过去了，然而最丑猥的个人主义者，最丑猥的个人主义者的呻吟，依然还是在文艺市场上跋扈"[89]。瞿秋白将个人主义作为资产阶级意识形态进行批判，倡导"批判一切个人主义、人道主义和自由主义等类的腐化的意识"[90]。蒋光慈在《关于革命文学》一文中更是将个人主义与集体主义对峙："我们的生活之中心，渐由个人主义

---

86 上海社会科学院历史研究所编：《五卅运动史料》（第 1 卷），上海：上海人民出版社，1981 年，第 7 页。

87 余家菊：《国庆日之教育》，《中国近代思想家文库：余家菊卷》，余子侠、郑刚编，北京：中国人民大学出版社，2013 年，第 279 页。

88 郭沫若：《序》，《文艺论集》（汇校本），黄淳浩校，长沙：湖南人民出版社，1984 年，第 5 页。

89 麦克昂（郭沫若）：《英雄树》，《"革命文学"论争资料选编》上，北京：人民文学出版社，1981 年，第 76 页。

90 瞿秋白：《"五四"和新的文化革命》，《瞿秋白文集》第 3 卷，北京：人民文学出版社，1989 年，第 23 页。

趋向到集体主义。个人主义到了资本社会的现在，算是已经发展到了极度，然而同时集体主义也就开始了萌芽。〔……〕现代革命的倾向，就是要以打破个人主义为中心的社会制度，而创造一个比较光明的，平等的，以集体为中心的社会制度，革命的倾向是如此，同时在思想界方面，个人主义的理论也就很显然地消沉了。〔……〕革命文学应当是反个人主义的文学，它的主人翁应当是群众，而不是个人；它的倾向应当是集体主义，而不是个人主义"[91]，直到1942年，毛泽东的《在延安文艺座谈会上的讲话》发表，明确文学应该为工农兵服务，并多次将个人主义与小资产阶级与知识分子相提并论，个人主义成为集体主义和社会主义革命的对立面，从此失去了其合法空间。

个人主义话语作为五四新文化运动的重要思想武器，将觉醒后的青年从旧传统、旧道德和旧秩序的家族伦理中解放出来。五卅运动后，觉醒后的青年已然无法再回到传统的旧的家族秩序之中，转身投奔马克思主义，投身社会主义革命，蓦然发现，曾经鼓舞他们与旧家庭决绝的个人主义此时已然过时，成为需要批判的对象。"个人主义话语恰好扮演着这样一个'解放者'的角色。正如周策纵在讨论另一个问题时指出的那样，旧伦理的解体或许多多少少把个人从家庭与宗教的纽带中分离了出来，但同时也为国家、党派或其他社会经济组织对个人的控制清扫了道路。"[92]这也正是1940年代罗曼·罗兰中国接受之旅的时代语境，以茅盾、戈宝权为代表的评论家质疑约翰·克利斯朵夫的个人英雄主义，也含蓄批评了罗曼·罗兰早期的个人主义思想，并认定1931年发表《向过去告别》之后的罗曼·罗兰从一个个人主义者变成一个社会主义者。从1920-1930年代评论家高扬约翰·克利斯朵夫的英雄主义，到1940年代以茅盾、戈宝权为代表的评论家认定此种英雄主义即个人英雄主义，应被否定抛弃，从1920年代景仰罗曼·罗兰独立自由的精神品格，到1940年代否定其思想基石——个人主义，再到1950-1970年代以姚文元为代表的权威人士认为推崇约翰·克利斯朵夫式的个人主义就是反党反社会主义，可见，批评话语的嬗变与时代历史语境的嬗变密切相关，与中国不同时期主要矛盾和主要问题的嬗变密不可分。换句话说，正因为罗曼·罗兰及其作品在某些元素上刺

---

91 蒋光慈：《关于革命文学》，《"革命文学"论争资料选编》上，北京：人民文学出版社，1981年，第143-144页。

92 刘禾：《跨语际实践——文学、民族文化与被译介的现代性》，宋伟杰等译，北京：三联书店，2002年，第128页。

激到了 20 世纪中国学人的神经元，才使得他从 20 世纪初被引进中国之后到 1980 年代始终是学界讨论的热点——其个人主义思想、反战立场、人道主义、英雄主义、对坚韧的战斗力的弘扬、亲苏立场等，都在不同时期激起中国学界的讨论和关注，成为中国评论界可资借用的话语资源。直到 1990 年代以后，随着市场经济的深入推进，中国社会发生转型，文学逐渐被边缘，理想慢慢被放逐，中国文学界和评论界逐渐将目光转向西方现代主义和后现代主义文学，罗曼·罗兰与中国问题之间的联结变得日渐淡薄，从而也导致 1990 年代以来罗曼·罗兰中国接受之路显得寂寥。

个人主义话语从积极正向转向消极反面，到 1950-1970 年代更成为反动的思想话语，其中关涉的正是中国历史语境的嬗变和社会主要问题的衍变。个人主义话语由西方经日本传播至中国后，最初的含义纷繁多样，暧昧不清。在 20 世纪中国文化语境中，"个人"的对立面，有时是"他人"与"传统文化"，有时是"社会"与"民族国家"，有时是"集体"与"社会主义"。随着不同时代语境中亟需解决的首要问题浮出地表，个人主义话语内涵逐渐衍化。在五四新文化运动时期，个人主义是"个人自由""个性解放"的代名词，成为攻击传统旧思想的最有力武器，"传统"是个人主义的对立面。随着国内外形势的变化，马克思主义在中国的传播，五卅运动之后处于民族危亡之际的中国，个人主义成为资产阶级的代名词，成为集体主义和社会主义革命的对立面，从此该词蒙上比较浓厚的意识形态色彩。可见，随着历史时代语境的变化，中国主要矛盾不断发生嬗变，作为重要思想武器的个人主义的内涵也不断发生变异。这正如刘禾所言，"从知识的产生条件和生产机制看，人们对某一观念的理解和误读总是参与对于真实历史事件的创造。"[93]正是历史语境的嬗变及知识分子对于个人主义内涵的不同理解，导致中国学人对罗曼·罗兰的个人主义思想出现完全不同或相互对立的阐释，使得罗曼·罗兰思想及其作品在中国的传播接受呈现出不同的面向和维度。

大略而言，罗曼·罗兰思想在中国的阐释呈现出明显的阶段性、多元化和泛政治化趋势，主要表现为个人主义理念、英雄主义理念、人道主义理念以及和平主义思想四种不同维度。罗曼·罗兰思想在中国的接受认知既有跨语际正解，又有跨文化误读，既有误读性认知，又有创造性阐释。20 世纪上半期的

---

93 刘禾：《跨语际实践——文学、民族文化与被译介的现代性》，宋伟杰等译，北京：三联书店，2002 年，第 126 页。

认知阐释，主要围绕和平主义思想、战斗精神和个人主义理念而展开；20 世纪下半期的认知阐释，则主要围绕个人主义理念、英雄主义理念和人道主义理念而展开。其中，罗兰的个人主义思想在中国经历了一个复杂多样的传播历程和认知阐释，呈现出从肯定赞赏到否定误读从完全否定到拨乱反正再到肯定重识的曲折嬗变，发生语义的丢失与增殖、内涵的缩小与扩展、思想的模糊与聚焦，由此表现出鲜明的历史性、变异性与论争性特征。就阐释特点而言，罗曼·罗兰思想在中国的认知阐释，显示出强大的政治批评功能和明显的意识形态倾向，具有比较强烈的功利主义和实用主义色彩。

第五章 从震撼到质疑：民国期间《约翰·克利斯朵夫》的认知诗学

在跨文化接受和跨语际认知中，时代主题的嬗变不仅直接导致罗曼·罗兰本人形象在中国的接受变异，而且深刻影响评论家对小说《约翰·克利斯朵夫》的理解与解读。从 1920 年代的美学冲击，到 1930 年代的现实指向，及至 1940 年代的政治批评，民国时期中国知识界对《约翰·克利斯朵夫》的解读，显示出从震撼到质疑的阐释演变。

一、1920 年代的认知震撼：初次相遇时的美学冲击

伴随着罗曼·罗兰伟岸形象在中国的确立，中国开始译介他的作品，《约翰·克利斯朵夫》是乘着罗曼·罗兰伟大的人格之翼开始中国之旅的。《约翰·克利斯朵夫》在 1920 年代还没有全译本，只是由敬隐渔翻译了最初的几章，还无法窥见其全貌，评介多停留在介绍层面，并且多从他国引进对该小说的评论。尽管如此，初次阅读它的读者仍然为这部作品的美学形式所震撼。

1921 年，《小说月报》12 卷 8 号上刊登由安娜·努斯鲍姆（Anna Nussbaum）著、孔常译的《罗曼·罗兰评传》。文章介绍了罗曼·罗兰不断努力、不懈奋斗、永不满足的辽阔人生，给读者呈现了一位具有伟大灵魂的人类斗士形象。更重要的是，该文是中国首次介绍《约翰·克利斯朵夫》卓越成就的评论，对小说的体裁和艺术有着切中肯綮的解析：

如果有学问的人要触怒我，请他们试试批评 *Jean Christophe* 的体裁和艺术上的工夫。有人——对于文学的真性质和创造的天才没有研究过的人尤甚——在这点上，很严酷的批评。你们如果用文学家无生命的琐屑的标准来量评这本书，那我也不敢说他毫无毛病。这篇著作不是书，简直是一时代，是一个人生。这是人生的成功和失败史。一刻充满了各种奇异乐器的合奏震耳的响；又一刻变成了孤独、强有力的自由人的平静的歌。[1]

这篇译作高度评价了《约翰·克利斯朵夫》，不仅解读出作品所具有的既热烈又平和的双重节奏，还精彩地点评了罗兰的其他作品，颇有见地地指出罗兰对自由的呼唤，对"人道的信诚"，以及他在世界上不容争论的地位。

1926 年《小说月报》第 17 卷 6 号刊登了张若谷作的《音乐方面的罗曼·罗兰》。这篇文章从中国古代核心术语之一——"意境"出发，对《约翰·克利斯朵夫》的音乐结构展开独到体悟：

但是所譬喻的《若望·克利司朵夫》一书如一首"交响曲"，并非是因为书中富于音乐鉴赏的描写，或是多用几个音乐上的专门名词罢了。这却是因为《若望·克利司朵夫》作品的结构、精神和形式方面都带着倾向于一种独创的意境，这个意境很近乎音乐方面，于是便比喻它似乎是一首乐曲了。[2]

虽然这段文字依据了罗兰自己对这部小说结构的看法，但是作者以独到的眼光指出这部小说在结构、精神与形式上都具有音乐的意境，这个见解是颇为敏锐而独到的。

在此之前，还有敬隐渔发表在《中华新报》副刊《创造日》第 16、17、18、19 期上的《罗曼·罗朗》一文。该文从主题、体裁、描写技巧等方面，对《约翰·克利斯朵夫》进行体悟式的批评，深具鉴赏功底。

他最著名的作品是 *Jean Christophe*《若望·克利司夫》〔……〕从头到尾是写他理想中一个人底生命底现像和精神。〔……〕《若望·克利司朵夫》底体裁是很新奇的。〔……〕他的描写最多，但是与众不同。他不学照像馆主人，随意处处摄影。他从来不无故描写。他不单顾描写。他不是写景，是写"动"，但看他的文字却是句句写

1　[美]安娜·努斯鲍姆：《罗曼·罗兰评传》，孔常译，《小说月报》1921 年 12 卷 8 号。
2　张若谷：《音乐方面的罗曼·罗兰》，《小说月报》1926 年第 17 卷第 6 期。

景。他不是写景，是传播他的主义和思想，但看他的文字却是句句
写景。他不是传情，是分析人底性质，是批评艺术、社会〔……〕
但看他的文字，却是句句传情。总之，兼写景、传情、创造人性、
创造文体、罗曼·罗朗主义，最是富于音乐底精神。[3]

　　出于对这部小说的喜爱，敬隐渔早在 1923 年就着手翻译它。这段文字
建立在作者细细体味的基础上，显示出他敏锐细腻的审美感受力。他还说：
"读这本小说真足以使懦夫立，懒者勤〔……〕书中底主人翁不是克利司朵
夫，乃是生命；Romain Rolland 写生命直像活泼地一个人在纸上跳跃一样
〔……〕"[4]这种个人体验式的批评、纯粹从文学性的角度来对这部小说进行
审美评价，在日后中国的批评界都将是罕见的。敬隐渔洞察约翰·克利斯朵
夫的一生，将他的性格勘破："我竟发明了这种新人底模范：勇毅的新英雄
主义者，怀疑的试验家，却又有坚固的信仰——照彻混沌的光明——犹如众
人他也有弱点；有迷惑，有堕落，但是他的奋斗精神愈挫愈锐，竟胜了私欲，
胜了世俗底妄谬，人生底痛苦，得享灵魂底和平自由。"[5]在《蕾芒湖畔》一
文中，敬隐渔还描写了他与罗曼·罗兰幸运的会面，描绘出一位生活简朴而
不停奋斗着的伟人形象。罗兰对于中国人民友好的态度，更增添了敬隐渔与
中国读者对他的爱戴。

　　借鉴国外评论家的观点，是 1920 年代快速介绍罗兰的一条捷径。李璜
在《法国文学史》中对《约翰·克利斯朵夫》的评价受到法国文坛的影响，日
本学者中泽临川与生田长江的《罗曼·罗兰的真勇主义》（鲁迅译）中涉及对
《约翰·克利斯朵夫》的评价，努斯鲍姆（A. Nusshaum）的《罗曼·罗兰评
传》（孔常译）也涉及对《约翰·克利斯朵夫》的评价，还有张定璜、杨人梗
各自翻译的茨威格的《罗曼·罗兰》也影响了国内评论者。这些译作或译著丰
富了 1920 年代中国学界对《约翰·克利斯朵夫》的理解。虽然对《约翰·克
利斯朵夫》没有形成系统性的介绍，但是，1920 年代的评论家普遍认为这是
一部优秀的、突破传统定势的小说。评论家在彼时已经把握到了这部小说的
音乐元素，认为庞大的、交响乐式的结构是它的特色，同时普遍对约翰·克利

3　敬隐渔：《罗曼·罗朗》，贾植芳、陈思和主编：《中外文学关系史资料汇编（1898-
　　1937）》，桂林：广西师范大学出版社，2004 年，第 951-952 页。

4　敬隐渔：《罗曼·罗朗》，贾植芳、陈思和主编：《中外文学关系史资料汇编（1898-
　　1937）》，桂林：广西师范大学出版社，2004 年，第 954 页。

5　敬隐渔：《蕾芒湖畔》，《小说月报》1926 年第 17 卷第 1 期。

斯朵夫进行人物索引式的考察，认为他的原型是贝多芬。从 1920 年代国内对这部小说的评价来看，不管这些文字是出于外国评论家手笔，还是出于受外国评论家评论影响的中国评论家的手笔，都高度评价《约翰·克利斯朵夫》。对于熟悉中国古代章回体小说的中国读者来说，这部小说书写一个人从出生到死亡，从迷茫困顿到获得生命和谐，具有音乐般的语言、诗意的境界与交响乐式结构，的确刷新了他们的审美感受。

二、1930 年代的认知激赏：时代背景中的英雄形象

与 1930 年代中国评论界建构罗兰英雄主义形象相呼应的是，《约翰·克利斯朵夫》里的英雄主义战斗精神得到弘扬。虽然《约翰·克利斯朵夫》一书直到 1937 年才由著名翻译家傅雷先生译出第一册，但是对它的赞誉从 1920 年代起就没有中断过。1930 年代的评论家主要是着眼于中国问题和时代需求，来挖掘约翰·克利斯朵夫这一人物形象所凝聚的生命力量，其中主人公的真诚、在战斗中体味生命意义的英雄主义精神，得到了评论家的激赏。

1932 年，施宏告在《诺贝尔文学奖金与历届获得者》中，认为罗兰最伟大的著作是《若望·克里士多夫》，"这是一个的生来含辛刻苦，以精神与德性战胜最理想的英雄的一生记载。〔……〕关于这本不朽之作，我们欲赞反觉得无词，但说是'20 世纪最伟大的一部著作'，恐怕谁都首肯的吧"[6]。1932 年，白桦发表《克利斯笃夫与悲多汶——罗曼·罗兰的新英雄主义》一文，不仅高度赞扬罗曼·罗兰，而且给予《克利斯笃夫》高度评价：

> 《克利斯笃夫》前后十卷，四千页左右的长篇小说，是法兰西现代大文豪大思想家罗曼·罗兰的千秋不朽的巨著，是直到今日为止还被全世界的批评家公认为最足以代表他的新英雄主义的代表作的。[7]

从作者白桦翻译的书名来看，他并没有借助于敬隐渔翻译的"若望·克利司朵夫"的译名，而是自己选择了译名。根据文章的英译词，可以推断作者可能读了该小说的英文版。作者认为，克利斯笃夫是一位"天才典型英雄典型的主人翁"，他"踏碎那横在自己的前程的障碍，不惧怕不避免任何灾难，直视

---

6 施宏告：《诺贝尔文学奖金与历届获得者》，北平：人文书店，1932 年，第 62-63 页。

7 白桦：《克利斯笃夫与悲多汶——罗曼·罗兰的新英雄主义》，《黄钟》1932 年第 1 卷第 7 期。

着人生，深味着人生，没有妥协，没有虚伪，片刻不停的时时和困苦艰难战斗，时时以强者的姿态征服着人生的罪恶悲痛而同时在不断的征服中又连续感觉出战斗的意义和生命之喜悦的，就是这一位主人翁的英雄而又伟大的全生涯！"[8]一位战斗的、无畏的英雄形象跃然纸上！戈宝权在《申报周刊》发表《罗曼·罗兰的七十诞辰》一文，也认为作者创造了一位新英雄，"这个英雄，正像一座火山一样，内心像火一样地燃烧着，不断地向前追求和创造"[9]。

翻译作品本来就是一种接受现象，而译者对于作品的评论就尤其应该引起注意。译者不仅详细读过原文、钻研过原作者的生平与思想，因而比旁人更能够把握作者的原意，这样的评论也就更具有权威性与阐释的有效性。在译者傅雷《译者献辞》（1937）中，约翰·克利斯朵夫是一个在忍苦中追求、战斗的"超人"："尼采的查拉图斯特拉现在已经具体成形，在人间降生了。他带来了鲜血淋漓的现实。托尔斯泰的福音主义的使徒只成为一个时代的幻影，烟雾似的消失了，比'超人'更富于人间性、世界性、永久性的新英雄克利斯朵夫，应当是人类以更大的苦难、更深的磨炼去追求的典型。"[10]傅雷认为《约翰·克利斯朵夫》是一部呈现人内在心灵的"史诗"："《约翰·克利斯朵夫》不是一部小说——应当说：不止是一部小说，而是人类一部伟大的史诗。它所描绘歌咏的不是人类在物质方面而是在精神方面所经历的艰险，不是征服外界而是征服内界的战迹。它是千万生灵的一面镜子，是古今中外英雄圣哲的一部历险记，是贝多芬式的一阕大交响乐。"[11]傅雷这种立足文本的评论，即便是在今天看来也是相当准确的。尤其是，当这部小说被政治意识形态肢解得支离破碎之时，再来读读傅雷先生对这部小说评论、对约翰·克利斯朵夫形象的把握，我们更能感觉回到文本、立足文本解读作品的重要性。

中国评论界弘扬约翰·克利斯朵夫敢于反抗虚伪、在苦难中战斗的精神，这一接受状况与中国时代背景密切相连。随着抗日战争的到来，1930年代的批评家竭力挖掘、弘扬具有英雄伟力的人物形象，作家也在文艺创作中塑造这

8　白桦：《克利斯笃夫与悲多汶——罗曼·罗兰的新英雄主义》，《黄钟》1932年第1卷第7期。

9　戈宝权：《罗曼·罗兰的七十诞辰》，《申报周刊》1936年第1卷第9期。

10　傅雷：《译者献辞》，载《傅雷全集》（第7卷），沈阳：辽宁教育出版社，2002年。

11　傅雷：《译者献辞》，载《傅雷全集》（第7卷），沈阳：辽宁教育出版社，2002年。

样的英雄形象，比如郭沫若的历史剧、阿英的《碧血化》《明末遗恨》等历史剧的主人公，都获得了前所未有的英雄性格。"在郭沫若作品的主人公身上总是凝聚着那个时代所呼唤的英雄气质，舍生取义，杀身成仁、自我毁灭、担当道义是他们的英雄本色，在他们心中涌动的是澜倒回狂的救世情怀。"[12]特定时代召唤着英雄精神、侠义精神。因此，在面对约翰·克利斯朵夫这样具有英雄气质的人物，面临伟岸、正直的罗曼·罗兰时，首先倾心体认的便是他们身上的英雄主义，就不足为怪了。

虽然 1930 年代中国评论界对《约翰·克利斯朵夫》的评论，仍然停留在介绍性的层面，缺乏实实在在的研究性论文，但是 1930 年代的评论者仍认为《约翰·克利斯朵夫》是罗曼·罗兰最杰出的代表作，同时肯定克利斯朵夫英雄形象对中国青年的激励作用。

对比罗曼·罗兰作品在中国的翻译情况与评介罗曼·罗兰的文章，我们发现在 1930 年代发表的 30 多篇关于罗曼·罗兰的评论[13]中，全部都是以"罗曼·罗兰"为题而没有以其作品为题的文章。在 1930 年代的评论界，评论家们关心的仍然是罗曼·罗兰的思想与精神，即便是其三大传记与《约翰·克利斯朵夫》，也只是在介绍罗曼·罗兰的思想或是为了印证罗曼·罗兰的思想时提及。黄源发表在《作家》1 卷 1 号上的《罗曼·罗兰七十诞辰》一文便一语道破了"先机"："罗曼·罗兰的著作之所以博得广大的新读者，便是因为他的数十年来的斗争，他的深切的诚意，正直和意识，伴着他的形象底艺术的力量，感动了万人之故。"[14]罗曼·罗兰一生的斗争，他的著作与他的行动（言行高度一致）凝聚成了一股动人的精神力量，吸引着各国人民向他靠拢，并渴望在他的作品中寻找慰藉与力量。总体来看，中国评论界借罗曼·罗兰解决中国现实问题，更为关注的仍然是罗曼·罗兰的生平思想，借罗曼·罗兰其人和约翰·克利斯朵夫其人来摇旗呐喊，来激励处于困苦和迷茫中的中国青年勇于战斗，对其小说作品并没有做过多的美学探求与学术思考。

三、1940 年代的认知质疑：政治批判审美批评共存

1940 年代，从附录收入的 70 多篇关于罗曼·罗兰的文章来看，共有五篇

---

12 许志英、邹恬主编：《中国现代文学主潮》（上），福州：福建教育出版社，2001 年，第 506-507 页。

13 详情请参见本书的《参考文献》。

14 黄源：《罗曼·罗兰七十诞辰》，《作家》1936 年第 1 卷第 1 期。

以《约翰·克利斯朵夫》为题[15]，两篇以其历史剧为题[16]，两篇以传记《悲多汶传》为题[17]，还有一篇是芳济的《罗曼·罗兰的〈歌德与悲多汶〉》[18]。总体看来，与前阶段相似，关于罗曼·罗兰文学作品研究仍然不够系统，关注的重点仍然在于罗曼·罗兰的思想，但是这一时期《约翰·克利斯朵夫》有了全译本，有两家出版社参与出版这部作品，而且还有了两种不同的版本。因此，有关《约翰·克利斯朵夫》的评论也逐渐增多。此一时期的《约翰·克利斯朵夫》批评可以分为两派：一派是以戈宝权、茅盾为代表的立足于文本政治立场、思想倾向的政治批评，以政治思想进步与否为标准来评价文本；另一派是以傅雷为代表的立足于文本，从主题、人物、结构等角度展开的审美批评，以审美话语体现程度为标准来评价文本。

　　《约翰·克利斯朵夫》在中国有了全译本之后影响力大大增强，受到青年的热捧，"而真正打动中国读者心扉的，是译作《约翰·克利斯朵夫》，20世纪三四十年代该译本在中国风靡一时，据说在当时青年读者中，如果谁藏有一部《约翰·克利斯朵夫》全套，其他人无不视若瑰宝争相传阅。"[19]与普通青年读者对这部小说的热情不同，评论家们对这部小说的评价却存在分歧，评论界对罗曼·罗兰思想的反思、对其一生道路的分析影响了中国评论界对《约翰·克利斯朵夫》这部小说的评价。有评论家以《向过去告别》（罗曼·罗兰作于1931年）为界，将罗曼·罗兰的思想划分为前后两个阶段，并贬低罗兰前期创作的这部小说。

　　最初发出这种信号的是茅盾。在《永恒的纪念与景仰》（1945年）一文里，

15　这些文章分别是《约翰·克里斯朵夫》，《奔流新集》1941年第2集；袁水拍：《读〈约翰·克利斯朵夫〉》，《桂林大公报》1942-6-14，第4版；戈宝权：《关于〈约翰·克里斯朵夫〉的二三事》，《文学新报》1945年第1卷第3期；N·雷柯娃：《关于〈约翰·克里斯朵夫〉》，朱笄译，《文学新报》1945年第1卷第3期；戈宝权：《罗曼·罗兰的〈约翰·克里斯朵夫〉》，《读书与出版》1946年第1期；纪平：《罗曼·罗兰底〈约翰·克里斯朵夫〉》，《黄河文艺月刊》（复刊）1948年第1期。

16　这些文章分别是松子：《略谈罗曼·罗兰的历史剧》，《文学新报》1945年第1卷第3期；石怀池：《略谈罗曼·罗兰的历史剧》，《石怀池文学论文集》，上海：耕耘出版社，1945年。

17　这些文章分别是卢式：《罗曼·罗兰的〈悲多汶传〉》，《世界文艺季刊》1945年第1卷第2期；人仆：《读罗兰〈悲多汶传〉》（长诗），《希望》1945年第1卷第1期。

18　芳济：《罗曼·罗兰的〈歌德与悲多汶〉》，《世界文艺季刊》1945年第1卷第2期。

19　谢天振、查明建主编：《中国现代翻译文学史（1898-1949）》，上海：上海外语教育出版，2004年，第441-442页。

他已经显示出要以《动人的灵魂》来置换《约翰·克利斯朵夫》作为罗兰代表作的倾向。他认为,《约翰·克利斯朵夫》是罗曼·罗兰前期思想的结晶,而《动人的灵魂》则是思想发生转变后创作的,自然是更进步的。与1930年代赞赏英雄约翰·克利斯朵夫不同的是,1946年戈宝权的观点发生了变化。他在《罗曼·罗兰的生活与思想之路》[20]一文中认为《约翰·克利斯朵夫》体现罗兰的个人英雄主义思想,并认为这部小说虽然对当时的一代青年起过进步的启蒙作用,但是它抽象而苍白无力。他还在《读书与出版》(1946年)第1期上,发表专门分析《约翰·克利斯朵夫》的文章《罗曼·罗兰的〈约翰·克利斯朵夫〉》。作者认为,尽管这部小说批判了当时社会的虚伪与暴力,约翰·克利斯朵夫不屈不挠与艰苦作斗争的精神也是值得学习的,但是小说中的英雄主义与对自由个性的渴求是带有乌托邦性质的,并且认为罗曼·罗兰用内心的仁慈、崇高等来对抗社会的不义,这在现实的斗争中是无力的。可见,戈宝权着重否定的是,作品所体现出的个人英雄主义和理想主义,而1940年代的时代思潮不再是呼吁英雄主义,而是倡导将个人融入集体、融入民众的集体主义,个人主义成为集体主义的对立面,应被扬弃。作者在第四部分《我们怎样认识它》指出,罗曼·罗兰告别过去,走向未来,意味着作者本人"在写完它时也是舍弃了它和超越过它的",言下之意是要将它舍弃。可见,戈宝权、茅盾等评论者着眼于中国现实需求和现实理论话语建构的需要,来阐释《约翰·克利斯朵夫》,从政治立场、思想层面而非美学层面来阐释文本,并据此来肯定或否定文本,这种阐释方式一直延续到1950-1970年代。

否定罗曼·罗兰个人主义思想,进而否定《约翰·克利斯朵夫》这一倾向,在杨晦的文章中体现得最为鲜明。1947年4月5日,曾翻译过罗曼·罗兰《悲多汶传》的杨晦,受邀参加交大今天社举办的罗曼·罗兰文艺晚会,并在会上做了名为《罗曼·罗兰的道路》的演讲。他认为罗曼·罗兰是从知识分子的个人英雄主义走到了无产阶级革命的共产主义,他告诫青年不要崇拜被罗曼·罗兰抛弃了的过去的思想——英雄主义,认为约翰·克利斯朵夫"极端"的"英雄主义"的战斗最后将会扑空,这种战斗就像尼采的"超人"一般。在这篇演讲里,杨晦几乎完全否定了约翰·克利斯朵夫奋斗的正义性与进步意义。

从政治批判角度解读这部小说的,还有力夫作的《罗曼·罗兰的〈搏斗〉——从个人主义到集体主义的道路》(1948年)。陈实与黄秋耘翻译了罗曼·

---

20 戈宝权:《罗曼·罗兰的生活与思想之路》,《文坛月报》1946年第1卷第3期。

罗兰《迷人的灵魂》中的一卷《搏斗》，力夫（即邵荃麟）为其做了这篇序言，发表在 1948 年《大众文艺丛刊》第 4 辑上。作者指出，约翰·克利斯朵夫的战斗如果不是从个人主义挣脱出来，与人民大众相结合是无法取得胜利的；认为罗曼·罗兰从旧的个人主义、英雄主义、人道主义走向社会主义的历程，体现在《迷人的灵魂》中，尤其体现在其中的《搏斗》中。在这部小说中，罗兰指出了知识分子与劳动大众结合的道路。由此可见陈实二人选择节译《搏斗》的良苦用心。

另一批评论家则立足文本从审美角度评论这部小说。闻家驷在《世界文艺季刊》第 1 卷第 2 期上发表《罗曼·罗兰的思想、艺术和人格》（1945 年）一文。他从罗兰的艺术观出发，认为形式的散漫和内容的充实正是《约翰·克利斯朵夫》的独特风格，这部小说在结构上并不讲究均齐。同时，作者受到苏联评论家娜杰日达·雷科娃（Н. Я. Рыкова，1901-1996，又译雷柯娃）《关于〈约翰·克利斯朵夫〉》（发表在《文学新报》1 卷 3 期上）一文的启发，不仅指出在罗曼·罗兰的作品中，"拯救文化"和"改造社会"是其作品不可分离的主题，而且认为这是一部充满力量的小说，不能拿文学上的庸俗主义和个人主义去批评它。

纪平于 1948 年发表在《黄河文艺月刊》复刊第 1 期上的《罗曼·罗兰底约翰·克利斯朵夫》，从文本出发剖析这部小说，深刻地意识到这部小说揭示的是人类不断在反抗与冲突中前进的深层涵义，"儿童期所要征服的是物质世界，青年期所要征服的是精神世界，还有最悲壮的是现在的自我和过去的自我冲突，从前费了不少心血获得的宝物，此刻要费更多的心血去反抗，以求解脱"[21]。纪平的这一观点主要脱胎于傅雷的《译者献辞》。作者赞赏这部小说的美学价值，把握到小说深广的社会文化内涵，"作者把整个 19 世纪末期的思想史，社会史，政治史，民族史，艺术史来做这个新英雄的背景"，认为小说融"人类永久的使命与性格"之共性与"反映某一特殊时期的历史性"[22]之特性于一体。文章没有从当时占主流地位的集体主义话语出发解读这部小说，而是依据自己的审美感受做了体悟式的评价，认为"这是一部悲壮、伟大而又灿烂的史诗，它载录下了人生中最可贵的灵魂底争斗"[23]。

21 纪平：《罗曼·罗兰底约翰·克利斯朵夫》，《黄河文艺月刊》复刊 1948 年第 1 期。
22 纪平：《罗曼·罗兰底约翰·克利斯朵夫》，《黄河文艺月刊》复刊 1948 年第 1 期。
23 纪平：《罗曼·罗兰底约翰·克利斯朵夫》，《黄河文艺月刊》复刊 1948 年第 1 期。

1940 年代从文学性角度来谈论《约翰·克利斯朵夫》的还有译者傅雷，他写于 1940 年的《译者弁言》从文学的内部研究与自身体悟来解读文本。针对评论界纷纷为"约翰·克利斯朵夫"寻找"索引"的癖好，他认为不可狭义地把《约翰·克利斯朵夫》单看成一个艺术家的传记。与诸多评论家带着苛刻的目光看待约翰·克利斯朵夫不同，傅雷虽看到年青的约翰·克利斯朵夫身上的弱点，但认为他是"不完全的人群中比较最完全的一个，而所谓完美并非是圆满无缺，而是颠扑不破的、再接再厉的向着比较圆满无缺的前途迈进的意思"[24]。傅雷深刻地指出了罗曼·罗兰生性的乐观，洞悉罗兰虽然不断地暴露社会的缺点，但他并不悲观，因为"他在苛刻的指摘和破坏后面，早就潜伏着建设的热情。正如克利斯朵夫早年的剧烈抨击古代宗师，正是他后来另创新路的起点。破坏只是建设的准备"[25]。这种观点与苏联评论家烈茄士所见略同，其《艺术家罗曼·罗兰》（《质文》第 5、6 合刊）也指出，在《姜·克利斯朵夫》这部著作里，"悲剧的感觉是和热情的、行动的乐天主义结合在一起的"[26]。文章认为罗曼·罗兰正视生活、深味生活，所以他说生活是"悲剧"，但是他的作品并不悲观，而充满热爱生活的乐观气息。他在文末还说，"罗曼·罗兰底行动的乐天主义，他对人类的不拔的信仰，他创造底真实民主主义的思想，——这一切特质都和社会主义底艺术相近的。"[27]苏联评论家莫蒂列娃也发表了相似看法，"在罗兰的作品中，破和立是不可分割的。甚至可以说，罗兰独特的艺术风格正是在立中表现得最为明晰。"[28]

1940 年代，法国文学研究方面最重要的学术成果之一——吴达元先生编著的《法国文学史》[29]，也是从文学性角度来解读这部小说，该文学史参考了法文原文资料。作者认为《约翰·克利斯朵夫》既是一部传记小说，又是一部风俗小说，分析了德法等国的民族性、不同职业人的生活状况，还认为它是一

---

24 傅雷：《译者弁言》，《傅雷全集》（第 8 卷），沈阳：辽宁教育出版社，2002 年，第 4-5 页。

25 傅雷：《译者弁言》，《傅雷全集》（第 8 卷），沈阳：辽宁教育出版社，2002 年，第 6-7 页。

26 [苏]烈茄士：《艺术家罗曼·罗兰》，邢桐华译，《质文》1936 年第 5-6 期。

27 [苏]烈茄士：《艺术家罗曼·罗兰》，邢桐华译，《质文》1936 年第 5-6 期。

28 [苏]塔·莫蒂列娃：《罗曼·罗兰的创作》，卢龙等译，上海：上海译文出版社，1989 年，第 21 页。

29 吴达元编：《法国文学史》，上海：商务印书馆，1946 年。

部讽刺小说。但是，罗兰又不是悲观主义者，他对人类充满信心，这是他爱心的表现。作者的分析有自己的创见和洞察，但由于文学史的缘故，作者没有过多地深入分析。

1940 年代新出版的传记有芳信编撰的《罗曼·罗兰评传》[30]，美国人威尔逊著、沈炼之译的《罗曼·罗兰传》[31]在四十年代也得到重印。但是，这几部传记对罗曼·罗兰及其作品仍处于普及性的介绍上，对《约翰·克利斯朵夫》等作品缺乏有创见的分析。总体看来，对这部小说的探讨主要有如下几个方面：认为《约翰·克利斯朵夫》这部关于人生、关于生命的大书，是不能用庸俗的个人主义来评价的；或者将罗曼·罗兰的思想作为评论《约翰·克利斯朵夫》的根据，认为它是罗曼·罗兰过去思想的产物，应该舍弃；还有一部分评论家从社会学的角度解读这部小说，认为这是一部个人反抗腐朽资本主义社会的小说；另外一部分评论家则立足文本从小说的审美角度分析小说结构的独到之处，或从小说主题出发，认为这部小说揭示的是生命战斗的意义。

综合来看，时代背景与评论界对罗曼·罗兰形象在不同时代的建构，一定程度上影响了《约翰·克利斯朵夫》在中国的解读。与民国期间从推崇罗曼·罗兰英雄主义战斗精神到质疑否定个人英雄主义和博爱的人道主义精神相呼应的是，《约翰·克利斯朵夫》也经历了倍受赞誉、宣扬其英雄主义战斗精神到质疑个人英雄主义的经历。随着中国评论界的权威割裂罗兰思想，否弃其前期思想，《约翰·克利斯朵夫》也面临被弃绝的境地。从第一代接受者着眼于文本的美学效果，到 1930 年代接受者将文本置于中国语境中考量人物的价值意义，再到 1940 年代从政治角度审视文本的意义，可以清楚地看到《约翰·克利斯朵夫》在中国流传过程中逐渐附加在其身上的时代背景与意识形态因素。如果说 1920 年代从日本、英美、法国与奥地利引进外国评论，是中国评论家了解罗兰的一扇窗口，那么 1930-1940 年代中国评论家更多地受到苏联评论界的影响。这种影响不仅表现在具体观点和思想内容的借鉴引用上，而且表现在社会学批评模式和文学政治学解读路径的采纳上。

---

30 芳信编撰：《罗曼·罗兰评传》，上海：永祥印书馆，1945 年，第 51 页。本书于 1947 和 1949 年分别再版。

31 [美]威尔逊：《罗曼·罗兰传》，沈炼之译，上海：文化生活出版社，1936，1947，1949 年。

　　总体而论，受权力话语、意识形态和文化场域的强力影响，20 世纪上半叶和下半叶中国对《约翰·克利斯朵夫》的解读，在解读方法、分析路径和阐释观点等方面表现出明显的政治性、历史性和变异性特征。1920 年代，《约翰·克利斯朵夫》中的音乐般语言、诗意般境界与交响乐式结构，冲击并刷新读者的审美体验；1930 年代，小说中的英雄主义战斗精神得到弘扬；1940 年代，小说经历从宣扬英雄主义战斗精神到质疑个人英雄主义的巨大转变。这种嬗变的根本原因在于，中国时代思潮的嬗变和不同时期理论话语建构需求的嬗变，直接导致罗曼·罗兰及其作品《约翰·克利斯朵夫》发生阐释嬗变。

第六章　从困惑到激进："十七年"《约翰·克利斯朵夫》的认知诗学

在跨文化交流语境中，《约翰·克利斯朵夫》在20世纪下半叶的中国接受之旅，呈现出鲜明的社会政治性、历史阶段性和思想论争性。自1940年代开始，《约翰·克利斯朵夫》在中国的接受就如同罗马神话中一体两面的双头神雅努斯：面对同一文本，不同群体产生截然不同的意见，一面是青年读者的热力追捧，另一面是评论家的批评质疑。到了1950年代，如此吊诡情形愈演愈烈，伴随意识形态和时代话语的嬗变，这种批评质疑的声音越来越强烈。如何评价和认识主人公克利斯朵夫，成为彼时中国学术界和知识界的重要困惑。1950-1970年代，设问的政治背景决定阐释方向；在权力意志和主流话语的操控下，阐释者普遍采取宁左勿右的评介策略，以阶级立场和政治意识解读小说，使小说文本成为权力话语的注脚。

一、新中国之后的认知困惑：如何看待《约翰·克利斯朵夫》

新中国成立后，罗曼·罗兰在中国学人心中仍享有崇高地位，延续着20世纪上半叶所建立的人类导师的伟岸形象，对《约翰·克利斯朵夫》的解读则延续着1940年代评论界政治批评和审美批评的维度，关注其生命主题，批评其个人主义。1950年，三联书店出版秋云著的《罗曼·罗兰》，这是一部评传式的著作。在《约翰·克利斯朵夫》主题阐释方面，作者重复邵荃麟在《罗曼·

罗兰的〈搏斗〉——从个人主义到集体主义的道路》这篇序言中的观点，认为它阐明生命的意义在于不歇止的战斗。作者也批评约翰·克利斯朵夫的个人主义的战斗没有和广大人民力量相结合，没有和社会实际斗争相结合，因此以失败告终。秋云赞赏罗曼·罗兰经过一生的苦斗从唯心论者成为社会主义者，从个人主义的战斗者成为劳动群众的真正战友，他"总是抱着诚挚的心情，为人类自由平等幸福的前途而奋斗，耐下心热烈地去追求真理"[1]，将罗兰誉为"人类最纯洁、最伟大的导师、欧罗巴最好的老人"。1955年，《译文》1月号刊登了高尔基作、戈宝权译的《论罗曼·罗兰（论文）》和罗曼·罗兰作、戈宝权翻译的《我走向革命的道路》。高尔基在论文里高度赞扬罗曼·罗兰，《我走向革命的道路》则体现了罗曼·罗兰走向无产阶级革命道路的决心。

与批评界对《约翰·克利斯朵夫》颇有微词不同的是，小说赢得广大青年读者的喜爱："我记得很清楚，初读《约翰·克利斯朵夫》是在1956年，正在大学一年级。那时有几部名著是根本休想在图书馆借到的。只要有一个同学借出去，就回不来了。同学们一个接一个地'排号'，而且是长长的一大串，有时一个学期也轮不到。《约翰·克利斯朵夫》也是这样一部'热门书'。"[2]这部积极向上的书带给青年读者生命的冲动，"克利斯朵夫那顽强的生命力和独立不羁、公正不阿的性格使我钦佩，他和奥里维生死不渝的友谊也使我羡慕，我还记住了高脱佛烈特舅舅的话：'明天是永远有的。一个人应该做他能做的事〔……〕'"[3]不过，这部深受青年读者喜爱、给人以力量的小说，却即将遭遇被误读乃至被完全否定的曲折旅程。

马克思主义在中国大获全胜，中国共产党带领解放了的中国人民奔向新的生活。在新的话语环境下，该如何看待这部小说呢？面对左翼批评家对《约翰·克利斯朵夫》展开的政治批评，舒芜、王元化等知名批评家敏锐察觉到这一动向。王元化认为不能以后来居上的态度来审视《约翰·克利斯朵夫》，他说："对于先进的理论有了更明确更深刻的认识，掌握了马克思列宁主义的读者，今天怎样来看待《约翰·克利斯朵夫》呢？现在这部书的价值是否有了新的变化？"[4]王元化非常欣赏这部小说的"真诚"，认为这部小说写出了"一颗平凡的灵魂

---

1 秋云：《罗曼·罗兰》，北京：三联书店，1950年，第82页。
2 柳前：《重读〈约翰·克利斯朵夫〉的随想》，《读书》1980年第12期。
3 柳前：《重读〈约翰·克利斯朵夫〉的随想》，《读书》1980年第12期
4 王元化：《〈约翰·克利斯朵夫〉在今天》，《王元化文学评论选》，长沙：湖南人民出版社，1983年，第141页。

的伟大"。他同意舒芜的观点，认为那种不加分辨地把"转变"的恶名加到一直努力寻找积极民众的罗曼·罗兰身上是"根本不懂区别真伪的结果"。与此同时，他高度赞扬了罗曼·罗兰的精神，认为以他当时的眼光看这部小说，里面也存在着"过时的"或"过渡的"东西，比如约翰·克利斯朵夫"蔑视群众"，还认为"罗兰看不到昏睡的群众的革命性，这不是他的过错，而是他的不幸[5]。"由此，作者高瞻远瞩地提出，不要用后来居上的态度来批判《约翰·克利斯朵夫》，以"自己的社会意识比罗兰进步而引为骄傲"[6]。王元化已经感觉到时代批评的走向，洞察到评论界对这部小说存在着以意识形态来定优劣的解读倾向。可惜的是，被意识形态束缚的人们难以跳脱时代的怪圈，愈来愈从意识形态出发来审视批判这部小说，强化负载其上的政治批判色彩。

二、"十七年"的认知话语：政治背景决定文本认知方向

新中国建立之后，获得解放的中国人民积极投身于社会主义事业的建设当中，要将"小我"融入"大我"之中。强调集体、消解个性是彼时时代话语的主要特征之一，《约翰·克利斯朵夫》中在民国时期鼓舞过青年勇于反抗黑暗社会、争取个性解放的英雄精神已经不合时宜了。中国共产党结束了中国人民受人欺辱的历史，中国知识分子目睹了新中国建设初期取得的成就，自觉地响应党的号召，改造自我的思想，努力用马克思主义、毛泽东思想武装自己。在大家努力将自我的力量贡献于国家时，一部分人感觉到了自我利益与集体的冲突，深深为自我的个人意识困惑。一些青年学生甚至诚恳地向报纸杂志写信请教，他们分不清个人利益与个人主义、个人需求与个人主义之间的区别，甚至对自己想成为一名数学家的理想都惶恐不安，将自我意识、个人意识等同于个人主义。彼时，《北京日报》与《中国青年》杂志还专门就"个人主义"展开了前所未有的思想讨论，"个人主义"概念内涵的丰富性、个体意识的积极性和主体价值的自足性受到普遍误读。其中，有人持部分肯定态度，认为"个人主义也是前进的动力"（刘仲凡），"有条件的个人主义并无害处"（文祥和），"个人主义是人人难免的"（王非）；大部分人持强烈否定态度，认为"个人主义和集体主义不能和平共处"（肖冰），"没有无害的个人主义"（行休），"一切

---

5 王元化：《〈约翰·克利斯朵夫〉在今天》，《王元化文学评论选》，长沙：湖南人民出版社，1983 年，第 141 页。

6 王元化：《〈约翰·克利斯朵夫〉在今天》，《王元化文学评论选》，长沙：湖南人民出版社，1983 年，第 148 页。

个人主义都应消灭"（吴运铎）；有人则持辩证批判态度，认为应"从今天生产关系的性质谈个人主义"（李民夫），"不能把个人主义和个人利益混为一谈"（廖颖），"必须确立共产主义的人生观才能彻底克服个人主义"（刘书东）。1958 年 6 月，这些文章结集成书《个人主义有没有积极作用？》，由中国青年出版社推出[7]。1958 年反右斗争开始，克利斯朵夫扩张的强势性格影响了一大批中国青年，这种强烈的个人主义倾向不可避免地受到了批判。

从 1950 年代末 1960 年代初开始，受到国际共产主义形势的影响，中国领导层警惕修正主义。这时，中国文艺界也对"资产阶级人道主义"展开了旷日持久的讨论。首先，巴人、钱谷融等人发表文章，强调人除了阶级性外还有共同的人性，主张文学要体现人类本性的人道主义。这种自由的学术讨论逐渐演变为政治事件，巴人、钱谷融等人被扣上"右派"的帽子。其次，1960 年，中宣部副部长周扬在中国文学艺术工作者第三次代表大会上，做《我国社会主义文学艺术的道路》的报告，对人性论、人道主义进行了严厉批评。随后，中国文艺界思想界对人道主义展开了一系列的批判，对个人意识的强调、歌颂人的价值都会被贴上"个人主义"或者"人道主义"的标签，认为谁主张"人道主义"就是主张"资产阶级人道主义"，谁抽象地谈论"人性"就是超阶级的，就是与社会主义作对。于是，人的价值完全被忽视，人的个性、尊严被践踏，人丧失了自我，成为集体的符码，政治的工具。

作为一位学贯中西、知识渊博的学者，中国外国文学学会会长冯至直接听过雅斯贝尔斯的哲学课，钻研过尼采与克尔凯郭尔的著作，有着深厚的西方文化背景。建国后，他也自觉地以马克思主义思想武装自己，抨击欧洲资产阶级文学里的人道主义和个人主义，比较武断地认为李又然、钱谷融等人肯定"人"的价值是"用一个超阶级、超现实的抽象的'人'来反对党的领导，反对社会主义制度"[8]。他认为个人主义表现有三：孤军奋斗和个人反抗，孤立无援和脆弱无力，鼓励欺诈和玩世不恭，而《约翰·克利斯朵夫》和三大传记是作者罗曼·罗兰用来"进行坚苦的个人奋斗的说教"的。学贯中西的学者尚且对这部小说作如此意识形态解读，那克利斯朵夫被当作个人奋斗和资产阶

---

7 参阅《个人主义有没有积极作用？》，北京：中国青年出版社，1958 年。该书主要包括"个人主义有没有积极作用？"和"个人主义为什么老是克服不了"两大部分，其中以对个人主义的意识批判为主。

8 冯至：《略论欧洲资产阶级文学里的人道主义和个人主义》，《文艺报》1958 年 11 月。该文原载《北京大学学报》1958 年第 1 期。

级人道主义的典型，作为知识分子"反党反社会主义"的思想根源之一来对待，恐怕就是时势所趋了。

正是在这样的背景下，一些文学工作者发现很多青年违逆组织和集体，在自觉检讨并追究思想来源时，很多青年声称是受了《约翰·克利斯朵夫》的影响。政治领导层与文学界或许因此就《约翰·克利斯朵夫》展开了大讨论，强调文艺界权威与外国文学批评者要正确引导青年去读这部小说，这一过程最后演变成了完全彻底否定这部小说——以罗大冈的文章及 1979 年出版的《论罗曼·罗兰》为代表。

首先向这部小说发难的，是张天发表在《读书月报》上的文章《"约翰"是今天青年的榜样吗？》。作者指出，《约翰·克利斯朵夫》在青年们中间有着巨大的影响力，有的青年阅读了《约翰·克利斯朵夫》，赞赏的是约翰·克利斯朵夫叛逆倔强的性格，争自由、追求个性解放的精神以及不顾一切的个人自我奋斗，青年把约翰·克利斯朵夫当成榜样后，结果是"与组织与集体远离了"[9]。作者认为，约翰·克利斯朵夫是他所处历史时代的产物，有其片面性，青年们不能用历史主义的眼光来取其精华去其糟粕，一味推崇其性格。作者呼吁，专家们应指导青年如何认识这些古典外国小说。

1957 年 12 月，在《读书月报》第 12 期上，王册建议讨论"约翰·克利斯朵夫"。王册从社会学批评模式出发，认为这部小说创造了高度典型的艺术形象，深刻地揭露了资产阶级社会。但是，由于时代和阶级的限制，尚未成为社会主义者的罗兰，其资产阶级个人主义的思想必然会反映在这部作品里，而约翰·克利斯朵夫是一位不分阶级的个人奋斗者，他最终失败了。这种个人主义与自由主义的思想和中国青年追求个性解放与要求人格独立产生了共鸣，导致部分青年将个人意志凌驾于国家之上。"作者通过克利斯朵夫的形象歌颂天才，强调自我奋斗，标榜个人作用，看不见工人阶级，轻视群众力量，把群众当作群氓。约翰·克利斯朵夫之所以在最后像一个悲剧中的英雄那样力竭而死，正是因为他没有看到个人群众，没有把群众当作自己吸取力量的泉源。"[10]青年们受到约翰·克利斯朵夫的不良影响，将个人利益置于国家利益之上，提倡自由主义至上。因此，他呼吁学界就如何阅读《约翰·克利斯朵夫》进行讨论。《读书月报》采纳了他的建议，决定从下期开始从以下几个问题来讨论这部小说：

9　张天：《"约翰"是今天青年的榜样吗？》，《读书月报》1957 年第 11 期。
10　王册：《建议讨论"约翰·克利斯朵夫"》，《读书月报》1957 年第 12 期。

1. 个人主义有高尚的与庸俗的区别吗？约翰·克利斯朵夫表现了怎样的个人主义呢？他的个人主义是进步的呢，还是落后的呢？

2. 约翰·克利斯朵夫反抗了什么东西？反抗的是怎样的社会？他是用什么态度去反抗的？反抗的目的是什么？

3. 约翰·克利斯朵夫拥护"精神自由""个性解放""充分发展艺术家的题材""自我完成"等等，他这样做对吗？

4. 约翰·克利斯朵夫是一部有进步意义的书呢，还是一部有消极意义的书呢？你是如何估计它的？

一般说来，真正的阐释应是阐释主体与阐释对象之间的平等对话，双方互相提出问题，回答问题，在平等开放的问答中实现双方视界的融合，生发出有价值的命题，从而达到真正的交流。然而，《读书月报》编者提出的问题超出文学形象探讨的边界，将问题导入思想政治领域中，无疑在回答的方向性方面作出了某种限制，预设了答案的政治功能性导向，也不证自明地确认约翰·克利斯朵夫是个人主义者。很显然，《读书月报》是在中国当时的话语语境中使用"个人主义"概念，此概念内涵与罗曼·罗兰所信奉的个人主义已经大有区别，这一点已在第四章中分析过了。从 1958 年开始，《读书月报》从第 1 期到第 3 期都开设"关于'约翰·克利斯朵夫'的讨论"专题。总体来看，初期讨论时评论声音以否定批评为主，部分夹杂着肯定赞扬，但后期讨论的结果是以姚文元等人将约翰·克利斯朵夫视为党和社会主义的对立面，彻底否定约翰·克利斯朵夫为终结。

北京大学的张勇翔认为，约翰·克利斯朵夫不了解革命，他的人道主义与博爱精神都是抽象的，没有阶级性。天津读者聪孙认为约翰·克利斯朵夫的斗争是个人主义式的、个人英雄主义式的斗争，这篇文章还引用姚文元 1957 年发表在文汇报上的《静夜杂感》："克利斯朵夫的形象非常容易把知识分子中个人主义的观念同凭个人毅力英勇奋斗的幻想煽动起来，迷信只要有个人的毅力就可以开辟世界，走向以自我为中心的极端个人主义的道路。〔……〕在今天的中国，以约翰·克利斯朵夫为自己的榜样，就会走向同党和集体的对立而不是同资本主义社会的对立。"[11]这种完全将约翰·克利斯朵夫与党和集体对立起来、上纲上线的观点，被作者聪孙称为"分析得很精辟"。大致可以说，姚文元的这篇文章从政治角度给《约翰·克利斯朵夫》确定了总体性质。

---

11 聪孙：《克利斯朵夫不是我们的榜样》，《读书月报》1958 年第 1 期。

虽然有读者认为克利斯朵夫是高尚的个人主义者，但这微弱的为克利斯朵夫辩护的声音立刻被时代洪流淹没。芜湖的刘静则认为约翰·克利斯朵夫反抗的目的是为了满足自己个人主义的欲望，一旦他成名就不再反抗了。华中师范学院的九伍、武汉大学的毛治中、济南的读者钱争平、穌笙都审视批驳了约翰·克利斯朵夫的个人主义。曾经鼓舞了无数民国青年的约翰·克利斯朵夫，一个大半辈子与社会的腐朽、虚伪作斗争的人，此刻被读者认为是一个"远远脱离当时现实社会的人"。还有两位读者——北京的刘智和东北师范大学的郭襄——针对罗大冈1957年发表在《中国青年》第23期的《约翰·克利斯朵夫这个人物》一文，提出自己的异议。东北师范大学的郭襄认为，克利斯朵夫是腐朽的资本主义的叛逆者和反抗者，他愤世嫉俗的战斗精神，百折不回的意志和热烈真挚的激情，这些无疑是有进步意义的，并认为，"克利斯朵夫确实是一个个人主义战斗者，但不能像罗大冈同志那样，把他的个人主义解释为利己主义"[12]，而罗大冈认为克利斯朵夫晚年功成名就之后便放弃了战斗。针对罗大冈将克利斯朵夫视作为攫取个人利益而奋斗的个人主义者，郭襄引用了罗曼·罗兰在《我走向革命的道路》中的"个人主义"的论述——"在我的概念中的个人主义，是超越出虚无主义的自私自利主义的范围的"[13]——有力地驳斥罗大冈的看法。作者认为："克利斯朵夫的个人主义实质上就是个性主义，把它仅仅归结为利己主义和自我中心主义是荒谬的，把它和我们今天口头中常说的个人主义混淆起来，显然是偷换了概念。"[14]郭襄的目光是敏锐的，从个人主义这个词汇进入中国以来，它便逐渐脱离了西方的个人主义的内涵。1950年代，中国话语语境中的"个人主义"与"集体主义"相对，与罗曼·罗兰笔下的"个人主义"内涵相去甚远。1958年，罗大冈在《读书》杂志（即改版前的《读书月报》）第4期上发表《答刘智、郭襄二位同志》一文中，承认自己对约翰·克利斯朵夫批评得过火了些，但他认为晚年的约翰·克利斯朵夫是消极的，坚持认为"个人主义是彻头彻尾的资产阶级思想"[15]，应该抛弃。

与此同时，《解放日报》也刊登了周天的《从"约翰·克利斯朵夫"想到出版社和批评家》，他认为青年学习约翰·克利斯朵夫，只会学习他叛逆的性格与个人主义式的反抗。因此，他呼吁批评者、出版社要指导青年阅读这部小

---

12 郭襄：《与罗大冈同志商榷克利斯朵夫这个人物》，《读书月报》1958年第3期。
13 郭襄：《与罗大冈同志商榷克利斯朵夫这个人物》，《读书月报》1958年第3期。
14 郭襄：《与罗大冈同志商榷克利斯朵夫这个人物》，《读书月报》1958年第3期。
15 罗大冈：《答刘智、郭襄二位同志》，《读书》1958年第4期。

说。这篇文章发表在《解放日报》上，表明文学界与思想界对该文的重视。

1958 年，作家出版社出版《怎样认识约翰·克里斯朵夫》一书，内收四位权威批评家有关《约翰·克利斯朵夫》的文章，收有荃麟的《怎样认识"约翰·克利斯朵夫"》[16]，姚文元的《如何认识约翰·克利斯朵夫这个人物》[17]，冯至的《对于"约翰·克利斯朵夫"的一些意见》[18]和罗大冈的《"约翰·克利斯朵夫"及其时代》[19]四篇文章，这四篇文章同期也发表在《文艺报》、《读书》等期刊上。在很大程度上，这四篇文章代表了 1950 年代学界对该书的总体意见和根本看法。邵荃麟重申十年前的观点，认为罗曼·罗兰的人道主义和大勇主义在十月革命之前无疑具有进步意义，十月革命后，他已经由资产阶级杰出的个人主义者和人道主义者成长为坚强的社会主义战士，接受了共产主义的世界观；他经历了从个人主义走向集体主义的艰苦路程，读者们不应剥离历史语境，抽象地接受克利斯朵夫的人生观念和人生态度。冯至在《对于"约翰·克利斯朵夫"的一些意见》一文中，虽然肯定了克利斯朵夫坚强勇敢的精神，肯定其对腐朽不合理社会的种种反抗，但着重指出克利斯朵夫思想的片面和过时；认为他对于工人阶级领导的革命不只是认识不清，而且有许多歪曲和污蔑，特别是他孤军奋战，其个人主义人生观与工人阶级奋斗目标相违背，并明确指出约翰·克利斯朵夫已经不是青年们学习的榜样了。罗大冈指出该书对青年产生恶劣影响，约翰·克利斯朵夫的个人主义不是高尚伟大的，而是自私自利的。姚文元认为，《约翰·克利斯朵夫》自从介绍到中国来以后，就在知识分子特别是青年知识分子中引起深刻反响。青年们盲目崇拜或学习克利斯朵夫，在这一代的青年知识分子的精神生活上已经发生了不良的影响。约翰·克利斯朵夫的个人英雄主义甚至是某些反党分子的思想根源。因此，青年以约翰·克利斯朵夫为榜样，就会走向反党反社会主义的道路。不同于《读书月报》的普通读者来信，以上文章作者都是文艺界颇有声望的文艺评论家，在无形之中对《约翰·克利斯朵夫》做了最终的定性批评，其观点代表了主流批评界对这部小说的看法。普遍说来，他们一致反对克利斯朵夫的个人英雄主义，姚文元甚至将之与社会主义、与党对立起来。

---

16 也见荃麟：《怎样认识"约翰·克利斯朵夫"》，《文艺报》1958 年第 1 期。

17 也见姚文元：《如何认识约翰·克利斯朵夫这个人物》，《文学青年》1958 年第 6 期。

18 也见冯至：《对于"约翰·克利斯朵夫"的一些意见》，《读书》1958 年第 5 期。

19 也见罗大冈：《"约翰·克利斯朵夫"及其时代》，《文学研究》1958 年第 1 期。

1980 年代之前的相关评论基本上延续了这种基调，比如此时期研究罗曼·罗兰用力最勤的学者罗大冈。彼时他的论文论著的基本论调主要是批判《约翰·克利斯朵夫》的个人主义和人道主义。1961 年，《哈尔滨师范学院学报》发表了郑应杰的《论约翰·克利斯朵夫的生活、友谊、爱情》一文。在梳理读者与评论家批判约翰·克利斯朵夫的"个人奋斗"之后，该文章进一步从他的生活尤其是友谊与爱情两方面对他进行批评，认为约翰·克利斯朵夫与奥里维的友谊存在着小资产阶级情调，他一生中的爱情"充满了资产阶级的感情冲动，表现了资产阶级在两性关系上的纵情，只图感官的享乐的思想。"[20]这篇文章是在之前评论家的基础上要进一步将克利斯朵夫彻底打倒、抛弃。

1958 年，批评界还发表了一篇学术分量颇重、较为客观的论文，即孙梁写作的《论罗曼·罗兰思想与艺术的源流》[21]，但该文却并未被收入作家出版社编辑的小册子里，由此可见作家出版社的意识形态取向和编辑意图。孙梁是这一时期翻译罗曼·罗兰书信散文的另一法国文学研究专家，由他辑译的《罗曼·罗兰文钞》和《罗曼·罗兰文钞》（续编）是这时期关于罗曼·罗兰最重要的成果之一。与此时期大多数评论家仅仅从罗兰文字中断章取义、以政治标准来衡量罗兰文学作品截然不同，作者仔细研究有关罗兰的资料，得出较为全面的结论，在 1950 年代的文学研究中颇为独树一帜。在译著的序言里，作者特别提出尚未找到《战斗十五年》与《向过去告别》的译本，"而为了明了罗兰思想的演变，后者显然是更重要的，希望不久能读到完整的译本。"[22]孙梁已经意识到这两篇文章的重要性，而中国评论界在没有翻译这篇文章、许多人尚未看到原文的情况下，早在 1940 年代就断定罗兰与过去一刀两断了。批评界显然注意到孙梁的这一观点，很快，在 1961 年第 4 期《世界文学》上，终于刊发了《向过去告别》一文的译文。

在《论罗曼·罗兰思想与艺术的源流》里，作者从罗兰所处的社会环境包括社会氛围、家庭、学校等入手，来探讨罗兰的思想与艺术的源流，他没有停留在批判《约翰·克利斯朵夫》的个人英雄主义上，而是寻找罗兰创作思想上

20　郑应杰：《论约翰·克利斯朵夫的生活、友谊、爱情》，《哈尔滨师范学院学报（人文科学版）》1961 年第 1 期。

21　孙梁：《论罗曼·罗兰思想与艺术的源流》，《华东师范大学学报（社会科学版）》1958 年第 2 期。

22　[法]罗曼·罗兰：《罗曼·罗兰文钞》，孙梁译，桂林：广西师范大学出版社，2004年。

的根源，指出由于罗兰青少年时代是在唯心主义与个人主义的精神氛围中度过的。因此，他对真正的无产阶级与工人阶级缺乏认识与信心，约翰·克利斯朵夫便成为"单人匹马向旧社会挑战的英雄"[23]。作者还以详尽的资料分析了柏拉图、柏斯格、笛卡尔、斯宾诺莎、狄德罗、卢梭等人对罗兰的影响，得出了一些在今天看来仍然具有相当价值的观点："罗兰在后来客观现实的刺激下，超越了斯宾诺莎的顺从必然、乐天知命的消极自由观，而在《贝多芬传》中提倡与命运搏斗的英雄精神，又进一步为人类解放而参加积极的斗争，这种'青出于蓝'的行动也是历史发展的成果"；"罗兰的人道主义思想，除了一部分受原始基督教博爱观念的影响之外，主要地无疑是从泛神论演化而来的"；"综观罗兰一生的言行，也一贯是以大革命时代标举的三大原则'自由、平等、博爱'为指归，而以世界和平为终极的目标"[24]。对于罗兰的宗教精神，孙梁也有不同于时代的看法："他宗教意识的核心正是别林斯基所谓那种自由、平等与博爱的精神，这是从小由母亲灌输的感情，因此是他的人道主义思想最重要的来源之一；它使罗兰终生同情人民的苦难，并为消灭这种苦难而百折不挠地努力。虽然这种宗教情操使他的言行带上某些抽象的色彩，但他决不像资产阶级的没落文人，如爱利奥特（T. S. Eliot，即艾略特——引者注）那样，借天主教来寄托自己颓废与阴郁的情绪，也不象中国过去某些封建士大夫那样拿佛教禅宗来作精神游戏；他一生真诚，在追求宗教道德上也不例外。"[25]谈到罗兰的个人主义，孙梁认为，罗兰"性格中的另一个矛盾是个人与集体的关系，也就是保持个人主义或与人民结合的矛盾"[26]。同时，与同时期的诸多评论家观点不同，孙梁认为罗兰的个人主义与卑鄙的自私自利不同。他渴望接近民众，但是由于他的精神气质使他既想靠近他们，又不由自主地感到踌躇："这种与集体既亲近又疏远、既密切而又隔膜的态度，表现了一个热忱而抽象的人道主义与一个感情微妙、意志动摇的'精神贵族'的旧知识分子之间

---

23 孙梁：《论罗曼·罗兰思想与艺术的源流》，《华东师范大学学报（社会科学版）》1958 年第 2 期。

24 孙梁：《论罗曼·罗兰思想与艺术的源流》，《华东师范大学学报（社会科学版）》1958 年第 2 期。

25 孙梁：《论罗曼·罗兰思想与艺术的源流》，《华东师范大学学报（社会科学版）》1958 年第 2 期。

26 孙梁：《论罗曼·罗兰思想与艺术的源流》，《华东师范大学学报（社会科学版）》1958 年第 2 期。

的矛盾，也表现了一个革命民主主义者与高韬的唯心主义者之间的矛盾，到他逝世前都不曾解决，反而让后者占了上风。"[27]虽然罗曼·罗兰思想上在个人主义与走向人民之间摇摆，但孙梁认为他在艺术上贯彻着鲜明的人民性。

孙梁在论文中既提到托尔斯泰、歌德与莎士比亚等人对罗曼·罗兰的影响，也论述了巴尔扎克而罗兰之间的区别："巴尔扎克的艺术特征是非常客观和犀利的观察力、生动地刻划人物（尤其通过绘声绘影的对话），以及注重细节的故事性，而罗曼·罗兰则诉诸主观的抒情与精神的强力（尤其在早年），大段议论性的对白，抒述心灵的独白，以及比较抽象的叙述。"[28]作者分析认为，罗兰"在作品中反映的社会生活的客观意义可能超越了他的主观意图"[29]。这一观点与当时大部分简单地从社会学角度出发，认为这是一部揭露资产阶级社会腐朽的小说不同。孙梁认为罗兰早期的作品包括《约翰·克利斯朵夫》的基本色调、小说的出发点是"浪漫主义多于现实主义的"，但将之归因为罗兰的"唯心主义"思想。

考察此时的"诗学"思潮就会发现，这一时期文学研究话语受到马克思主义思想尤其是阶级论的影响，批评家基本用阶级观点与历史唯物主义观点来判断作品是进步的还是落后的。于是，"人民性"与"现实主义"是评论家采用的两个重要的尺度。孙梁也受到了这种时代"诗学"的影响，存在贬"浪漫主义"重"现实主义"的倾向。该文言之有据、言之有理，虽然作者的观点受到了时代的影响，却不失公正，是罗兰研究史上一篇有分量的学术论文。罗曼·罗兰进入中国语境之后，虽然关于他的评论、翻译层出不穷，但大部分的评述文字着眼于中国现实需要，浮于时代话语理论的表层，借罗曼·罗兰来言说自己的观点或建构自己的理论，并未深入去探究罗曼·罗兰的思想和艺术，亦未曾有学者从学术角度如此系统深入地研究罗曼·罗兰思想与艺术的源流。可惜的是，或许由于论文发表的时机和时代话语症候的关系，作者的观点基本没有被同时代的评论家所认可采纳。

此时期对罗曼·罗兰的讨论主要围绕《读书月报》所提出的问题展开，评

---

27 孙梁：《论罗曼·罗兰思想与艺术的源流》，《华东师范大学学报（社会科学版）》1958 年第 2 期。

28 孙梁：《论罗曼·罗兰思想与艺术的源流》，《华东师范大学学报（社会科学版）》1958 年第 2 期。

29 孙梁：《论罗曼·罗兰思想与艺术的源流》，《华东师范大学学报（社会科学版）》1958 年第 2 期。

论界肯定了罗曼·罗兰的思想转向、否定其前期思想，肯定了《约翰·克利斯朵夫》的批判色彩，但最终完全否定约翰·克利斯朵夫的个人奋斗——将之归结为与集体主义对立的个人主义。评论家们以马克思主义的思想观念，尤其是阶级论的方法来解读这部小说的某些章句，几乎完全忽视了这部小说的审美内涵，导致了小说审美内蕴的流失，导致约翰·克利斯朵夫这一人物形象所有进步方面最终被完全否定。大略而论，文本是特定时代的历史流传物，阐释者以当代为出发点提出的问题，不可避免地从自我的前理解出发提出问题，又从自我的前理解出发回答问题。此时期读者与评论者前理解（偏见）的巨大局限性，影响了问题的有效性与回答的洞见，因为阐释者阐释的目的是将文本对象置于当代语境中，接受当代阐释者视界的检验，文本讨论的过程是应用文本达到操纵话语权力的过程。提问所具有的时代政治性预设了答复的方向，也预先决定了讨论的结局，决定了约翰·克利斯朵夫在此时期寂寥的命运。正如王元化所说，"我们如果以后来居上的态度，用挑剔毛病的办法，是可以把《约翰·克利斯朵夫》'批判'得一文不值，并且也可以有数不清的证据来证明自己的社会意识远比罗兰进步而引为骄傲"[30]。

三、文学政治学的认知献祭：权力意志操控下的评介策略

"十七年"时期，阐释者所处的历史境遇，决定了阐释者对文本的解读不再追寻作者的创作意图，不再重构文本的原义，而几乎完全忽视阐释规则，以此时期权力意志支配下的诗学话语为准绳对文本进行审判。阐释者不再努力消除横亘在文本与阐释者之间巨大的时间、空间与文化的距离，以寻求两者视界的融合；不再努力把握文本的语义层面和作者的主观精神，以寻求阐释与文本的契合度。相反，阐释者凸显并扩大双方的时空文化距离，并以之作为否定文本价值的依据。阐释的目的不在于寻求更好地理解文本的策略，而在于通过审判文本达到维护意识形态的目的。在权力意志的监控下，为了争取话语合法权，阐释者不得不采取宁左勿右的评介策略，将一切美善的事物从阶级斗争角度冠以资产阶级人道主义的高帽。彼时的批评话语颠覆了阐释的目的与宗旨，成为权力意志的注脚。

罗大冈是这一时期研究罗曼·罗兰最重要的专家。1957-1958 年间，他接

---

30 王元化：《〈约翰·克利斯朵夫〉在今天》，《王元化文学评论选》，长沙：湖南人民出版社，1983 年，第 148 页。

受了领导分配下来的任务，批判小说《约翰·克利斯朵夫》的资产阶级人道主义和个人主义。据此，他发表了一系列的论文与专著，除了上面提到的《约翰·克利斯朵夫这个人物（给青年的一封公开信）》《"约翰·克利斯朵夫"及其时代》外，还有发表在《光明日报》上的《必须正确评价"约翰·克利斯朵夫"》[31]，发表在《文艺报》上的《〈约翰·克利斯朵夫〉与资产阶级人道主义》[32]、《罗曼·罗兰在创作〈约翰·克里斯朵夫〉时期的思想情况》[33]、《〈约翰·克里斯朵夫〉和文学遗产的批判性继承问题》[34]、《罗曼·罗兰的长篇小说〈欣悦的灵魂〉》[35]。不能忽视的还有他在文革期间写作、于1979年出版的《论罗曼·罗兰》。

在《必须正确评价"约翰·克利斯朵夫"》一文中，罗大冈说自己是在进一步学习第三次全国文代大会后反思以前写的文章，针对《"约翰·克利斯朵夫"及其时代》一文而作的自我检讨。作者认为一些读者之所以认为约翰·克利斯朵夫是高尚的个人主义者，是被书中所宣扬的"理想主义"所迷惑，而这种理想主义的基础就是"到了帝国主义时代已经成为虚伪和反动的资产阶级人道主义"[36]。罗大冈得出这一结论后，将以后的研究重心放在批判《约翰·克利斯朵夫》的人道主义思想上。随后发表的《〈约翰·克利斯朵夫〉与资产阶级人道主义》一文，主要论述约翰·克利斯朵夫与奥里维两人的人道主义思想。作者将小说中对生命、光明、博爱思想的歌颂，将象征着德法两国谐和的克利斯朵夫与奥里维的友谊，将追求精神独立和思想自由的理想主义，都视为人道主义的表现。这部小说中曾为中国知识分子所关注、所高扬的精华，包括精神自由、博爱等等，都被贴上"人道主义"的标签，成为被贬谪、要抛弃的东西。为了批判罗曼·罗兰的"英雄主义"观点，罗大冈于1963年创作《罗曼·罗兰在创作〈约翰·克利斯朵夫〉时期的思想情况》一文，将罗兰的"英雄"概念套上"个人主义"与"人道主义"的标签，彻底批判了罗兰的英雄主义。

---

31 罗大冈：《必须正确评价约翰·克利斯朵夫》，《光明日报》1961-01-07，第3版。

32 罗大冈：《约翰·克利斯朵夫与资产阶级人道主义》，《文艺报》1961年第9、10期。

33 罗大冈：《罗曼·罗兰在创作〈约翰·克里斯朵夫〉时期的思想情况》，《文学研究》1963年第1期。

34 罗大冈：《〈约翰·克里斯朵夫〉和文学遗产的批判性继承问题》，《人民日报》1964-03-22。

35 罗大冈：《罗曼·罗兰的长篇小说〈欣悦的灵魂〉》，《世界文学》1978年第2期。

36 罗大冈：《必须正确评价约翰·克利斯朵夫》，《光明日报》1961-01-07，第3版。

　　不过，该篇论文在收入《罗大冈学术论著自选集》[37]时，观点有所改动。在 1963 年的原论文中，有如下过于政治化的评论："CREDO[38]作者出身于小资产阶级家庭，他的思想意识不止一次地显示了严重的阶级限制。对于利己主义的歌颂，正如他在《约翰·克利斯朵夫》中歌颂个人主义一样，无论他是从什么观点出发，无论他根据什么理由，不得不认为是暴露了作者的资产阶级的本性。"[39]该文写道："克利斯朵夫的悲剧就是作者自己的悲剧。这悲剧的原因不是别的，就是小资产阶级知识分子的两面性的矛盾。既不满现状，要求改变现状，又不知道如何改变才好；既盼望革命，觉得革命不可避免，又不了解革命，害怕革命，害怕斗争，怕革命一爆发首先对自己不利。"[40]文中还有一些纯粹以阶级论来阐释克利斯朵夫的段落，不再一一枚举，作者后来意识到了这些段落理解存在偏差，已经在 1991 年由北京师范学院编辑的《罗大冈学术论著自选集》一书中删除。这部自选集收入《〈约翰·克利斯朵夫〉和文学遗产批判继承问题》（1964 年发表于《人民日报》，1987 年修改）、《罗曼·罗兰在创作〈约翰·克利斯朵夫〉时期的思想情况》（1963 年初稿，1987 修改）、《〈母与子〉译本序》（1979 年初稿，1987 年修改）、《〈母与子〉译后记》（1986 年初稿，1987 年修改）、《为人生而艺术》（1979 年初版，1984、1987 修改）、《先生之风山高水长》（1975 年 12 月初稿，1976 年修改，1983 年修订，1987 年 12 月再修改）等多篇文章。

　　1979 年，在文革期间长时间钻研罗曼·罗兰的罗大冈，推出他的研究专著《论罗曼·罗兰——评资产阶级人道主义的破产》。通过专著首页的代序《向罗曼·罗兰告别》一文，大抵可以明白罗大冈著文的目的与倾向——彻底清算罗曼·罗兰的个人主义与资产阶级人道主义。这部专著资料详尽，为当时甚至今日研究罗曼·罗兰的研究者提供了诸多资料与有用信息。不过，由于这本书成书环境以及作者的意识形态偏差，作者给罗曼·罗兰及其作品上纲上线，由此使这部专著很大程度上成为政治图解，而非文学批评。

37　罗大冈：《罗大冈学术论自选集》，北京：北京师范学院出版社，1991 年。

38　据罗大冈在这篇文章中的注释，原作以拉丁文 CREDO QUIA VERUM 为题名，意为：我相信，因为这是真实的。罗曼·罗兰创作这篇文章，旨在阐述自己对利己主义、直觉、存在等的观点。

39　罗大冈：《罗曼·罗兰在创作〈约翰·克利斯朵夫〉时期的思想情况》，《文学研究》1963 年第 1 期。

40　罗大冈：《罗曼·罗兰在创作〈约翰·克利斯朵夫〉时期的思想情况》，《文学研究》1963 年第 1 期。

尤其值得注意的是，1979 年出版的专著《论罗曼·罗兰》，作者试图要抹杀《约翰·克利斯朵夫》一书在罗曼·罗兰著作中的地位。在"诺贝尔奖金"一节中，作者说："罗曼·罗兰被诺贝尔奖金主持者（名义上是瑞典学院，也就是瑞典政府）选中的原因，并非像一般人所设想，是因为他写了小说《约翰·克利斯朵夫》，也许表面上确乎给人这样的印象，而实际上，更重要地是由于他是《超乎混战之上》的作者。"[41]这一观点值得进一步商榷。虽然罗曼·罗兰反对战争、主张国际和平的思想的确扩大其世界声誉，也的确符合瑞典政府主张和平的立场，但是如果罗曼·罗兰没有创作《约翰·克利斯朵夫》，他不可能仅仅依凭一篇短小政论文就获得诺贝尔文学奖。作者在评论《母与子》时，倾向于以更具有社会主义色彩的《母与子》取代《约翰·克利斯朵夫》的地位，《母与子》"其重要性至少不下于《约翰·克利斯朵夫》，甚至超过，因为《母与子》有更鲜明、更自觉地现实主义倾向"[42]。

作者对《约翰·克利斯朵夫》的评价，共有六节：《〈约翰·克利斯朵夫〉在中国》《反映阶级矛盾》《个人主义与人道主义》《思想顶峰的巡礼》《十字街头的碰壁》以及《个人主义的悼歌》。主要观点如下：《约翰·克利斯朵夫》主要是一部宣扬个人主义的小说。它通过一个"天才"艺术家的形象，宣扬个人奋斗和个性解放的"重要性"。尽管克利斯朵夫反抗黑暗社会的精神值得我们学习，但是他反抗的手段与思想武器即个人主义和精神至上论是错误的，最要不得的。虽然罗曼·罗兰不由自主地反映了社会的阶级矛盾，但是个人主义者克利斯朵夫在"为什么人"的问题上是混乱的。《思想顶峰的巡礼》一节更是批评罗曼·罗兰思想体系中始终未能清除的落后因素，即主观唯心主义和神秘主义的倾向，认为肯定而且赞美所谓"思想的顶峰"，就是肯定和赞美脱离人民群众、骑在群众头上的精神贵族。1979 年版的《论罗曼·罗兰》几乎全是在批评《约翰·克利斯朵夫》的种种错误思想与流毒，几乎根本没有涉及作品的艺术价值，同时也将克利斯朵夫批评得一无是处。

这本书出版后不久，举国上下便迎来思想"解冻"，学者与读者们纷纷质疑作者对《约翰·克利斯朵夫》的评价。罗大冈本人也对这部产生于文革背景中的专著进行重新反思，并对之进行修正，上海文艺出版社于 1984 年推出修订

---

41 罗大冈：《论罗曼·罗兰——评资产阶级人道主义的破产》，上海：上海文艺出版社，1979 年，第 70 页。

42 罗大冈：《论罗曼·罗兰——评资产阶级人道主义的破产》，上海：上海文艺出版社，1979 年，第 237 页。

本。在 1984 年的《修订版》中，作者对《约翰·克利斯朵夫》的评价态度截然不同。作者在 1979 年版中认为，克利斯朵夫与奥里维的友谊是建立在"个人主义"的基础之上的，而在 1984 年版中称颂这是一部"歌颂真诚友谊的书，一首高格调的友谊颂歌"[43]。在 1979 年版中，作者抨击罗曼·罗兰最后一章《复旦》陷入神秘主义与阶级调和论中，而在 1984 年版中说，"也许这只是作者的诗意的设想，不一定有什么科学根据。我们不准备在这里讨论这个问题"[44]。

在 1979 年版和 1984 年版中，常常是面对同一个例子，作者却得出了完全相反的结论。比如在论述克利斯朵夫"伟大的心"时，1979 年版认为克利斯朵夫同情任劳任怨、安分守己的母亲与舅舅，"是这部小说中的最严重的错误观点之一，因为它在阶级压迫下面，公然宣传无抵抗主义"[45]。1984 年版则认为对被压迫、被蔑视和被践踏的善良正直的劳苦大众的深刻同情，正是克利斯朵夫"伟大的心"的体现。作者在两个版本中都列举了克利斯朵夫看到一位失业工人全家自杀的例子，克利斯朵夫对此感到非常愤怒，身边发生这样的事情而自己仍若无其事地作曲简直是太自私，便把曲谱撕碎扔到地上，但是，随后他又觉得撕碎曲谱，世界上也不会少几个挨饿的人，于是拣起曲谱。对此，1979 年版说克利斯朵夫这是从音乐"社会有益论"降低到"社会无害论"，而 1984 却得出了完全相反的结论，"克利斯朵夫就是这样一个人，纯真、率直，相当固执，可是决不虚伪，作者把这个人物的性格刻划得很生动、深刻。这难道不是小说的艺术成就吗？"[46]1979 年版中，作者处处以阶级论批评克利斯朵夫，而 1984 年版中，作者认为"克利斯朵夫一生虽然没有完成惊天动地的大事业，但他自始至终保持真诚纯朴的品格，不屑与鄙俗庸猥的市侩之流为伍。他热爱音乐，为音乐贡献一生。他深信音乐是高洁纯正的精神境界的表现，和谐诚挚的人间关系的象征"[47]。对比《论罗曼·罗兰》1979 年与 1984

---

43 罗大冈：《论罗曼·罗兰——评资产阶级人道主义的破产》，上海：上海文艺出版社，1984 年，第 174 页。

44 罗大冈：《论罗曼·罗兰——评资产阶级人道主义的破产》，上海：上海文艺出版社，1984 年，第 186 页。

45 罗大冈：《论罗曼·罗兰——评资产阶级人道主义的破产》，上海：上海文艺出版社，1979 年，第 191 页。

46 罗大冈：《论罗曼·罗兰——评资产阶级人道主义的破产》，上海：上海文艺出版社，1984 年，第 181 页。

47 罗大冈：《论罗曼·罗兰——评资产阶级人道主义的破产》，上海：上海文艺出版社，1984 年，第 174 页。

年这两个版本；可以发现，作者在 1984 版中淡化了以意识形态衡量罗曼·罗兰及其作品的痕迹，检讨自己"勉强引伸，无限上纲的批判方式"的做法。

以上两种批评文本，充分显示出权力意志操控下意识形态的强大，1958年的讨论无疑是《约翰·克利斯朵夫》这部小说在中国命运的转折点。罗曼·罗兰对"英雄"和"个体"生命的关注，他的"世界和谐"的理想注定在这个"人性"失落、"以阶级斗争为纲"的时代里寻找不到知音。阐释者以权力意志作用下的当代视界取代文本的视界与作者的视界，无法达到阐释者与阐释对象的视界融合，更无法开启文本有价值的创生性意义。在这个时代，马克思主义思想具有普遍预设的元知识话语权，"由于'阶级性''阶级的人性''无产阶级''人民大众'等经典性概念，处在一种比'西方''资产阶级''普遍人性'等概念更优越和更正确的位置上。因此，采用哪一种知识谱系，往往预设了'不战自胜'的潜在前提，事先已决定了讨论的结局"[48]。正因如此，对于西方"资产阶级"文学作品比如《约翰·克利斯朵夫》，即使对它心存喜爱，但要从肯定的角度去评价却是顾虑重重。罗大冈就说自己在评价罗曼·罗兰时，心里有很多话不敢说，"怕人家给我扣帽子，说我崇洋媚外，宣扬资产阶级人性论等等"[49]，在评论文学作品时，采取"宁左勿右"的评介策略以争取话语的合法性与主导权。

罗大冈先生在文革期间所写的罗曼·罗兰文章，在改革开放后基本都被修改过。他在书中还注释出修改日期，一方面表明他勇于修正自己的错误，显示其严谨的学术研究态度；另一方面更重要的是，显示了不同时期研究者们所采用的研究范式明显受制于特定的历史气候。1958-1978 年间，研究者们的学术旨趣已经偏离了艺术鉴赏的范畴，而进入政治思想领域的讨论，学术研究的目的更多并非从学术出发，而是以政治思想为指导，批判不符合意识形态的思想，张扬此时期意识形态"话语霸权"。研究者们普遍美学趣味狭隘，采用社会历史学派的批评模式。因此，此时期的评论家在挖掘并肯定《约翰·克利斯朵夫》暴露性与批判性的一面时，更多的是着力挖掘小说中的人道主义、个人主义思想并加以抨击。此时期对《约翰·克利斯朵夫》的文学批评不是以批评

---

48 程光炜：《人道主义——讨论一个未完成的文学预案》，《南方文坛》2005 年第 5 期。

49 罗大冈：《罗大冈同志答本刊记者问——谈谈〈论罗曼·罗兰〉一书的问题》，《外国文学研究》1981 年第 1 期。

文学为目标，而是借助文学之外的力量对其进行"审判"。究其深层的接受心理，此时期的一些批评家肯定社会主义社会比资本主义社会高一层次，认为资本主义社会物欲横流、庸俗腐朽，同时具有民族优越感与民族维护情绪，故对资本主义文化持贬抑态度，而唯马克思主义文学美学观马首是瞻，畸形发展成一统论的文学美学观，以集体同一性思考机制取代了个体独创性批评机制。

　　总之，1950-1970 年代，在其他外国文学作品几乎销声匿迹的情况下，罗曼·罗兰及其作品《约翰·克利斯朵夫》仍然活跃在中国评论界及各大报刊之上，原因在于约翰·克利斯朵夫形象体现出复杂的个人主义、英雄主义、理想主义和人道主义思想。一方面，他给予许许多多中国读者，尤其是青年读者以莫大鼓舞和精神动力，受到知识青年的普遍追捧；另一方面，他关涉此一时期中国最流行的问题域，如无产阶级与资产阶级，阶级人性与普遍人性，个人主义与集体主义等。因此，彼时评论家常常以其为题，借题发挥以阐述思想观点，显示政治立场，最终导致此时期主流话语对约翰·克利斯朵夫的普遍否定和彻底批判。可见，域外作家和域外理论在跨文化语境中流传过程中，影响其关注热度的关键要素在于，该作家、该理论与接受国问题域的关联程度，关注热点亦随着接受国问题域的嬗变而嬗变。一旦作家或理论不再能与接受国的问题域发生关联，该作家或理论便逐渐淡出批评界视野。这也正是罗曼·罗兰自 1920 年代开始中国传播接受之旅后，先后在 1920 年代、1930 年代、1940 年代、1950-1970 年代、1980-1990 年代，引起不同时期中国批评界广泛关注与普遍讨论的根本原因。罗曼·罗兰的文学创作、思想言论和行动立场，在百年中国不同时期关涉不同的时代问题域：1920 年代主要关涉五四新文化运动个性主义与自由解放等问题域；1930 年代主要关联中华民族抗战反抗暴力的战斗精神，迎合彼时民众对英雄人物的集体召唤；1940 年代其亲苏立场与民众戏剧牵涉社会主义和文艺大众化；1950-1980 年代主要关联人道主义和个人主义等热点话题；1990 年代，罗曼·罗兰其人其作所能激发的思想资源，不再与当代中国主要问题域产生深度关联，由此渐渐淡出中国思想界和学术界的集体视野。

第七章　从解冻到多元：1980 年代以降中国罗曼·罗兰的接受诗学

　　1980 年代以降，与外国古典文学作品重印、读者阅读热情高涨彼此呼应的是，中国学术界与思想界开始重新讨论"人道主义"话语。在思想逐渐解冻的文化环境中，罗大冈的《论罗曼·罗兰》一书在 1979 年出版后，引来一片质疑之问与指责之声。于是，围绕着罗大冈的专著《论罗曼·罗兰》，当代中国评论界掀起《约翰·克利斯朵夫》再评价的热潮，新时期评论家关注的重心仍然在于《约翰·克利斯朵夫》的人道主义与个人主义思想以及作品的主题，小说的战斗力量再一次赢得广泛认可。

一、文学思想论的纠偏：人道主义与个人主义思想的再讨论

　　首先对罗大冈《论罗曼·罗兰》提出质疑的，是读者贺之在《文艺增刊》第 1 期上发表《不要再对罗曼·罗兰和〈约翰·克利斯朵夫〉泼污水吧》（1980年）。作者对书中"还重复着一些十年恐怖时期的陈腔滥调"[1]颇有微词。他说，罗曼·罗兰的《约翰·克利斯朵夫》及其他作品给他最大的教育与影响，就是要"做一个正直勇敢的人，敢于向一切市侩主义、阿谀逢迎、阴谋诬陷的行为作斗争，要勇于说真话，要爱人民"[2]。因此，他呼吁泼在罗曼·罗兰

1　贺之：《不要再对罗曼·罗兰和〈约翰·克利斯朵夫〉泼污水吧》，《文艺增刊》1980年第 1 期。

2　贺之：《不要再对罗曼·罗兰和〈约翰·克利斯朵夫〉泼污水吧》，《文艺增刊》1980年第 1 期。

及《约翰·克利斯朵夫》身上的污水应该被清洗干净。无独有偶，《读书》第
10 期发表了胡静华的《要作具体分析——对〈论罗曼·罗兰〉的几点意见》
（1980 年），该篇文章罗列了《论罗曼·罗兰》一书中的诸多观点，并一一
批驳。蒋俊发表在《文艺报》第 11 期上的《一部褒贬失当的作家评论专著—
—评〈论罗曼·罗兰〉》（1981 年）一文，也对《论罗曼·罗兰》专著中的"极
左"思想提出批评。针对读者对这部专著的广泛质疑，《外国文学研究》杂志
以记者采访形式发表了罗大冈的回应观点与个人见解，采访内容发表在《外
国文学研究》第 1 期上，题名为《罗大冈同志答本刊记者问——谈谈〈论罗
曼·罗兰〉》（1981 年）。在这篇文章里，罗大冈追忆了自己写作这部专著时
受到时代"极左"思想的影响，并由衷检讨了这部专著中的错误。

彼时人们的思想虽然正在解禁，但是思想的解禁过程尚需时间。在 1980
年代初期，很多人仍然无法脱离文革时期话语模式的窠臼，思想上仍然受到旧
的意识形态的束缚，说话作文趑趄不前，对于个人奋斗与人道主义仍然重复着
文革期间的看法。1980 年，黄秋耘在《文艺增刊》第 6 期上发表《为〈约翰·
克利斯朵夫〉说几句公道话》一文，对于如何看待克利斯朵夫的奋斗问题及作
品的人道主义仍无法做出明确判断。他仍然从阶级论的角度批评克利斯朵夫
的个人主义，既认为作品所宣扬的人道主义、大勇主义和个人奋斗，无疑属于
资产阶级思想的范畴，要对之进行批判，又认为克利斯朵夫的个人主义是要通
过个人奋斗对人类社会做出贡献，促使人类团结，和卑鄙龌龊、损人利己的个
人主义不同。不过，这种个人奋斗如果不和人民群众的革命力量结合起来，最
终仍会失败。作者虽然批评小说体现的个人主义与人道主义，却又极矛盾地赞
扬了小说的人道主义精神："这部巨著以排山倒海般的艺术力量震撼着人们
的心灵，它所体现的人道主义思想和大勇主义精神，教导人们要正直地、光明
磊落地生活，要纯洁善良，诚恳朴实，勇猛向上，要敢于向一切邪恶势力和庸
俗的市侩主义作斗争，要敢于维护社会正义。"[3]一年后，黄秋耘在《艺丛》
杂志第 2 期上发表《怎样读〈约翰·克利斯朵夫〉》一文，几乎仍然重复他在
《为〈约翰·克利斯朵夫〉说几句公道话》的观点。

对作品中的人道主义与个人奋斗大致沿袭先前贬抑态度的学者中，著名
法国文学评论家郑克鲁的《谈谈罗曼·罗兰的〈约翰·克利斯朵夫〉》（1980 年）
比较具有代表性。该文发表在《春风译丛》第 2 期上，基本沿袭 1950 年代以

---

3 黄秋耘：《为〈约翰·克利斯朵夫〉说几句公道话》，《文艺增刊》1980 年第 6 期。

来的评论家的观点，肯定克利斯朵夫的反抗，但是又认为其个人反抗落后于时代，最后以失败告终。文革期间批评罗曼·罗兰"人道主义"和"个人主义"最猛烈的研究专家罗大冈先生，在《外国文学研究》第 2 期发表《再论罗曼·罗兰的人道主义和个人主义》一文（1983 年）。文章主要坚持过去的观点，认为要对人道主义进行阶级分析，作者虽然修正了其在文革期间的观点，认为克利斯朵夫的个人主义不能与唯利是图的个人主义相提并论，罗兰书生气的、天真的泛爱人道主义也与资产阶级伪善的人道主义存在区别。但是，作者仍认为"罗曼·罗兰的唯心论的、主观主义的人道主义理想和信念属于资产阶级人道主义范畴"，又采取当时通行的两分法，一方面认为人道主义在罗兰思想进步过程中起了消极的作用，另一方面又促使罗兰不断进步。看来，要突破旧的思维方式和知识框架的束缚对于罗大冈等批评家来说的确是一个瓶颈，资产阶级作家罗曼·罗兰所信奉的"人道主义"是资产阶级人道主义，因此必须受到批判，这是作者的理论预设。和同时期许多文艺理论家一样，罗大冈力图在思想解放过程中有所突破，但"在试图用新的话语来取代旧的话语时，时常会陷入旧的历史知识的陷阱而不能脱身"[4]。

陷入同样困境的，还有 1982 年张维嘉发表的《论约翰·克利斯朵夫的自我追求》一文。文章注释全部援引的是马克思主义经典，作者仍以马克思主义理论作为立论依据以获得阐释的权威性。不过，作者高扬了克利斯朵夫对自我尊严与自我价值的追求，这是对文革期间践踏"人"的尊严的反拨。评论家们虽然从情感上反抗十年浩劫对人的残害，可是从理论上却又不由自主地陷入旧有知识的框架中，无法摆脱理论视域的"前理解"。"个人主义"与"资产阶级人道主义"两个"套话"，在 1980 年代仍然频频被用来评价罗曼·罗兰的《约翰·克利斯朵夫》。姜起煌 1984 年发表在《外国文学研究》第 3 期上的《罗曼·罗兰的主要作品和思想发展过程》、姜超 1986 年发表在《齐鲁学刊》第 2 期上的《罗曼·罗兰的思想和〈约翰·克利斯朵夫〉的主题》、刘晨峰的《试论法国文学中的个人主义英雄形象》[5]等文都是如此，1980 年代评论界对"人道主义"轰轰烈烈的讨论由于各种原因草草收尾，根本没有深入下去[6]，

4　程光炜：《人道主义——讨论一个未完成的文学预案》，《南方文坛》2005 年第 5 期。
5　刘晨峰：《试论法国文学中的个人主义英雄形象》，《法国研究》1986 年第 1 期。
6　程光炜：《人道主义——讨论一个未完成的文学预案》，《南方文坛》2005 年第 5 期。

使得此时期的一些评论家对人道主义的看法还沿着文革时期的思路，或者采取保守的两分法，以至于对《约翰·克利斯朵夫》这部小说的思想进行评价时，总是羁绊在"人道主义"这个怪圈中，难以深入下去，无法真正创新。

虽然也有读者独立思考，勇于肯定小说中的人道主义思想与克利斯朵夫的奋斗精神，但是这种声音相当微弱。柳前的《〈约翰·克利斯朵夫〉的随想》发表在 1980 年的《读书》杂志第 12 期上，这位在青年时代就非常喜欢《约翰·克利斯朵夫》的读者，从这部小说里重新发现了大写的"人"字，"现在重读这部十卷集的长篇小说，我觉得自己作为一个人，实在可怜。克利斯朵夫从小就对人的尊严有明确的意识。"[7]"人的觉醒"，"尊重人的权利"，这在张嵩年翻译《精神独立宣言》时就着力启蒙的思想又重新春回大地。针对"个人奋斗"问题，作者也进行了进一步的反思，将个人主义与个人奋斗区别开来，"'奋斗'前面冠以'个人'，似乎就比不奋斗还坏。"当一个人还没有找到集体奋斗的道路以前，难道就只能束手待毙？总不能批判个人主义连'奋斗'也给批掉吧？可事实是过去就偏偏作出这种脏水与孩子一起泼掉的事情，把有抱负、有作为也当作什么'积极的个人主义'批掉了。"[8]就像当年罗大冈沿着批判个人主义的道路终于走向批判罗兰的人道主义一样，柳前在为"个人奋斗"申辩之后，进一步为"人道主义"伸张正义："人道主义理想是罗曼·罗兰心中一朵采摘不去的花朵，是他毕生为之奋斗的坚强信念。"[9]作者大声呼出"人性总比兽性好，人道主义总比封建专制主义好"的声音，表达作者对人性复归的期盼。

较之以往的政治图解和思想批判，1980 年代的批评家开始重视小说的美学元素。郑克鲁《谈谈罗曼·罗兰的〈约翰·克利斯朵夫〉》一文从小说的音乐结构、典型人物与次要人物的形象塑造、小说的艺术风格、语言文字及情节各方面，品味这部小说的美学韵味，认为这部小说"最显著的艺术特色在于具有交响乐一般的宏伟气魄、结构与色彩"；在人物塑造上，不仅创造了典型人物约翰·克利斯朵夫，次要人物的性格也颇为突出；小说的艺术风格"是朴素中隐含着绮丽，流畅中蕴含着精粹"[10]。他的文字"真诚朴实，不

7　柳前：《〈约翰·克利斯朵夫〉的随想》，《读书》1980 年第 12 期。

8　柳前：《〈约翰·克利斯朵夫〉的随想》，《读书》1980 年第 12 期。

9　柳前：《〈约翰·克利斯朵夫〉的随想》，《读书》1980 年第 12 期。

10　郑克鲁：《谈谈罗曼·罗兰的〈约翰·克里斯朵夫〉》，《春风译丛》1980 年第 2 期。

假虚饰，有如清澈见底的流水；这一条条清溪最后都汇入大河，然后再浩浩荡荡奔向前去。这样的语言能在朴素简单中见出浑厚浩瀚，在平凡静穆中显出深广热烈"[11]。小说的情节"以主人公克利斯朵夫的生平经历为主线，其他人物随着克利斯朵夫走向社会而陆续出现；有的重要人物如奥里维直到第六卷才露面。这种写法乍看似无匠心，朴素无奇，然而这是像日常生活一样的简单朴讷，它使人感动平易亲切，就象咀嚼橄榄一般，你能慢慢体会出浓郁的生活气息来"[12]。作者对《约翰·克利斯朵夫》的风格、人物、结构、语言等的精辟看法，显示其深厚的法国文学修养。比较而言，中国评论界已经有几十年没有谈及这部小说的审美趣味与美学特质了。这篇文章无疑起到颇为重要的示范作用和引领意义，让久已被人忽视的小说韵味得到重视。

二、文学主题论的复归：和谐、生命哲学与生命力主题开掘

虽然一部分评论家仍然习惯于采用社会学批评模式，突出强调小说的社会意义与批判主题，但另一部分评论家在对罗曼·罗兰小说主题的探索上力图摆脱几十年以来的社会批评模式，逐渐深入文本，结合罗兰本人的思想，挖掘小说的丰富主题。这主要表现为和谐、生命哲学与生命力三个主题。

其一是和谐主题。1980 年，艾珉读完《母与子》后，撰写了《奔向光明的激流——读罗曼·罗兰的〈母与子〉》一文。该文提出了一个重要观点：罗曼·罗兰的绝大部分创作的基调就是和谐，"生命不息，战斗不止，在和命运的搏斗中达到心灵的和谐，这就是《母与子》的命题与哲理，也是罗曼·罗兰绝大部分创作的基调，《约翰·克利斯朵夫》是如此，几部《名人传》是如此，连嘻嘻哈哈，貌似轻松的中篇小说《哥拉布勒尼翁》也是如此"[13]。艾珉的观点突破 1950 年代以来将罗兰和谐思想贴上"超阶级""资产阶级人道主义"标签的做法。与此同时，他还敏锐地发现了罗兰笔下主人公的共同特点，"意志坚定、头脑健全而且富有创造力"，罗兰的全部艺术创作"都像贝多芬的第五交响乐一样，用来表现人与命运的搏斗"[14]。艾珉肯定了罗曼·罗兰艺术的思想力量与战斗力量，"罗曼·罗兰的可贵之处，在于他不仅能战胜自己的悲观倾向，还以他的全部艺术来唤起人民对自身力量的信心，使人民在苦难中振作

---

11 郑克鲁：《谈谈罗曼·罗兰的〈约翰·克里斯朵夫〉》，《春风译丛》1980 年第 2 期。
12 郑克鲁：《谈谈罗曼·罗兰的〈约翰·克里斯朵夫〉》，《春风译丛》1980 年第 2 期。
13 艾珉：《奔向光明的激流——读罗曼·罗兰的〈母与子〉》，《读书》1980 年第 8 期。
14 艾珉：《奔向光明的激流——读罗曼·罗兰的〈母与子〉》，《读书》1980 年第 8 期。

起来，和不幸的命运作斗争，努力做一个'无愧于人的称号的人'"[15]。此外，艾珉还探索罗兰写作目的与其小说风格之间的关系，揭示罗兰之所以如此重视心理描写，是因为罗兰着意要表现的是伟大心灵的成长过程，并以此给人灌输魄力、信念与英雄主义，以英雄们的精神力量感染读者，从而打破19世纪末期庸俗窒息的社会环境，"将人从虚无中抢救出来"[16]。因此，罗兰并不刻意描绘外部世界的细节，而是不厌其烦地表现人物内心生活的细小波澜。"如果说，代表19世纪现实主义传统的巴尔扎克将他全部注意力用于研究社会风俗史，那么罗曼·罗兰则是将他毕生的精力用于研究人们心理（当然是指那些'伟大的心灵'）的历史。"[17]艾珉的独到见解已经进入到探索罗曼·罗兰创作心理的深度。这种观点突破了同时代及1950年代——甚至可以追述到1940年代——以来的评论家强调罗兰小说的批判性、暴露性的现实主义批评尺度，暗示着中国评论界的西方文学研究范式正在发生转型，评论家试图另辟蹊径从心理学角度探索艺术作品的多重审美因素。

其二是生命哲学主题。1981年许金声在《外国文学研究》第2期上发表了《克利斯朵夫——真诚地追求真善美的人》一文，文章也突破以往文学反映论的批评模式的局限，而强调小说的"生命哲学"意义：生命的意义在于人与人之间的关系，而《约翰·克利斯朵夫》描写的人类的精神共鸣、心灵的融合以及灵魂的渗透是最令人神往的描写之一。作者认为小说的主导思想是"'自由灵魂'在真诚地追求真善美的过程中表现出来的精神或特征"，即"理想主义""英雄主义"和"人道主义"，人道主义在书中"主要表现为人类要团结、互助、友爱的思想"[18]。曾经在1920-1930年代为评论家所高度赞扬的这三种"主义"，在改革开放后又为评论家们所重视了，这与当时评论界掀起的"人道主义"大讨论思潮相关，而"伤痕文学"的涌现也体现了渴盼"人道主义"复归的企望。从加点文字来看，该篇文章的批评话语背后所隐含的批评方式已与文革时期及同时期的诸多评论家大为不同，作者不再惧怕使用抽象的"人类"字眼而被扣上"超阶级"的帽子。

中国当代小说家王安忆则另辟蹊径，从一名作家的视角出发探索小说的

---

15 艾珉：《奔向光明的激流——读罗曼·罗兰的〈母与子〉》，《读书》1980年第8期。

16 艾珉：《奔向光明的激流——读罗曼·罗兰的〈母与子〉》，《读书》1980年第8期。

17 艾珉：《奔向光明的激流——读罗曼·罗兰的〈母与子〉》，《读书》1980年第8期。

18 许金声：《克利斯朵夫——真诚地追求真善美的人》，《外国文学研究》1981年第2期。

深层主题，认为它"不是为某一个具体的天才，比如通常以为的贝多芬作传，而是写一种自然力"[19]。作者认为约翰·克利斯朵夫经历了三个阶段：第一个是生理、心理的成长阶段，第二个阶段是思想的成长阶段，第三个阶段是"理性和本能的合作"，克利斯朵夫不断地行动，"当他走到生命的终点，他看到爱和恨，朋友和敌人，天和地，将来和过去，全都又融为一体，又成为一个混沌。这个混沌就是永恒"[20]。"约翰·克利斯朵夫经过本能，理性，以及本能与理性融合这三个成长阶段，从黑暗混沌走向光明混沌。他终于和圣者克利斯朵夫合二为一。"[21]由此，王安忆得出结论认为，这部小说不是一个具体人物的传记，不是一个反映现实的作品，而是创造圣者的神话。

其三是生命力讴歌主题。1989年，李清安发表《重读〈约翰·克利斯朵夫〉》一文，作者力图突破已有的研究成果，拨开意识形态的迷雾，另辟蹊径地重读这部小说。该文最大的创新之处在于对小说主题的揭示，认为《约翰·克利斯朵夫》对生命之力的讴歌是这部作品囊括一切的"母题"，这一母题"在作者的立意中远远超于'德法友谊'，'抨击世纪初文坛'等项'子题'之上"[22]。作者进一步认为，正是由于罗曼·罗兰的这种创作意图，使他抛弃传统小说体裁，写出这本"不是小说的小说"。文章还分析评论家对"长河小说"的误解，认为罗曼·罗兰提出"长河小说"的本意不在"长"，而在"河"，象征生命之河。作者颇具慧眼地指出，约翰·克利斯朵夫这一形象受到尼采"超人"学说的影响，卷四《反抗》一节对"创造的欢乐"的讴歌，正是酒神精神的体现，这一看法启发了后来的研究者。

总而言之，无论是和谐主题、生命哲学与生命力主题，较之以往的阐释，1980年代的批评阐释无疑更契合罗曼·罗兰的思想，更贴近文学文本本身。罗兰说过，他写的是一个人一生、从生到死的故事，他的生命的激流在不断的战斗中向汪洋大海进发，而终达和谐。纵观《约翰·克利斯朵夫》主题的中国阐释历程，可以清晰地看出中国文学批评模式发生转型，由单一社会学批评模

19　王安忆：《小说家的十三堂课》，上海：上海文艺出版社、文汇出版社，2005年，第164页。

20　王安忆：《小说家的十三堂课》，上海：上海文艺出版社、文汇出版社，2005年，第140页。

21　王安忆：《小说家的十三堂课》，上海：上海文艺出版社、文汇出版社，2005年，第166页。

22　李清安：《重读〈约翰·克里斯朵夫〉》，《读书》1989年第2期。

式到多元化视角的范式转型，由立足中国现实需求建构中国思想话语向立足文本本身深入开掘文本内涵转化，社会学批评模式正逐渐被多元化的研究所取代。

三、文学审美论的多元：研究视角的多元与研究深度的不足

比较而言，1990 年代的《约翰·克利斯朵夫》研究呈现出多元化和多样化的趋势，评论者纷纷从各个角度对之进行阐释，去政治化与探寻小说的审美意蕴成为一种蔚为大观的总体趋势。

其一，关注小说结构。比如，张世君的《〈约翰·克里斯朵夫〉的大河式艺术结构》和秦群雁的《〈约翰·克里斯朵夫〉的结构艺术》[23]。1990 年代，康莲萍、李怡合写的《自由的生命：〈约翰·克里斯朵夫〉的中心命题》一文颇有独特的见地，作者认为克利斯朵夫不同于传统现实主义小说中的青年奋斗者，和于连、拉斯蒂涅等人相比，克利斯朵夫具有鲜明的"超物欲"特征，所以他不是个人奋斗者，而是自我生命的体验者。这部小说之所以表现出浓厚的抒情因素，是因为作者"对自由生命存在形态本身的关注——从本质上讲，罗曼·罗兰所要抒写的不单单是'情'，而是自由生命的运动流转的真实面貌"[24]。这也是为什么克利斯朵夫的故事并不比于连等人的命运更复杂而作者却用了 10 大卷的篇幅来叙述的原因。作者的创作意图不在于"故事内容本身"，而在于表现"内在的生命形态"。由此，罗曼·罗兰创造了一种独特的叙述方式，这种方式有别于经典现实主义小说对故事叙事和人物社会角色及外在社会行动极为关注的逻辑结构严密、情节推进层次分明。作者从自由生命的角度阐述文本，将《约翰·克利斯朵夫》纳入法国传统文学的框架内，以比较的目光透视这部小说的独特之处，从而突破了传统的现实主义批判模式，得出了令人耳目一新又令人信服的观点。

其二，关注音乐叙事。比如，申家任的《〈约翰·克里斯朵夫〉英雄乐章的内化与外化》[25]，蔡先保的《试论〈约翰·克里斯朵夫〉的音乐性》[26]，孔

23　秦群雁：《〈约翰·克里斯朵夫〉的结构艺术》，《外国文学研究》1990 年第 4 期。

24　康莲萍、李怡：《自由的生命：〈约翰·克里斯朵夫〉的中心命题》，《四川外语学院学报》1998 年第 4 期。

25　申家任：《〈约翰·克里斯朵夫〉英雄乐章的内化与外化》，《佛山大学学报（社科版）》1992 年第 1 期。

26　蔡先保：《试论〈约翰·克里斯朵夫〉的音乐性》，《法国研究》1996 年第 1 期。

祥霞的《悲怆与欢乐的和谐交响：论〈约翰·克里斯朵夫〉》[27]，王化伟的《约翰·克里斯朵夫的音乐特性浅议》[28]，王锡明的《论〈约翰·克里斯朵夫〉的音乐性》[29]。相关研究者多从其交响乐般的结构与小说内容的音乐特质进行论述，一定程度上重复着茨威格等评论家的论点，创新之处不多。

其三，关注女性形象。比如，戚鸿峰的《安多纳德：温柔而凄凉的法国文学女性形象》[30]，陆月宏的《〈约翰·克里斯朵夫〉中的安多纳德——凄美的法国文学女性形象》[31]、王群《试论〈约翰·克里斯朵夫〉中的女性形象》[32]。这些论文大多停留在鉴赏的层面上，形象研究有待进一步深入开掘。

其四，关注象征意蕴。比如，范传新的《〈约翰·克里斯朵夫〉的象征意蕴》[33]，该文后又以《力·莱茵河·三重奏：论〈约翰·克里斯朵夫〉的象征意蕴》[34]发表在《国外文学》上。文章认为克拉夫脱是生命力的象征，莱茵河是克利斯朵夫的本体象征，约翰·克利斯朵夫、奥里维、葛拉齐亚三人分别代表法、德、意，是人类和谐精神的整体象征，象征性地表达了力、理性、美的和谐统一。在相当程度上，文章的观点仍回响着茨威格《罗曼·罗兰》传记的声音。

其五，关注文化内涵。比如，杨玉珍的《〈约翰·克里斯朵夫〉深广的文化内涵》，认为这部小说不仅"解释与探究当时社会的主文化层，也不同程度地触及到了亚文化层如女性和犹太人的生存境况，涉及到了性别和种族问题"[35]。

27　孔祥霞：《悲怆与欢乐的和谐交响：论〈约翰·克里斯朵夫〉》，《浙江大学学报（社科版）》1996 年第 1 期。

28　王化伟：《〈约翰·克里斯朵夫〉的音乐特性浅议》，《贵州文史丛刊》1998 年第 3 期。

29　王锡明：《论〈约翰·克里斯朵夫〉的音乐性》，《荆州师范学院学报》2002 年第 1 期。

30　戚鸿峰：《安多纳德：温柔而凄凉的法国文学女性形象》，《浙江广播电视高等专科学校学报》2002 年第 1 期。

31　陆月宏：《〈约翰·克里斯朵夫〉中的安多纳德：凄美的法国文学女性形象》，《南京工业大学学报（社科版）》2002 年第 4 期。

32　王群：《试论〈约翰·克里斯朵夫〉中的女性形象》，《扬州师范学报（社科版）》1982 年第 3、4 期。

33　范传新：《约翰·克里斯朵夫的象征意蕴》，《安徽师大学报（哲社版）》1994 年第 4 期。

34　范传新：《力·莱茵河·三重奏：论〈约翰·克里斯朵夫〉的象征意蕴》，《国外文学》1996 年第 1 期。

35　杨玉珍：《〈约翰·克里斯朵夫〉深广的文化内涵》，《吉首大学学报（社科版）》1996 年第 4 期。

其六，进行文学比较。比如，李庶长的《茅盾与罗曼·罗兰》[36]（1991年），从比较诗学层面探索茅盾对罗曼·罗兰"新浪漫主义"等创作手法的看法的变迁，并辨析其中缘由。蒋连杰的《托尔斯泰与罗曼·罗兰心理描写方法的比较》一文从比较文学的角度，揭示托尔斯泰与罗曼·罗兰心理描写方法的异同，通过比较得出了一些精彩而深刻的结论，比如，"罗兰的描绘部分地失去了托尔斯泰的那种细腻、丰满和宽广，但却更加集中、明朗、有力"[37]。刘蜀贝的《比较文学视野中的罗曼·罗兰》[38]一文探究了罗兰所受的影响，着重探讨他与托尔斯泰之间的关系，从影响研究的角度阐述《约翰·克利斯朵夫》对《战争与和平》的继承与创新之处，论文有其学术价值，但是在深度上仍有待挖掘。王少杰与王志耕合写的《约翰·克里斯朵夫性格的异质——兼谈法国文学与俄国文学的差异》[39]一文，也从比较角度将约翰·克利斯朵夫与法国传统文学中的人物形象进行纵向比较，又将他与俄国文学中的人物形象进行横向比较。作者认为约翰·克利斯朵夫这一形象，既流淌着法国文学中具有破坏与享乐意识的"巨人"的血液，又在其性格中闪耀着异质的光芒，这种光芒是受俄国文化影响的，文章的观点颇为新颖。马桂君的专著《约翰·克利斯朵夫精神命题在中国现当代文学中的回响》（2016年）借用影响研究和平行研究方法，既揭示约翰·克利斯朵夫精神在中国现当代文学中的呼应与回响，又从文学创作和作家精神层面分析《约翰·克利斯朵夫》与中国现当代文学之间内在的精神联系，从而深化了《约翰·克利斯朵夫》在中国的影响研究。

其七，关注翻译文学。值得一提的是，宋学智从翻译文学角度发表了一些相关文章。在《一部翻译文学经典的诞生——傅雷逝世40周年纪念》[40]一文中，作者追述了《约翰·克利斯朵夫》在中国面世以来的翻译情况，主要比较傅雷（1937年译本）与敬隐渔两人的译文，探讨将这部外国文学经典变成翻译文学经典译者应该具备的条件。宋学智专著《翻译文学经典的影响与

---

36 李庶长：《茅盾与罗曼·罗兰》，《东岳论丛》1991年第5期。

37 蒋连杰：《托尔斯泰与罗曼·罗兰心理描写方法的比较》，朱维之、方平等：《比较文学论文集》，天津：南开大学出版社，1984年，第316页。

38 刘蜀贝：《比较文学视野中的罗曼·罗兰》，《晋阳学刊》2005年第2期。

39 王少杰、王志耕：《约翰·克里斯朵夫性格的异质——兼谈法国文学与俄国文学的差异》，《河北师范大学学报（哲学社会科学版）》2004年第4期。

40 宋学智：《一部翻译文学经典的诞生——傅雷逝世40周年纪念》，《中国翻译》2006年第5期。

接受——傅译〈约翰·克利斯朵夫〉研究》（上海译文出版社出版，2006 年）研究视角新颖前沿，在《约翰·克利斯朵夫》的研究史上颇有分量，是第一部从翻译文学角度探讨傅译《约翰·克利斯朵夫》的专著。该著作钩沉史料扎实，梳理了《约翰·克利斯朵夫》在中国 20 世纪的接受历程，探索《约翰·克利斯朵夫》对茅盾、胡风、路翎、巴金等人的影响，同时从翻译学角度探讨翻译问题，其出发点与立足点都在文学翻译与翻译文学上。相对而言，该书的重点在于对比分析敬隐渔译本与傅雷译本（1937 年版本），探讨翻译文学经典的艺术魅力，对翻译文学的本体研究做出有益的思考。由于该著重心在于翻译研究，故在影响研究上仍有可深入挖掘的空间。

其八，关注反思评价。法国文学研究专家柳鸣九发表《永恒的约翰·克利斯朵夫》（1992 年）一文，拨开笼罩在《约翰·克利斯朵夫》上面的"意识形态的迷雾"，为这部小说正本清源，重新确立其经典文学的地位。罗大冈的专著《论罗曼·罗兰》认为，罗曼·罗兰获得诺贝尔文学奖不是因为他写了《约翰·克利斯朵夫》，而是因为他是《超乎混战之上》的作者。此外，罗大冈等评论家还将《欣悦的灵魂》（又译《母与子》）的价值与地位置于《约翰·克利斯朵夫》之上。对此，柳鸣九先生持不同意见，决心为罗曼·罗兰及《约翰·克利斯朵夫》进行"正本清源"。柳鸣九高度赞扬《约翰·克利斯朵夫》，认为它是"一部发散出艺术圣殿气息的书"，"一部有深广文化内涵的书"，"一部昂扬着个人强奋精神、人格力量的书"。作者还明确认为："从文学艺术的标准来看，《欣悦的灵魂》正是一部缺乏艺术魅力、缺乏丰满的现实社会形象而流于概念化的作品，其中的一些人物只不过是作者主观构想的产物，苍白无力，它远远不能构成一部杰作，更谈不上是法国当代文学的里程碑，其根本原因就在于罗曼·罗兰缺乏社会政治活动方面丰富的感性经验，他更多地只是根据他左倾的思想观念在进行创作。"[41]作者以鲜明的态度一语中的地指出，之所以对罗曼·罗兰及《约翰·克利斯朵夫》存在畸形评价，主要是因为，"把作家思想'左'倾的程度、与社会主义合拍的程度、与苏联一致的程度，作为衡量作家成就高低的首要依据，在于首先以政治思想的标准作为文学评论的标准，在于首先不是把作家作为艺术家来要求，而是首先把作家当作政治社会活动家来要求"[42]。

---

41 柳鸣九：《永恒的约翰·克利斯朵夫》，怒安编：《傅雷谈翻译》，沈阳：辽宁教育出版社，2005 年，第 207-208 页。

42 柳鸣九：《永恒的约翰·克利斯朵夫》，怒安编：《傅雷谈翻译》，沈阳：辽宁教育出版社，2005 年，第 209 页。

作者高扬作品的人道主义精神，认为作品中的奥里维、安多纳德以及约翰·克利斯朵夫等好几个人物，"从不同的角度、以不同的程度体现这种精神：对博爱人生观的宣扬、对结合着基督精神与一切正直思想的宽容的向往、对诚挚友爱的追求、对劳苦大众的同情、对济世方案的探讨，对缔结全新社会与全新文化的憧憬、对个性发展与社会义务相结合的重视，等等。正是这种人道主义精神，使作品中出现了不少温馨动人的篇章，也使整个作品具有一种高尚博大的风格"[43]。作者明确认为："如果不是着眼于罗曼·罗兰在创作取向上与已经成为现实的社会主义合拍的程度，而是着眼于创作本身的分量与水平；如果不是把罗曼·罗兰当作一个思想家、社会活动家、政论家，而是把他当作一个文学家、艺术家；如果不是从社会主义政治与思想影响的角度来看罗曼·罗兰，而是从文学史的角度来看罗曼·罗兰，那么，应该客观地承认，罗曼·罗兰前期的文学成就要比他的后期为高。"[44]至此，笼罩在《约翰·克利斯朵夫》上浓重的意识形态迷雾被彻底清除，其经典地位也得到确立。从茅盾以来的评论家欲以《迷人的灵魂》取代《约翰·克利斯朵夫》的倾向至此结束，此后，几乎再没有评论家质疑《约翰·克利斯朵夫》在罗曼·罗兰创作中的地位。

1990 年代还有另一篇重要的论文，涉及这部小说的评价问题，即潘皓的《关于罗曼·罗兰和〈约翰·克利斯朵夫〉的评价问题》[45]。这篇文章视野宏阔，从东西方对罗曼·罗兰及其小说《约翰·克利斯朵夫》存在截然不同的评价入手，认为中国与苏联评论家多从其思想倾向的角度肯定罗曼·罗兰，而西方评论界则从罗兰的政治立场与艺术风格出发对其多有贬抑。这种截然不同的评价不仅反映了东西方意识形态与艺术观念的差别，同时也与罗曼·罗兰这一复杂的对象密切相关。随着时间的推移，东西方长期存在的意识形态的对立逐渐消解，双方对罗兰的认识也不断发展，趋向多元、丰富与深入。

其九，关注索引考证。1990 年代以来还有一些考证类文章，考察罗曼·

---

43 柳鸣九：《永恒的约翰·克利斯朵夫》，怒安编：《傅雷谈翻译》，沈阳：辽宁教育出版社，2005 年，第 216 页。

44 柳鸣九：《永恒的约翰·克利斯朵夫》，怒安编：《傅雷谈翻译》，沈阳：辽宁教育出版社，2005 年，第 206-207 页。

45 潘皓：《关于罗曼·罗兰和〈约翰·克利斯朵夫〉的评价问题》，曾繁仁主编：《20世纪欧美文学热点问题》，北京：高等教育出版社，2002 年。

罗兰与中国留学生、中国作家之间交往的文章，特别是罗曼·罗兰与鲁迅之间的文学互动，更成为中法文学交流史上的佳话。先后有戈宝权、马为民、高方、廖久明等人考证《阿Q正传》在法国的译介和传播，梳理罗曼·罗兰对《阿Q正传》的真实评价，等等。

虽然《名人传》在新时期被教育部列为中学生课外读物，罗兰的三大名人传记一版再版，但是对它们的研究始终未引起评论家的关注，仅有刘佳林、杜彩的《创造精神世界的太阳——试论罗曼·罗兰的"名人传"》[46]、段圣玉的《罗曼·罗兰〈托尔斯泰传〉艺术特色评析》[47]等文进行探讨。罗兰的另一部小说《母与子》也颇受冷落，仅汪淏的《欣悦的灵魂：罗曼·罗兰〈母与子〉读解》[48]等文进行评述。

总体来看，虽然研究方法日趋多元化，但是无论是研究观点还是研究角度仍囿于茨威格《罗曼·罗兰》一书，上文所总结的"小说结构""音乐角度""象征角度"都在这部专著中谈及，对这部小说的研究在广度与深度上仍有待开掘。此时期评论家关注更多的仍然是《约翰·克利斯朵夫》，罗兰的其他作品如小说《欣悦的灵魂》、传记等作品的研究未受到应有重视。

比较而论，1980 年代的评论家仍然局限于对小说的人道主义与个人主义进行探讨，不过在小说的主题探索上取得令人耳目一新的成果。1990 年代以来的评论家视野更广阔，比较文学等新方法已介入，但是相对于同时期火热的西方现代主义小说研究来说，罗曼·罗兰研究门庭冷清。1990 年代，罗曼·罗兰研究面临理论热潮与现代派文学的挑战，已经远不如民国期间与文革期间那样吸引中国研究者了。在理想失落、文学边缘的时代，这部贯穿着理想而形式略显粗糙的大书，似乎已经不再符合现代读者的期待视野。

总而言之，1980 年代以降，当代中国的罗曼·罗兰接受，整体表现出从思想解冻到多元并存的诗学态势。经由人道主义与个人主义思想的再讨论，当代中国文化界展开文学思想论的纠偏；通过和谐、生命哲学与生命力主题的开掘，当代中国学术界实现文学主题论的复归；透过研究视角的多元与研究深度的挖掘，当代中国知识界成功实现文学审美论的多元转换。

---

46 刘佳林、杜彩：《创造精神世界的太阳：试论罗曼·罗兰的"名人传"》，《扬州师范学报（哲社版）》1995 年第 3 期。

47 段圣玉：《罗曼·罗兰〈托尔斯泰传〉艺术特色评析》，《枣庄师专学报》2001 年第 3 期。

48 汪淏：《欣悦的灵魂：罗曼·罗兰〈母与子〉读解》，《青年文学》2000 年第 6 期。

比较而论，作为罗曼·罗兰"长河小说"的典型代表，《约翰·克利斯朵夫》以其宏阔的篇幅体量、丰满的人物群像、雄浑的精神内蕴、丰富的思想内容，既强烈震撼苦寻新知的中国知识阶层，也先后引起众说纷纭的数次思想纷争。在百年中国的认知解读中，《约翰·克利斯朵夫》总体经历了从美学冲击到社会阐释、从政治批判到诗学分析的认知演变。由此，在认知诗学上，罗曼·罗兰在中国的认知解读具有比较鲜明的阶段性、丰富性和政治化倾向，主要表现为美学认知、社会阐释、政治解读以及诗学分析四种维度。

第八章 从多维到一维：中国罗曼·
罗兰接受认知中的域外诗学

　　总体而言，罗曼·罗兰及其作品在 20 世纪中国的传播过程，与历史语境、认知对象、认知主体、文化场域等多重因素密不可分，其中既有启蒙现代性和审美现代性在中国的不断生成，又有 19-20 世纪之交西方现代主义的蔚然兴起，还有以独立自强为诉求的中国民族性的激情涌动。在跨文化传播和跨语际实践过程中，域外学者的著作与评论文章，不仅成为中国学人了解罗曼·罗兰的重要途径，而且伴随中国时代话语的转变成为中国知识界接受认知罗曼·罗兰的重要依据和主导资源。其中，民国时期以茨威格的名人传记为代表的西欧罗曼·罗兰研究，影响着中国知识界的批评定位与思想认知；建国之后以阿尼西莫夫的学术评论为核心的苏联罗曼·罗兰研究，则主导着中国知识界的认知方式与阐释路径。在某种程度上，西欧、苏联与中国的罗曼·罗兰认知，构成了一种三角对话态势。

一、茨威格的作家传记：民国时期罗曼·罗兰接受中的欧洲影响

　　1920 年，奥地利著名传记作家斯蒂芬·茨威格（Stefan Zweig, 1881-1942）以优美雅丽的文笔、跌宕多变的激情和冷静敏捷的洞见，撰写出代表性传记《罗曼·罗兰：其人其作》（*Romain Rolland, der Mann Und das Werk*, 1920）。该书以《罗曼·罗兰》为译名在中国出版后，迅速在中国知识界和文化界产生强烈反响，为 20 世纪中国的现代性实践和民族性抗争提供了思想资源和精神鼓舞。那么，《罗曼·罗兰》的逻辑结构和主要观点怎样？该作如何影响 20 世

纪上半叶中国知识界认识罗曼·罗兰？

（一）《罗曼·罗兰》的逻辑结构和主要观点

茨威格的《罗曼·罗兰》以详实的文史资料、细腻的心理分析和敏锐的文学感受为基础，详细介绍罗曼·罗兰的漫长生平、复杂思想与丰硕成就，为人类树立了一座难以逾越又可以借鉴的思想丰碑。在茨威格看来，"罗曼·罗兰的毕生成就，完全得益于他广博的知识，得益于他长年累月孤军奋战。他的著作经过与各种思潮的激烈争辩，深深打上了人道主义的烙印。正因为罗曼·罗兰的思想有着坚实的思想基础和精神活力，他才能在席卷整个欧洲的世界大战风暴中不为其所动。不知有多少做我们曾经奉若神明的精神偶像被大战摧毁，支离破碎，甚至被夷为平地，然而罗曼·罗兰以其坚忍不拔的英雄主义精神树起的精神丰碑，却经受了枪林弹雨的洗礼，在唇枪舌战中升华，傲然屹立于世人面前。罗曼·罗兰德思想也已成为世人强大德精神源泉，在这个躁动不安的世界上，所有追求灵魂自由的人，都会在他这儿寻求到慰藉"[1]。在急于了解罗曼·罗兰而资料匮乏的 1920 年代，该传记成为中国知识界和评论界迅速进入罗兰的捷径。沈泽民、杨人梗、张定璜、姜其煌、方为文、吴裕康、杨善禄、黄冰源、魏岷、云海等人或从英文转译、或从德文直译，不同出版社先后推出共七个译本（详见下文和参考文献），而编译、概述该传记的更是数不胜数。在问世中国长达八十余年的历史长河中，这部传记对中国评论家产生了不可估量的深远影响。因此，厘清这部经典传记与中国评论界观点之间的联系，可以更好地揭示出罗曼·罗兰在中国接受的全貌，呈现 20 世纪上半叶域外思想与中国阐释之间的张力关系。

作为罗曼·罗兰的密友和知己，茨威格对罗兰精神与思想有着透彻的了解。由他来撰写这部传记，可谓最为合适不过。该传记以历时性线性逻辑结构全书，由相互勾连的六章构成，分别是生平、早期作品、英雄传记、《约翰·克利斯朵夫》、戏剧谐谑曲、欧洲的道德心，其中诸多章节对罗兰创作有着深度评析。该传记从罗曼·罗兰儿时开始写起，截止罗曼·罗兰发表《精神独立宣言》的 1919 年，涉及罗兰从小对音乐的爱好，贝多芬、莎士比亚等人对他的影响，与托尔斯泰的通信，与梅森葆女士的忘年交，并着重分析他的戏剧、英雄传记、小说、政论文等作品。贯穿传记始终的核心主线，应

1　[奥]斯蒂芬·茨威格：《罗曼·罗兰传》，云海译，北京：团结出版社，2003 年，第12 页。

该是罗曼·罗兰伟大思想的生成、嬗变和价值，即在 19-20 世纪之交的动荡不安中，以个人主义、英雄主义和理性主义为核心的思想，以人道主义和博爱主义为核心的道德伦理，对欧洲和平与世界解放具有比较突出而重要的普遍意义。

在"生平"部分中，罗曼·罗兰勤奋求学，转义多师，一生充满坎坷波折，历经升华、沉淀、蛰居、苦耕，将个人价值与社会价值、个人理性与世界理想有机结合，最终走出狭小的个人性书斋，成为欧洲之光和道德良心，获得永恒的世界性声誉。"1914 年开始，标志着罗兰完全属于他个人生活的结束。从此以后，他的事业属于全世界，他的人生成为历史的一部分，他的个人经历与社会活动密不可分。〔……〕1914 年以后，伴着理想，伴着为实现理想而进行的斗争，他不再是一个单纯的作家，不再是一个单纯的诗人，也不再是一个单纯的艺术家，他不只属于他一个人。他在欧洲极痛苦的时候发出了伟大的声音，他成了世界的良心。"[2]在"早期作品"部分中，罗曼·罗兰的早期创作，诸如《圣路易斯》《七月十四日》《丹东》《理性的胜利》《群狼》等，显示出强烈的道德伦理色彩、鲜明的社会政治指向和激情的乌托邦意识。"罗兰戏剧的悲剧结局及其伟大在于它们早写了 20 年。这些戏剧就好像是为我们刚刚经历过的时代而写的，它们以崇高的标志预示着当代政治事件中的精神内涵。"[3]比较而言，罗兰的早期创作虽然被边缘、被冷落、被忽视，但却为英雄传记和"长河小说"奠定了重要基础。在"英雄传记"部分，罗曼·罗兰通过《贝多芬传》《米开朗基罗传》《托尔斯泰传》，向心目中的英雄巨匠致敬，向心目中的理想主义和真实主义致敬。在英雄传记中，罗兰秉持"对自己公正，对自己尊敬的人公正，尊重事实"[4]的撰写原则。故此，"在贝多芬传记中，罗兰既准确记录了贝多芬，又可以给他自己带来安慰，这是因为罗兰通过音乐陶冶自己的心灵"[5]。

在"《约翰·克利斯朵夫》"部分中，茨威格认为，罗兰"在生活真实

2　[奥]斯蒂芬·茨威格：《罗曼·罗兰传》，云海译，北京：团结出版社，2003 年，第 56 页。

3　[奥]斯蒂芬·茨威格：《罗曼·罗兰传》，云海译，北京：团结出版社，2003 年，第 114-115 页。

4　[奥]斯蒂芬·茨威格：《罗曼·罗兰传》，云海译，北京：团结出版社，2003 年，第 138-139 页。

5　[奥]斯蒂芬·茨威格：《罗曼·罗兰传》，云海译，北京：团结出版社，2003 年，第 137 页。

的基础上，重新塑造理想的英雄形象，创造出他自己乃至全世界的约翰·克利斯朵夫这一形象"[6]。约翰·克利斯朵夫一生的不断成长和复杂的人生经历，充分展示了个人主义的巨大力量，英雄主义的精神感召，理想主义的崇高魅力。"罗兰作为世界公民，为自由灵魂提供了一副伟大的图画，他把这一幅画提供'给所有国家的自由灵魂和那些受苦受难、正在进行斗争并将取得胜利的人们'"[7]。在"戏剧谐谑曲"部分中，作者认为，罗兰撰写了轻松小说《科拉·布律农》，在思想性层面与《约翰·克利斯朵夫》有着内在关联。"《约翰·克利斯朵夫》是罗曼·罗兰经过深思熟虑创作出来的，刻意表现与一代人的分歧，而《科拉·布律农》则是另一种无意中造成的分歧，即背离了传统的法兰西，毫无顾忌地寻欢作乐。"[8]在"欧洲的道德心"部分中，罗兰历经论战通信、发表宣言、声讨反战、撰写日记等多种事件，一直在创作中激烈反对战争、呼吁世界和平、提倡人类友爱。因此，"罗兰的一生向我们展示的是，斗争无比伟大。他的存在是独一无二的，他为我们创造了一种信仰，即具有创见的作家是精神领袖，是他所在的民族及全人类的道德发言人。……一位具有人性的伟人永远会为了一切人而救赎出人道主义的永恒信仰"[9]。

（二）《罗曼·罗兰》对中国评论界的影响

总体说来，由于 20 世纪上半叶中国知识界和评论界对罗曼·罗兰缺乏全面认知和深入研究，因此，《罗曼·罗兰》对中国评论界的影响主要体现在知识普及和观点阐释两个方面。受历史条件、文化传统和思想误读等因素的内在制约，《罗曼·罗兰》中对个性价值的认同，对主体精神的赞颂，对个人意识的肯定，似乎并未得到彼时中国知识界的应有重视。

1920 年代，中国学界对罗曼·罗兰的认识尚处于初步阶段，茨威格的作家传记对急于了解罗兰的中国学人来说，的确是极为及时且非常有用的域外

---

6 [奥]斯蒂芬·茨威格：《罗曼·罗兰传》，云海译，北京：团结出版社，2003 年，第139 页。

7 [奥]斯蒂芬·茨威格：《罗曼·罗兰传》，云海译，北京：团结出版社，2003 年，第211 页。

8 [奥]斯蒂芬·茨威格：《罗曼·罗兰传》，云海译，北京：团结出版社，2003 年，第228-229 页。

9 [奥]斯蒂芬·茨威格：《罗曼·罗兰传》，云海译，北京：团结出版社，2003 年，第327 页。

资料。1921 年 7 月 10 日，《小说月报》12 卷 7 号"海外文坛消息"中介绍了
两本研究罗曼·罗兰的著作，即图韦（J. J. Touvé）和剌外西（即茨威格——
笔者注）的两本关于罗曼·罗兰的传记。这则消息指出，当时的英报已经介绍
了这部传记。"（即茨威格——引者注）这部书是罗兰精神发展的'一幅地
图'，并且评述他的著作直到最近出的 Clerambault（即《克莱郎鲍尔》——
引者注），可算是罗兰研究的一部最有价值的著作。此书本用德文写的，然近
据张崧年君给我的信，说这部书已有英译了。便是那部 Clerambault 也已有了
英译。"[10]《小说月报》第 12 卷第 8 号"通讯"一栏中，有张崧年于 1921 年
3 月 27 日致沈雁冰的信，向其介绍最近的法国文学界，也提到这两人所著罗
曼·罗兰的传记。

　　1924 年，《小说月报》第 15 卷号外"法国文学研究专号"上，刊登了沈
雁冰的胞弟、文学研究会会员沈泽民"根据剌外西的出名的罗兰传而成"的
《罗曼·罗兰传》。这篇译文也大致按照传记的模式介绍了罗曼·罗兰的生平，
评析斯宾诺莎、莎士比亚、托尔斯泰对他的影响，着重介绍了罗兰与玛尔维达
（即梅森葆夫人——笔者注）这位老夫人的友谊；这位聪明、宁静而不乏理想
主义色彩的老妇人以及罗兰笃信基督徒的母亲，让罗兰"充分觉悟到艺术和
人生底重要"[11]。文章着眼于介绍罗兰思想形成的诸种因素，既是中国学人初
步了解罗兰的一把钥匙，也被后来的中国评论家多次引用。《小说月报》第 17
卷第 6 号刊登马宗融的《罗曼·罗兰传略》，介绍罗兰的家乡、父辈革命家的
传统、母亲对音乐的爱好、高师的学术气氛、托尔斯泰的来信、与梅森葆夫人
的友谊等等，其中诸多内容明显依据了茨威格的这部传记。

　　1926 年前后，张定璜从英文转译了这部传记，刊登在《莽原》1926 年第
19-24 期上，连载六期，但张定璜并未译完整本书。几乎同一时期，从 1924 年
开始，青年学子杨人楩开始翻译这部传记。他也是从英译本转译，历经两年半
的时间终于在 1926 年翻译完毕。1925 年，杨人楩在《民铎》杂志 6 卷 3 号上
发表《罗曼·罗兰》一文，指出他翻译这部传记的动机，叙述罗兰生平，介绍
他的民众戏剧、三大名人传记与《约翰·克利斯朵夫》。1928 年，这部《罗曼·
罗兰》由上海商务印书馆出版，1933 年和 1947 年分别再版。这部译著随后在
很长一段时间内，成为中国评论界了解罗曼·罗兰的重要文献。

---

10 参阅 1921 年 7 月 10 日《小说月报》12 卷 7 号"海外文坛消息"。
11 参阅 1924 年《小说月报》第 15 卷号外"法国文学研究专号"。

茨威格这部传记对后世最深的影响，主要有如下几个方面，即罗曼·罗兰生平资料、罗曼·罗兰关于英雄主义的见解、《约翰·克利斯朵夫》中的"人物索隐""无定式的结构"、交响乐式的音乐结构与小说体现的"三位一体"观点。1933 年，夏炎德在《读书杂志》上发表《和平主义者罗曼·罗兰》一文，便认为这部作品表现了"德、法、意是三位一体的"观点，"这部小说的描写，全部充满着音乐的节奏"[12]。1945 年 8 月，上海永祥印书馆出版芳信著的《罗曼·罗兰评传》。比较而论，这部传记基本是茨威格《罗曼·罗兰》的简写版，主要观点与材料皆出自茨威格的《罗曼·罗兰》。

1946 年，戈宝权在《读书与出版》第 1 期上发表《罗曼·罗兰的〈约翰·克利斯朵夫〉》一文，在"它的形式和造意"一节中，认为约翰·克利斯朵夫很像贝多芬，同时又"含着莫扎尔特、韩德尔、瓦格涅、雨果、伏尔夫等人的成份，甚至后来的很多地方，更是托尔斯泰晚年生活的再现"[13]。这种索引式的溯源正来自茨威格著《罗曼·罗兰》第 4 编"人物索隐"这一章。评价约翰·克利斯朵夫与奥里维时，戈宝权认为："克利斯朵夫是德国最有能力者的后裔，奥利维是精神法国的实质；克利斯朵夫是自然的天才，奥利维是文化之美；克利斯朵夫所代表的是行为，奥利维所代表的是冥想。"[14]这一观点直接摘自茨威格著《罗曼·罗兰》第 9 章《阿李维亚》，"阿李维亚是精神的法国之实质，正如禅克利斯托夫是德国最有能力者的后裔〔……〕"[15]；"阿李维亚是情操的艺术家，他德国的兄弟（禅克利斯托夫）是自然的天才。阿李维亚代表文化之美〔……〕这位法国人是代表冥想的；而这位德国人是代表行为的"[16]。茨威格的《罗曼·罗兰》认为，《约翰·克利斯朵夫》通过约翰·克利斯朵夫、奥里维、葛拉齐娅三个人物形象，表达出"德国之遏制的凶暴，法国的明晰，意大利精神的优美，欧洲三位一体的象征，没有再比这更高出的了"。不过，在 1940 年代反法西斯主义的时代语境中，戈宝权曾质疑作者的这种三位一体的创作意图，"在今天看起来，罗曼·罗兰的这种造意是很有商讨的余地的"[17]。

---

12 夏炎德：《和平主义者罗曼·罗兰》，《读书杂志》1933 年第 3 卷第 5 期。
13 戈宝权：《罗曼·罗兰的〈约翰·克利斯朵夫〉》，《读书与出版》1946 年第 1 期。
14 戈宝权：《罗曼·罗兰的〈约翰·克利斯朵夫〉》，《读书与出版》1946 年第 1 期。
15 [奥]剌外格：《罗曼·罗兰》，杨人楩译，上海：商务印书馆，1928 年，第 192 页。
16 [奥]剌外格：《罗曼·罗兰》，杨人楩译，上海：商务印书馆，1928 年，第 193 页。
17 戈宝权：《罗曼·罗兰的〈约翰·克利斯朵夫〉》，《读书与出版》1946 年第 1 期。

1946 年，董每戡在《文潮月刊》上发表《悼罗曼·罗兰》一文，与大部分介绍罗曼·罗兰的文章一样叙述罗兰的成长背景、与梅森葆夫人的友谊，介绍罗兰的信仰剧、革命剧及代表作《约翰·克利斯朵夫》和三部传记，材料大抵来自茨威格的《罗曼·罗兰》。同年，洪遒在《文艺生活》光复版第 2 期上发表《一切的峰顶——再献给真勇者罗曼·罗兰》一文。文章歌颂罗兰的灵魂像一座山峰，"峰顶上尽管有暴风雨的打击，云雾的包围，但是人们可以在那里呼吸，比在别的地方自由，纯洁的空气发散出新鲜的养份，洗净心头的创伤，把受苦的人从痛楚或麻痹中救起。"[18]这一段直接借鉴杨人楩翻译的《罗曼·罗兰》第二章《受了困苦的英雄》："伟大的灵魂，像是个山峰。上面有暴风雨的打击，云雾的包围；但是我们可在上面呼吸，比在旁的地方都自由。在纯洁的空气中，心之伤痕都丢净了；云雾消散时，我们可以看到人类的全景。"[19]文章还认可茨威格所持的德法意三位一体的观点。

由此可见，茨威格的《罗曼·罗兰》成为中国评论界了解罗兰的一扇窗口，但民国期间的评论家大都囿于该著的观点与材料，少有原创性的新见与主体性的洞察。针对这种批评现状，著名评论家王元化颇为反感，认为这种为"约翰·克利斯朵夫"找原型的评论，就像吃菜时要辨别其中的盐醋酱油一般，使小说失去了味道。他颇为形象地说："使我奇怪的是，外国许多批评家和中国许多批评家一样，常常喜欢为一本名著中的人物找'索隐'〔……〕有的说他是根据悲多芬，有的说他是根据韩德尔，有的说他是根据雨果窝夫〔……〕这样研究作品就如同吃菜时辨别里面放了多少盐、多少醋、多少酱油似的反而失掉了原有的滋味。读《约翰·克利斯朵夫》，谁能够抛弃那种文学 ABC 的滥调俗套，用自己的朴素的眼睛去看，谁才会领略到原作的真正的精神。"[20]同时，他也不赞成茨威格对《约翰·克利斯朵夫》主旨的概括，即认为这部小说的主题在于表达德、法、意三国精神的合流。他认为："记得在读《约翰·克利斯朵夫》之前，我曾先看过一本罗曼·罗兰的传记。作者说，罗兰在这本书里主要的企图是借他几个主角表达'德国精神'、

18　洪道：《一切的峰顶——再献给真勇者罗曼·罗兰》，《文艺生活》（光复版）1946年第 2 期。

19　[奥]刺外格：《罗曼·罗兰》，杨人楩译，上海：商务印书馆，1928 年，第 135-136页。

20　王元化：《关于约翰·克利斯朵夫》，《向着真实》，上海：上海文艺出版社，1982年，第 129 页。

'法国精神'、'意大利精神'的融汇合流。这种说法使我去读《约翰·克利斯朵夫》的兴趣减少了一半。老实说，我实在怀疑这种企图是否可以写出什么伟大的作品〔……〕我读完了《约翰·克利斯朵夫》得到了完全否定的回答。"[21]

改革开放后，茨威格的《罗曼·罗曼》先后出现六种不同译本，分别是姜其煌、方为文译的《罗曼·罗兰传》（1984，1993）[22]、吴裕康译的《罗曼·罗兰》（1999）[23]、杨善禄、罗刚译的《罗曼·罗兰》（2000）[24]、魏岷译的《罗曼·罗兰传》（2000）[25]、黄冰源等译的《罗曼·罗兰传》（2002）[26]、云海译的《罗曼·罗兰传》（2003）[27]，新译本无疑扩大了茨威格《罗曼·罗兰》的影响力。1980 年代以来，不少罗曼·罗兰研究论文从材料到观点都借鉴茨威格的《罗曼·罗兰》，比如前文所述从音乐性与和谐主题角度论述《约翰·克利斯朵夫》的一些论文，从人物象征角度论述约翰·克利斯朵夫、葛拉齐亚、奥里维象征意义的论文，诸如此类。这或许是 1980 年代以来看似热闹的罗曼·罗兰研究实则较为寂寞的原因，研究者囿于茨威格的观点而难以创新，具有原创性和独到见解的研究并不多见。

二、阿尼西莫夫的宏论：建国之后罗曼·罗兰接受中的苏联影响

俄法民族文学渊源深厚，两国文学交流源远流长。17-18 世纪以降，经由模仿和借鉴以法国文学为核心的西欧文学，俄罗斯先后形成古典主义、感伤主义和浪漫主义文学思潮，涌现出康捷米尔（А. Д. Кантемир, 1708-1744）、罗蒙诺索夫（М. В. Ломоносов, 1711-1765）、特列季亚科夫斯基（В. К.

---

21 王元化：《关于约翰·克利斯朵夫》，《向着真实》，上海：上海文艺出版社，1982 年，第 129 页。

22 参阅[奥]斯蒂芬·茨威格：《罗曼·罗兰传》，姜其煌、方为文译，长沙：湖南人民出版社，1984 年，1993 年。

23 参阅[奥]斯蒂芬·茨威格：《罗曼·罗兰》，吴裕康译，桂林：漓江出版社，1999 年。

24 参阅[奥]斯蒂芬·茨威格：《罗曼·罗兰》，杨善禄、罗刚译，合肥：安徽文艺出版社，2000 年。

25 参阅[奥]斯蒂芬·茨威格：《罗曼·罗兰传》，魏岷译，北京：中共中央党校出版社，2000 年。

26 参阅[奥]斯蒂芬·茨威格：《罗曼·罗兰传》，黄冰源等译，北京：华夏出版社，2002 年。

27 参阅[奥]斯蒂芬·茨威格：《罗曼·罗兰传》，云海译，北京：团结出版社，2003 年。

Тредиаковский, 1703-1768）、苏马罗科夫（А. П. Сумароков, 1718-1777）、冯维辛（Д. И. Фонвизин, 1744-1792）等一系列重要诗人和经典作家。1714-1742年间，在彼得堡科学院图书馆馆藏的法语书籍中，"几乎所有的法文出版物都是为了消遣时光，这些出版物共有 202 卷（占图书总数的 41%）。沙菲罗夫（П. П. Шафиров, 1669-1739）图书馆拥有的超过三分之一的法国书籍是畅销小说（共 78 卷）"[28]。受法国流行风尚的百年浸润和法兰西文化的持续影响，法国文学译介和学理研究在俄罗斯渊源深厚，经久不衰，不仅深刻影响了普希金以降的俄罗斯作家及其文学创作，而且涌现出众多学识渊博的名家学者和影响后世的人文学派。19 世纪中后期，随着俄罗斯帝国疆域的渐趋稳定与人文学术的日趋规范，神话学派、历史文化学派、比较历史学派、心理学派等学院派文学批评先后出现[29]。他们"继承了俄国革命民主主义美学和文学批评的传统，同时十分重视吸收欧洲社会科学和自然科学的新成就"，"力求把文艺学研究和文学史研究结合起来，革新文学观念，更新文艺学和文学批评的方法论，从不同视角研究文学创作和文学发展史"[30]。及至 20 世纪以降，法国文学研究在俄罗斯学界继续走向深入，涌现出巴赫金（М. М. Бахтин）、阿尼西莫夫（И. И. Анисимов）、阿萨诺娃（Н. А. Асанова）、莫蒂列娃（Т. Л. Мотылева）、米哈伊洛夫（А. Д. Михайлов）等众多知名学者。

（一）俄罗斯罗曼·罗兰接受研究概况

由于罗曼·罗兰强烈反对帝国主义战争，总体倾心并支持苏联社会主义和文化建设，再加上他与高尔基的深厚友谊，罗曼·罗兰自然而然成为苏联学术界的研究热点之一。20 世纪俄罗斯的罗曼·罗兰研究学术成就非凡，名家学者众多，是 20 世纪法国文学研究中的热点和重点之一。其代表性学者和著述主要有：И. И. 阿尼西莫夫的《文化大师》[31]，Н. А. 阿萨诺娃的《罗曼·罗兰与艺术中的间性问题》[32]，巴拉霍诺夫（В. Е. Балахонов）的《1914-1924 年间

---

28 Хотеев, П. И. "Французская книга в библиотеке Петербургской Академии Наук (1714-1742 гг.)." *Французская книга в России в 18 век: очерки истории.* Ленинград: Издательство «Наука» ленинградское отделение, 1986, С. 22.

29 刘宁主编：《俄国文学批评史》，上海：上海译文出版社，1999 年，第 588-619 页。

30 刘宁主编：《俄国文学批评史》，上海：上海译文出版社，1999 年，第 588 页。

31 См.: Анисимов, И. И. *Мастера культуры: Анатоль Франс. Ромен Роллан. Теодор Драйзер. Генрих Манн.* М.: Художественная литература, 1968, 1971.

32 См.: Асанова, Н. А. *«Жан Кристоф» Р. Роллана и проблема взаимодействия в искусстве.* Казань: Издательство КГУ, 1978.

的罗曼·罗兰》[33]、《罗曼·罗兰与其时代：早年时期》[34]和《罗曼·罗兰及其时代：让·克利斯朵夫》[35]，瓦诺夫斯卡娅（Т. В. Вановская）的《罗曼·罗兰：1866-1944》[36]，吉尔金娜（З. М. Гильдина）的《罗曼·罗兰与世界文化》[37]，格罗斯曼（Л. П. Гроссман）的《托尔斯泰的邻人：罗曼·罗兰及其创作》[38]，久申（И. Б. Дюшен）的《罗曼·罗兰的〈约翰·克利斯朵夫〉》[39]，伊斯巴赫（А. А. Исбах）的《罗曼·罗兰百岁诞辰纪念》[40]，洛谢夫（А. Ф. Лосев）与塔霍—高基（М. А. Тахо-Годи）的《自然美学：罗曼·罗兰作品中的自然及其风格作用》[41]，Т. Л. 莫蒂列娃的名人传记《罗曼·罗兰》[42]和《罗曼·罗兰的创作》[43]，特雷科夫（В. П. Трыков）的《罗曼·罗兰的自传小说》[44]，乌里茨卡娅（Б. С. Урицкая）的《罗曼·罗兰：音乐家》[45]。诸如此类的著述不仅彰显出罗曼·罗兰在俄罗斯的影响力、传播度和思想性，而且显示了20世纪俄罗斯知识界研究罗曼·罗兰的非凡深度、广度和力度。

对于1935年曾应邀访问苏联的罗曼·罗兰，20世纪俄罗斯知识界和学术界不仅并不感到丝毫陌生与异样，反而由于他对苏联的高度肯定而有着某种认同与亲切。其中，高尔基、卢纳察尔斯基等名家曾与其彼此接触，交往甚密。高尔基曾撰写文章《论罗曼·罗兰》[46]，后收入三十卷《高尔基文集》；

33 См.: Балахонов, В. Е. *Ромен Роллан в 1914-1924 годы*. Л.: Издательство ЛГУ, 1958.

34 См.: Балахонов, В. Е. *Ромен Роллан и его время: Ранние годы*. М.: Издательство ЛГУ, 1968.

35 См.: Балахонов, В. Е. *Ромен Роллан и его время: «Жан-Кристоф»*. М.: Издательство ЛГУ, 1972.

36 См.: Вановская, Т. В. *Ромен Роллан : 1866-1944*. М.: Искусство, 1957.

37 См.: Гильдина, З. М. *Ромен Роллан и мировая культура*. Рига: Звайгзне, 1966.

38 См.: Гроссман, Л. П. *Собеседник Толстого. Ромен Роллан и его творчество: По неизданным материалам*. М.: Кооперативное издательство писателей «Никитинские субботники», 1928.

39 См.: Дюшен, И. Б. *«Жан-Кристоф» Ромена Роллана*. М.: Художественная литература, 1966.

40 См.: Исбах, А. А. *Ромен Роллан : К столетию со дня рождения*. М.: Знание, 1966.

41 См.: Лосев, А. Ф., М. А. Тахо-Годи *Эстетика природы: Природа и её стилевые функции у Р. Роллана*. М.: Наука, 2006.

42 См.: Мотылева, Т. Л. *Ромен Роллан*. М.: Молодая гвардия, 1969.

43 См.: Мотылева, Т. Л. *Творчество Ромена Роллана*. М.: ГИХЛ, 1959.

44 См.: Трыков, В. П. *Биографическая проза Ромена Роллана*. М.: МПГУ, 2016.

45 См.: Урицкая, Б. С. *Ромен Роллан - музыкант*. М.: Советский композитор, ленинградское отделение, 1971.

46 См.: Горький, М. "О Ромене Роллане." *Собрание сочинений в 30 томах*. Т. 24. М.: Художественная литература, 1953.

卢纳察尔斯基先后撰写文章《罗曼·罗兰的新剧作》[47]和两篇《罗曼·罗兰》[48]，后收入八卷本《卢纳察尔斯基文集》第四、五卷；1932-1936 年间，苏联时代出版社和国家文学出版社联合推出二十卷《罗曼·罗兰文集》[49]；1938年，苏联音乐出版社和艺术出版社联合出版九卷本《罗曼·罗兰音乐——历史作品选》[50]；1954-1958 年间，苏联文学出版社推出的十四卷本《罗曼·罗兰选集》（Собрание сочинений）[51]；1959 年，巴耶夫斯卡娅（А. В. Паевская）编选《罗曼·罗兰文献索引》[52]；1966 年，苏联国家文学出版社出版《罗曼·罗兰回忆录》[53]；1967 年，苏联青年近卫军出版社推出《罗曼·罗兰选集》[54]；1971 年，苏联真理出版社推出留比莫夫（Н. М. Любимов）编选的九卷本《罗曼·罗兰选集》[55]，1983 年该文集作为"星火书系"（Библиотека «огонёк»）由真理出版社推出第二版[56]。比较而言，在俄罗斯的罗曼·罗兰研究中，阿尼西莫夫院士及其著述在学理性、思想性和影响力上，是比较突出且富有特色的，其突出特点在于从党的立场用马克思主义文学批评方法解读西欧文学，其中包括罗曼·罗兰思想及其创作的党性阐释。援引 20 世纪俄罗斯著名文学理论家苏奇科夫（Б. Л. Сучков, 1917-1974）的评价，"谈到学者、理论家和文学史学家的多边活动，以及在电影、戏剧、绘画等问题上的批评，必须强调的首先是——他（即阿尼西莫夫——引者注）有很高的原则性，能够始终从党的立场接近当代文学进程的复杂现象"[57]。这无疑强力吻合了 1950-1960 年代苏联学术界的主流话语。

---

47 См.: Луначарский, А. В. "Новая пьеса Ромена Роллана." *Собрание сочинений*. Т. 4. М.: Художественная литература, 1964, С. 438-521.

48 См.: Луначарский, А. В. "Ромен Роллан." *Собрание сочинений*. Т. 5. М.: Художественная литература, 1964-1965, С. 258-264, 498-504.

49 См.: Роллан, Ромен. *Собрание сочинений: в 20 т.* Л.: Кооперативное издательство «Время», Художественная литература, 1932-1936.

50 См.: Роллан, Ромен. *Собрание музыкально-исторических сочинений: в 9 т.* М.: Музгиз, 1938.

51 См.: Роллан, Ромен. *Собрание сочинений: в 14 т.* М.: ГИХЛ, 1954-1958.

52 См.: Роллан, Ромен. *Био-библиграфический указатель.* Сост. А. В. Паевской. М.: Изд-во Всесоюз. книжной палаты, 1959.

53 См.: Роллан, Ромен. *Воспоминания.* М.: Гослитиздат, 1966.

54 См.: Роллан, Ромен. *Избранные.* М.: Молодая гвардия, 1967.

55 См.: Роллан, Ромен. *Собрание сочинений: в 9 т.* Под ред. Н. М. Любимова. М.: Правда, 1971.

56 См.: Роллан, Ромен. *Собрание сочинений: в 9 т.* Под ред. Н. М. Любимова. 2-е изд. М.: Правда, 1983.

57 Львова, Г. "Памяти И. И. Анисимова," *Вопросы литературы*, №. 9, 1967, С. 254.

　　作为 20 世纪俄罗斯知名法国文学研究家和文学评论家之一，阿尼西莫夫院士全名伊万·伊万诺维奇·阿尼西莫夫（Иван Иванович Анисимов, 1899-1966），"把非凡的力量和完整性与罕见的亲切感结合在一起，……他身上体现了俄罗斯'广泛的天性'的美妙表达"[58]，在法国古典文学、西欧文艺复兴以降文学、俄欧文学关系等方面成就斐然，著述丰厚。阿尼西莫夫先后著有《图书馆中的翻译小说：先锋文学和科幻文学》（1929）[59]、《外国文学中资本主义奴隶制的特点》（1931）[60]、《古典遗产与现代性》（1960）[61]、《世界文学的新时代》（1966）[62]、《文化大师：阿纳托尔·法郎士、罗曼·罗兰、西奥图·德莱赛、亨利希·曼》（1968, 1971）[63]、《古典的鲜活生命》（1974）[64]、《俄罗斯古典与社会主义现实主义》（1976）[65]、《现实主义的当代问题》（1977）[66]、《从拉伯雷到罗曼·罗兰时代的法国经典》（1977）[67]。1983 年，苏联国家文学出版社推出三卷本《阿尼西莫夫文集》[68]，收录包括《文化大师》《古典的鲜活生命》《现实主义的当代问题》等在内的代表著述。在《纪念伊·伊·阿尼西莫夫》一文中，著名文艺理论家、文学批评家和社会活动家卢纳察尔斯基（А. В. Луначарский）从社会主义和共产主义学术发展角度，盛赞阿尼西莫夫的学术贡献："作为一位杰出的学者，苏联语文学的主要代表之一，伊万·伊

58 Львова, Г. "Памяти И. И. Анисимова," *Вопросы литературы*, №. 9, 1967, С. 254.

59 См.: Анисимов, И. и С. Динамов. *Переводная беллетристика в библиотеке: Авантюрная и научно-фантастическая литература*. Под ред. И. М. Нусинова. М.: Изд-во ВЦСПС, 1929.

60 См.: *Лицо капиталистического рабства в иностранной художественной литературе: Доклады И. Анисимова и С. Динамова*. Вступ. слово А. В. Луначарского. М. и Л.: Гос. соц.-экон. изд-во, 1931.

61 См.: Анисимов, И. И. *Классическое наследство и современность*. М.: Советский писатель, 1960.

62 См.: Анисимов, И. И. *Новая эпоха всемирной литературы*. М.: Советский писатель, 1966.

63 См.: Анисимов, И. И. *Мастера культуры: Анатоль Франс. Ромен Роллан. Теодор Драйзер. Генрих Манн*. М.: Художественная литература, 1968, 1971.

64 См.: Анисимов, И. И. *Живая жизнь классики: Очерки и портреты*. Вступ. статья и коммент. В. П. Балашова. М.: Советский писатель, 1974.

65 См.: Анисимов, И. И. *Русская классика и социалистический реализм*. М.: Правда, 1976.

66 См.: Анисимов, И. И. *Современные проблемы реализма*. АН СССР, Ин-т мировой литературы им. А.М. Горького. М.: Наука, 1977.

67 См.: Анисимов, И. И. *Французская классика со времени Рабле до Ромена Роллана*, М.: Художественная литература, 1977.

68 См.: Анисимов, И. И. *Собрание сочинений: в трех томах*. редакционная коллегия: Г. П. Бердников и др. М.: Художественная литература, 1983.

万诺维奇·阿尼西莫夫是众多共产主义文学家之一。他们以非凡的兴趣广度、多才多艺的知识、将艰苦的研究工作与日常组织工作结合起来的能力而著称。阿尼西莫夫是一位古典文学遗产的杰出宣传家。"[69]

　　1920-1930 年代，苏联开始严格管控社会科学和人文学科，以官方主流思想和意识形态改造教育制度和知识体制，形成既带有乌托邦理想又具有集权式规训的教育模式。"这一时期，党对社会科学学者的要求更加严格了。学者中那些怀疑所采用的社会主义建设方式的绝对正确性、建议保留新经济政策的各项原则、预告强制实行集体化之危险性的人，都被解除了工作。许多学者的命运都是悲剧性的"[70]。在前所未有的苏联意识形态教育体制中，阿尼西莫夫形成了以马克思主义和历史唯物主义为核心的学术理念。1918 年，阿尼西莫夫毕业于叶利宁中学，1925 年毕业于莫斯科大学社会科学系，1928 年毕业于俄罗斯社会院社会科学研究文学与语言研究所研究生班。阿尼西莫夫于1927 年开始出版著述，1934 年起成为苏联作家协会成员，1933-1938 年，他担任红色教授研究所世界文学教研室主任；1934-1938 年，他同时担任国家文学出版社外国文学编辑委员会主任；自 1939 年起在苏联科学院世界文学研究所工作。自 1939 年起成为全苏共产党（布尔什维克）党员；"二战"后曾担任艺术委员会副主席，后任《苏联文学》杂志主编。1952-1966 年间，担任苏联科学院世界文学研究所所长。1953 年 3 月 14 日，苏共中央社会科学院理事会授予他一系列科学著作中的语言学候选学位，但没有为一篇论文辩护。1953 年，在苏联科学院俄罗斯文学研究所，阿尼西莫夫以《世界文学与社会主义革命》[71]获得博士学位，主要探讨作为审美乌托邦形态的世界文学与社会主义革命之间的彼此影响。1960 年，阿尼西莫夫当选苏联科学院通讯院士。总体说来，阿尼西莫夫的著述特点在于，在意识形态上与苏联官方保持一致，坚持马克思美学原则和列宁主义党性原则："在继续和发展苏联文学批评的最佳传统的同时，他以一种真正的热情，始终如一地、有目的地处理艺术理论问题，

69　Луначарский, А. В. "Памяти И. И. Анисимова," *Собрание сочинений. В 8-ми т.* Литературоведение. Критика. Эстетика. Т. 7. Эстетика, литературная критика. М.: Художественная литература, 1967, С. 99.

70　[俄]泽齐娜、科什曼、舒利金：《俄罗斯文化史》，刘文飞、苏玲译，上海：上海译文出版社，1999 年，第 318 页。

71　См.: Анисимов, И. И. *Всемирная литература и социалистическая революция.* Автореферат дис. на соискание учен. степени доктора филол. Наук. Акад. наук СССР. Ин-т русской литературы (Пушкинский дом). М.: Изд-во Акад. наук СССР, 1959.

在美学领域坚持马克思—列宁主义原则。"[72]

1954-1958 年间，苏联国家文学出版社推出的十四卷本《罗曼·罗兰选集》，阿尼西莫夫为此撰写了长达 61 页的长篇序言《罗曼·罗兰：1866-1944》（"Ромен Роллан: 1866-1944"）。长文《罗曼·罗兰：1866-1944》由五部分构成：其一，从社会历史批评角度，介绍罗曼·罗兰的创作生涯，评析其创作的历史价值；其二，从社会主义的党性原则出发，以马克思—列宁主义美学思想为依据，比较客观地介绍罗曼·罗兰一生思想的演变过程；其三，评论罗兰的"名人传记"，即《贝多芬传》（Жизнь Бетховена）、《米开朗基罗传》（Жизнь Микеланджело）、《托尔斯泰传》（Жизнь Толстого）；其四，评论"长河小说"《约翰·克利斯朵夫》（Жан-Кристоф）；其五，评述《欣悦的灵魂》（Очарованная душа）等作品。

在文章开篇中，阿尼西莫夫从阶级斗争和思想意识的角度出发，审视罗曼·罗兰的生平创作和思想形成："罗曼·罗兰在 19 世纪末进入文学界。根据列宁的著名论断，这是一个'资产阶级完全统治和衰落的时代，是一个从进步资产阶级向反动的和最为反动的、财政资本转变的时代'。但是，'这是一个新的阶级和现代民主准备和缓慢集结的时代'。罗兰的作品完美地反映了这种近乎动荡的社会状态。"[73]如此论述有力奠定了全文的论述基调和意识性质。在详细论述代表性著述的基础上，阿尼西莫夫高度肯定罗曼·罗兰思想及其创作的世界意义："罗兰对人类和平与幸福事业的贡献是不可估量的。他的创作丰富了他的国家和全世界的进步文学。随着他的创作与人民生活，与反法西斯解放斗争不断加深和加强，所有的力量和可能都在创作中得到发挥。上升认识到世界的命运已经发生了根本性的变化，人类历史上的一个新时代已经开始，这位伟大作家在其作品中如实地反映了这个新时代的本质。如今，一个强大的反帝国主义阵营，捍卫全世界的和平事业，理所当然地为罗曼·罗兰置身其中感到自豪，法国人民为自己忠实的儿子感到自豪，他们的勇气和精神财富被《迷人的灵魂》的作者重新创造了。"[74]从今天的眼光和开放的思想

72 Луначарский, А. В. "Памяти И. И. Анисимова," *Собрание сочинений. В 8-ми т.* Литературоведение. Критика. Эстетика. Т. 7. Эстетика, литературная критика. М.: Художественная литература, 1967, С. 99.

73 См.: Анисимов, И. И. «Ромен Роллан (1866-1944)». Ромен Роллан. *Собрание сочинений*. Т. 1. М.: Художественная литература, 1954, С. V.

74 См.: Анисимов, И. И. «Ромен Роллан (1866-1944)». Ромен Роллан. *Собрание сочинений*. Т. 1. М.: Художественная литература, 1954, С. LXI.

来看，虽然《罗曼·罗兰》一文难免附丽历史的迷雾和话语的陷阱，但其中的主要观点和核心评述极为深入，颇有价值和启发。

（二）阿尼西莫夫的罗曼·罗兰论对中国评论界的影响

伴随中苏友好同盟的建立和两大阵营态势的形成，苏联的文艺理论、创作方法、批评理念、文艺思潮等多维度的文艺思想，深刻全面而持续地影响着当代中国的文学艺术。其中，"社会主义现实主义理论的传播是整个国家意识形态机制的一个组成部分，接受一方的媒介对于选择发放一方哪些文章或文件进行译介，主要视乎接受者的政治需要和发送者的关系，这决定于双方在意识形态发展过程中是否取得共识或是否发生冲突。……文学创作和批判方面需要的是建立一种政治标准或尺度。因此，社会主义现实主义（在中国）的接受更多侧重其政治原则或党性原则"[75]。正是在这一复杂国际关系和宏观文艺背景下，1956年，阿尼西莫夫的研究文章《罗曼·罗兰》经侯华甫翻译，由上海新文艺出版社推出，印刷13,000册。该作的历史主义主要观点和阶级冲突解读路径，尤其是对《约翰·克利斯朵夫》小说结尾的评论，直接影响了1950-1970年代的中国评论家。

倘若说1940年代的杨晦、秋云等评论家主要批评约翰·克利斯朵夫的个人主义奋斗未能与广大人民群众的力量结合，从而导致其失败结局，那么，阿尼西莫夫除批评第七卷《户内》一节中约翰·克利斯朵夫单枪匹马的斗争，认为这种斗争必然失败外；还批判小说中的《复旦》这一卷充满宗教气氛，批评约翰·克利斯朵夫丧失了战斗力。"克利斯朵夫回避了斗争，躲开了社会的风暴，孤独地与世长逝了。这样，不管长篇叙事诗的结局是如何美丽，如何动人，它多少还是令人失望的。参加了伟大斗争的人，赢得了我们最大同情的人终于自我陶醉在某种完全丧失了斗志性的冥想中。"[76]进而，阿尼西莫夫否定《复旦》这一卷的价值，认为《复旦》表现出"空洞抽象的福音"："在这一卷书中已经没有以前那种愤怒的力量，也没有在长篇叙事诗的前几卷书中见到过的现实主义的深度。笼罩着正在死去的克利斯朵夫的含糊的哲学和在《复旦》一卷的篇幅中表现出来的、与众不同的求神主义无疑地是这

75　陈顺馨：《社会主义现实主义理论在中国的接受与转化》，合肥：安徽教育出版社，2000年，第237页。

76　[苏]伊·阿尼西莫夫：《罗曼·罗兰》，侯华甫译，上海：新文艺出版社，1956年，第25页。

部卓越的巨著的弱点。"[77]

　　1958 年，张勇翔在《克里斯朵夫的反抗及其他》一文中，比较直接地借鉴了阿尼西莫夫的研究观点。他说："正因为作者赋予克利斯朵夫的反抗精神和'博爱'思想缺乏明确的阶级性，所以克利斯朵夫在小说的第十卷《复旦》中就暴露了自己的缺点，失去了在第 4 卷《反抗》中所表现的那种斗争朝气，而沉醉在个人的自我满足的小天地中了。"[78]读者刘静也认为，在《复旦》一卷中，"克利斯朵夫的反抗精神已经完全消逝了，一点也嗅不到斗争的气息了"[79]。

　　法国文学研究专家罗大冈也赞同阿尼西莫夫的观点，"我却完全同意阿尼西莫夫关于这一卷书（指《复旦》——引者注）的看法，认为是消极的。我看以调和代替斗争，确乎是这一卷书的指导思想。"[80]在《〈约翰·克里斯朵夫〉及其时代》一文中，罗大冈重申这一观点："作者把暮年的克利斯朵夫写成一个不分辨是、非、恩、仇的世故老人，离开他年轻时的慷慨激昂的反抗与斗争，已经很远了。〔……〕因此《约翰·克利斯朵夫》这部巨大作品的结局'多少还是令人失望的'。"[81]罗大冈认同并引用阿尼西莫夫的原文，认为克利斯朵夫最后发展到"终于自我陶醉在某种完全丧失斗争性的冥想中"[82]。在1979 年出版的《论罗曼·罗兰》一书中，罗大冈甚至认为《复旦》这一卷是"画蛇添足"，并认为罗兰在这一卷中表达的"协调"思想是"唯心主义"和"虚无主义"的。

　　姚文元在《如何认识约翰·克利斯朵夫这个人物》一文中，也认为这部小说的结尾"染上了相当浓的唯心主义色彩同宗教的气氛"，在《燃烧的荆棘》的结尾，"这种宗教气氛加强到最浓厚的地步"[83]。冯至在《对于"约翰·克利斯朵夫"的一些意见》一文中，也批判克利斯朵夫的个人主义奋斗和小说的宗教气氛："他的艰苦奋斗的精神虽然能使我们感动，但是因为采取的是个人

77 [苏]伊·阿尼西莫夫：《罗曼·罗兰》，侯华甫译，上海：新文艺出版社，1956 年，第 25 页。

78 张勇翔：《克利斯朵夫的反抗及其他》，《读书月报》1958 年第 1 期。

79 刘静：《个人主义的反抗目的》，《读书月报》1958 年第 2 期。

80 罗大冈：《答刘治、郭裏两位同志》，《读书月报》1958 年第 4 期。

81 罗大冈：《〈约翰·克利斯朵夫〉及其时代》，《文学研究》1958 年第 1 期。

82 罗大冈：《〈约翰·克利斯朵夫〉及其时代》，《文学研究》1958 年第 1 期。

83 姚文元：《如何认识约翰·克利斯朵夫这个人物》，作家出版社编辑部编：《怎样认识〈约翰·克利斯朵夫〉》，北京：作家出版社，1958 年，第 4 页。

主义孤军作战的方式，奋斗的成果并不是令人鼓舞的，他反抗的腐朽的社会并没有由于他的反抗而有所改变，相反地他却沉入一种表面上好像是很庄严、实际上却是很可怜的宗教的氛围里。"[84]

此一时期，阿尼西莫夫对约翰·克利斯朵夫的批评，已然成为中国评论界批判《约翰·克利斯朵夫》重要的思想理论来源。这本书中的其他观点与材料还频繁地被此时期的评论者引用。更有甚者，读者毛治中将阿尼西莫夫的一句话"个人主义是整个时代的偏见"[85]作为其文章的标题，在论述"个人主义无论在任何历史条件下都是落后反动的"这一观点时，还引用这部专著中罗曼·罗兰的一段话作为立论的根据：

> 罗曼·罗兰在 1895 年 9 月的日记中就已经对个人主义做了判决，他说："我开始感觉到，对我的心灵如此亲切的个人主义——以它为基础我建立了自己的生活和自己的主人公——只不过是许多'温暖的防寒头巾'中的一个而已。托尔斯泰警告过我不要去使用它们，它们妨碍着人们看到真理。个人主义是整个时代的偏见〔……〕"[86]

此外，在《〈约翰·克利斯朵夫〉与资产阶级人道主义》《〈约翰·克里斯朵夫〉及其时代》等多篇文章中，罗大冈也引用阿尼西莫夫文章中的核心观点和主要材料。从以上材料可以看出，阿尼西莫夫的《罗曼·罗兰》这部论述，在 1950-1970 年代的中国评论家产生过重要影响。

三、多维与一维的转换：罗曼·罗兰接受中域外影响的三个特点

总体说来，在 20 世纪中国百年罗曼·罗兰接受历程中，域外思想资源与中国本土思想传统相互交织，整体呈现出三个颇有特色的宏观特点。

其一，域外资源呈现出从辅助次要到主导核心的性质嬗变。就性质角色而言，在罗曼·罗兰中国接受史中，域外思想资源发生从配置性角色转变为主导性角色。倘若说 1920 年代，茨威格的《罗曼·罗兰》主要以细腻深入的心理剖析，从知识资料和思想观点上，给予中国评论界以辅助性的重要启发，那么

---

84 冯至：《对于〈约翰·克里斯朵夫〉的一些意见》，《读书月报》1958 年第 5 期。

85 [苏]伊·阿尼西莫夫：《罗曼·罗兰》，侯华甫译，上海：新文艺出版社，1956 年，第 5 页。

86 [苏]伊·阿尼西莫夫：《罗曼·罗兰》，侯华甫译，上海：新文艺出版社，1956 年，第 5 页。

1930 年代以后，以期刊社论和阿尼西莫夫为代表的苏联评论则以意识形态的解读路径，从思想观点和解读方法上，给予中国评论界以主导性的引导。其中，最典型的例证在于，1930-1940 年代，受到苏联《文学新闻》社论的影响，从政治立场和思想倾向出发，将罗曼·罗兰的思想分为前后两个时期，否定其前期思想而肯定后期思想，并因此否定罗兰的前期代表作《约翰·克利斯朵夫》，而高度赞扬后期的创作《迷人的灵魂》。随后以戈宝权、茅盾、罗大冈为代表的评论家都延续苏联社论的观点，一直到 1990 年代，柳鸣九发文认为，要以文学标准而非政治标准来评价罗曼·罗兰的创作，《约翰·克利斯朵夫》的艺术价值无疑更高[87]。至此，笼罩在这部小说身上的意识形态迷雾才被清除。受苏联评论的影响，中国主流评论界以罗曼·罗兰发表《向过去告别》为主要分界线，认为罗曼·罗兰的阶级立场和思想意识发生本质变化，即从资产阶级的个人主义者彻底转变到坚强的社会主义者，从资产阶级的人道主义战士转变为支持革命的勇士，怀着永不熄灭的理想主义的光明信仰，为全世界受法西斯压迫的国家和人民的解放斗争而奋力发声。1950-1970 年代，阿尼西莫夫的阐释范式和思想观点，则成为中国评价罗曼·罗兰的重要理论与思想资源。

其二，域外资源表现出从多维复调到一维单声的态势转变。就发展态势而言，在罗曼·罗兰中国接受史中，域外思想资源发生从相对多元转变为仅引用马克思主义理论和苏联理论话语的态势。就接受美学而言，接受主体的民族传统、文化结构和时代需求等因素，会潜在制约对接受客体的认知阐释。换言之，接受客体进入异质文化中，不仅关涉接受主体的知识谱系和群体诉求，也受制于特定的时代需求和历史语境。五四新文化运动时期，开时代风气之先，知识分子为革除时弊，开始密切关注世界各国文化和思想动态，迫切地想要了解各主要先进国家的新思想、新文化和新文学现象。具体到罗曼·罗兰在中国的接受来说，中国学人为迫切了解罗曼·罗兰的思想，在 1920 年代先后介绍了日本学者、英美学者、奥地利学者等不同国家的域外资源，但是从 1930 年代伴随着马克思主义在中国的传播，中国文学界和思想界发生转向，苏联思想资源被格外重视，中国学界翻译了不少苏联研究罗曼·罗兰的文章和书籍，到1950 年代，以阿尼西莫夫为代表的苏联罗曼·罗兰研究更是成为中国学人普遍引用的文献资料。也就是说，1920 年代的中国知识分子普遍具有世界文学

---

87 柳鸣九：《永恒的约翰·克利斯朵夫》，怒安编：《傅雷谈翻译》，沈阳：辽宁教育出版社，2005 年，第 209 页。

眼光和人道主义情怀，能够比较有效地从主体性出发，比较客观地借助域外资源认识接受客体，并且对域外资源也不是盲目全盘接受，能够辩证看待。及至1950 年代，由于时代历史语境的嬗变和思想话语的转换，再加上知识分子自身知识结构和学识眼光的局限，往往部分丧失应有的主体性意识，在国际共产主义运动和社会主义意识形态的召唤下，以苏联文艺评论为标准和圭臬。换言之，伴随着时代语境的变化和接受主体的转换，域外思想资源在中国知识界逐渐发生了从丰富多维到单声一维的态势转变。从重视茨威格的《罗曼·罗兰》转向推崇阿尼西莫夫的《罗曼·罗兰》，可视为苏联文艺理论曾强烈影响中国文艺评论的具体表征。到1980 年代，研究者引用的域外资源又基本以茨威格的《罗曼·罗兰》为主，仍然较为单一。

其三，研究主体表现出从主体明晰到主体缺失的意识转换。就研究主体而言，在罗曼·罗兰中国接受史中，域外思想资源发生从以世界文学为参照系、以中国需求为出发点转变为以苏联文学为参照系、以苏联理念为标准，研究主体呈现出从主体明晰到主体缺失的意识转换。总体说来，"中国对俄罗斯的误读是基于向外寻求思想资源以改造民主性的过程中发生的，俄国文化进入中国的身份是引导我们的'强者'。自'五四'新文化运动以来，越来越强势的社会主体力量，把自己的感情和诉求投注在对俄国文化的引进中，现实性需求掩盖了想象俄国的理性审视"[88]。1930 年代之后，随着时局变化，马克思主义在中国的广泛传播，中国文学界和思想界思潮逐渐发生改变，曾经具有世界眼光、视野开阔、学识渊博的"通才"学者逐渐转变为以俄为师、专而又专的"专才"，"起于 1920 年代末 1930 年代初，引进俄国文学和理论逐渐变成进步青年、职业革命理论家、俄语方面专家等人的专门工作后，即出现'专才'替代'通才'现象，随之在接受或拒绝俄国问题上也显示出相应的变化：选材上日趋受苏俄思想影响，在理解俄国文化问题上缺乏世界眼光，发展到1940 年代已经把阅读俄国文学当做一种意识形态行动，主体性意识丧失成为趋势"[89]。在这种文化背景和思想诉求之下，中国知识界自 1930 年代起便格外关注苏联的罗曼·罗兰研究动向；其中，在 1930-1940 年代，《译文》《质文》《时事类编》《文学新报》等代表期刊都曾大力引进过苏联的评论，苏联文艺

---

[88] 林精华：《误读俄罗斯——中国现代性问题中的俄国因素》，北京：商务印书馆，2005 年，第 511-512 页。

[89] 林精华：《误读俄罗斯——中国现代性问题中的俄国因素》，北京：商务印书馆，2005 年，第 518 页。

界对罗曼·罗兰的评价和观点，成为彼时中国评论界的风向标。20 世纪中叶伴随着中苏关系的结盟和意识形态的统一，苏联官方对罗曼·罗兰的认知阐释进入中国知识界，便具有了极强的思想引领性和意识权威性。研究主体也因此身不由己地陷于意识形态话语的羁绊之中，失去了立足文本而生发的独特的生命体验和价值立场判断。

总之，在域外诗学上，域外罗曼·罗兰研究与中国罗曼·罗兰认知呈现出彼此交织、相互融汇的总体态势，表现出明显的交互对话倾向和国际变异特点。民国时期西欧的罗曼·罗兰研究主要以茨威格的《罗曼·罗兰》为代表，建国之后苏联的罗曼·罗兰研究主要以阿尼西莫夫的《罗曼·罗兰：1866-1944》为代表。二者在特定形势和不同时期，深刻融入并影响罗曼·罗兰在中国的接受认知。在 20 世纪中国百年罗兰接受史上，域外思想资源与中国本土思想传统相互交织，整体呈现出从辅助次要到主导核心的性质嬗变、从相对多元到单一局限的态势转变、从主体明晰到主体模糊的意识转换。

结语　文化学症候：中国罗曼·罗兰接受诗学的特点与价值

　　在特点价值上，中国罗曼·罗兰接受诗学具有充分的多维度价值与多层面意义，呈现出鲜明的文化地域性和变异普遍性。在跨文化和跨语际传播过程中，任何复杂思想异质文学的传播接受必然会出现误读现象，产生思想传播与文学接受的变异。因为任何民族对外来文化、外来思想、外来文学的接受，都是一个逐步加深理解的过程，往往伴随从立足于接受主体的需求向深入认识接受客体的嬗变。粗疏而论，根据接受对象和历史阶段的差异，20 世纪中国评论界对罗曼·罗兰的接受重心可以大致分为两个阶段，即 1958 年之前主要关注罗曼·罗兰的思想与精神，1958 年之后则大致将重心转移至其代表作《约翰·克利斯朵夫》的讨论与研究。在百年中国文学史和思想史上，罗曼·罗兰的跨文化接受和变异性阐释，既具有比较文学变异学和文化传播学的普遍性，又呈现比较文学阐释学和文学思想史的独特性，构成 20 世纪中国文学与域外文学相互冲突、彼此互动与前后融合的典型症候。

一、跨文化认知：中国罗曼·罗兰接受诗学的整体特点

　　在跨语言、跨民族、跨文化的译介传播和接受实践中，罗曼·罗兰在中国百年的接受历程中，总体呈现出五个比较突出的宏观特点。

　　其一是明显的时代社会价值取向。伴随着中国时代风云变幻、政治格局斗转星移、文化思潮风起云涌，百年罗曼·罗兰中国传播接受史深深打上中国社会变迁思想嬗变的历史烙印。五四新文化运动以来的中国知识分子格外关注

祖国与人民的命运，知识分子的时代介入感和使命感很强，在译介国外作家作品时也就格外关注作家作品的思想内涵与时代意义。1958 年之前的中国评论界更为关注的是作为思想家、社会活动家的罗曼·罗兰，而非艺术家的罗曼·罗兰；更为关注的是罗曼·罗兰的精神气度、文化人格和亲苏立场，而非其作品的审美维度。罗曼·罗兰的世界性声誉促进了其作品的汉译，然而与其作品被大量汉译形成对照的是，其作品的研究工作则相对处于滞后状态，大部分作品的研究基本处于空白状况。罗曼·罗兰在一战期间冒天下之大不韪的反战姿态与独立精神，他在《精神独立宣言》中表现出来的精神之自由、勇猛之力量，与中国五四新文化运动的时代思潮相契合，罗曼·罗兰也因此被偶像化为人类的精神导师与"世界的良心"。1930 年代，在中国风雨如磐的艰难岁月，中国学界更注重挖掘罗曼·罗兰本人与约翰·克利斯朵夫正视生活、勇于战斗的"超人"力量和英雄主义战斗精神，并将之与中国革命者形象联系起来，以激励国人的战斗意志。随着马克思主义诗学在中国的巩固，一些批评家开始从阶级论出发质疑罗兰的世界主义、人道主义的博爱精神与和平主义。1930 年代的评论家推崇罗兰的英雄主义战斗精神，反对其和平主义和人道主义，而没有看到两者之间的联系。对生命的关注是罗曼·罗兰思想的出发点与归结点，在罗曼·罗兰的心中，英雄主义者既具有战斗的伟力，又拥有博爱的人道主义胸怀，追求生命的最终和谐。民国期间的批评家来不及细细琢磨罗曼·罗兰的思想，而从时代社会价值层面采取"为我所用"的策略接受罗曼·罗兰的思想，借罗曼·罗兰思想来建构符合时代思潮与中国现实需求的理论话语。

1930 年代，左翼文学思潮逐渐成为中国文坛的主流诗学思潮，个人主义作为集体主义的对立面遭到排斥。围绕着"文艺大众化"的主题，中国思想界思考的重心在于如何将文艺与大众连接，知识分子如何融入人民大众的集体之中。于是，在 1940 年代，罗兰曾倍受赞誉的英雄观与约翰·克利斯朵夫式的英雄主义被视为"个人英雄主义"，而遭到质疑。同时，罗曼·罗兰的民众戏剧有系统地大规模出版，甚至一版再版，出现多种译本。此时期中国评论界着力挖掘的是他毅然与过去告别、斩断过去走向新生的勇气，挖掘他摒弃个人思想融己入民、追求真理与进步的战士形象。通过对罗曼·罗兰思想与形象的阐释与再塑造，中国知识界力图使他成为中国知识分子告别过去、走向无产阶级的榜样。纵观而论，中国学人在民国期间对罗兰思想的选择与疏离及罗兰形象在此时期的变迁，可以折射出注视他者形象、塑造他者形象的中国学人在不同时期的社会心态史。时代思潮诸因素融入阐释者的"视界"之中，在探求文本与文本作者时，便挖掘出溢出文本与文本作者本身所蕴含而与自我"视界"相关联的因素，从而也从他者接受那里更好地映射出了自我——受时代社会价值取向制约的中国评论者。

罗曼·罗兰语境中的"个人主义"和"英雄主义"，与 1940 年代中国文化语境中的"个人主义""个人英雄主义"内涵存在差异。个人主义在罗兰的"视界"之中始终具有保持精神独立的含义，它与集体、与民众并不相悖，是可以将其植入民众之中仍保持头脑清明、精神独立的。与之相关联的"英雄主义"不仅具备精神的独立，还拥有一颗仁爱之心，在洞察体悟生命的大悲剧之后仍保持着不屈的斗志，为公众服务，追求生命的和谐。然而，个人主义话语经译介传播至中国语境之后，便不断发生着语义的延异、增殖与嬗变。在 1940 年代中国文化语境中，人们从个人与集体、个人与社会的角度来定义个人主义，属于社会学层面。"个人主义"被视为集体主义的对立面，与集体主义水火不容，是完全消极的思想，必须被抛弃，而"英雄主义"也离开了生命体验范畴，进入脱离群体与大众、独自进行个人奋斗的社会学层面。阐释主体与阐释对象之间的"视界"差距造成阐释者对对象的疏离，这种"视界"差距与疏离程度在 1950 年代五十后期至 1970 年代末期达到顶点，造成这种差距的主要原因在于时代社会文化背景的变迁、罗曼·罗兰思想的复杂性和中西方文化传统的差异。正如比较文学变异学理论的提出者曹顺庆教授所指出，"在人类社会发展过程中，由于地理环境、生产方式、历史和民族心理等方面的差异，各民族、国家和文明圈形成了各自独特的文化传统。在一国文学中蕴含深意的动物、植物、成语、典故、数字、地名、人名在被移植到他国之后，其意义往往会出现失落、增殖和扭曲的可能。"[1]在跨文化语境中，某种理论或概念在其传播过程中最易发生内涵的变异，出现语义的缩小或丢失、误读或扭曲、增殖或扩展。

其二是现实的政治功利性选择。新中国成立之前，中华民族一直处于水深火热的各种战争之中，罗曼·罗兰最初引起中国学界关注的正是他对于战争的态度，由 1920 年代赞赏罗曼·罗兰力排众议反对战争的独立姿态，到 1930 年代反思罗曼·罗兰的和平主义与人道主义，一方面显示出接受过程中所必然经历的由盲目接受过渡到理性分析的过程，另一方面也是评论界联系中国的

---

1 曹顺庆、王超：《比较文学变异学》，北京：商务印书馆，2021 年，第 259 页。

社会实情做出的政治性判断——以暴制暴是必然的选择。1930 年代，罗曼·罗兰视苏联为人类前景的进步方向，明确表示拥护苏联社会主义国家，并与高尔基结下深厚的友谊。1930-1950 年代的中国评论界尤其重视罗曼·罗兰与苏联的亲密关系，着重介绍显示其政治倾向的《与过去告别》、《我走来的路》、《向高尔基致敬》等政论文，甚至以此为界，将罗兰思想划分为前后两个时期，并在罗曼·罗兰"与过去告别"上大做文章，甚至将其视为一名从资产阶级个人主义者转向社会主义的战士。这种政治功利性选择，表明罗兰对中国学界存在着一种价值性维度。

　　阐释主体与阐释对象之间总是存在一种价值性的考量，在时代转型时期，阐释主体尤其注重考察阐释对象是否契合阐释者所处的时代环境，是否有助于解决其面临的生存发展问题，从而形成选择与疏离两种价值取向。这种价值性考量会随着阐释主体时代主题的变迁而改变，阐释对象与阐释主体之间现实相关度越高，阐释对象也愈受到重视。当罗兰的独立精神、人道主义思想在 1920 年代有助于引导青年摆脱传统思想的羁绊，有助于知识分子进行独立、自由、民主、博爱等现代思想的启蒙时，当英雄主义在 1930 年代有助于解决中华民族面临的生存困境时，这些思想资源便被阐释主体大力弘扬；当"和平主义"思想无助于甚至妨碍 1930 年代中华民族的救亡图存时，阐释主体对阐释对象的批判性功能便发挥出来。1958 年之前，罗兰左倾的思想态度、与苏联老大哥之间的友好关系契合了阐释者所处的时代环境，从而获得阐释者的认同。1978 年之后，人道主义再次成为中国知识分子讨论的热点问题，知识分子对罗兰的关注再次升温。1990 年代中国社会发生转型，罗兰毕生思考的人道主义、英雄主义与理想主义不再是时代关注的热点问题，罗兰作品的审美艺术也不再是文学界取法的对象，罗兰在中国的接受也失去了前两个阶段的火热局面。

　　其三是鲜明的本土化过度阐释。对作家作品的阐释应采取主体间性的平等对话策略，只有当对话双方完全敞开自我，阐释者以理解的姿态去接近作家作品，将阐释对象视为"主体"而非被审视的"客体"，消除生硬的主客体之间的认识关系，而代之以主体与主体之间的平等对话，阐释者才能更好地洞察阐释对象的意图，并在对话过程中不断扩大自我的前理解，提升欣赏趣味。但是，中国评论界在 1958-1978 年二十年间对《约翰·克利斯朵夫》进行阐释时，完全站在本土立场上采取"为我所用"的态度对其作品进行过度发挥，阐释超出了对象的有效解释范围，以一种几近对立的方式对文本进行逆反式解释，阐释的目的不在于更好地了解文本，不是为了达到一种新的理解，而在于通过对文本进行过度阐释与发挥以附和主流意识形态。阐释双方不是对等的对话关系，不是一种视界积极与另一种视界融合产生理解的过程，而是完全忽视抹煞文本视界与作者视界，以阐释者的视界取代作者视界，是一方对另一方的审判、挤压与扭曲。此时期社会意识形态高度统一，以集体同一性思考机制抹杀了个体独创性思考机制，并且将文本的独特性、艺术性无情地转化为自身幻象，却将文本所承载的内涵意识形态化。

其四是明显的艺术趣味狭窄化。这一方面体现在，评论界忽视对罗曼·罗兰的其他作品如长篇小说《母与子》、戏剧、三大名人传记的解读，另一方面体现在对《约翰·克利斯朵夫》狭窄的研究上——局限于茨威格《罗曼·罗兰》一书中所涉及的音乐结构、人物索引、象征意义与人物形象上，也体现在对该小说解读的浅层化态势上。阐释者阐释文本的效果与评价水平如何，很大程度上取决于阐释者本人的知识结构、阐释能力（艺术鉴赏功底）和阐释立场。而阐释立场一方面受时代诗学与意识形态的影响，另一方面取决于阐释者的"视界"与阐释对象的"视界"能在多大程度上形成"视界融合"，视界融合的面积越大，由文化差异导致的误读的可能性就越小，阐释者阐释立场偏离阐释对象的可能性也越小。

纵观《约翰·克利斯朵夫》在中国的接受史，敬隐渔、傅雷、柳鸣九等人具有深厚的法国文学修养与艺术鉴赏能力，他们能够品读到小说独特的艺术魅力，然而即便是这几位阐释者，对该小说的阐释也只是停留在鉴赏的层次，而未从学理角度纵深拓展小说的艺术特征。1920-1940年代的评论家虽然不乏评论界的权威茅盾、戈宝权、邵荃麟等人，然而他们大都受到时代诗学与意识形态的影响，执着于文学的社会实际功用，从时代意义出发来挖掘作品的现实意义而忽略了文本的美学意义，导致批评视角的狭窄化。1950-1970年代，在罗兰研究史上具有举足轻重地位的研究者罗大冈，由于阐释立场的偏差而影响了阐释效果，其在当时具体时代氛围中形成的"视界"与蕴含于文本中作者原初的"视界"几乎不存在交集，误读与曲解也随之而来。1980年代，一些具有反省能力的评论者，对旧有知识框架和意识形态进行反思与批判，努力克服文本所属的文化和时代与阐释者本人之间的距离，尽力通过重新认识作者与文本而一定程度上形成两者视界的"融合"，从而使阐释达到一个全新的境界与新的高度，这主要体现在对小说主题、小说结构与创作思想关系的深入开掘上，如艾珉、李清安等人对小说和谐主题、生命力主题的开掘，李怡等人对小说结构的考察。1990 年代以来，阐释者在文本阐释上体现出学养不足、阐释能力欠缺的弱点，在观点与角度上难以突破茨威格《罗曼·罗兰》一书的瓶颈，造成文本研究视域的窄化倾向。

二、变异性阐释：中国罗曼·罗兰接受诗学的宏观价值

整体而言，罗曼·罗兰在中国接受变异的主要价值有三，既具有认知中国新文学变动不居、实验革新、求新求变的文学史价值，又具有把握百年中国社会变迁和历史流动的社会学价值，更包含剖析个人主义、人道主义、英雄主义等概念在百年中国流变认知的思想史价值。在罗曼·罗兰的百年中国接受史中，变异性阐释和跨文化误读成为无可避免的现象，呈现出比较鲜明的在地性、丰富的历时性和明显的论争性，其中有正读的深度和误读的曲解，有合理的诠释和过度的阐释，有理性的分析和悖论的解读。

变异性阐释和跨文化误读主要以《约翰·克利斯朵夫》为核心，鲜明体现为对小说结尾和人物形象的悖论解读。20 世纪上半期，茅盾、戈宝权等评论家将罗兰思想分为前后两期，断定罗兰的前期思想为其本人所抛弃，并据此否定罗兰前期思想的结晶《约翰·克利斯朵夫》。这也解释了该小说何以在中国拥有全译本不久，便遭遇受质疑被批判的处境，其命运亦随之发生陡然转变。这种转折主要表现在小说结尾的悖论解读和人物形象的悖论解读两个方面。

其一是小说结尾的悖论解读。自《约翰·克利斯朵夫》在中国流布以来，对小说的结尾《复旦》一章存在两种截然不同的观点。一种以 1940 年代的傅雷、1980 年代的张世君、许金声等人为代表，外国评论家以茨威格为代表，认为克利斯朵夫在晚年生命升华，到达一个更高超的境界，肯定罗曼·罗兰所追求的和谐的创作意图。一种以 1940 年代的邵荃麟、杨晦、1950 年代的罗大冈等评论家为代表，外国评论家以阿尼西莫夫为代表，认为克利斯朵夫最终失去战斗的力量、陷入神秘的唯心主义之中，其奋斗历程以失败而告终，从而使小说结尾的解读呈现出 1940 年代的"和谐高明之境"——20 世纪四十年代后期至八十年代初期的"悲剧失败结局"——最后回归到"和谐"观点这样一种迂回曲折的接受特点。

早在 1940 年代初期，傅雷在为译作《约翰·克利斯朵夫》所作的弁言中，

便认为克利斯朵夫在弥留之际达到了生命的和谐、获得生命的真谛与灵魂的最后解放，他经由战斗达到最终的和谐，"从血淋淋的战斗到平和的欢乐，从自我和社会的认识到宇宙的认识，从扰攘骚乱到光明宁静，从多雾的北欧越过了阿尔卑斯，来到阳光绚烂的地中海，克利斯朵夫终于达到了最高的精神境界：触到了生命的本体，握住了宇宙的真如，这才是最后的解放，'与神明同寿'！"[2]茨威格也认为，晚年的约翰·克利斯朵夫实现了生命的和谐。

1940年代，进入中国语境的外来词汇"个人主义"在时代语境中层层过滤，终于丧失了它在五四期间所具有的"个性主义"内涵，而成为集体主义与人民大众相对立的概念。知识分子探索着如何告别"个人主义"，走向广大的民众，文艺如何与大众相关联。所以，此时期的大部分评论家认为英雄主义者克利斯朵夫所进行的不过是个人主义的奋斗，这种奋斗没有和广大人民力量相结合而必然要失败，约翰·克利斯朵夫的结局是悲惨的。持这种观点的有1940年代的邵荃麟、杨晦和1950年代的秋云。苏联评论家阿尼西莫夫的《罗曼·罗兰》引进中国后，不少评论家深受其观点影响，特别是阿尼西莫夫对《复旦》一章的否定性评价直接影响了不少评论家的观点。阿尼西莫夫认为《约翰·克利斯朵夫》的结尾越来越表现出抽象的特点，克利斯朵夫的死是悲壮的，他不是胜利者。克利斯朵夫回避斗争，孤独地与世长逝，其结局令人失望。阿尼西莫夫对克利斯朵夫晚年丧失斗争性失望不已，认为最后一章《复旦》体现出宗教色彩，这是该著的弱点[3]。比如，1950年代曾比较正面评价约翰·克利斯朵夫的郭襄，也认为晚年的克利斯朵夫最终失败了，批判小说最后一章《复旦》充满虚幻抽象的色彩[4]。罗大冈则指出，罗兰"把暮年的克利斯朵夫写成一个不分辨是、非、恩、仇的世故老人"[5]，并援引阿尼西莫夫的观点，认为这部小说的结局"多少还是令人失望的"[6]，甚至认为《复旦》这一章完全是画蛇添足。即使是在1984年的修订版中，罗大冈也仍然无法认同约翰·克利斯朵夫生命最后达到"和谐"境界[7]。到了1980年代，一部分评论家

2　傅雷：《译者弁言》，《约翰·克利斯朵夫》，罗曼·罗兰著，傅雷译，北京：人民文学出版社，1997年，第6页

3　[苏]伊·阿尼西莫夫：《罗曼·罗兰》，侯华甫译，上海：新文艺出版社，1956年，第95页。

4　郭襄：《与罗大冈同志商榷克利斯朵夫这个人物》，《读书月报》1958年第3期。

5　罗大冈：《"约翰·克利斯朵夫"及其时代》，《文学研究》1958年第1期。

6　罗大冈：《"约翰·克利斯朵夫"及其时代》，《文学研究》1958年第1期。

7　罗大冈：《论罗曼·罗兰》，上海：上海文艺出版社，1984年，第186页。

仍持有这种观点，比如郑克鲁认为，成名后的克利斯朵夫"躲开社会斗争的漩涡，追求不可企及的精神恋爱，沉醉于脱离社会生活的音乐创作之中，这是个人反抗的一条悲剧性的出路"[8]。张维嘉认为，资产阶级人道主义"导致了克利斯朵夫的悲惨结局"[9]。

1980 年代的另一部分批评者拨开意识形态的迷雾，立足文本得出完全相反的看法。艾珉认为罗曼·罗兰的绝大部分创作包括《约翰·克利斯朵夫》的基调就是和谐，就是在命运的搏斗中达到心灵的和谐。[10]张世君从小说结构角度出发，认为在这部大河式的小说中主要有四条支流——自然之河、音乐之河、生命之河与心理之河，这四条支流最终汇合而求得最终的和谐。作者肯定了罗曼·罗兰追求和谐的创作意图，认为克利斯朵夫以博爱之心、用自己蓬勃的生命去影响周围的人，尽力求得人类的和谐，小说还塑造了很多人物如安多纳德、葛拉齐亚、高脱弗烈舅舅等人，他们共同完成了对克利斯朵夫这个'和谐大师'的塑造，奏出了人类和谐的强音。[11]

《复旦》的结局在中国经历了肯定　否定　再肯定的迂回往复的历程，最终回归到罗曼·罗兰表现人类谐和的主题思想之中。罗兰说自己创作的主导思想"永远是团结——人类之间的团结，人类与宇宙的谐和"[12]，"我最后选择了'和谐，那是爱与恨的庄严的结合'作为《约翰·克利斯朵夫》的结尾，那是进步行动中的有力的平衡。"[13]罗曼·罗兰并没有赋予约翰·克利斯朵夫的死亡以悲剧意义，相反，他以乐观有力的声音大声说，"让我们一齐去死吧，克利斯朵夫，那是为了获得新生"[14]。和谐与博爱是罗兰一生的追求，他在《欣悦的灵魂》初版序中写的一段话，同样可以适用于约翰·克利斯朵夫："请看，这不过是一个真挚、漫长，富于悲欢苦乐的生命的内

8　郑克鲁:《谈谈罗曼·罗兰的约翰·克利斯朵夫》,《春风译丛》1980 年第 2 期。

9　张维嘉:《论约翰·克里斯朵夫的自我追求》,《湘潭大学学报》1982 年第 4 期。

10　艾珉:《奔向光明的激流——读罗曼·罗兰的〈母与子〉》,《读书》1980 年第 8 期。

11　张世君:《〈约翰·克里斯朵夫〉的大河式艺术结构》,《西南师范大学学报（哲社版）》1990 年第 1 期。

12　[法]罗曼·罗兰:《〈约翰·克利斯朵夫〉引言》,《约翰·克利斯朵夫》,韩沪麟译,南京: 译林出版社, 2002 年, 第 10 页。

13　[法]罗曼·罗兰:《〈约翰·克利斯朵夫〉引言》,《约翰·克利斯朵夫》,韩沪麟译,南京: 译林出版社, 2002 年, 第 10 页

14　[法]罗曼·罗兰:《与约翰·克利斯朵夫告别》,《约翰·克利斯朵夫》,韩沪麟译,南京: 译林出版社, 2002 年, 第 1531 页。

心故事，这生命并非没有矛盾，而且错误不少，它虽然达不到高不可攀的真理，却一贯致力于达到精神上的和谐，而这和谐，就是我们的至高无上的真理。"[15]罗曼·罗兰写完《约翰·克利斯朵夫》后在日记里写道："为了永远保持我的平衡和内心的平静，我准备同时写一系列作品，其中要用一种更美的形式保持《约翰·克利斯朵夫》最后一卷中所表达的谐和。"[16]生命的和谐境界，是罗曼·罗兰构思的起点，也是终点。和谐，不仅是罗兰一直追求的人生境界，而且是他所欣赏的一种艺术美学。因此，罗兰创作的《复旦》充满着平静与安详的智慧，充满着美与怜悯，《欣悦的灵魂》这部小说的最后也同样充满着令人动容的色彩。与其说约翰·克利斯朵夫在生命的晚年丧失斗争性是一种后退，不如说约翰·克利斯朵夫的生命境界达到另一种新的高度——生命的最终和谐与宁静。

以伊·阿尼西莫夫为代表的马克思主义的支持者，在很大程度上截断了文本作者的原初意图与主观精神，没有正确把握文本的语义。他们认为个人奋斗者融人集体大众革命大潮中，以革命手段推翻资产阶级才是真正的胜利，忠实地表达了这一现象的才是优秀的现实主义作品。文革期间，罗大冈以矛盾辩证法为基础，"认为不断发展的矛盾冲突是宇宙万物运动和发展的基本规律"，因此也就无法理解"一切矛盾最后达到调和而进人无矛盾无冲突的永远静止的'和谐'境界"[17]。由于作者所传达的境界无法为罗大冈等评论者所理解认可，他们势必牢守自己的哲学观点与政治立场，而不愿在自我的前理解中打开一个缺口，容纳新观念。阐释者阐释效果取决于他们进入作者的深度和客观性立场，如果阐释者固守自我意志，不试着去理解文本创作者最初的创作意图，也就无法准确地揭示文本意义。阿尼西莫夫与罗大冈等人批评《复旦》的主要原因，在于他们不是以艺术的角度、文学的趣味进入作品，不是以理解的姿态去接近艺术家对于理想的表达，而是从政治斗争的立场去衡量要求艺术作品。而且，评论家相对僵化地理解马克思主义的矛盾观，1958年之后，中国评论界又尤其强调斗争、批判，以阶级斗争为纲，各种运动与斗争层出不穷，斗争是时代的主题。在这样的时代背景中，罗曼·罗兰和谐、互爱的思想无法符合这一阶段评论家的"期待视野"，《复旦》一章也因此为他们所病诟。权力意

---

15 艾珉：《奔向光明的激流——读罗曼·罗兰的〈母与子〉》，《读书》1980年第8期。

16 [法]罗曼·罗兰：《罗曼·罗兰日记选》，罗大冈译，杭州：浙江文艺出版社，1991年，第5页。

17 罗大冈：《论罗曼·罗兰》，上海：上海文艺出版社，1984年，第186页。

志支配下的诗学观点影响了评论者进入文本的客观性立场，以附和政治意识形态的阐释原则寻章摘句影响了他们进入文本的深度。评论家所处的时代背景与占主流地位的意识形态诗学直接影响了评论者的阐释效果。

在思想相对开放的时代，意识形态相对宽松，评论家注重阐释与文本之间在语义学上的契合度，与作者原初意图主观精神的契合度，努力消除横亘在阐释者与阐释对象在时间、空间与文化上的距离，阐释者可以采取更为客观性的立场；在僵化的文学观念占主导地位的文革时期，一些评论家是出于自我保护的策略而与主流意识形态观念保持一致，通过批判阐释对象达到维护主流意识形态观念的目的，以使其评论合法化，有些评论家则已经被主流意识形态"同化"，不自觉地以之为唯一正确的标准来衡量作家的创作意图，从而造成不同时代对同一文本同一结尾产生两种截然不同的看法。

其二是人物形象的悖论解读。约翰·克利斯朵夫这一人物形象也在 1940 年代发生了一次接受转折。20 世纪的前四十年是中华民族呼唤战斗英雄的时代。1920 年代末期，杨人梗敏锐地意识到颓唐的中国青年需要克利斯朵夫式的英雄来振奋意志，于是，他翻译了茨威格的《罗曼·罗兰》。1930 年代，中国面临着外敌的入侵，整个民族都在渴盼英雄精神。白桦、黄源等人曾明确表示，罗兰的英雄主义正是积弱苟安的中华民族所急需的兴奋剂。翻译家傅雷读完三大名人传记与《约翰·克利斯朵夫》，也立刻意识到罗曼·罗兰的英雄主义对于中华民族的意义。

约翰·克利斯朵夫的真诚、在战斗中体味生命意义的英雄主义精神，得到了 1930 年代评论家的激赏；他坚强的品格、不屈的斗志与温情脉脉的爱心，也感动了无数中国读者。作家王元化读完《约翰·克利斯朵夫》之后说："这种英雄的心使我得到多少鼓舞啊！〔……〕我相信，克里斯朵夫不但给了我一个人对于生活的信心，别的青年人得到他那巨人似的手臂的援助，才不致沉沦下去的一定还有很多。"[18]这部小说还影响了路翎与胡风等作家，路翎就曾表示自己"很欣赏罗曼·罗兰的英雄主义"[19]。从生命哲学和人道主义角度出发，巴金极为欣赏罗兰的英雄主义。他在给明兴礼的信中说："他的英雄主义给了我很大的影响，当我苦闷的时候，在他的书中我常常可以寻到快慰和鼓

---

18 王元化：《关于约翰·克利斯朵夫》，《向着真实》，上海：上海文艺出版社，1982 年。

19 李辉：《路翎与外国文学——与路翎对话》，见钱林森：《法国作家与中国》，福州：福建教育出版社，2000 年，第 532 页。

舞。〔……〕'爱真、爱美、爱生命'。这是他教给我的。"[20]英雄主义精神对中华民族的激励作用，萧军说得更为明白：真诚的英雄主义者克利斯朵夫如实地认识世界并且爱它、改造它，"我们要使这'大勇者'们的精神，英雄的气息，透进甚至每一条极纤细的血管里来吧，每一颗极微小的细胞里来吧"[21]。萧军希望中国类似克利斯朵夫的"英雄"再多些，再勇猛些，一起为建筑新时代"铁城"而奋战。

然而，在号召文艺大众化的 1940 年代，时代激赏的不再是约翰·克利斯朵夫式的个人奋斗英雄，且权威评论家茅盾、戈宝权等人将罗兰思想分为前后两个时期，批评了罗兰早期思想的结晶《约翰·克利斯朵夫》，标志着约翰·克利斯朵夫的形象由 1930 年代倍受赞扬的英雄主义者跌落到受批判的个人英雄主义者。在 1958 年的"个人主义"大讨论中，几乎所有的读者与评论家都一致认为克利斯朵夫是一名个人主义者，然而在认为他是一名高尚的个人主义者还是卑下的个人主义者上尚存在分歧。这种讨论随着国内政治斗争的加剧逐渐演变为政治性清算，克利斯朵夫丧失了所有的正义性，不再是值得人们崇拜和学习的英雄，而成为完全反面的人物。

改革开放后，一部分文艺评论家未能与时俱进，部分停留在旧有的思维之中，批评克利斯朵夫是个人主义奋斗者；另一部分评论家则解放思维，革新思想，肯定克利斯朵夫对自我尊严与自我价值的追求，认为他是真诚地追求真善美的人。直到 20 世纪八十年代末、九十年代初，克利斯朵夫才重新获得其正面的"英雄"形象，英雄主义精神重新得到弘扬。柳鸣九高度赞扬约翰·克利斯朵夫的英雄气质，"他是一切偶像、一切权威的挑战者，他是一切虚伪、低级、庸俗、保守、腐败、消极的社会现象与文化现象的不妥协的否定者。他不迎时尚，他敢抗潮流，他具有强悍的个性，铮铮的铁骨。他集英雄精神、行动意志与道德理想于一身，他提供了一个强人的范例，展示出一个超人的意境"[22]。杨玉珍认为："克利斯朵夫为永不懈怠的向上精神不断战胜自己，追求真、善、美，显示文明形象所特有的英雄气概和高尚的人格力量，他以其热爱生活，追求真理的'力'和'美'、'光'和'热'照耀和温暖周围的人，使他

---

20 [法]明兴礼编：《巴金的生活和创作》，王继文译，上海：文风出版社，1950 年，第57-58 页。

21 萧军：《大勇者的精神》，《抗战文艺》1945 年第 10 卷第 2-3 期。

22 柳鸣九：《永恒的约翰·克利斯朵夫》，怒安编：《傅雷谈翻译》，沈阳：辽宁教育出版社，2005 年，第 215-216 页。

们走出冷漠、狭小，充满理解和关爱。"[23]约翰·克利斯朵夫"不是什么个人奋斗者，而是自我生命的体验者、思考者和追求者"，"追求人格独立、探索生命自由"[24]是约翰·克利斯朵夫的全部目的。

从 1930 年代备受赞赏的英雄主义者变为 1940 年代受质疑的个人英雄主义，从 1950-1970 年代被完全否定的个人主义者再到 1980 年代的拨乱反正与 1990 年代的重新评价，约翰·克利斯朵夫人物形象与《复旦》结尾一样，在中国经历了肯定—否定—否定之否定的曲折历程。这种变动过程不仅联系着 1930 年代腥风血雨的社会战争背景，关涉 1940 年代"文艺大众化"的时代诗学思潮，更直接反映政治第一、文艺第二的特殊年代意识形态对集体批评话语的绝对控制。在意识形态相对宽松的环境里，评论家的阐释无疑更具有效性、复调性和深刻性，更能丰富读者对文学、艺术和生命的深度认识。

伴随克利斯朵夫形象在中国的曲折历程，小说《约翰·克利斯朵夫》的命运也跌宕起伏，沉浮不定。对这部小说的主题开掘直到 1980 年代才逐渐丰富起来，对这部小说美学意蕴的探索到 1990 年代才日益多样化。总体看来，尽管《约翰·克利斯朵夫》自改革开放以来，就一直在各种文学史教材中作为罗兰的代表作占据一章的篇幅，这也的确意味着进入文学史的《约翰·克利斯朵夫》已经经典化，然而，无论是深度还是广度，国内对这部小说的研究都似乎远远不够，比较缺乏全景式的研究性学术专著。

对比 1990 年代以来罗曼·罗兰在外国文学接受中的地位，罗曼·罗兰失去了前两个接受阶段的热度。作家作品受重视的程度，直接取决于其与现实相关的价值性维度和与审美相关的可阐释性维度，与现实相关的价值性愈高，可阐释性愈强，文本也愈受重视。在民国期间，罗曼·罗兰本人的思想与行动启迪、激励着寻找中华民族出路的中国知识分子；《约翰·克利斯朵夫》长河般的小说结构、音乐意境与具有英雄伟力的主人公等美学因子，冲击着中国读者的期待视野，给中国读者带来审美愉悦，丰富读者的审美经验。在反右与文革期间，《约翰·克利斯朵夫》主人公强烈的反抗精神影响青年读者，冲击了主流意识形态而使其受到重视。然而，1990 年代以来，随着苏联解体、全球化与经济一体化的到来，东西方意识形态弱化，曾经负载在罗曼·罗兰身上的政治意识形态层

23 杨玉珍：《〈约翰·克里斯朵夫〉深广的文化内涵》，《吉首大学学报（社科版）》1996 年第 4 期。

24 康莲萍、李怡：《自由的生命：〈约翰·克里斯朵夫〉的中心命题》，《四川外语学院学报》1998 年第 4 期。

面渐渐被剥离，罗兰终身身体力行树立的理想主义与英雄主义，在今天理想失落的年代似乎不再能感召读者的生命冲动，罗曼·罗兰与中国社会现实相关的价值性维度正在消失。西方文学作品尤其是现代派作品的大量翻译与长久不衰的理论热潮，极大丰富了批评者的美学视界。在面对《约翰·克利斯朵夫》明白晓畅的传统艺术风格时，阐释者的期待视野与《约翰·克利斯朵夫》之间的距离缩小，曾经构成文本"文学性"的陌生化艺术手段经过历史的淘洗已成为一种熟悉的期待。因此，1990 年代以来的罗曼·罗兰研究，虽然视角多元化，但是阐释者与阐释对象之间并没有通过视界融合，开启文本有价值的生发性意义，仍停留在 1920 年代阐释者的美学视界中，导致研究的浮浅化。所以，罗曼·罗兰的研究要取得突破性的进展，依赖具有深厚学养的学者重新挖掘罗曼·罗兰与当代相关联的价值性维度，重建罗曼·罗兰研究的现代性意义，同时，努力开掘文本新的审美维度，打破自动化的阅读经验，再次阐释出文本新的艺术特性。

在世界文学史和文学思想史上，罗曼·罗兰的文化哲学意义大致主要体现在三个方面。其一，罗曼·罗兰以一生的力量、真诚的内心和深邃的思想，书写和塑造出一个个不屈于周遭环境、生命不断臻于完善的正面人物。他们具有真诚勇敢、正直乐观的品质，洋溢着永不停息的生命热力，怀着深沉热烈的人道主义与理想主义，通过毫不妥协的战斗实现生命的最终和谐。这些始终不渝保持生命本色的人物形象感召着读者的生命冲动，提升了生命的境界，净化了人类的灵魂。其二，罗曼·罗兰勇于突破时代诗学思潮的局限，充分借鉴现代主义文学的丰沛经验和文学遗产，在文学与音乐、文学与审美、文学与思想、文学与哲理、文学与政治、文学与伦理之间创造出不拘一格的艺术形式，从而实现形式与内容的内在统一与高度谐和。其三，罗曼·罗兰终生不渝、傲然不屈的理想诉求与艺术实践的高度一致，向全世界呈现出优秀分子可以抵达的生命广度、宽度、高度、深度以及力度。这种难以企及的生命境界、始终如一的执着信念、优雅从容的人生风度，这种对至善至美的终身追求、对至真至纯的内在珍视、对至情至圣的强烈认同，鼓舞着不同国家和不同民族的人们对生活的热爱和对生命的信念。正是这种感人至深的英雄主义力量，强烈感染了民国时期的一大批中国知识分子，深深影响了 20 世纪中国无数的热血青年和理想人士。然而，时代需求和政治形势的斗转星移，主流话语和历史诗学的相继嬗变，使罗曼·罗兰在 20 世纪中国经历了一段热闹与寂寥纠葛的跨文化旅行，生成一种误读与正解交织的东方式阐释。

　　就国际学术研究而言，20世纪国际英语知识界主要从四个角度关注罗曼·罗兰研究：其一，从审美批评角度关注罗兰创作在叙事修辞、文体形象、美学思想等方面的审美特质，认为罗兰创作展示出作家对叙事艺术、文体修辞和美学思想的深度关切。贝克维斯（William Hunter Beckwith）的《罗曼·罗兰美学思想的形成》（1936年）一书认为罗兰美学思想的形成与其文艺观念、社会意识、诗学思想和时代话语等密切相关[25]；阿尼西莫夫（И.И.Анисимов）的《从拉伯雷至罗曼·罗兰时期的法国经典》（1977年）一书认为罗兰创作既继承拉伯雷关注社会与诙谐狂欢并置的古典传统又开创社会批判与心理剖析兼顾的时代特色[26]。其二，从社会历史批评角度分析罗兰创作与作家个性、国家认同、民族意识的深度关联，认为其创作诗学和思想生成与时代话语密切相关。费希尔（David James Fisher）的《罗曼·罗兰与知识分子参与政治》（1988年）一书认为罗兰通过文学创作、戏剧演剧、政论批评、公共讲演等多种方式，积极参与社会批判、社会实验和社会改造[27]；希布纳拉扬·雷（Sibnarayan Ray）主编的《人的普遍性：罗曼·罗兰的信息》（1992年）一书认为罗兰创作在20世纪世界文学史上具有典型的综合性、普遍性和超越性[28]。其三，从比较文学角度聚焦罗兰创作与苏联、中国、印度等东西方文学的思想关系，认为罗兰与东西方文化之间存在正解、误读、错位等思想性问题。福克斯（Michael David Fox）的《斯大林主义友人的"英雄人生"：罗曼·罗兰与苏联文化》（2005年）一文探讨罗兰与苏联文化之间既认同又疏离的复杂关系[29]；香港中文大学翻译系彭小妍（Peng Hsiao-yen）教授与法国东方语言文化学院何碧玉（Isabelle Rabut）教授合编的《现代中国与西方：翻译与文化调和》（2014年）一书，认为罗兰汉译接受与现代中国的国民意识和文化认同密切关联[30]。

25　See Beckwith, William Hunter. *The Formation of the Esthetic of Romain Rolland*. New York: New York University Press, 1936.

26　См.: Анисимов, И. И. *Французская классика со времени Рабле до Ромена Роллана.* М.: Художественная литература, 1977.

27　See Fisher, David James. *Romain Rolland and the Politics of Intellectual Engagement*. Berkeley: University of California Press, 1988.

28　See Ray, Sibnarayan ed. *The Universality of Man: The Message of Romain Rolland*. New Delhi: Sahitya Akademi, 1992.

29　See Fox, Michael David. "The 'Heroic Life' of a Friend of Stalinism: Romain Rolland and Soviet Culture," *Slavonica*, Vol. 11, 2005, Issue 1: Across and Beyond the East West Divide II, pp. 3-29.

30　See Peng, Hsiao-yen & Isabelle Rabut, ed. *Modern China and the West: Translation and Cultural Mediation*. Leiden and Boston: BRILL, 2014.

其四，从传记文学角度研究罗兰的创作与生平、思想与美学、文学与政治等综合问题，认为罗兰的英雄传记完美融合个性发展、社会政治、历史文化与时代话语。茨威格的《罗曼·罗兰：其人其作》（1920 年）细致呈现罗兰的文艺创作历程和思想演变过程；斯塔尔（William Thomas Starr）的《罗曼·罗兰传记：一人对抗众人》（1971 年）形象展现罗兰自由主义、和平主义与英雄主义思想的形成与演变过程[31]。

　　比较而言，中国罗曼·罗兰研究在广度与力度、深度与强度上还有相对较大的拓展空间，尚需进行全景式的学理性研究。罗曼·罗兰的思想及其思想与作品之间的关联，罗曼·罗兰的艺术风格与作品内涵，罗曼·罗兰在法国和中外文学史上的地位，罗曼·罗兰理想主义与和平主义的多样价值，诸如此类的论题有待进一步展开系统而深入的研究。在某种程度上，这大致构成罗曼·罗兰在中国接受过程中的内在缺憾。综观而论，中国罗曼·罗兰接受史，恰似一场繁复而落寞的皮影戏，密密麻麻的文字犹如水中之月、镜中之象，终究无法抵达罗曼·罗兰的理想王国。中国罗曼·罗兰接受诗学，起始于 20 世纪上半期的译介传播与变异阐释，中经 1950-1970 年代的政治阐释与文本误读，再到 1980-1990 年代的思想启蒙与个性解放，悄然消失在 20 世纪末的文学边缘与理想失落，最后迎来 21 世纪新时期的文学交流与文化互鉴。伴随跨文化研究的不断兴起和中外文学的交流互鉴，我们完全有理由期待更全面、更深入、更细致的学术研究，期待在当代国际学术话语与时代背景中，重新激活罗曼·罗兰作品与思想的丰富内涵与当代价值。

---

31 See Starr, William Thomas. *Romain Rolland: One Against All: A Biography.* The Hague, Paris: Mouton, 1971.

参考文献

一、罗曼·罗兰传记和研究专著

1. [奥]刺外格：《罗曼·罗兰》，杨人楩译，上海：商务印书馆，1928，1933年。

2. 芳信：《罗曼·罗兰评传》，上海：永祥印书馆，1945，1947，1949年。

3. 胡风编著：《罗曼·罗兰》，上海：新新出版社，1946，1948年。

4. [美]威尔逊：《罗曼·罗兰传》，沈炼之译，上海：文化生活出版社，1936，1947，1949，1953年。

5. 秋云：《罗曼·罗兰》，北京：三联书店，1950年。

6. [法]阿拉贡：《论约翰·克利斯朵夫》，陈占元译，上海：上海平民出版社，1953年。

7. [苏]伊·阿尼西莫夫：《罗曼·罗兰》，侯华甫译，上海：新文艺出版社，1956年。

8. 作家出版社编辑部：《怎样认识约翰·克里斯朵夫》，北京：作家出版社，1958年。

9. 罗大冈：《论罗曼·罗兰》，上海：上海文艺出版社，1979年。

10. 罗大冈：《论罗曼·罗兰》（修订本），上海：上海文艺出版社，1984年。

11. 罗大冈编选：《认识罗曼·罗兰》，北京：中国社会科学出版社，1988年。

12. [奥]茨威格：《罗曼·罗兰传》，姜其煌、方为文译，长沙：湖南人民出版社，1984，1993年。

---

1 以下所有著述与文章均按出版时间依次顺序排列。

13. 陈周方:《罗曼·罗兰》,沈阳:辽宁人民出版社,1985,1988,1998 年。

14. [苏]莫蒂列娃:《罗曼·罗兰的创作》,卢龙等译,上海:上海译文出版社 出版,1989 年。

15. [法]罗曼·罗兰、玛尔维达·封·梅森葆:《罗曼·罗兰与梅林葆书信录》, 孙梁辑译,北京:国际文化出版公司,1996 年。

16. 杨晓明:《欣悦的灵魂:罗曼·罗兰》,成都:四川人民出版社,1997 年。

17. 朱显武编著:《罗曼·罗兰的青少年时代》,北京:现代出版社,1997 年。

18. [奥]茨威格:《罗曼·罗兰》,吴裕康译,桂林:漓江出版社,1999 年。

19. [奥]茨威格:《罗曼·罗兰》,杨善禄、罗刚译,合肥:安徽文艺出版社, 2000 年。

20. [奥]茨威格:《罗曼·罗兰传》,魏岷译,北京:中共中央党校出版社,2000 年。

21. [奥]茨威格:《罗曼·罗兰传》,黄冰源等译,北京:华夏出版社,2002 年。

22. [奥]茨威格:《罗曼·罗兰传》,云海译,北京:团结出版社,2003 年。

23. 刘蜀贝:《罗曼·罗兰传》,北京:中国广播电视出版社,2003 年。

24. 宋学智:《翻译文学经典的影响与接受》,上海:上海译文出版社,2006 年。

25. 马桂君:《约翰·克利斯朵夫精神命题在中国现当代文学中的回响》,长 春:吉林大学出版社,2016 年。

二、文学史和研究著述

1. 沈雁冰:《欧洲大战与文学》,上海:开明书店,1928 年。

2. 徐霞村:《法国文学的故事》,上海:商务印书馆,1947 年。

3. [苏]普什科夫编著:《法国文学简史》,盛澄华、李宗杰译,北京:作家出 版社,1958 年。

4. 《个人主义有没有积极作用》,北京:中国青出版社,1958 年。

5. 黄俊东:《现代中国作家剪影》,香港:友联出版社,1977 年。

6. 杨周翰等:《欧洲文学史》下卷,北京:人民文学出版社,1979 年。

7. 胡风:《胡风评论集》下,北京:人民文学出版社,1985 年。

8. [法]雅克·鲁斯:《罗曼·罗兰和东西方问题》,罗芃译,《比较文学译文 集》,张隆溪选编,北京:北京大学出版社,1982 年。

9. [德]汉斯·罗伯特·姚斯等：《接受美学与接受理论》，周宁、金元浦译，沈阳：辽宁人民出版社，1987年。

10. 孙乃修：《屠格涅夫与中国》，上海：学林出版社，1988年。

11. 陈玉刚等：《中国翻译文学史稿》，北京：中国对外翻译出版公司，1989年。

12. 罗大冈：《罗大冈学术论著自选集》，北京：北京师范学院出版社，1991年。

13. 李今：《个人主义与五四新文学》，北京：北京文艺出版社，1992年。

14. 金梅：《傅雷传》，长沙：湖南文艺出版社，1993年。

15. 顾国柱：《新文学作家与外国文化》，上海：上海文艺出版社，1995年。

16. [日]相浦杲：《考证·比较·鉴赏——20世纪中国文学研究论集》，北京：北京大学出版社，1996年。

17. 王锦厚：《五四新文学与外国文学》，成都：四川大学出版社，1996年。

18. 郭著章等编著：《翻译名家研究》，武汉：湖北教育出版社，1999年。

19. 赵光育：《中国翻译小说史论》，天津：天津人民出版社，1999年。

20. 钱林森：《法国作家与中国》，福州：福建教育出版社，2000年。

21. 于润琦主编：《百年中国文学史》中卷（1917-1949），成都：四川人民出版社，2002年。

22. 李泽厚：《中国现代思想史论》，天津：天津社会科学院出版社，2003年。

23. 谢天振、查明建：《中国现代翻译文学史（1898-1949)》，上海：上海外语教育出版社，2004年。

24. 李欧梵：《中国现代作家的浪漫一代》，北京：新星出版社，2005年。

25. 林伟民：《中国左翼文学思潮》，上海：华东师范大学出版社，2005年。

26. 孟昭毅、李载道主编：《中国翻译文学史》，北京：北京大学出版社，2005年。

27. 龚翰雄：《西方文学研究》，福州：福建人民出版社，2005年。

28. 曹顺庆、王超：《比较文学变异学》，北京：商务印书馆，2021年。

三、期刊文章

1. 沈雁冰：《罗兰的近作》，《小说月报之海外文坛》1921年第12卷第1期。

2. 沈雁冰：《罗兰的最近著作》，《小说月报之海外文坛》1921年第12卷第4期。

3. 雁冰：《罗曼·罗兰的宗教观》，《少年中国》1921年第2卷第2期。

4. 沈雁冰：《两本研究罗曼·罗兰的书》，《小说月报之海外文坛》1921年第12卷第7期。

5. [美]努斯鲍姆（Nusshaum）：《罗曼·罗兰评传》，孔常译，《小说月报》1921年第12卷第8期。

6. 李璜：《论巴尔比斯与罗曼·罗兰的笔战》，《少年中国》1922年第3卷第10期。

7. 李劼人：《法兰西自然主义以后的小说》，《少年中国》1922年第3卷第10期。

8. [奥]刺外西：《罗曼·罗兰传》，沈泽民译述，《小说月报》1924年第15卷号外。

9. 杨人梗：《罗曼·罗兰》，《民铎杂志》1925年第6卷第3期。

10. 西滢：《闲话》，《现代评论》1926年第3卷第60期。

11. 敬隐渔：《雷芒湖畔》，《小说月报》1926年第17卷第1期。

12. [美]席尔士（L. N. Sers）：《罗曼·罗兰》，志新口译，《晨报副刊》1926年第4期。

13. 马宗融：《罗曼·罗兰传略》，《小说月报》1926年第17卷第6期。

14. 张若谷：《音乐方面的罗曼·罗兰》，《小说月报》1926年第17卷第6期。

15. 《罗曼·罗兰的著作目录》，《小说月报》1926年第17卷第6期。

16. 敬隐渔：《读了〈罗曼·罗兰评鲁迅〉以后》，《洪水》1926年第2卷第17期。

17. 景深：《罗曼·罗兰的〈摇荡的灵魂〉》，《小说月报》1927年第18卷第6期。

18. 赵少侯：《罗曼·罗兰评传》，《莽原》1926年第7、8期。

19. [日]中泽临川、生田长江：《罗曼·罗兰的真勇主义》，鲁迅译，《莽原》1926年第7、8期。

20. 张定璜：《读〈超战篇〉同〈先驱〉》，《莽原》1926年第7、8期。

21. 《罗曼·罗兰的手迹》，《莽原》1926年第7、8期。

22. [奥]茨威格（Stefan Zweig）：《Romain Rolland》，张定璜译，《莽原》1926年第 19-24 期。

23. 《罗曼·罗兰向奥国政府抗议》，《北新》1929 年第 3 卷第 5 期。

24. 虚白：《欧洲各国文学的观念》上，《真善美》1930 年第 6 卷第 4 期。

25. 方天白：《最近的罗曼·罗兰》，《青年界》1932 年第 2 卷第 3 期。

26. 白桦：《"克利斯笃夫"与"悲多汶"》，《黄钟》1932 年第 1 卷第 7 期。

27. 华蒂：《罗曼·罗兰评〈国际文学〉》，《文学月报》1932 年第 1 卷第 5、6期。

28. 《一通罗曼·罗兰的信》，李又燃译，《涛声》1933 年第 2 卷第 17 期。

29. 夏炎德：《和平主义者罗曼·罗兰》，《读书杂志》1933 年第 3 卷第 5 期。

30. 张白衣：《巴比塞与罗曼·罗兰》，《朔望》1933 年第 8 期。

31. 刘石克：《罗曼·罗兰的生平及思想》，《中华月报》1933 年第 1 卷第 3 期。

32. 《罗曼·罗兰及其"第二母亲"（"补白"栏）》，《文学》1934 年第 2 卷第 1 期。

33. 大石：《罗曼·罗兰在苏联（杂讯）》，《杂文》1935 年第 3 期。

34. 罗念远：《罗曼·罗兰的托尔斯泰观》，《东流》1935 年第 2 卷第 1 期。

35. 《罗曼·罗兰游俄（"补白"栏）》，《文学》1935 年第 5 卷第 3、4 期。

36. 《罗曼·罗兰原稿赠与图书馆》，《文学》1935 年第 5 卷第 5 期。

37. 仲持：《罗曼·罗兰的两封信》，《文学》1935 年第 5 卷第 6 期。

38. 赵少侯：《罗曼·罗兰评传》，《刁斗》1935 年第 1 卷第 3 期（曾刊于 1926 年《莽原》第 7、8 期）。

39. 戈宝权：《罗曼·罗兰的七十诞辰》，《申报周刊》1936 年第 1 卷第 9 期。

40. 文学新闻社论：《祝罗曼·罗兰七十诞辰》，刑桐华译，《时事类编》1936 年第 4 卷第 9 期。

41. [苏]高尔基：《寄罗曼·罗兰》，刑桐华译，《时事类编》1936 年第 4 卷第 9 期。

42. [苏]德米托洛夫：《寄罗曼·罗兰》，刑桐华译，《时事类编》1936 年第 4 卷第 9 期。

43. 曼华：《罗曼·罗兰》[2]，《华年》1936 年第 5 卷第 6 期。

44. 仲持：《七十老人罗曼·罗兰》，《文学》1936 年第 6 卷第 4 期。

---

2 该文同时刊载于《出版周刊》1936 年新 182 期。

45. [法]茹夫（P. J. Jouve）:《罗曼·罗兰及其生活》,金发译,《文艺月刊》1936年第8卷第4期。

46. [法]J. R. 布洛克:《法兰西与罗曼·罗兰的新遇合》,黎烈文译,《译文》1936年新1卷第2期。

47. 亚兰:《论詹恩·克里士多夫》,陈占元译,《译文》1936年新1卷第2期。

48. 马尾松:《罗曼·罗兰的七十年》,《清华周刊》1936年第44卷第2期。

49. [苏]烈茄士（A. Lieities）:《艺术家罗曼·罗兰》,邢桐华译,《质文》1936年第5、6期合刊。

50. [法]纪德:《两次的会见》,代石译,《质文》1936年第5、6期合刊。

51.《罗曼·罗兰悼高尔基》,郭铁译,《质文》1936年第5、6期合刊。

52. [苏]亚洛雪夫:《罗曼·罗兰访问记》,陈琳译,《东方文艺》1936年第1卷第4期。

53. 黄源:《罗曼·罗兰七十诞辰》,《作家》1936年第1卷第1期。

54. 胡仲诗:《罗曼·罗兰论欧罗巴精神》,《天地人》1936年第3期。

55. 周立波:《纪念罗曼·罗兰七十岁生辰》,《大晚报·火炬》1936-2-23。

56.《罗曼·罗兰的新著》,《文艺》1938年第1卷第3期。

57. [法]M. 谢儒儿:《罗曼·罗兰在法兰西剧院》上下,满涛译,《文艺新闻》1939年第1、2期。

58. 宜闲:《法兰西精神的代言人——罗曼·罗兰》,《青年生活》1943年第4卷第5期。

59.《圣克力斯多夫（"插话"）》,《笔谈》1941年第1期。

60. 施蛰存:《罗曼·罗兰的群众观》,《宇宙风》1941年第124期。

61. 世:《约翰·克里斯朵夫》,《奔流新集》1941年第2期。

62. 袁水拍:《读〈约翰·克里斯朵夫〉》,《桂林大公报》1942-6-14,第4版。

63. 读者:《关于罗曼·罗兰》,《新华日报》1943-10-20,第3版。

64.《关于罗曼·罗兰》,《新华日报》1943-10-21,第3版。

65.《罗曼·罗兰告诉青年写作者的话》,《新华日报》1943-10-22,第3版。

66. 于怀:《欲祭疑犹在——忆罗曼·罗兰》,《新华日报》1943-10-22,第4版。

67. 尚人杰:《假如罗曼·罗兰死了》,《新华日报》1943-10-28,第4版。

68. [法]布罗克:《他们把罗曼·罗兰怎样了》,孙源译,《新华日报》1943-12-24,第4版。

69. 洁孺：《论罗曼·罗兰的〈七月十四〉》，《文学批评》1943 年第 2 期。

70. 林焕平：《罗曼·罗兰和张一麐》，《宇宙风》1944 年第 137 期。

71. 艾青：《悼罗曼·罗兰（诗歌）》，《解放日报》1945-1-29。

72. 肖三：《哀悼法国伟大文豪中国人民之友罗曼·罗兰》，《解放日报》1945-1-30，第 4 版。

73. 李又然：《伟大的安慰者——纪念罗曼·罗兰先生》，《解放日报》1945-1-30。

74. 《陕甘宁边区文协电唁罗曼·罗兰》，《解放日报》1945-1-30，第 4 版。

75. 《罗曼·罗兰在法逝世——世界人民的损失》，《新华日报》1945-1-4，第 3 版。

76. 《欧罗巴，民主的巨星陨落了！》，《新华日报》1945-1-25，第 4 版。

77. 严杰人：《呼吸英雄的气息》，《新华日报》1945-1-25，第 4 版。

78. 戈宝权：《罗曼·罗兰的生活与思想的道路》，《新华日报》1945-1-25，第 4 版。

79. [法]罗曼·罗兰：《约翰·克里斯朵夫向中国的弟兄们宣言》，《新华日报》1945-1-25，第 4 版。

80. 《陕甘宁边区文化协会电唁罗曼·罗兰》，《新华日报》1945-2-4，第 3 版。

81. 冷火：《"去为自由解放效命"——悼罗曼·罗兰》，《新华日报》1945-2-5，第 4 版。

82. 《罗曼·罗兰遗体请葬先贤祠——巴黎文化界向政府要求》，《新华日报》1945-2-11，第 3 版。

83. 肖三：《悼罗曼·罗兰——他和战斗的人民在一起》，《新华日报》1945-03-05，第 4 版。

84. 《各使节和孙夫人等发起追悼罗曼·罗兰》，《新华日报》1945-03-17，第 3 版。

85. 郭沫若：《和平之光——罗曼·罗兰挽歌！》，《新华日报》1945-03-25，第 4 版。

86. 胡风：《向罗曼·罗兰致敬》，《新华日报》1945-03-25，第 4 版。

87. 中华全国文艺界抗敌协会：《悼念罗曼·罗兰》，《新华日报》1945-3-25，第 4 版。

88. 陈学昭：《愿你安息在自由的法兰西》，《新华日报》1945-03-25，第 4 版。

89. 《伟大的民主战士——记罗曼·罗兰追悼会》，《新华日报》1945-03-26，第 2 版。

90. 保荃：《罗曼·罗兰的眼睛》，《新华日报》1945-08-02，第 4 版。

91. 芳济：《罗曼·罗兰的〈歌德与悲多汶〉》，《世界文艺季刊》1945 年第 1 卷第 2 期。

92. 卢式：《罗曼·罗兰的〈悲多汶传〉》，《世界文艺季刊》1945 年第 1 卷第 2 期。

93. 人仆：《读罗兰〈悲多汶传〉》（诗），《希望》1945 年第 1 卷第 1 期。

94. 石怀池：《略谈罗曼·罗兰的历史剧》，《石怀池文学论文集》，上海：耕耘出版社，1945 年。

95. 晦晨：《寄罗曼·罗兰》（诗），《诗文学》1945 年第 1 期。

96. 艾青：《悼罗曼·罗兰》（诗），《文哨》1945 年第 1 卷第 1 期。

97. [美]L. 普莱斯：《记罗曼·罗兰》，方敬译，《文哨》1945 年第 1 卷第 1 期。

98. [苏]娜·莱可娃：《论罗曼·罗兰及其〈约翰·克里斯朵夫〉》，孙㳑译，《文哨》1945 年第 1 卷第 1 期。

99. 《罗曼·罗兰语录：录自傅雷译〈约翰·克里斯朵夫〉》，《文哨》1945 年第 1 卷第 1 期。

100. 郭沫若：《宏大的轮船停泊到了安全的海港》，《文学新报》1945 年第 1 卷第 3 期。

101. 茅盾：《拿出力量来》，《文学新报》1945 年第 1 卷第 3 期。

102. 萧蔓若：《我们将更会战斗（悼罗曼·罗兰）》，《文学新报》1945 年第 1 卷第 3 期。

103. 戈宝权：《关于〈约翰·克里斯朵夫〉的二三事》，《文学新报》1945 年第 1 卷第 3 期。

104. [苏]娜·雷柯娃：《关于〈约翰·克里斯朵夫〉》，朱笄译，《文学新报》1945 年第 1 卷第 3 期。

105. 松子：《略谈罗曼·罗兰的历史剧》，《文学新报》1945 年第 1 卷第 3 期。

106. 《罗曼·罗兰小传》，《文学新报》1945 年第 1 卷第 3 期。

107. 中华全国文艺界抗敌协会：《悼念罗曼·罗兰（悼辞）》，《抗战文艺》1945 年 10 卷第 2、3 期。

108. 茅盾：《永恒的纪念与景仰》[3]，《抗战文艺》1945年第10卷第2、3期。

109. 萧军：《大勇者的精神》，《抗战文艺》1945年第10卷第2、3期。

110. [法]阿拉贡：《罗曼·罗兰》，焦菊隐译，《抗战文艺》1945年第10卷第2、3期。

111. 焦菊隐：《从人道主义到反法西斯》，《抗战文艺》1945年第10卷第2、3期。

112. 孙源：《敬悼罗曼·罗兰》，《抗战文艺》1945年第10卷第2、3期。

113. 冷火：《罗曼·罗兰年谱简编》，《抗战文艺》1945年第10卷第2、3期。

114. 《罗曼·罗兰论列宁》，戈宝权译，《群众》1945年第10卷第2期。

115. 戈宝权：《罗曼·罗兰的生平、著作和思想》，《群众》1945年第10卷第5、6期。

116. 闻家驷：《罗曼·罗兰的思想，艺术和人格》，《世界文艺季刊》1945年第1卷第2期。

117. 戈宝权：《罗曼·罗兰的〈约翰·克利斯朵夫〉》，《读书与出版》1946年第1期。

118. 戈宝权：《罗曼·罗兰的生活与思想之路》，《文坛月报》1946第1卷第3期。

119. 董每戡：《悼罗曼·罗兰》，《文潮月刊》1946年第1卷第1期。

120. 洪道：《一切的峰顶——再献给真勇者罗曼·罗兰》，《文艺生活》1946年光复版第2期。

121. [印]亚冗苏：《罗曼·罗兰与印度》，吴一立译，《文艺生活》1946年光复版第8期。

122. 郭沫若：《伟大的战士，安息吧——悼念罗曼·罗兰》，《文艺杂志》1946年新1卷第1期。

123. 徐迟：《罗曼·罗兰逝世一周年》（特译稿），《文联》1946年第1卷第2期。

124. 柏园：《罗曼·罗兰在中国》，《文艺知识连丛》1947年第1期。

125. 高寒：《由和平的人道主义到反法西斯的罗曼·罗兰》，《刁斗集》，文通书局，1947年。

126. 纪平：《罗曼·罗兰底约翰·克里斯朵夫》，《黄河文艺月刊》（复刊）1948

---

3 该文又见于《文萃》1945年第3期。

年第 1 期。

127. 力夫：《罗曼·罗兰的〈搏斗〉：从个人主义到集体主义的道路》，《大众文艺丛刊》1948 年第 4 期。

128. 聘梁：《罗曼·罗兰的生平》，《创世》1948 年第 8 期。

129. 郭沫若：《宏大的轮船停泊到了安全的海港》，《沸羹集》，上海：大孚出版公司，1950 年。

130. 郭沫若：《罗曼·罗兰悼辞》，《沸羹集》上海：大孚出版公司，1950 年。

131. [法]阿拉贡：《关于〈约翰·克利斯朵夫〉》，陈为之译，《翻译》1950 年第 2 卷第 1-3 期。

132. [苏]马克辛·高尔基：《论罗曼·罗兰》，戈宝权译，《译文》1955 年第 1 期。

133. [法]玛丽·罗曼·罗兰：《罗曼·罗兰和一个青年战士》，陈西禾译，《译文》1955 年第 1 期。

134. 黄秋耘：《揭穿胡风反革命集团对罗曼·罗兰的歪曲》，《译文》1955 年第 8 期。

135. 《关于罗曼·罗兰的〈战时日记〉》，《文艺报》1955 年第 12 期。

136. 《德国发表罗曼·罗兰和海尔曼·海赛的信简》，《译文》1955 年第 7 期。

137. 张天：《"约翰"是今天青年的榜样吗？》，《读书月报》1957 年第 11 期。

138. 王册：《建议讨论"约翰·克里斯朵夫"》，《读书月报》1957 年第 12 期。

139. 罗大冈：《约翰·克利斯朵夫这个人物（给青年的一封公开信）》，《中国青年》1957 年第 12 期。

140. [苏]赛尔格耶娃：《罗曼·罗兰著作中的贝多芬的形象》，唯民译，《音乐译文》1958 年第 5 期。

141. 冯至：《略论欧洲资产阶级文学里的人道主义和个人主义》，《文艺报》1958 年第 11 期。

142. 《罗曼·罗兰的两封信》，《中国青年报》1958-4-3。

143. 罗大冈：《〈约翰·克里斯朵夫〉及其时代》，《文学研究》1958 年第 1 期。

144. 张勇翔：《克里斯朵夫的反抗及其他》，《读书月报》1958 年第 1 期。

145. 聪孙：《克里斯朵夫不是我们的榜样》，《读书月报》1958 年第 1 期。

146. 金香：《高尚的个人主义者》，《读书月报》1958 年第 2 期。

147. 曼曼：《克里斯朵夫是青年的榜样》，《读书月报》1958 年第 2 期。

148. 李琴：《克利斯朵夫——光辉的典型》，《读书月报》1958 年第 2 期。

149. 刘静：《个人主义的反抗目的》，《读书月报》1958 年第 2 期。

150. 九伍：《被时代抛弃了的"英雄"》，《读书月报》1958 年第 2 期。

151. 毛治中：《个人主义是整个时代的偏见》，《读书月报》1958 年第 3 期。

152. 毛治中等：《关于〈约翰·克利斯朵夫〉的讨论》，《读书月报》1958 年第 3 期。

153. 刘智：《不是时代的错误》，《读书月报》1958 年第 3 期。

154. 郭襄：《与罗大冈同志商榷克利斯朵夫这个人物》，《读书月报》1958 年第 3 期。

155. 钱争平、稣笙：《一个不沾天不着地的"强者"》，《读书月报》1958 年第 3 期。

156. 罗大冈：《答刘治，郭襄两位同志》，《读书》1958 年第 4 期。

157. 冯至：《对于〈约翰·克里斯朵夫〉的一些意见》，《读书》1958 年第 5 期。

158. 姚文元：《如何认识约翰·克里斯朵夫这个人物？》，《文学青年》1958 年第 6 期。

159. 周天：《从〈约翰·克里斯朵夫〉想到出版社和批评家》，《解放日报》1958-1-30。

160. 孙梁：《论罗曼·罗兰思想与艺术的源流》，《华东师大学报》1958 年第 2 期。

161. 洁泯：《论"人类本性的人道主义"——批判巴人"论人情"及其他》，《文学评论》1960 年第 1 期。

162. 师东：《批判海默的"人性"中的资产阶级人道主义与和平主义》，《北京文艺》1960 年第 4 期。

163. 姚文元：《彻底批判资产阶级人道主义——驳钱融的修正主义观点》，《上海文学》1960 年第 5 期。

164. 北京大学西语系学术批判小组：《资产阶级人道主义的阶级实质、历史根源及其在今天的反动性——批判现代修正主义关于"人道主义是人类共性"的谬论》，《北京大学学报（人文版）》1960 年第 3 期。

165. 戈宝权：《高尔基和罗曼·罗兰》，《世界文学》1961 年第 6 期。

166. 《高尔基与罗曼·罗兰的通信》，刘季星译，《文汇报》1961-8-8。

167. 罗大冈：《必须正确评价〈约翰·克里斯朵夫〉》，《光明日报》1961 年第 1 第 7 期。

168. 郑应杰：《论约翰·克里斯朵夫的生活、友谊、爱情》，《哈尔滨师范学报（人文科学）》1961 年第 1 期。

169. 罗大冈：《〈约翰·克里斯朵夫〉与资产阶级人道主义》上下，《文艺报》1961 年第 9，10 期。

170. 罗大冈：《罗曼·罗兰在创作〈约翰·克里斯朵夫〉时期的思想情况》，《文学研究》1963 年第 1 期。

171. 罗大冈：《〈约翰·克里斯朵夫〉和文学遗产的批判性继承问题》，《人民日报》1964-3-22。

172. 黄俊东：《英雄主义者罗曼·罗兰》，《书话集》，香港：波文书店，1973 年。

173. 罗大冈：《罗曼·罗兰的长篇小说〈欣悦的灵魂〉》，《世界文学》1978 年第 2 期。

174. 胡静华：《要作具体分析——对〈论罗曼·罗兰〉的几点意见》，《读书》1980 年第 10 期。

175. 郑克鲁：《谈谈罗曼·罗兰的〈约翰·克里斯朵夫〉》，《春风译丛》1980 年第 2 期。

176. 成柏泉：《〈约翰·克利斯朵夫〉在中国》，《读书》1980 年第 8 期。

177. 柳前：《重读〈约翰·克里斯朵夫〉的随想》，《读书》1980 年第 12 期。

178. 贺之：《不要再对罗曼·罗兰和〈约翰·克利斯朵夫〉泼污水吧》，《文汇增刊》1980 年第 6 期。

179. 黄秋耘：《为〈约翰·克里斯朵夫〉说几句公道话》，《文汇增刊》1980 年第 6 期。

180. 阿英：《从〈爱与死的搏斗〉公演说到罗曼·罗兰与中国抗战》，《阿英文集》，北京：三联书店，1981 年。

181. 罗大冈：《罗大冈同志答本刊记者问——谈谈〈论罗曼·罗兰〉一书的问题》，《外国文学研究》1981 年第 1 期。

182. 蒋俊作：《一部褒贬失当的作家评论专著——评〈论罗曼·罗兰〉》，《文艺报》1981 年 11 期。

183. 艾珉：《奔向光明的激流——谈罗曼·罗兰的〈母与子〉》，《读书》1981 年第 4 期。

184. 于非之：《克利斯朵夫在中国的命运》，《外国文学季刊》1981 年第 2 期。

185. 袁树仁：《生命的川流——读〈母与子〉》，《外国文学季刊》1981 年第 2 期。

186. 锷杈：《外国文学书简中的珍品（三人书简高尔基、罗曼·罗兰、茨威格往来书信）》，《人民日报》1981-11-25。

187. 黄秋耕：《怎么读〈约翰·克里斯朵夫〉》，《艺丛》1981 年第 2 期。

188. 许金声：《克利斯朵夫——真诚地追求真善美的人》，《外国文学研究》1981 年第 2 期。

189. 张维嘉：《论约翰·克里斯朵夫的自我追求》，《湘潭大学学报》1982 年第 4 期。

190. 柯国淳：《大海和游进海底的孩子——访罗曼·罗兰夫人》，《人民日报》1982-8-29。

191. 王群：《试论约翰·克里斯朵夫中的女性形象》，《扬州师范学报（社科版）》1982 年第 3、4 期。

192. 罗大冈：《三访罗曼·罗兰夫人》，《人民文学》1982 年第 3 期。

193. 王元化：《关于约翰·克里斯朵夫》，《向着真实》，上海文艺出版社，1982 年。

194. 王元化：《重读约翰·克里斯朵夫》，《向着真实》，上海文艺出版社，1982 年。

195. 王元化：《〈约翰·克里斯朵夫〉在今天》，《王元化文学评论选》，长沙：湖南人民出版社，1983 年。

196. 罗大冈：《再论罗曼·罗兰的人道主义和个人主义》，《外国文学研究》1983 年第 2 期。

197. 傅德岷：《浓郁的"自叙传色彩"——罗曼·罗兰〈鼠笼〉的思想和艺术》，《写作学习》1983 年第 1 期。

198. 姜其煌：《一个人道主义者的苦难历程——罗曼·罗兰译者序》，《艺谭》1984 年第 2 期。

199. 姜其煌：《罗曼·罗兰的主要作品和思想发展过程》，《外国文学研究》1984 年第 3 期。

200. [法]米歇尔·鲁阿：《罗曼·罗兰和鲁迅》，王祥译，《中国比较文学》，1984

年第 1 期。

201. 胡风：《向罗曼・罗兰致敬》，《胡风评论集》，北京：人民文学出版社，1985 年。

202. 胡风：《罗曼・罗兰断片》，《胡风评论集》，北京：人民文学出版社，1985 年。

203. 胡风：《略谈我与外国文学》，《中国比较文学》，1985 年第 1 期。

204. 马中红：《试论克利斯朵夫的个人英雄主义》，《淮阴师专学报》1985 年第 2 期。

205. 姜超：《论罗曼・罗兰的思想和〈约翰・克里斯朵夫〉的主题》，《语文学刊》1985 年第 6 期。

206. 刘晨峰：《试论法国文学中的个人主义英雄形象》，《法国研究》1986 年第 1 期。

207. 戈宝权：《罗曼・罗兰——著作中译本编目》，《法国研究》1987 年第 1 期。

208. 罗大冈：《真诚的人——〈母与子〉译后记》，《世界文学》1987 年第 1 期。

209. 许金声：《真诚，以及对真善美的追求——从"人格三要素"漫谈三部外国小说》，《北京社会科学》1987 年第 2 期。

210. 李清安：《重读〈约翰・克里斯朵夫〉》，《读书》1989 年第 2 期。

211. 钱林森：《三和弦：良伴・向导・勇士——罗曼・罗兰与中国》，《南京大学学报（哲社版）》1990 年第 3 期。

212. 罗大冈：《罗曼・罗兰这样说》，《读书》1990 年第 3 期。

213. 张世君：《〈约翰・克里斯朵夫〉的大河式艺术结构》，《西南师范大学学报（哲社版）》1990 年第 1 期。

214. 秦群雁：《〈约翰・克里斯朵夫〉的结构艺术》，《外国文学研究》1990 年第 4 期。

215. 李庶长：《茅盾与罗曼・罗兰》，《东岳论丛》1991 年第 5 期。

216. 申家任：《〈约翰・克里斯朵夫〉英雄乐章的内化与外化》，《佛山大学学报（社科版）》1992 年第 1 期。

217. 邹振环：《使民国青年倾倒的〈约翰・克里斯朵夫〉》，《民国春秋》1992 年第 2 期。

218. 粟美娟：《罗曼・罗兰的选择》，《广西大学学报（哲社版）》1992 年第 2 期。

219. 何仲生：《论罗曼·罗兰现实主义独创性的价值内涵》，《绍兴师专学报》1992 年第 2 期。

220. 柳鸣九：《永恒的约翰·克利斯朵夫》，《傅雷谈翻译》，怒安编，沈阳：辽宁教育出版社，2005 年。

221. 柳鸣九：《罗曼·罗兰与〈约翰·克里斯朵夫〉的评价问题》，《社会科学战略》1993 年第 1 期。

222. 苏华：《20 世纪初叶法国文学在我国的传播》，《文艺理论与批评》1993 年第 4 期。

223. 范传新：《约翰·克里斯朵夫的象征意蕴》，《安徽师大学报（哲社版）》1994 年第 4 期。

224. 李福眠：《罗曼·罗兰的〈复敬隐渔〉》，《书与人》1994 年第 5 期。

225. 许渊冲：《为什么重译〈约翰·克里斯朵夫〉？》，《外国语（上海外国语大学学报)》1995 年第 4 期。

226. 马为民：《罗曼·罗兰与〈阿Q正传〉及其他》，《鲁迅研究月刊》1995 年第 6 期。

227. 罗帆：《〈约翰·克里斯朵夫〉两题议》，《益阳师专学报》1995 年第 1 期。

228. 王维燊：《丹东形象的历史嬗变：从毕希纳、罗曼·罗兰、阿·托尔斯泰到巴金》，《福建师范大学学报（哲社版）》1995 年第 1、2 期。

229. 刘佳林、杜彩：《创造精神世界的太阳：试论罗曼·罗兰的"名人传"》，《扬州师范学报（哲社版）》1995 年第 3 期。

230. 蔡先保：《试论〈约翰·克里斯朵夫〉的音乐性》，《法国研究》1996 年第 1 期。

231. 孔祥霞：《悲怆与欢乐的和谐交响：论〈约翰·克里斯朵夫〉》，《浙江大学学报（社科版)》1996 年第 1 期。

232. 范传新：《力·莱茵河·三重奏：论〈约翰·克里斯朵夫〉的象征意蕴》，《国外文学》1996 年第 1 期。

233. 杨玉珍：《〈约翰·克里斯朵夫〉深广的文化内涵》，《吉首大学学报（社科版)》1996 年第 4 期。

234. 朱正：《友好的眼睛看难堪的现实：读罗曼·罗兰〈我和妻子的苏联之行〉》，《书屋》1997 年第 2 期。

235. 肖四新：《力与爱的生命——论约翰·克里斯朵夫对奴性的反抗》，《法国研究》1997 年第 1 期。

236. 康莲萍、李怡:《自由的生命:〈约翰·克里斯朵夫〉的中心命题》,《四川外语学院学报》1998 年第 4 期。

237. 王化伟:《约翰·克里斯朵夫的音乐特性浅议》,《贵州文史丛刊》1998 年第 3 期。

238. 赵青:《孤独的英雄:克利斯朵夫》,《黔南民族师专学报》1999 年第 2 期。

239. 许汝祉:《试破罗曼·罗兰〈莫斯科日记〉封存五十年之谜》,《当代外国文学》1999 年第 2 期。

240. 汪淏:《欣悦的灵魂:罗曼·罗兰〈母与子〉读解》,《青年文学》2000 年第 6 期。

241. 范传新:《罗曼·罗兰:传统文学的当代继承者》,《青年思想家》2001 年第 6 期。

242. 段圣玉:《罗曼·罗兰〈托尔斯泰传〉艺术特色评析》,《枣庄师专学报》2001 年第 3 期。

243. 戚鸿峰:《安多纳德:温柔而凄凉的法国文学女性形象》,《浙江广播电视高等专科学校学报》2002 年第 1 期。

244. 潘皓:《关于罗曼·罗兰和约翰·克利斯朵夫的评价问题》,曾繁仁主编:《20 世纪欧美文学热点问题》,北京:高等教育出版社,2002 年。

245. 王锡明:《论〈约翰·克里斯朵夫〉的音乐性》,《荆州师范学院学报》2002 年第 1 期。

246. 雷敏、焦晓芬:《论约翰·克里斯朵夫的自我追求》,《江西社会科学》2002 年第 11 期。

247. 陆月宏:《约翰·克里斯朵夫中的安多纳德——凄美的法国文学女性形象》,《南京工业大学学报（社科版）》2002 年第 4 期。

248. 许钧:《作者、译者和读者的共鸣与视界融合——文本再创造的个案批评》,《中国翻译》2002 年第 3 期。

249. 宋华:《论约翰·克里斯朵夫的英雄行为》,《黑龙江教育学院学报》2004 年第 7 期。

250. 王少杰、王志耕:《约翰·克里斯朵夫性格的异质——兼谈法国文学与俄国文学的差异》,《河北师范大学学报（哲社版）》2004 年第 4 期。

251. 刘蜀贝:《比较文学视野中的罗曼·罗兰》,《晋阳学刊》2005 年第 2 期。

252. 徐志摩：《罗曼·罗兰》，韩石山编：《徐志摩全集》，天津：天津人民出版社，2005 年。

253. 罗新璋：《傅译罗曼·罗兰之我见》，《傅雷谈翻译》，怒安编辑，沈阳：辽宁教育出版社，2005 年。

254. 柴志英：《一个生命中浸透了贝多芬精神的人：约翰·克里斯朵夫》，《解放军艺术学院学报》2005 年第 1 期。

255. 张乾：《罗曼·罗兰与〈约翰·克里斯朵夫〉》，《语文天地》2006 年第 2 期。

256. 乔雪：《试论"音乐小说"〈约翰·克里斯朵夫〉》，《电影评介》2006 年第 20 期。

257. 乔雪：《试析〈约翰·克里斯朵夫〉中的孤独意象》，《名作欣赏》2006 年第 22 期。

258. 黎娜：《鲁迅与罗曼·罗兰、戈宝权与相浦杲》，《鲁迅研究月刊》2006 年第 3 期。

259. 宋学智：《一部翻译文学经典的诞生——傅雷逝世 40 周年纪念》，《中国翻译》2006 年第 5 期。

260. 宋学智、许钧：《民国时期罗曼·罗兰的中国行》，《外语与外语教学》2007 年第 8 期。

261. 秦艳红：《呼吸英雄的气息——品读罗曼·罗兰的〈名人传〉》，《语文世界（高中版）》2007 年第 10 期。

262. 陈远刚：《〈约翰·克里斯朵夫〉中"河"之意象浅析》，《时代文学》2007 年第 2 期。

263. 严静：《成长的历程，生命的赞歌——〈约翰·克里斯朵夫〉中的安多纳德形象分析》，《和田师范专科学校学报》2007 年第 3 期。

264. 杨欣：《斗士与解剖师——约翰·克利斯朵夫掠影》，《重庆工商大学学报》2007 年第 3 期。

265. 彭启福：《"视域融合度"：伽达默尔的"视域融合论"批判》，《学术月刊》2007 年第 8 期。

266. 王淼：《萨特存在主义视野中的〈约翰·克里斯朵夫〉》，《黑河学刊》2007 年第 4 期。

267. 木千容：《净化灵魂之作——〈约翰·克里斯朵夫〉》，《世界文化》2007 年第 12 期。

268. 张玲：《在孤独中再生——〈约翰·克里斯朵夫〉与〈鲁滨逊漂流记〉对比阅读》，《新语文学习（初中班）》2007 年第 11 期。

269. 夏光武：《关于黑塞与托马斯·曼及罗曼·罗兰之间的交往》，《南京晓庄学院学报》2008 年第 1 期。

270. 赵翔：《突围——论约翰·克利斯朵夫的人生磨难》，《安徽文学》2008 年第 1 期。

271. 宋学智：《现代翻译研究视阈下的傅译罗曼·罗兰——纪念傅雷先生诞辰 100 周年》，《外语与外语教学》2008 年第 3 期。

272. 胥戈：《盛成：20 世纪中法文化对话中的重要见证人——兼谈盛成与瓦莱里和罗曼·罗兰的交往》，《中国比较文学》2008 年第 2 期。

273. 吴晓樵：《茨威格〈罗曼·罗兰〉的早期中译本》，《新文学史料》2009 年第 2 期。

274. 王锦厚：《敬隐渔和郭沫若、罗曼·罗兰、鲁迅》，《郭沫若学刊》2009 年第 4 期。

275. 高方：《转述的心态与评价的真实性——罗曼·罗兰对〈阿 Q 正传〉评价的再审视》，《文艺争鸣》2010 年第 17 期。

276. 李欧梵：《罗曼·罗兰与文化世界主义》，《现代中文学刊》2013 年第 3 期。

277. 刘志侠、卢岚：《罗曼·罗兰日记中的梁宗岱》，《书城》2015 年第 2 期。

278. 编者：《郭沫若论罗曼·罗兰》，《郭沫若学刊》2015 年第 1 期。

279. 编者：《鲁迅论罗曼·罗兰》，《郭沫若学刊》2015 年第 1 期。

280. 编者：《茅盾论罗曼·罗兰》，《郭沫若学刊》2015 年第 1 期。

281. 陈传芝：《"人民戏剧"的理性精神——抗战时期罗曼·罗兰作品的中国接受之维》，《四川戏剧》2015 年第 1 期。

282. 段忠：《罗曼·罗兰音乐小说〈约翰·克利斯朵夫〉的艺术风格》，《语文建设》2015 年第 24 期。

283. 王锦厚：《罗曼·罗兰身边的两个中国青年》，《郭沫若学刊》2015 年第 1 期。

284. 邱宗珍、肖文艳：《〈名人传〉之价值探寻及其启示》，《语文建设》2015 年第 17 期。

285. 韧雾：《罗曼·罗兰：他的个人存在就是一出英雄剧》，《领导文萃》2016 年第 8 期。

286. 杨荣：《罗曼·罗兰——欧洲的良知——论茨威格的〈罗曼·罗兰〉》，《名作欣赏》2016 年第 9 期。

287. 雷颐：《茨威格、罗曼·罗兰和纪德的莫斯科行》，《炎黄春秋》2016 年第 6 期。

288. 李磊：《为何〈约翰·克利斯朵夫〉更对中国现代知识人的"脾胃"》，《中国图书评论》2016 年第 2 期。

289. 李蕾：《〈约翰·克利斯朵夫〉——贝多芬似的一阕大交响乐》，《音乐生活》2016 年第 5 期。

290. 张英伦：《敬隐渔与罗曼·罗兰》，《郭沫若学刊》2017 年第 1 期。

291. 罗曼·罗兰：《若望·克里斯朵夫向中国的弟兄们宣言》，《郭沫若学刊》2017 年第 1 期。

292. 刘志侠：《罗曼·罗兰与中国留学生》，《新文学史料》2017 年第 2 期。

293. 刘吉平：《〈韦兹莱日记〉中的罗曼·罗兰》，《读书》2017 年第 7 期。

294. 胡羽佳：《河水与两岸——论约翰·克利斯朵夫生命力在世俗情感影响下的生成》，《世界文学评论（高教版）》2018 年第 1 期。

295. 李华：《罗曼·罗兰〈莫斯科日记〉评析》，《西伯利亚研究》2018 年第 1 期。

296. 刘志侠：《李又然致罗曼·罗兰七封信》，《书城》2018 年第 5 期。

297. 林岩：《〈名人传〉名著导读》，《万象》2019 年第 11 期。

298. 宋玉雯：《"影响说"的辨疑与再商榷：〈财主底儿女们〉和〈约翰·克里斯朵夫〉》，《现代中文学刊》2019 年第 5 期。

299. 袁莉：《一切发生在"江声浩荡"之前——〈若望·克利司朵夫〉及其译者敬隐渔》，《中国翻译》2019 年第 5 期。

300. 陶诗秀：《细胞学家王德耀与罗曼·罗兰交往的故事》，《档案天地》2019 年第 12 期。

301. 闻中：《罗曼·罗兰〈甘地传〉译者前言》，《书屋》2019 年第 12 期。

302. 张英伦：《〈约翰·克利斯朵夫〉首译者敬隐渔初访罗曼·罗兰》，《中华读书报》2019-04-24，第 009 版。

303. 张英伦：《〈约翰·克利斯朵夫〉首译者敬隐渔和罗曼·罗兰"合影"之疑》，《中华读书报》2019-04-03，第 014 版。

304. 张英伦：《和罗曼·罗兰合影的"敬隐渔"找到了》，《中华读书报》2019-09-25，第 014 版。

305. 赵轩：《一种舶来话语的在地化历程——论〈银星〉杂志的"新英雄主义"影剧观》，《文化艺术研究》2019 年第 4 期。

306. 涂慧：《罗曼·罗兰在中国的三重投影》，《哈尔滨工业大学学报（社科版）》2019 年第 4 期。

307. 刘志侠：《九人：罗曼·罗兰与中国留学生》，《博览群书》，2020 年第 12 期。

308. 涂慧：《罗曼·罗兰思想在民国时期的阐释演变》，《外国文学研究》2020 年第 2 期。

309. 金浪：《整合与分化的多重镜像——"纪念罗曼·罗兰"与抗战胜利前后的左翼文学》，《文艺研究》2020 年第 4 期。

310. 付莉：《〈约翰·克里斯朵夫〉独特的音乐审美意蕴》，《黑河学院学报》2020 年第 9 期。

311. 杨珮艺、杨荣：《"英雄"罗曼·罗兰的身份认同和叙事塑形》，《中国图书评论》2020 年第 7 期。

312. 杨珮艺：《他乡有故知：论罗曼·罗兰的中法接受差异》，《西南民族大学学报（人文社科版）》2020 年第 3 期。

313. 刘志侠：《盛成与罗曼·罗兰和瓦莱里的交往》，《书城》2020 年第 1 期。

314. 廖久明：《〈罗曼·罗兰评鲁迅〉相关问题考》，《现代中文学刊》2021 年第 4 期。

315. 廖久明：《罗曼·罗兰评〈阿Q正传〉相关问题考》，《当代文坛》2021 年第 3 期。

316. 杨珮艺：《茨威格〈罗曼·罗兰〉对中国罗兰接受的影响》，《名作欣赏》2022 年第 6 期。

四、学位论文

1. 武新军：《反抗异化的执著探索——路翎与罗曼·罗兰人本价值理想之比较》，河南大学硕士论文，2001 年。

2. 陈玉珊：《辨与析——论王安忆和罗曼·罗兰小说的叙述特色》，暨南大学硕士论文，2003 年。

3. 曾琳智：《论〈约翰·克利斯朵夫〉的音乐性》，湘潭大学硕士论文，2003 年。

4. 刘思薇：《和谐——罗曼·罗兰对人类社会的梦想》，湘潭大学硕士论文，2007 年。

5. 檀柯：《二三十年代法国知识分子与和平主义运动》，浙江大学硕士论文，2007 年。

6. 周熠：《罗曼·罗兰小说的时空体》，苏州大学硕士论文，2007 年。

7. 杜杨沁：《复归的史诗，执著的英雄》，山东师范大学硕士论文，2008 年。

8. 涂慧：《罗曼·罗兰在中国的接受分析》，北京师范大学硕士论文，2008 年。

9. 李婉利：《王元化情志中的罗曼·罗兰因素》，华东师范大学硕士论文，2011 年。

10. 麻治金：《五四之子的"赶路"人生》，汕头大学硕士论文，2011 年。

11. 王璠：《歌德模式下归化与异化策略及在〈罗曼·罗兰音乐笔记〉翻译中的应用》，中央音乐学院硕士论文，2012 年。

12. 宗秋月：《从〈财主底儿女们〉看罗曼·罗兰对路翎创作的影响》，上海师范大学硕士论文，2013 年。

13. 凌燕：《傅译〈贝多芬传〉之艺术特色研究》，南京师范大学硕士论文，2014 年。

14. 邱宗珍：《〈约翰·克利斯朵夫〉的听觉叙事研究》，江西师范大学硕士论文，2016 年。

15. 荆娟：《论罗曼·罗兰对 1930 年代中国左翼文学的影响》，湖南师范大学硕士论文，2019 年。

16. 姚金乐：《傅雷的艺术追求与〈名人传〉翻译研究》，南京师范大学硕士论文，2019 年。

17. 蒙律子：《多角度分析罗曼·罗兰〈贝多芬传〉中的音乐性》，广东外语外贸大学硕士论文，2020 年。

附录1：罗曼·罗兰作品中译本目录

一、报刊杂志译文书目

1. 罗曼·罗兰：《精神独立宣言》，张嵩年译，《新潮》1919年第2卷第2期。

2. 罗曼·罗兰：《精神独立宣言》，张嵩年译，《新青年》1919年第7卷第1期。

3. 罗曼·罗兰：《Beethoven 传序文》，成仿吾译，《创造周报》1923年第4期。

4. 罗曼·罗兰：《答诬我者书》，常惠译，《莽原》1926年第7、8期。

5. 罗曼·罗兰：《致高普特曼书》，常惠译，《莽原》1926年第7、8期。

6. 罗曼·罗兰：《混乱之上》，金满城译，《莽原》1926年第7、8期。

7. 罗曼·罗兰：《若望·克利司朵夫（节译）》，敬隐渔译，《小说月报》1926年第17卷第1-3期。

8. 罗曼·罗兰：《彼得与露西》，李劼人译，《小说月报》1926年第17卷第6-7期。

9. 罗曼·罗兰：《若望·克利司朵夫向中国的弟兄们宣言》，《小说月报》1926年第17卷第1期。

10. 罗曼·罗兰：《米勒》，张定璜译，《骆驼》1927年。

11. 罗曼·罗兰：《罗曼·罗兰与高尔基——给莫斯科〈文艺新闻〉之一封航空信》，适夷译，《文艺新闻》1931年第24期。

12. 罗曼·罗兰、高尔基：《罗曼·罗兰、高尔基（分别）致国际工人互助会之祝词》，AI译，《文艺新闻》1931年第38期。

13. 罗曼·罗兰:《全世界的朋友们排起队伍呵！（法作家罗曼·罗兰宣言）》，《文艺新闻》1932 年第 59 期。

14. 罗曼·罗兰:《论高尔基》，寒琪译，《文学月报》1932 年第 4 期。

15. 罗曼·罗兰:《反抗》，黎烈文译，《文学》1934 年第 2 卷第 3 期。

16. 罗曼·罗兰:《贝多芬评传》，傅雷译，《国际译报》1934 年第 7 卷第 1 期。

17. 罗曼·罗兰:《朋友的死（纪念巴比塞）》，铭五译，《质文》1935 年第 4 期。

18. 罗曼·罗兰:《罗曼·罗兰的一封信》，沂民译，《芒种》1935 年第 6 期。

19. 罗曼·罗兰:《我走来的道路》，亦光译，《质文》1935 年第 4 期。

20. 罗曼·罗兰:《贝多汶的政见》，何家槐译，《光明》1936 年第 1 卷第 5 期。

21. 罗曼·罗兰:《七十自述》，鹤逸译，《时事类编》1936 年第 4 卷第 11 期。

22. 罗曼·罗兰:《和高尔基告别》，黎烈文译，《译文》1936 年第 1 卷第 6 期。

23. 罗曼·罗兰:《哥德与音乐》，梁宗岱译，《时事类编》1936 年第 4 卷第 12-15 期。

24. 罗曼·罗兰:《永息在我们的心里（悼念高尔基）》，《东方文艺》1936 年第 1 卷第 4 期。

25. 罗曼·罗兰:《贝多芬笔谈》，世弥译，《译文》1936 年第 1 卷第 2 期。

26. 罗曼·罗兰:《向高尔基致礼》，陈占元译，《译文》1936 年第 1 卷第 2 期。

27. 罗曼·罗兰:《论布里兹（评论）》，萧乾译，《译文》1936 年第 2 卷第 3 期。

28. 罗曼·罗兰:《文学者是追随者么？》，高璘度译，《时事类编》1936 年第 4 卷第 9 期。

29. 罗曼·罗兰:《论个人主义和人道主义——给格拉特柯夫和 I. 些尔文斯基[1]的信》，陈占元译，《译文》1936 年第 1 卷第 2 期。

30. 罗曼·罗兰:《七十年的回顾》，魏蟠译，《质文》1936 年第 5、6 期。

31. 罗曼·罗兰:《罗曼·罗兰悼高尔基》，郭铁译，《质文》1936 年第 2 卷第 1 期。

32. 罗曼·罗兰:《罗曼·罗兰给国境守卫兵的复信》，《质文》1936 年第 5、6 期。

---

1 些尔文斯基即伊利亚·谢尔文斯基。

33. 罗曼·罗兰：《罗曼·罗兰给青年作家的一封信》，《译文》1937 年第 3 卷第 2 期。

34. 罗曼·罗兰：《艺术与行动：论列宁》，《七月》1938 年第 3 卷第 2 期。

35. 罗曼·罗兰：《瓦尔米》，杨芳洁译，《七月》1940 年第 5 卷第 2 期。

36. 罗曼·罗兰：《音乐之史的发展》，《音乐知识》1940 年第 1 卷第 2 期。

37. 罗曼·罗兰：《褚威格及其作品（研究）》，陈占元译，《现代文艺》1941 年第 3 卷第 1 期。

38. 罗曼·罗兰：《忆高尔基》，秦似译，《野草》1941 年第 2 卷第 4 期。

39. 罗曼·罗兰、肖伯纳、高尔基、巴比塞：《关于列宁》，葛一虹译，《文艺阵地》1941 年第 6 卷第 1 期。

40. 罗曼·罗兰：《罗曼·罗兰给西班牙人民政府的信》，孟引译，《文学新报》1945 年第 1 卷第 3 期。

41. 罗曼·罗兰：《诉于世界的良心》，任钧译，《文学新报》1945 年第 1 卷第 4 期。

42. 罗曼·罗兰：《法兰西和自由（罗曼·罗兰最后译作）》，孙源译，《文哨》1945 年第 1 卷第 3 期。

43. 罗曼·罗兰：《克劳得·得布希论》，白桦译，《中原》1945 年第 2 卷第 2 期。

44. 罗曼·罗兰：《渥尔夫传》，白桦译，《文讯》1946 年第 6 卷第 10 期。

45. 罗曼·罗兰：《艺术与行动：论列宁》，佚名译，《文艺月报》1948 年第 1 期。

46. 罗曼·罗兰：《鼠笼》，陈西禾译，《译文》1955 年第 1 期。

47. 罗曼·罗兰：《我为谁写作？》，陈西禾译，《译文》1955 年第 1 期。

48. 罗曼·罗兰：《我走向革命的道路（散文）》，戈宝权译，《译文》1955 年第 1 期。

49. 罗曼·罗兰：《真正人民的革命》，《译文》1955 年第 11 期。

50. 罗曼·罗兰：《向高尔基致敬》，金工译，《世界文学》1961 年第 4 期。

51. 罗曼·罗兰：《向过去告别》，吴达元译，《世界文学》1961 年第 4 期。

52. 罗曼·罗兰：《若望—雅克·卢梭》，罗大冈译，《世界文学》1962 年第 9 期。

53. 罗曼·罗兰：《欣悦的灵魂（节选）》，罗大冈译，《世界文学》1978 年第 2 期。

54. 罗曼·罗兰：《彼埃尔和绿丝》，迎晖译，《外国文学》1981 年第 3 期。

55. 罗曼·罗兰：《我和妻子在苏联旅行：1935 年 6 月至 7 月》，娄力译，《苏联文学联刊》1992 年第 1 期。

二、著作单行本书目

1. 罗曼·罗兰：《甘地小传》，谢颂羔、米星如译，上海：美以美全国书报部，1925 年。

2. 罗曼·罗兰：《裴多汶传》，杨晦转译，上海：北新书局，1927 年。

3. 罗曼·罗兰：《爱与死之角逐》，夏莱蒂、徐培仁译，上海：上海创造社，1928 年，上海启明书局，1937，1939 年。

4. 罗曼·罗兰：《白利与露西》，叶灵凤译，上海：现代书局，1928，1931 年。

5. 罗曼·罗兰：《爱与死》，梦茵译，上海：上海泰东图书局，1929 年。

6. 罗曼·罗兰：《甘地奋斗史》，谢济则译，上海：上海卿云图书公司，1930 年。

7. 罗曼·罗兰：《孟德斯榜夫人》，李琭、辛质合译，上海：商务印书馆，1930 年。

8. 罗曼·罗兰：《甘地》，陈作梁译，上海：商务印书馆，1930，1933，1935 年。

9. 罗曼·罗兰：《安戴耐蒂》，静子、章质合译，保定：河北保定群玉山房，1932 年。

10. 罗曼·罗兰：《爱与死底角逐》，辛予译，南京：南京矛盾出版社，1932 年。

11. 罗曼·罗兰：《托尔斯泰传》，徐懋庸译，上海：上海华通书局，1933 年。

12. 罗曼·罗兰：《七月十四日》，贺之才译，上海：商务印书馆，1934，1935 年。

13. 罗曼·罗兰：《七月十四日》，贺之才译，长沙：商务印书馆，1935，1939 年。

14. 罗曼·罗兰：《弥盖朗琪罗传》，傅雷译，上海：商务印书馆，1935，1947 年。

15. 罗曼·罗兰：《托尔斯泰传》，傅雷译，上海：商务印书馆，1935，1947 年。

16. 罗曼·罗兰：《甘地奋斗史》，米星如、谢颂羔译，上海：国光书店，1937 年，1947 年。

17. 罗曼·罗兰：《约翰·克利斯朵夫》[2]，傅雷译，上海：商务印书馆，1937 年。

18. 罗曼·罗兰：《爱与死的搏斗》，李健吾译，上海：文化生活出版社，1939，1940，1946，1950 年。

19. 罗曼·罗兰：《爱与死的搏斗》，李健吾译，桂林：文化生活出版社，1943 年。

20. 罗曼·罗兰：《歌德与悲多汶》，梁宗岱译，桂林：明日文艺社，1943 年。

21. 罗曼·罗兰：《丹东》[3]，贺之才译，上海：世界书局，1944 年。

22. 罗曼·罗兰：《裴多汶传》，陈占元译，桂林：明日社，1944 年。

23. 罗曼·罗兰：《哀尔帝》[4]，贺之才译，上海：世界书局，1944，1947 年。

24. 罗曼·罗兰：《爱与死之赌》[5]，贺之才译，上海：世界书局，1944 年。

25. 罗曼·罗兰：《悲多汶传》，贺之才译，桂林：明日出版社，1944 年。

26. 罗曼·罗兰：《群狼》，贺之才译，上海：世界书局，1944 年。

27. 罗曼·罗兰：《圣路易》，贺之才译，上海：世界书局，1944，1947 年。

28. 罗曼·罗兰：《李柳丽》[6]，贺之才译，上海：世界书局，1944 年，1947 年。

29. 罗曼·罗兰：《理智之胜利》[7]，贺之才译，上海：世界书局，1944，1947 年。

30. 罗曼·罗兰：《若望·葛利斯朵夫》（第 1 卷：黎明），钟宪民，齐蜀夫译，重庆：世界出版社，1944 年。

31. 罗曼·罗兰：《若望·葛利斯朵夫》（第 2 卷：晨），钟宪民译，重庆：世界出版社，1945 年。

32. 罗曼·罗兰：《彼德与露西》，李劼人译，成都：人言出版社，1945 年。

---

2 该译本后多次修订再版：《约翰·克利斯朵夫》，傅雷译，长沙：商务印书馆，1941；上海：骆驼书店，1945、1948 年；北京：三联书店，1950；上海：平明出版社，1952、1953 年；北京：人民文学出版社，1957，1980，1996，1997 年。

3 译文《丹东》系罗曼·罗兰戏剧丛刊之一。

4 译文《哀尔帝》系罗曼·罗兰戏剧丛刊之一。

5 译文《爱与死之赌》系罗曼·罗兰戏剧丛刊之一。

6 译文《李柳丽》系罗曼·罗兰戏剧丛刊之一。

7 译文《理智之胜利》系罗曼·罗兰戏剧丛刊之一。

33. 罗曼·罗兰:《七月十四日》,贺之才译,重庆:商务印书馆,1945 年。

34. 罗曼·罗兰:《贝多芬传》,傅雷译,上海:骆驼书店,1946,1947 年;上海:三联书店,1949 年;北京:人民音乐出版社,1978 年。

35. 罗曼·罗兰:《造物主裴多汶》,陈实译,广州:人间书屋,1946 年。

36. 罗曼·罗兰:《狼群》,沈起予译,上海:骆驼书店,1947 年。

37. 罗曼·罗兰:《现代音乐家评传》,白桦译,上海:上海群益出版社,1950 年。

38. 罗曼·罗兰:《狼群》,沈起予译,上海:三联书店,1950 年。

39. 罗曼·罗兰:《搏斗》上下,陈实、秋云译,广州:人间书屋出版,1950-1951 年。

40. 罗曼·罗兰:《约翰·克里斯朵夫》(四册),傅雷译,上海:平明出版社,1952,1953 年。

41. 罗曼·罗兰:《七月十四日》,齐放译,北京:作家出版社,1954 年。

42. 罗曼·罗兰:《韩德尔传》,严文蔚译,上海:新音乐出版社,1954 年。

43. 罗曼·罗兰:《亨德尔》(外国音乐家传记丛书),严文蔚译,北京:人民音乐出版社,1963,1979 年。

44. 罗曼·罗兰:《罗曼·罗兰文钞》(书简、论文、散文集),孙梁译,上海:新文艺出版社,1957 年。

45. 罗曼·罗兰:《约翰·克里斯朵夫》(四册),傅雷译,北京:人民文学出版社(重译本),1957 年。

46. 罗曼·罗兰:《罗曼·罗兰文钞》(续编)(书简、论文合集),孙梁译,上海:新文艺出版社,1958 年。

47. 罗曼·罗兰:《格拉·布勒尼翁》,许渊冲译,北京:人民文学出版社,1958 年。

48. 罗曼·罗兰:《罗曼·罗兰革命剧选》,齐放、老笃译,北京:人民文学出版社,1958 年。

49. 罗曼·罗兰:《格拉·布勒尼翁》,许渊冲译,北京:人民文学出版社,1978 年。

50. 罗曼·罗兰:《母与子》,罗大冈译,北京:人民文学出版社,1980 年。

51. 罗曼·罗兰:《约翰·克里斯朵夫》,傅雷译,北京:人民文学出版社,1980 年。

52. 臧平安编：《三人书简：高尔基、罗曼·罗兰、茨威格》，长沙：湖南人民出版社，1980 年。

53. 罗曼·罗兰：《搏斗》，陈实、黄秋耘译，广州：广东人民出版社，1980 年。

54. 罗曼·罗兰：《歌德与贝多芬》，梁宗岱译，北京：人民音乐出版社，1981 年。

55. 罗曼·罗兰、莫罗阿、菲列伯·苏卜：《傅译传记五种》，傅雷译，北京：三联书店，1983，1995，1998 年。

56. 罗曼·罗兰：《罗曼·罗兰回忆录》，金铿然、骆雪涓译，杭州：浙江文艺出版社，1984 年。

57. 罗曼·罗兰：《罗曼·罗兰文钞》，孙梁辑译，上海：上海译文出版社，1985 年。

58. 罗曼·罗兰：《米莱传》，吴达志译，北京：人民美术出版社，1985 年。

59. 罗曼·罗兰：《母与子》，罗大冈译，北京：人民文学出版社，1985 年。

60. 纹绮编：《罗曼·罗兰妙语录》，兰州：甘肃人民出版社，1988 年。

61. 邵天华选辑：《罗曼·罗兰隽语录》，西安：华岳文艺出版社，1988 年。

62. 罗曼·罗兰：《卢梭传》，陆琪译，西安：华岳文艺出版社，1988 年。

63. 罗曼·罗兰：《巨人三传》，傅雷译，合肥：安徽文艺出版社，1989，1998 年。

64. 罗曼·罗兰：《母与子》，罗大冈译，北京：外国文学出版社，1990，1998 年。

65. 罗曼·罗兰：《约翰·克里斯朵夫》，傅雷译，合肥：安徽文艺出版社，1990，1992 年。

66. 罗曼·罗兰：《安多纳德》，傅雷译，北京：人民文学出版社，1990 年。

67. 罗曼·罗兰：《罗曼·罗兰日记选页》，罗大冈译，杭州：浙江文艺出版社，1991 年。

68. 李建群编：《罗曼·罗兰箴言集》，延吉：东北朝鲜民族教育出版社，1993 年。

69. 林郁选编：《罗曼·罗兰如是说》，北京：中国友谊出版公司，1993 年。

70. 孙悦、孙逢万选编：《永不被生活俘虏：罗曼·罗兰如是说》，上海：上海文艺出版社，1994 年。

71. 罗曼·罗兰:《约翰·克里斯朵夫》,傅雷译,兰州:敦煌文艺出版社,1994 年。

72. 罗曼·罗兰:《托尔斯泰传》,傅雷译,北京:商务印书馆,1994,1995 年。

73. 孙硕夫选编:《巨匠的风采:诺贝尔文学奖作家的美文随笔》,长春:吉林文史出版社,1995 年。

74. 罗曼·罗兰:《莫斯科日记》,夏伯铭译,上海:上海人民出版社,1995 年。

75. 罗曼·罗兰:《莫斯科日记》,周启超译,桂林:漓江出版社,1995 年。

76. 罗曼·罗兰:《约翰·克里斯朵夫》,傅雷译,呼和浩特:内蒙古文化出版社,1996 年。

77. 罗曼·罗兰:《贝多芬传》[8],傅雷译,北京:中国青年出版社,1996 年。

78. 罗曼·罗兰:《内心旅程:浮生一梦》,金铿然、骆雪涓译,上海:上海远东出版社,1997 年。

79. 罗曼·罗兰:《贝多芬:伟大的创造性年代:从〈英雄〉到〈热情〉》,陈实、陈原译,北京:三联书店,1998 年。

80. 罗曼·罗兰:《巨人三传》,傅雷译,合肥:安徽文艺出版社,1998 年。

81. 罗曼·罗兰:《柏辽兹:19 世纪的音乐"鬼才"》,陈原译,北京:三联书店,1998 年。

82. 傅敏编:《罗曼·罗兰名作集》,傅雷译,郑州:河南人民出版社,1998 年。

83. 傅敏编:《米开朗琪罗传》(插图珍藏本),傅雷译,北京:三联书店,1998 年。

84. 傅雷:《傅雷译文集》[9],合肥:安徽文艺出版社,1998 年。

85. 傅敏编:《贝多芬传》(插图珍藏本),傅雷译,合肥:安徽文艺出版社,1998,1999,据 1946 年 4 月上海骆驼书店版排版。

86. 罗曼·罗兰:《约翰·克里斯朵夫》,袁俊生、汪秀华译,天津:天津人民出版社,1999 年。

87. 罗曼·罗兰:《罗曼·罗兰读书随笔》,郑克鲁译,上海:上海三联书店,1999 年。

---

8 该译文《贝多芬传》据 1946 年 4 月上海骆驼书店的傅雷译本排印。

9 《傅雷译文集》中与罗曼·罗兰创作相关的文本包括《约翰·克里斯朵夫》《贝多芬传》《米开朗琪罗传》、《托尔斯泰传》。

88. 罗曼·罗兰:《罗曼·罗兰音乐散文集》, 冷杉、代红译, 北京: 中国文联出版公司, 1999 年。

89. 傅敏编:《贝多芬传》(插图珍藏本), 北京: 中国友谊出版公司, 2000 年。

90. 罗曼·罗兰:《亨德尔传》, 汝峥、李红等译, 合肥: 安徽文艺出版社, 2000 年。

91. 罗曼·罗兰:《名人传》, 苗君仪译, 延吉: 延边人民出版社, 2000 年。

92. 罗曼·罗兰:《名人传》, 宋菲译, 延吉: 延边人民出版社, 2000 年。

93. 罗曼·罗兰:《名人传》, 周渭源译, 呼和浩特: 内蒙古人民出版社, 2000 年。

94. 罗曼·罗兰:《约翰·克里斯朵夫》(版画插图珍藏本), 傅雷译, 北京: 中国友谊出版社公司, 2000 年。

95. 罗曼·罗兰:《约翰·克里斯朵夫》, 许渊冲译, 长沙: 湖南人民出版社, 2000 年。

96. 罗曼·罗兰:《约翰·克里斯朵夫》, 袁俊生、汪秀华译, 北京: 北京燕山出版社, 2000 年。

97. 罗曼·罗兰:《名人传》, 南京: 译林出版社, 2000, 2001, 2002 年。

98. 罗曼·罗兰:《罗曼·罗兰自传》, 钱林森编译, 南京: 江苏文艺出版社, 2001 年。

99. 罗曼·罗兰:《名人传》, 文清教译, 呼和浩特: 内蒙古人民出版社, 2001 年。

100. 罗曼·罗兰:《名人传》, 小荷译, 呼和浩特: 内蒙古大学出版社, 2001 年。

101. 罗曼·罗兰:《约翰·克里斯朵夫》, 段槐译, 通辽: 内蒙古少年儿童出版社; 海拉尔: 内蒙古文化出版社, 2001 年。

102. 罗曼·罗兰:《约翰·克里斯朵夫》(插图本), 北京: 九州出版社, 2001 年。

103. 罗曼·罗兰:《母与子》, 李爱梅、程永然译, 延吉: 延边人民出版社, 2001 年。

104. 罗曼·罗兰:《约翰·克利斯朵夫》, 孔铁等译, 延吉: 延边人民出版社, 2001 年。

105. 罗曼·罗兰:《约翰·克里斯朵夫》, 樊成华等译, 延吉: 延边人民出版社, 2001 年。

106. 罗曼·罗兰:《约翰·克里斯朵夫》,樊成华译,北京:中国戏剧出版社,2002 年。

107. 罗曼·罗兰:《母与子》,李爱梅、程永然译,北京:中国戏剧出版社,2002 年。

108. 罗曼·罗兰:《托尔斯泰传》(插图英文本),北京:北京广播学院出版社,2002 年。

109. 罗曼·罗兰等:《傅雷全集》[10],傅雷译,沈阳:辽宁教育出版社,2002 年。

110. 罗曼·罗兰:《贝多芬传》(插图英文本),北京:北京广播学院出版社,2002 年。

111. 罗曼·罗兰:《甘地传》(插图英文本),北京:北京广播学院出版社,2002 年。

112. 罗曼·罗兰:《罗曼·罗兰的智慧》,上海:文汇出版社,2002 年。

113. 罗曼·罗兰:《约翰·克里斯朵夫》,韩沪麟译,南京:译林出版社,2002 年。

114. 罗曼·罗兰:《米开朗琪罗传》(插图英文本),北京:北京广播学院出版社,2002 年。

115. 金济伟编译:《罗曼·罗兰论理想励志》,海拉尔:内蒙古文化出版社,2003 年。

116. 罗曼·罗兰:《托尔斯泰传》,黄艳春译,北京:团结出版社,2003 年。

117. 罗曼·罗兰:《米开朗琪罗传》,蔡平等译,北京:团结出版社,2003 年。

118. 罗曼·罗兰:《名人传》,张冠尧、艾珉译,北京:人民文学出版社,2003,2005,2006 年。

119. 罗曼·罗兰:《最伟大的三大艺术巨人》,陈书凯译,哈尔滨:哈尔滨出版社,2004 年。

120. 罗曼·罗兰、莫罗阿、菲列伯·苏卜:《傅译传记五种》,傅雷译,北京:北京十月文艺出版社,2004 年。

121. 罗曼·罗兰:《巨人三传》,傅雷译,天津:天津社会科学院出版社,2004 年。

---

10 《傅雷全集》第 8-11 卷收录《约翰·克利斯朵夫》和三大名人传记。

122. 罗曼·罗兰：《大地的画家米勒》，冷杉、杨立新译，济南：山东画报出版社，2004 年。

123. 罗曼·罗兰：《罗曼·罗兰精选集》，许渊冲编，北京：燕山出版社，2004 年。

124. 罗曼·罗兰：《内心旅程：一个人道主义者的沉思》，金铿然、洛雪涓译，上海：上海远东出版社，2004 年。

125. 罗曼·罗兰：《罗曼·罗兰文钞》，孙梁译，桂林：广西师范大学出版社，2004 年。

126. 罗曼·罗兰：《名人传》，仝彦芳译，北京：人民日报出版社，2004 年。

127. 罗曼·罗兰：《名人传》，苗君译，延吉：延边人民出版社，2004，2005 年。

128. 罗曼·罗兰：《名人传》，陈筱卿译，北京：北京燕山出版社，2004，2005 年。

129. 罗曼·罗兰：《米勒传》，冷杉、杨立新译，济南：山东画报出版社，2005 年。

130. 罗曼·罗兰：《约翰·克里斯朵夫》，樊成华、高建伟、程永然译，北京：中国致公出版社，2005 年。

131. 罗曼·罗兰：《名人传》，陈筱卿译，北京：中国书籍出版社，2005 年。

132. 罗曼·罗兰：《名人传》，陈筱卿译，北京：中国戏剧出版社，2005 年。

133. 罗曼·罗兰：《名人传》，李岳译，长春：时代文艺出版社，2005 年。

134. 罗曼·罗兰：《约翰·克里斯朵夫》，许渊冲译，北京：北京燕山出版社，2005 年。

135. 罗曼·罗兰：《约翰·克里斯朵夫》，傅雷译，天津：天津社会科学院出版社，2006 年。

136. 罗曼·罗兰：《约翰·克利斯朵夫》，许渊冲译，北京：中国书籍出版社，2006 年。

137. 罗曼·罗兰：《约翰·克利斯朵夫》（插图本），许渊冲译，北京：中国戏剧出版社，2006 年。

138. 罗曼·罗兰：《约翰·克利斯朵夫》，傅雷译，天津：天津社会科学院出版社，2006 年。

139. 罗曼·罗兰：《名人传》，傅雷译，南京：译林出版社，2008 年。

附录 2：中外作家、学者和批评家简介[1]

阿英（1900-1977），安徽芜湖人，原名钱德富，又名钱杏邨，笔名阿英、寒星、张若英、若英、钱谦吾、若虚、黄英、戴叔清、方英、黄锦涛、徐衍存、阮无名、王英、寒峰等，20 世纪中国著名现代文学家、剧作家、批评家、翻译家以及社会活动家。1928 年与蒋光慈、孟超等人创办"太阳社"；曾先后任华中文协常委、华东局文委书记、大连市文委书记、天津市文化局长、天津文联主席，任《民间文学》主编。著有《现代中国文学作家》《麦种集》《流离》《暴风雨的前夜》《革命的故事》《一条鞭痕》《现代中国文学论》《中国新文坛秘录》《夜航集》《海市集》《小说闲谈》《弹词小说评考》《晚清小说史》《抗战期间的文学》《中国俗文学研究》《阿英文集》《阿英剧作选》《阿英散文选》等著述。

阿尼西莫夫（1899-1966），全名伊万·伊万诺维奇·阿尼西莫夫（Иван Иванович Анисимов），20 世纪俄罗斯著名文学批评家、文学理论家和西欧文学研究专家。著有《古典遗产与现代性》（*Classical Heritage and Modernity*, 1960）、《世界文学的新时代》（*Новая эпоха всемирной литературы*/*A New Era of World Literature*, 1966）、《文化大师》（*Мастера культуры*/*Masters of Culture*, 1968）、《古典的鲜活生命》（*Живая жизнь классика*/*Living Life of the Classics*, 1974）、《现实主义的当代问题》（*Современные проблемы реализма*/ *Contemporary Problems of*

1　此处主要简介文中涉及且相对陌生的中外重要作家、学者和批评家，高尔基、鲁迅等耳熟能详的作家从略。不妥或不周之处，祈望读者诸君见谅！

Realism, 1977)、《从拉伯雷到罗曼·罗兰时代的法国经典》(*Французская классика со времени Рабле до Ромена Роллана/French Classics from the Time of Rabelais to Romain Rolland*, 1977)。

巴人（1901-1972），浙江奉化人，原名王任叔，中国当代著名作家、文艺评论家和社会活动家。1923 年加入文学研究会，1924 年加入中国共产党，1925 年发表小说《疲惫集》，被茅盾收入《中国新文学大系·小说一集》。1928 年完成长篇小说《莽秀才造反记》初稿；1929 年赴日本留学，次年回国加入"左联"。1938 年前后编辑《译报》副刊《爝火》和《大家谈》、《申报》副刊《自由谈》，与郑振铎、许广平等人编辑《鲁迅全集》。1940 年出版文艺理论专著《文学读本》；1950 年出任中国驻印度尼西亚大使。1954 年起任人民文学出版社副社长、社长兼总编辑、《文艺报》编委。1957 年发表杂文《论人情》，强调文学作品中的人性问题。1961 年调到中国科学院东南亚研究所编写《印尼史稿》，1972 年因病逝世。

茨威格（1881-1942），全名斯蒂芬·茨威格（Stefan Zweig），20 世纪奥地利著名小说家、诗人、剧作家、传记作家以及社会活动家。著有《一个陌生女人的来信》《一个女人一生中的二十四小时》等短篇小说，《象棋的故事》等中篇小说，《心灵的焦灼》等长篇小说，《昨日的世界》等回忆录，《罗曼·罗兰》《人类群星闪耀时》《三大师》（巴尔扎克、狄更斯与陀思妥耶夫斯基）和《一个政治性人物的肖像》等传记文本。

傅雷（1908-1966），江苏南汇人，字怒安，20 世纪中国著名法语翻译家、作家、教育家、美术评论家。1928 年赴法国巴黎大学文学院求学，归国后潜心翻译法国文学，先后译有巴尔扎克的《人间喜剧》、罗曼·罗兰的《约翰·克利斯朵夫》《米开朗基罗传》《托尔斯泰传》，梅里美的《嘉尔曼》《高龙巴》，伏尔泰的《老实人》《天真汉》《查第格》等诸多经典名作；著有《世界美术名作二十讲》《傅雷家书》《傅雷书信选》《傅雷谈艺录》等著作。

戈宝权（1913-2000），江苏东台人，笔名葆荃、北泉、北辰、苏牧等，中国著名外国文学研究家、俄语翻译家、俄罗斯文学学者。1935 年赴莫斯科任天津《大公报》驻苏记者；抗战期间任《新华日报》和《群众》编辑、编委；解放后担任中国驻苏联大使馆临时代办和文化参赞；1954 年回国后，曾担任中苏友好协会总会副秘书长，后任中国社科院外国文学研究所研究员及学部委员。曾参加在苏联塔什干举行的"第二次亚非作家会议"，应邀参加在美国加利福尼亚州举行的"鲁迅及其遗产"学术讨论会，应邀到法国巴黎第八大学讲学。译有《普希金诗集》《戈宝权译文集》《裴多菲小说散文集》《高尔基小说论文集》等，著有《〈阿 Q 正传〉在国外》《鲁迅在世界文学史上的地位》《中外文学因缘》等。

格拉特科夫（1883-1958），全名费多尔·瓦西里耶维奇·格拉特科夫（Фёдор Васильевич Гладков），20 世纪俄罗斯著名作家、记者、教育家，社会主义现实主义文学的经典代表作家，两次斯大林奖金获得者，1920 年起是俄罗斯共产党党员。"二战"期间，曾担任《真理报》和《消息报》驻乌拉尔战地记者；战后曾担任《新世界》（Новый мир）杂志编委、高尔基文学院（Литературный институт имени М. Горького）院长；著有长篇小说《水泥》（Цемент, 1925）和《动力》（Энергия, 1932-1938），中篇小说《宣誓》（Клятва, 1944），自传性三部曲《童年的故事》（Повесть о детстве, 1949，获 1950 年度斯大林奖金）、《自由人》（Вольница, 1950，获 1951 年度斯大林奖金）和《荒乱年代》（Лихая година, 1954）。其中，在鲁迅看来，《士敏土》（即《水泥》）"第一次坚定地采取了和辉煌地照出了当代最有意义的主题——劳动"，可谓是"新俄文学的永久的碑碣。"

黄源（1905-2003），浙江海盐人，名启元，字河清，曾在东南大学附中、春晖中学、立达学院等校求学。1933 年任《文学》杂志社编校，1934 年任《译文》《译文丛书》编辑；在日本文学和俄罗斯文学翻译方面成就卓著，先后译有《屠格涅夫生平及其作品》《世界童话文学研究》《结婚的破产》《1902 年级》《将军死在床上》《屠格涅夫代表作》《高尔基代表作》《三人》《日本现代短篇小说译丛》，著有《忆念鲁迅论述》《在鲁迅身边》《鲁迅书简追忆》，出版《黄源回忆录》《鲁迅致黄源信手迹及注释》《黄源影集》等。

黄秋耘（1918-2001），广东顺德人，原名黄超显，笔名秋云、昭彦、跋芮，中国当代著名翻译家、作家和文艺评论家。1936 年加入中国共产党，1943 年毕业于中山大学，曾任中共香港文委修补委员，担任《青年知识》《新建设》《学园》编辑。新中国建国后先后历任新华通讯社福建分社代社长、《文艺报》编辑部副主任、广东省出版事业管理局副局长、中国作协广东分会副主席、中国广州笔会中心会长、中国作协第四届理事。译有罗曼·罗兰的长篇小说《搏斗》，著有《黄秋耘自选集》《黄秋耘散文选》《黄秋耘文学评论选》《风雨年华》（回忆录）。其中，《往事并不如烟》（散文集）获 1989 年全国优秀散文集奖，《黄秋耘散文选》获 1986 年广东鲁迅文学奖，专著《黄秋耘文学评论选》获 1985 年广东鲁迅文学评论荣誉奖。

敬隐渔（1901-1930），四川遂宁人，字雪江，原名敬显达，受洗名让—巴蒂斯特，中国现代著名法国文学翻译家。1923 年入中法国立工业专门学校学习，1920 年代曾赴法国里昂大学文学系、巴黎大学心理系、里昂中法大学文科求学，1924 年与罗曼·罗兰通信，罗兰回信发表于 1924 年 7 月的《小说月报》。著有短篇小说集《玛丽及其他故事》（1925），译有罗曼·罗兰的《约翰·克利斯朵夫》（部分）、巴比塞的小说《光明》（1930）、《阿 Q 正传》（法文版），编有《中国当代短篇小说家作品选》（1929）。[2]

莱柯娃（1901-1996），又译雷科娃，全名纳杰日达·雅努阿利耶夫娜·雷科娃（Надежда Януарьевна Рыкова），20 世纪俄罗斯著名文学评论家、法语翻译家、散文家。1919-1923 年间，她就读于塔夫里奇大学历史和语言学系；据马克西米利安·沃洛申（Максимилиан Волошин）回忆，雷科娃曾与象征主义文学名家安德烈·别雷有过激烈争论；后转学到列宁格勒大学（即圣彼得堡大学），1925 年毕业于西方语言文学系。1928 年，她以评论家和文学评论家的身份，发表关于法国古典文学和现代文学的著作，内容涉及阿方斯·多德、马塞尔·普鲁斯特、罗曼·罗兰和阿纳托尔·法郎士；1936-1941 年间，曾在列宁格勒国家文学出版社外国文学编辑部担任翻译。1939 年，出版教科书《现代法国文学》（Современная французская литература）。从 1943 年起，她在莫斯科国家文学出版社工作。

李健吾（1906-1982），山西运城人，笔名刘西渭，20 世纪著名作家、戏剧家、法国文学翻译家和研究家。1931 年赴法巴黎现代语言专修学校学习，1933

---

2 参阅张英伦：《敬隐渔传》，北京：人民文学出版社，2016 年；张英伦、胡亮编：《敬隐渔研究文集》南京：江苏文艺出版社，2020 年。该文集有三卷构成：卷一为史料，收入敬隐渔、罗曼·罗兰、鲁迅、巴萨尔耶特等人的通信，以及罗曼·罗兰的相关日记；卷二为论文，收入胡亮、冯铁、袁莉、张英伦、朱穆、钟沁、廖久明、陈俐、刘志侠、王锦厚、王细荣等学者关于敬隐渔的十四篇成果；卷三为年谱，收录张英伦精心编订的《敬隐渔年谱（1901-1933）》。

年回国后先后在暨南大学、上海市戏剧专科学校、北京大学、中国科学院外文所等处工作。著有长篇小说《心病》等。译有莫里哀、福楼拜、司汤达、巴尔扎克、托尔斯泰、高尔基、屠格涅夫等人作品。

李又然（1906-1984），浙江慈溪人，又名家齐，中国当代翻译家、作家和社会活动家。1926 年秋在上海南洋高商英文专修班读书，后入上海群治大学法律系学习。1928 年赴法国巴黎大学文科哲学系求学，参加法国共产党，为中共机关刊物《赤光》秘密撰稿。1932 年回国后先后受聘为宋庆龄的秘书，加入中共领导的"反帝大同盟"。1946 年历任合江省立联合中学副校长、哈尔滨大学文艺学院院长和吉林省吉北联中校长等职。新中国成立前夕主持筹建吉林省文联，先后担任《文艺》周刊、《文艺月刊》主编、《长流文库》丛书编委。1955 年出版《伟大的安慰者》。建国后先后在中央新闻总署国际新闻局、文化部中央大学研究所工作。1984 年编订出版《李又然文集》。

罗大冈（1909-1998），浙江绍兴人，民盟成员，著名法国文学研究专家、法国文学翻译家。1933 年，在法国里昂大学文哲系获文学硕士学位；1939 年，在法国巴黎大学获文学博士学位；1983 年，获法兰西学院荣誉奖章、巴黎第三大学荣誉博士称号。1947 年回国后，曾先后在南开大学、清华大学、北京大学、中国社科院等处任职。先后著有《罗大冈学术论著自选集》《论罗曼·罗兰》等，译有长篇小说《母与子》《波斯人信札》《拉法格文学论文选》《艾吕雅诗抄》《我们最美好的日子》等。

茅盾（1896-1981），浙江嘉兴人，原名沈德鸿，字雁冰，笔名茅盾、郎损、玄珠、方璧、止敬、蒲牢、微明、沈仲方、沈明甫等，中国现代著名作家、文学评论家、文化活动家和社会活动家；著有《子夜》《春蚕》《虹》《霜叶红似二月花》《林家铺子》《白杨礼赞》等长中短篇小说、散文，《夜读偶记》《小说研究 ABC》《欧洲大战与文学》《神话的研究》《中国神话研究 ABC》《西洋文学》《茅盾论创作》等文学评论。

邵荃麟（1906-1971），浙江慈溪人，原名邵骏远，笔名荃麟、力夫、契若，中国著名现代文学评论家、作家；曾任新中国政务院文化教育委员会计划局局长、副秘书长、中共文教委员会委员、中共中央宣传部副秘书长兼教育处处长；1953 年起任中国作家协会副主席兼中共党组书记、作协创作委员会第一副主任。著有《英雄》（小说集）、《宿店》（小说集）、《喜酒》（剧本集），译有《意外的惊愕》《阴影与曙光》《被侮辱与被损害的》，撰写《论主观问题》《话批评》《大众文艺丛刊评论专集》《对当前文艺运动的意见》等文艺评论；后结集出版《邵荃麟评论选集》等。

王元化（1920-2008），湖北武昌人，笔名洛蚀文、方典、函雨等，当代著名人文学者、文学理论家、思想评论家，华东师范大学教授、博士生导师。著有《抗战文艺》（1939）、《文艺漫谈》（1945）、《向着真实》（1953）、《文心雕龙创作论》（1979）、《王元化文学评论选》（1983）、《文学沉思录》（1983）、《文化发展八议》（1988）、《传统与反传统》（1990）、《文心雕龙讲疏》（1992）、《清园夜读》（1993）、《思辨随笔》（1994）、《清园论学集》（1994）、《读黑格尔》（1997）、《清园近思录》（1998）、《九十年代反思录》（2000）等著述。

闻家驷（1905-1997），湖北浠水人，闻一多之弟，20世纪中国著名法国文学专家、翻译家和文学评论家；主要从事法国义学翻译与研究，对19世纪法国诗歌和诗人颇有研究，尤擅雨果研究。1926年自费赴法国入巴黎大学文科学习，1931年再赴法国格林诺尔大学留学法国文学。1934年回国后先在北京大学、北平艺术专科学校、西南联合大学、北京大学等处任教。先后译有《雨果诗选》《雨果诗抄》《雨果诗歌精选》《法国十九世纪诗选》《红与黑》，编著《欧洲文学史》《中国大百科全书》（外国文学卷）《外国文学名著丛书》等书。

萧军（1907-1988），辽宁凌海人，原名刘鸿霖，笔名三郎、田军等，中国现代著名作家、文学评论家、社会活动家。著有《八月的乡村》（1935）、《江上》（1936）、《第三代》（1937）、《十月十五日》（1937）、《涓涓》（1937）、《从临汾到延安》（1941）、《五月的矿山》（1954）、《过去的年代》（1957）、《吴越春秋史话》（1980）、《我的童年》（1982）、《人与人间》（2006）等作品。

谢尔文斯基（1899-1968），曾用笔名艾林—卡尔·谢尔文斯基（Эллий-Карл Сельвинский），全名伊利亚·利沃维奇·谢尔文斯基（Илья Львович Сельвинский），20世纪俄罗斯著名作家、诗人、戏剧家、构成主义流派的代表。1923年毕业于莫斯科大学社会科学系，1926年发表诗集，1927-1930年间曾与马雅科夫斯基进行激烈论辩，1930年代初创作先锋诗剧；1933-1934

年间，作为《真理报》记者参加了奥托·施密特（Отто Шмидт）率领的探险队，乘坐破冰船"切柳斯金"号，穿过冰洋到达德日涅夫角；从 1941 年起是苏联共产党（布尔什维克）成员；1941-1945 年间在反法西斯红军前线服役，曾担任中校。早期创作的基本主题是卫国战争（诗歌《乌利亚莱夫什奇纳》〈Улялаевщина〉、悲剧《指挥官 2》〈Командарм 2〉）、新经济政策时期的冲突（诗体小说《普什图》〈Пушторг〉）。其创作特点是诗歌实验，寻找新颖的体裁、诗歌和语言；1930 年代末开始在诗歌中发展历史悲剧的体裁——关于俄罗斯历史上的转折点和革命时刻（《约翰骑士》〈Рыцарь Иоанн〉、《巴别克》〈Бабек〉）。卫国战争期间，创作《俄罗斯》戏剧三部曲：《利沃尼亚战争》（Ливонская война, 1944），《从波尔塔瓦到甘古特》（От Полтавы до Гангута, 1949 年）、《伟大的西里尔》（Большой Кирилл, 1957 年）；著有《诗歌工作室》（Студия стиха），自传小说《哦，我的青春！》（О, юность моя!）。

　　杨晦（1899-1983），辽宁辽阳人，原名兴栋，后改名晦，字慧修，笔名丫、楣、寿山；中国当代文学理论家，主要从事西方文学翻译、戏剧创作和文学研究。1917 年就读北京大学哲学系，1919 年积极参加"五四运动"。1925-1926年与冯至、陈炜谟等人成立"沉钟社"，从事翻译和剧本创作，同时编辑出版《沉钟》周刊和半月刊。1936 年与鲁迅、茅盾、巴金等在《作家》月刊上发表《中国文艺工作者宣言》。1941 年后先后在西北联大、重庆中央大学、北京大学任教。著有《谁的罪》《来客》《笑的泪》《楚灵王》《屈原》《除夕》《庆满月》《苦泪树》等剧作；译有罗曼·罗兰的《悲多汶传》、莎士比亚的《雅典人台满》、希腊悲剧《被幽囚的普罗密修士》、莱蒙托夫的《当代英雄》、爱伦坡的长诗《乌鸦》《钟》、《莫里哀戏剧十五种》，著有《文艺与社会》《罗曼·罗兰的道路》等文学评论。后结集出版《杨晦文学论集》《杨晦选集》。

　　杨人楩（1903-1973），湖南醴陵人，字罗曼、洛漫、洛曼，笔名骆迈。著名历史学家，主要从事世界通史、法国革命史、近代史、非洲史以及史学名著研究，尤其关注法国革命史上人民群众的作用和社会经济方面，着重研究雅各宾时期和热月党恐怖时期。1934 年赴英国牛津大学奥里尔学院留学，归国后曾任四川大学、西北联大、武汉大学、北京大学教授；译有克鲁泡特金的《法国革命史》、马迪厄的《法国革命史》、哥德沙尔克的《法国革命时代史》、保尔·芒图的《十八世纪产业革命：英国近代大工业初期的概况》《苏联通史》、茨威格的《罗曼·罗兰》等，著有《圣鞠斯特》《论德国民族之侵略性》《非洲史稿》《世界史资料丛刊初编》等。

张定璜（1895-1986），江西南昌人，又名张凤举，20 世纪中国著名作家、文史学家、文学批评家、翻译家。曾先后在北京女子师范大学、北京大学、巴黎汉学研究所、上海中法大学等处任职，1930 年代，曾赴法国巴黎索邦大学求学，与郁达夫、郭沫若、张资平、成仿吾、鲁迅、周作人、徐祖正、沈尹默、陈源、徐志摩等人交往甚密，在法国文学、日本文学译介、"身边小说"创作方面颇有成就；著有《鲁迅先生》《路上》《波德莱尔散文诗钞》等各类作品。

张申府（1893-1986），河北献县人，名嵩年、崧年，20 世纪中国著名哲学家，数学家，曾任北京大学、清华大学哲学系教授，中国共产党早期主要创始人之一。1914 年入北京大学哲学系、数学系学习；1918 年与陈独秀、李大钊一起创办杂志《每周评论》；1920 年参与建立中国共产主义小组；曾先后参与创立中国共产党、筹建黄埔军校、成立中国民主同盟会；主要致力于罗素哲学译介研究，著有《张申府文集》。

附录 3：欧美罗曼·罗兰研究著述目录

一、英美罗曼·罗兰研究著述

1. "Romain Rolland." *The Musical Times*, vol. 86, no. 1224, Musical Times Publications Ltd., 1945, pp. 63-63.

2. Aronson, Alex. *Romain Rolland: The Story of a Conscience.* Bombay, India: Padma Publications, 1946.

3. Beckwith, William Hunter. *The Formation of the Esthetic of Romain Rolland.* New York: New York University Press, 1936.

4. Blum, Antoinette. "Les Loups de Romain Rolland: Un Jeu Théâtral Sur l'histoire." *The French Review*, vol. 66, no. 1, American Association of Teachers of French, 1992, pp. 59-68.

5. Bresky, D. "Les Aventures Mystiques de *Jean-Christophe*." *The French Review*, vol. 44, no. 6, American Association of Teachers of French, 1971, pp. 1048-56.

6. Brody, Elaine. "Romain Rolland and Ernest Bloch." *The Musical Quarterly*, vol. 68, no. 1, Oxford University Press, 1982, pp. 60-79.

7. Collins, Ashok. "Trinity and Atheology: The Listening Self in Romain Rolland's '*Jean-Christophe.*'" *French Forum*, vol. 39, no. 2/3, University of Pennsylvania Press, 2014, pp. 113-27.

8. Cruickshank, John. "The Nature of Artistic Creation in the Works of Romain Rolland." *The Modern Language Review*, vol. 46, no. 3/4, Modern Humanities Research Association, 1951, pp. 379-87.

9. Fisher, David James. "Romain Rolland and the French People's Theatre." *The*

Drama Review: TDR, vol. 21, no. 1, The MIT Press, 1977, pp. 75-90.

10. Fisher, David James. *Romain Rolland and the Politics of Intellectual Engagement*. University of California Press, 1988.

11. Fox, Michael David. "The 'Heroic Life' of a Friend of Stalinism: Romain Rolland and Soviet Culture," *Slavonica*, Vol. 11, 2005, Issue 1: Across and Beyond the East West Divide II, pp. 3-29.

12. Hoefle, Arnhilt Johanna. *China's Stefan Zweig: The Dynamics of Cross-Cultural Reception*. University of Hawaii Press, 2017.

13. Klein, John W. "Romain Rolland (1866-1943)." *Music & Letters*, vol. 25, no. 1, Oxford University Press, 1944, pp. 13-22.

14. Lal, Vinay. "Gandhi's West, the West's Gandhi." *New Literary History*, vol. 40, no. 2, The Johns Hopkins University Press, 2009, pp. 281-313.

15. Myers, Rollo H. ed. *Richard Strauss & Romain Rolland: Correspondence, Together with Fragments from the Diary of Romain Rolland and Other Essays*. University of California Press, 1968.

16. Nadeau, Maurice. "Romain Rolland." *Journal of Contemporary History*, vol. 2, no. 2, Sage Publications, Ltd., 1967, pp. 209-20.

17. Peng, Hsiao-yen & Isabelle Rabut ed. *Modern China and the West: Translation and Cultural Mediation*. East Asian Comparative Literature and Culture. BRILL, 2014.

18. Pharand, Michel W. "Above the Battle? Bernard Shaw, Romain Rolland, and the Politics of Pacifism." *Shaw*, vol. 11, Penn State University Press, 1991, pp. 169-83.

19. Ray, Sibnarayan ed. *The Universality of Man: The Message of Romain Rolland*. Addresses and Papers of International Seminar Organised Jointly by the Sahitya Akademi and Festival of France in India, 15-17 January 1990. Sahitya Akademi, 1992.

20. Rogister, Margaret. "Romain Rolland: One German View." *The Modern Language Review*, vol. 86, no. 2, Modern Humanities Research Association, 1991, pp. 349-60.

21. Rolland, Romain, and Henry Ward Church. "Romain Rolland Again Comments

on 'Jean-Christophe.'" *Modern Philology*, vol. 28, no. 4, University of Chicago Press, 1931, pp. 475-78.

22. Rolland, Romain. *Letters of Romain Rolland and Malwida Von Meysenbug, 1890-1891*. Translated by Thomas J. Wilson. H. Holt, 1933.

23. Rolland, Romain. *The Collected Works of Romain Rolland*. Illustrated: Jean-Christophe, Colas Breugnon, Pierre and Luce and others. Translated by Gilbert Cannan, et. al. Strelbytskyy Multimedia Publishing, 2021.

24. Romains, Jules. "Hommage a Romain Rolland." *The French Review*, vol. 18, no. 6, American Association of Teachers of French, 1945, pp. 317-18.

25. Safiullina, Nailya. "The Canonization of Western Writers in the Soviet Union in the 1930s." *The Modern Language Review*, vol. 107, no. 2, Modern Humanities Research Association, 2012, pp. 559-84.

26. Sice, David. "*Jean-Christophe* as a 'Musical' Novel." *The French Review*, vol. 39, no. 6, American Association of Teachers of French, 1966, pp. 862-74.

27. Smith, Robert J. "A Note on Romain Rolland in the Dreyfus Affair." *French Historical Studies*, vol. 7, no. 2, [Duke University Press, Society for French Historical Studies], 1971, pp. 284-87.

28. Starr, William T. "Romain Rolland and George Bernard Shaw." *Bulletin (Shaw Society of America)*, vol. 2, no. 3, Penn State University Press, 1957, pp. 1-6.

29. Starr, William T. "Romain Rolland and H. G. Wells." *The French Review*, vol. 30, no. 3, American Association of Teachers of French, 1957, pp. 195-200.

30. Starr, William Thomas. *Romain Rolland and a World at War*. New York: AMS Press, 1971.

31. Starr, William Thomas. *Romain Rolland: One Against All: A Biography*. The Hague, Paris: Mouton, 1971.

32. White, Robert. " Ibsen in France : Romain Rolland and Norwegian Drama." *AUMLA*, no. 40 (Nov. 1973), pp. 260-270.

33. Wilson, Damien John. *The Political Commitment and Evolution of Romain Rolland, 1914-1933*. University of Wisconsin--Madison, 1968.

34. Zweig, Stefan. *Romain Rolland: The Man and His Work*. CreateSpace Independent Publishing Platform, 2018.

二、法国罗曼·罗兰研究著述

1. Aquarone, Stanislas. "'*Jean-Christophe*' de Romain Rolland: Volume I, 'L'Aube': Etude de La Traduction de Gilbert Cannan." *The French Review*, vol. 13, no. 1, American Association of Teachers of French, 1939, pp. 32-37.

2. Bonnerot, Jean. "Saint-Saëns et Romain Rolland." *Revue de Musicologie*, vol. 40, no. 116, Société Française de Musicologie, 1957, pp. 196-200.

3. Cheval, René. "Le Prix Nobel de Romain Rolland." *Revue d'Histoire Littéraire de La France*, vol. 76, no. 6, Presses Universitaires de France, 1976, pp. 912-21.

4. Dadoun, Roger. "Rolland, Freud, et La Sensation Océanique." *Revue d'Histoire Littéraire de La France*, vol. 76, no. 6, Presses Universitaires de France, 1976, pp. 936-46.

5. Duchatelet, Bernard. "Sur La Genèse Du 'Buisson Ardent.'" *Revue d'Histoire Littéraire de La France*, vol. 76, no. 6, Presses Universitaires de France, 1976, pp. 896-911.

6. Duchatelet, Bernard. "Un Canevas Pour 'Jean Christophe': 'La Grande Passion de Jean-Christophe.'" *Revue d'Histoire Littéraire de La France*, vol. 81, no. 6, Presses Universitaires de France, 1981, pp. 970-75.

7. Duret, Serge. "Romain Rolland Face à Ernest Renan: De l'admiration à La Condamnation?" *Revue d'Histoire Littéraire de La France*, vol. 94, no. 1, Presses Universitaires de France, 1994, pp. 74-113.

8. Francis, Richard. "La France Vue Par Romain Rolland." *Revue d'Histoire Littéraire de La France*, vol. 80, no. 4, Presses Universitaires de France, 1980, pp. 602-20.

9. Robichez, Jacques. "Les 'Cahiers Romain Rolland.'" *Revue d'Histoire Littéraire de La France*, vol. 76, no. 6, Presses Universitaires de France, 1976, pp. 947-57.

10. Willocq, Luc. "Romain Rolland et La Révolution Russe (1917-1918)." *Revue d'Histoire Littéraire de La France*, vol. 76, no. 6, Presses Universitaires de France, 1976, pp. 922-35.

三、德国罗曼·罗兰研究著述

1. Aron, Albert W. "Romain Rolland and Goethe." *Monatshefte Für Deutschen Unterricht*, vol. 30, no. 3/4, University of Wisconsin Press, 1938, pp. 98-109.

2. Roos, Jacques. "Romain Rolland et L'inde." *Zeitschrift Für Französische Sprache Und Literatur*, vol. 76, no. 2/4, Franz Steiner Verlag, 1966, pp. 108-13.

3. Hanheide, Stefan. "Die Beethoven-Interpretation von Romain Rolland Und Ihre Methodischen Grundlagen." *Archiv Für Musikwissenschaft*, vol. 61, no. 4, Franz Steiner Verlag, 2004, pp. 255-74.

四、俄罗斯罗曼·罗兰研究著述

1. *Анисимов, И. И.* Всемирная литература и социалистическая революция. Автореферат дис. на соискание учен. степени доктора филол. Наук. Акад. наук СССР. Ин-т русской литературы (Пушкинский дом). М.: Изд-во Акад. наук СССР, 1959.

2. *Анисимов, И. И.* Живая жизнь классики: Очерки и портреты. Вступ. статья и коммент. В. П. Балашова. М.: Советский писатель, 1974.

3. *Анисимов, И. И.* Классическое наследство и современность. М.: Советский писатель, 1960.

4. *Анисимов, И. И.* Мастера культуры : Анатоль Франс. Ромен Роллан. Теодор Драйзер. Генрих Манн. М.: Художественная литература, 1968, 1971.

5. *Анисимов, И. И.* Новая эпоха всемирной литературы, М.: Советский писатель, 1966.

6. *Анисимов, И. И.* Русская классика и социалистический реализм. М.: Правда, 1976.

7. *Анисимов, И. И.* Собрание сочинений: в трех томах. редакционная коллегия: Г. П. Бердников и др. М.: Художественная литература, 1983.

8. *Анисимов, И. И.* Современные проблемы реализма. АН СССР, Ин-т мировой литературы им. А.М. Горького. М.: Наука, 1977.

9. *Анисимов, И. И.* Французская классика со времени Рабле до Ромена Роллана, М.: Художественная литература, 1977.

10. *Анисимов, И., С. Динамов*. Переводная беллетристика в библиотеке: Авантюрная и научно-фантастическая литература. Под ред. И. М. Нусинова. М.: Изд-во ВЦСПС, 1929.

11. *Асанова, Н. А.* «Жан Кристоф» Р. Роллана и проблема взаимодействия в искусстве. Казань: Издательство КГУ, 1978.

12. *Балахонов, В. Е.* Ромен Роллан в 1914-1924 годы. Л.: Издательство ЛГУ, 1958.

13. *Балахонов, В. Е.* Ромен Роллан и его время: («Жан-Кристоф»). М.: Издательство ЛГУ, 1972.

14. *Балахонов, В. Е.* Ромен Роллан и его время : Ранние годы. М.: Издательство ЛГУ, 1968.

15. *Вановская, Т. В.* Ромен Роллан : 1866-1944. Л. ; М.: Искусство, 1957.

16. *Гильдина, З. М.* Ромен Роллан и мировая культура. Рига: Звайгзне, 1966.

17. *Горький, М.* "О Ромене Роллане." Собрание сочинений в 30 томах. Т. 24, М.: Художественная литература, 1953.

18. *Гроссман, Л. П.* Собеседник Толстого. Ромен Роллан и его творчество: По неизданным материалам. М.: Кооперативное издательство писателей «Никитинские субботники», 1928.

19. *Дюшен, И. Б.* «Жан-Кристоф» Ромена Роллана. М.: Художественная литература, 1966.

20. *Исбах, А. А.* Ромен Роллан : К столетию со дня рождения. М.: Знание, 1966.

21. Лицо капиталистического рабства в иностранной художественной литературе: Доклады И. Анисимова и С. Динамова. Вступ. слово А. В. Луначарского. М. и Л.: Гос. соц.-экон. изд-во, 1931.

22. *Лосев, А. Ф., Тахо-Годи М. А.* Эстетика природы: Природа и её стилевые функции у Р. Роллана. М.: Наука, 2006.

23. *Луначарский, А.* "Памяти И. И. Анисимова," Собрание сочинений. В 8-ми т. Литературоведение. Критика. Эстетика. Т. 7. Эстетика, литературная критика. М.: Художественная литература, 1967.

24. *Луначарский, А.* "Статьи о Р. Роллане." Собрание сочинений. тт. 4, 5, М.: Художественная литература, 1964-1965, С. 438-521, 258-264, 498-504.

25. *Мотылева, Т. Л.* Ромен Роллан. М.: Молодая гвардия, 1969.

26. *Мотылева, Т. Л.* Творчество Ромена Роллана. М.: ГИХЛ, 1959.

27. *Ромен Роллан.* Био-библиграфический указатель. Составитель А. Паевская, автор вступ. Статьи М. Ваксмахер. М.: Изд-во Всесоюз. книжной палаты, 1959.

28. *Ромен Роллан.* Воспоминания. М.: Гослитиздат, 1966.

29. *Ромен Роллан.* Избранные. М.: Молодая гвардия, 1967.

30. *Ромен Роллан.* Собрание музыкально-исторических сочинений: в 9 т. М.: Музгиз: Искусство, 1938.

31. *Ромен Роллан.* Собрание сочинений: в 14 т. М.: ГИХЛ, 1954-1958.

32. *Ромен Роллан.* Собрание сочинений: в 9 т. Под ред. Н. М. Любимова. М.: Правда, 1971.

33. *Ромен Роллан.* Собрание сочинений: в 9 т. Под ред. Н. М. Любимова. 2-е изд. М.: Правда, 1983.

34. *Ромен Роллан.* Собрание сочинений: в 20 т. Л.: Кооперативное издательство «Время», Художественная литература, 1932-1936.

35. *Львова, Г.* "Памяти И. И. Анисимова," Вопросы литературы, №. 9, 1967, С. 254-259.

36. *Трыков, В. П.* Биографическая проза Ромена Роллана. М.: МПГУ, 2016.

37. *Урицкая, Б. С.* Ромен Роллан - музыкант. Л.; М.: Советский композитор: ленинградское отделение, 1971.

后　记

　　《约翰·克利斯朵夫》如一束温暖而明亮的光，照亮了我的人生；又如一条丰沛而澎湃的河，丰盈了我的生命。遇见永不屈服的约翰·克利斯朵夫，遇见睿智豁达的罗曼·罗兰，是一件何其有幸、何其美妙的事！约翰·克利斯朵夫既向我们展示了人类的优点和弱点，也昭示了人类精神可以抵达的高度和深度。因为他的出现，黯淡的日子也变得熠熠生辉，枯燥的岁月也变得流光溢彩，平凡的生命也变得更为丰满厚重。

　　至今我仍清楚记得，大学二年级，一个闲暇的午后，阳光透过图书馆的玻璃窗，斜斜地映射在地板上，周围的一切显得温馨而宁静。我漫步到书架旁，随手拿起图书浏览起来。当眼睛捕捉到《约翰·克利斯朵夫》时，我的注意力便再也没有离开过。接连几天，我一直泡在图书馆，徜徉其间，陶醉其中，一气读完该书。毫无疑问，它深深触动了我，成为我的心灵密友和精神挚友。从此，约翰·克利斯朵夫便与我同在了，在不同时期以不同形式悄然融入我的日常生活。《约翰·克利斯朵夫》向我展示了外国文学的无穷魅力，促使我后来走向比较文学与世界文学的研究道路。

　　一切似乎顺理成章，水到渠成，我的本科毕业论文和硕士毕业论文，都以《约翰·克利斯朵夫》为议题展开。本书稿便是在硕士学位论文《罗曼·罗兰在中国的接受分析》基础上，经多次修改、增补、完善而成。没有本硕论文的写作，便不会有本书的问世。在此向我的本科毕业论文导师刘久明教授和硕士毕业论文导师高建为教授，致以深深的敬意！感谢两位恩师不仅传道授业解惑，引领我进入外国文学的殿堂，还在论文写作时不辞辛苦地批评指导，更在我工作后，一如既往地关心我，支持我！

在北师大文学院硕士论文开题答辩会上，吴泽霖教授、李向荣教授、刘洪涛教授、王向远教授、张哲俊教授、姚建斌教授等各位老师，帮我廓清写作思路，提出合理修改建议。对他们的敦敦教导与温情指正，我一直铭记在心，无法忘怀！尤其是刘洪涛教授和姚建斌教授，在我的学术起步期，始终对我倍加关照，让我感念不已，感激不尽！在硕士毕业论文答辩会上，首都师范大学林精华教授和中国社会科学院周启超教授（现任教于浙江大学），对我的论文给予正面的肯定。感谢他们给了我继续从事学术研究的信心和勇气！

感谢我的博士生导师、长江学者特聘教授、欧洲科学与艺术院院士曹顺庆先生！拙著有幸被纳入花木兰出版社"比较文学与世界文学研究丛书"中出版，离不开恩师的慨然提携。作为恩师在北京师范大学文学院指导的首位博士生，我在先生的悉心指导下，顺利完成博士论文《中国古典词在英语世界的译介与研究》。我的首部研究专著《如何译介、怎样研究：中国古典词在英语世界》，即以博士论文为主体，完稿后有幸由刘洪涛教授纳入"21世纪北美中国文学研究著译丛书"，由中国社会科学出版社出版。恩师多年来一直对我照顾有加，我遇到生活工作难题，也是首先征求先生意见，先生每每都是鼓励我，支持我。一路走来，我的成长都离不开恩师的栽培、教导和帮助，师恩如山，师恩似海！

感谢我的先生王树福教授，多年来一直默默支持我、鼓励我、爱护我！我的论文和书稿新鲜出炉后，他往往是我的第一个读者，给我提出中肯的修改建议。本书第八章第二节涉及罗曼·罗兰在苏联的研究情况，其中的资料由他帮我搜寻翻译。

感谢站在我身后默默付出的父母双亲！因为他们的支持与帮助，我才有了更多的时间从事研究工作。没有他们的助力前行和默默陪伴，我的生活会黯淡失色。

感谢中国台湾花木兰出版社的编辑杨嘉乐老师！因为杨老师的敦促和帮助，书稿才能顺利完成修订工作。没有她的宽容、关心和耐心，书稿可能还要耽搁许久。

最后也感谢自己，不负韶华，不负岁月，不忘初心，不忘本心！读研究生时，自己常常去国家图书馆看书，一呆就是一整天，为硕士论文写作爬梳文献，搜集史料两年，乐此不疲。至今仍记得，小心翼翼地触摸民国珍稀文献和缩微胶片时，心中油然而生一种难以言表的兴奋和激动。大概是从彼时起，我确认了自己对文学史料的兴趣，对学术研究的向往。今天再次打开当年复印的厚厚一大摞资料，不禁感叹古人诚不我欺，功不唐捐！当年只是出于对《约翰·克利斯朵夫》的兴趣，出于认真写好论文的初心，何曾想到有一日论文竟会出版问世！

感恩岁月的宝贵馈赠，让我与你们相遇，一起孕育这部小书的诞生！

涂 慧

2022-10-09